I0694249

SUSAN WIGGS

EL HUERTO DE MANZANOS

Editado por Harlequin Ibérica.
Una división de HarperCollins Ibérica, S.A.
Núñez de Balboa, 56
28001 Madrid

© 2013 Susan Wiggs
© 2017 Harlequin Ibérica, una división de HarperCollins Ibérica, S.A.
El huerto de manzanos, n.º 119 - 1.2.17
Título original: The Apple Orchard
Publicada originalmente por Mira Books, Ontario, Canadá

I.S.B.N.: 978-84-687-9093-0
Depósito legal: M-38887-2016

Para mis padres, Lu y Nick Klist, con mi amor más profundo. Todo lo que sé del amor, la pasión, el duro trabajo, la dedicación y la fuerte capacidad de adaptación y resistencia del corazón humano lo he aprendido de ellos.

Vosotros sois, y siempre lo habéis sido, mi inspiración.

Primera parte

Sustentadme con pasas, confortadme con manzanas.
Porque estoy enferma de amor.
El cantar de los cantares de Salomón, 2:5

Las manzanas tienen una gran capacidad de evocación: representan el hogar, el confort, el bienestar, la salud, la sabiduría, la belleza, la sencillez, la sensualidad, la seducción… y el pecado. La manzana Gravenstein (en danés Gråsten–Æble) procede de Gråsten, una ciudad danesa situada en el sur de la península de Jutlandia. La fruta comprende una gama de colores que van desde el amarillo verdoso hasta el carmesí y tiene un sabor ácido, perfecto para cocinar y para la elaboración de la sidra. Esta es una variedad efímera, que no se conserva bien, así que debe disfrutarse fresca, recién recogida del huerto.

Æble Kage (Tarta de manzana danesa)

Antes de probarla, la gente se extrañará por la falta de especias. Si se utilizan manzanas deliciosamente frescas, las especias no se echarán de menos.

1 huevo
¾ taza de azúcar
½ taza de harina
½ cucharadita de vainilla
1 cucharadita de levadura en polvo
2 manzanas peladas, cortadas en dados y salteadas en una cucharada de mantequilla hasta ablandarlas
½ taza de nueces picadas
Un pellizco de sal

Batir el huevo e ir añadiendo poco a poco el azúcar y la vainilla. Añadir después la harina, la levadura y la sal hasta que quede una masa suave. Incorporar las manzanas y las nueces y verter la mezcla en una fuente de cristal de 20x20 centímetros previamente untada con mantequilla y espolvoreada con harina. Hornear durante 30 minutos a 180 grados.
Cortar en cuadrados y servir con caramelo líquido, helado de vainilla o ambas cosas.

Esta es una de las formas más sabrosas de preparar las manzanas frescas. Ten siempre un bote a mano para servirlas sobre tartas, helados, bizcochos, yogurt, o con los cereales del desayuno. También puedes comerlas directamente del bote a las dos de la madrugada, cuando te sientas hambrienta y sola.

4 manzanas cortadas en gajos, no es necesario pelarlas
1 cucharadita de canela
4 cucharadas de mantequilla
1 taza de nueces
1 taza de azúcar moreno
1 taza de nata o de suero de leche
Un pellizco de nuez moscada

Derretir la mantequilla en una sartén de fondo grueso. Añadir el azúcar y remover hasta que se derrita. Incorporar las especias y las manzanas y saltear hasta que las manzanas queden tiernas. Añadir las nueces y remover. Apagar el fuego y continuar removiendo lentamente la mezcla junto a la nata. Servir inmediatamente encima del helado o la tarta y conservar las sobras en un frasco que se guardará en la nevera.

(Fuente: receta tradicional)

Prólogo

Archangel, California

El aire olía a manzanas y el huerto vibraba con el zumbido de las abejas revoloteando sobre los montículos de la fruta recién cosechada. Los árboles estaban en una condición óptima, esperando la llegada de los recolectores. Se habían podado las ramas para permitir la colocación de las escaleras y habían atrapado a las últimas e inoportunas marmotas para alejarlas del manzanar. Los caminos de entre los árboles se habían aplanado para que la fruta no sufriera golpes al ser transportada. Era una mañana fría, con la niebla suspendida entre las ramas. El sol se elevaba al completo sobre las ondulantes colinas del noreste, prometiendo más calor a medida que avanzara el día. Los trabajadores no tardarían en llegar.

Magnus Johansen mantenía el equilibrio en lo alto de la escalera para la recolección, sintiéndose tan firme como cualquier hombre al que cuadriplicara en edad. Isabel se enfadaría con él si le viera. Su nieta le diría que era un viejo loco por trabajar solo y no esperar a que llegaran los demás recolectores. Pero a él le gustaba la soledad de la primera hora del día; le gustaba tener el manzanar para él solo en el quedo silencio de la reconfortante mañana. Había alcanzado los ochenta años de vida. Solo Dios sabía cuántas cosechas más podría llegar a ver.

Últimamente, Isabel estaba muy preocupada por él. Revoloteaba a su alrededor como las abejas sobre los algodoncillos que rodeaban la finca. Le habría gustado que no estuviera tan pendiente de él. Debería saber que ya había sobrevivido a lo mejor y a lo peor que la vida podía ofrecerle.

La verdad fuera dicha, Isabel le inquietaba mucho más de lo que ella se preocupaba por él. Aquella mañana, sentía sobre sí el peso de todo aquello que Isabel desconocía. No podría mantenerla en la ignorancia eternamente. La carta que tenía sobre la mesa de su estudio había confirmado sus peores temores. A no ser que ocurriera un milagro, perderían Bella Vista.

Magnus hizo un esfuerzo por dejar de lado los problemas. Se había levantado muy temprano para enfundarse los vaqueros y las botas, sabiendo que aquel era el día. A lo largo de los años, había aprendido a discernir el momento de madurez de la fruta. Si la recogían demasiado pronto, había que enfrentarse a las pérdidas que suponía una cosecha escasa. Si se hacía demasiado tarde, se arriesgaba a que la fruta estuviera comenzando a marchitarse y terminara descomponiéndose.

Algunas mañanas, él mismo sentía la decrepitud en la médula de sus propios huesos. Pero no aquella. Aquel día se sentía rebosante de energía y la fruta estaba en el momento perfecto. Por supuesto, había realizado la prueba del yodo para comprobar la cantidad de almidón, pero también, y aquello era lo más importante, había mordido una manzana y su firmeza, su dulzura y su crujido le habían indicado que había llegado el tiempo de la cosecha. Durante los próximos días, la finca estaría tan agitada como una colmena. Después enviaría la fruta al mercado en las cajas que tenía ya preparadas, cada una de ellas con una colorida etiqueta de la finca Bella Vista.

Un trío de relucientes Gravenstein con rayas de color carmesí colgaba a varios centímetros de su cabeza. Normalmente, podaban las ramas más difíciles de alcanzar, pero aquella era una rama muy productiva. Con prudencia y siendo consciente de hasta dónde podía llegar, se inclinó hacia delante para recoger las tres manzanas y añadirlas a la cesta. En aquella época, la mayor parte de los trabajadores preferían utilizar bolsas largas que les permitían trabajar a dos manos, pero Magnus era de la vieja escuela. Era viejo y punto. Sin embargo, incluso en aquel momento de su vida, la tierra le sostenía; había algo especial en la cadencia de las estaciones, en aquella renovación anual, que le mantenía tan vigoroso como a un joven. Eran muchas las cosas que tenía que agradecer.

Y también muchas de las que arrepentirse.

Cuando alcanzó las manzanas de aquella rama tan alta, la escalera se tambaleó un poco. Resignado, dejó el resto de la rama para otros recolectores y bajó la escalera.

Mientras la trasladaba hasta otro árbol, oyó el frenético zumbido de una abeja en apuros en los algodoncillos. La abeja, ávida de disfrutar del abundante néctar de los enmarañados capullos, había quedado atrapada entre las flores, algo habitual. Magnus solía encontrar sus cuerpos disecados enredados entre los tegumentos de la planta. Los granjeros modernos intentaban erradicar los algodoncillos, pero Magnus los permitía crecer en los límites del manzanar, eran un hábitat para abejas, mariquitas y mariposas monarca.

Sintiéndose caritativo, liberó a la furiosa y frenética abeja del pegajoso fondo de las flores, desencadenando una lluvia de semillas transportadas por plumosos paracaídas. Sin ninguna conciencia de que aquella dulzura era letal, la abeja regresó al borde de la flor para succionar el néctar. El hambre la había hecho olvidar el riesgo de volver a quedar atrapada.

Magnus continuó avanzando tras un filosófico encogimiento de hombros. Cuando la dulzura de la naturaleza arrastraba a una criatura, era imposible hacer nada para detenerla. Llevó la escalera hasta el siguiente árbol, la colocó buscando la máxima eficacia y subió para alcanzar una de las ramas más elevadas. Allí, con la cabeza por encima de las ramas, se empapó de la gloria de la mañana, del perfume del aire, de la cualidad de la luz que se filtraba entre la niebla, de los contornos de la tierra y la bruma distante del mar.

Le invadió una sensación de nostalgia atizada por una oleada de recuerdos. Podía ver, como si hubiera ocurrido el día anterior, el sol bañando el paisaje y a Eva inclinada sobre los contenedores de fruta, sonriéndole mientras supervisaba la cosecha. Su novia de guerra comenzando una nueva vida junto a él en América. Habían levantado juntos Bella Vista. Era una vergüenza que el banco estuviera a punto de arrebatársela.

A pesar de los éxitos y las tragedias, de los secretos y las mentiras, había recibido una abundancia de bendiciones. Había construido una vida junto a la mujer que amaba y aquello ya era mucho más de lo que muchas pobres almas podían contar. Habían creado un mundo en común, habían vivido cerca de la naturaleza y comido manzanas crujientes y pan recién hecho generosamente untado con la miel de sus propias colmenas. Y habían podido compartir aquel regalo con trabajadores y vecinos. Pero aquellas bendiciones habían tenido un precio, un precio que había determinado una fuerza más potente que él.

El teléfono que guardaba en el bolsillo sonó, perturbando la quietud de la mañana. Isabel insistía en que llevara el teléfono siempre en el bolsillo. Era uno de los modelos más sencillos, se limitaba a enviar y a recibir llamadas, no tenía ninguna de aquellas funciones que solo servirían para confundirle.

La escalera volvió a tambalearse cuando metió la mano en el bolsillo de la camisa de cuadros. No reconoció el número que apareció en la pantalla.

—Soy Magnus —dijo, con su saludo telefónico habitual.

—Yo soy Annelise.

El corazón le dio un vuelco. La voz de Annelise sonaba débil, envejecida, pero, al mismo tiempo, le resultaba muy cercana a pesar de las décadas pasadas. Tras aquel tono débil y titubeante, reconoció la voz de una mujer mucho más joven, una mujer a la que había querido de forma muy distinta a como había amado a Eva.

Tensó la mano alrededor del teléfono.

—¿Cómo demonios has conseguido este número?

—Entiendo que recibiste mi carta —contestó ella con un marcado acento danés, probablemente sin ser siquiera consciente de ello.

—Sí —contestó él, aunque el corazón se le aceleró ante aquella admisión—. Ya va siendo hora de contárselo todo.

—¿No se lo has contado todavía? —preguntó Annelise—. Magnus, es una conversación muy sencilla.

—Sí, pero Isabel… Ella es… No quiero que la afecte.

Isabel, bella, frágil y dañada por la vida aun siendo tan joven.

—¿Y qué me dices de Theresa? También es tu nieta. ¿Qué prefieres? ¿Darle tú la noticia o que lo haga un completo desconocido? Ni tú ni yo somos jóvenes. Si no haces algo inmediatamente, lo haré yo.

—De acuerdo entonces —experimentó un odio súbito por el teléfono, por aquel intruso electrónico que había transformado un día luminoso en un día sombrío—. Yo me encargaré de todo, como siempre. Y si por alguna suerte de milagro nos perdonan…

—Claro que nos perdonarán. No hay que dejar de creer nunca en los milagros, Magnus. Tú deberías saberlo mejor que nadie.

—No vuelvas a llamarme —le pidió él. El corazón le palpitaba con fuerza en el pecho—. Por favor, no vuelvas a llamarme.

Guardó el teléfono móvil. El viento soplaba entre los árboles, le rodeaba la penetrante fragancia de las manzanas. Los halcones se arremolinaban sobre su cabeza; uno de ellos dejó escapar un grito lastimero. Magnus alargó la mano para alcanzar otra manzana, una manzana bella y suculenta que colgaba a un brazo de distancia. El brillo era tan intenso que Magnus podía distinguir su reflejo en la piel.

Al alargar el brazo, desequilibró la escalera. Intentó agarrarse a la rama, pero no lo consiguió y entonces ya no tuvo nada a lo que aferrarse, salvo el aire neblinoso. A pesar de la brutal rapidez del accidente, Magnus fue extrañamente consciente de cada segundo, lo vivió como si le estuviera ocurriendo a otra persona. Pero no sintió miedo, era demasiado viejo para el miedo. La vida le había enseñado mucho tiempo atrás que la felicidad y el miedo no podían convivir.

Segunda parte

Millones de personas vieron caer la manzana, pero fue
Newton el que se preguntó el porqué.
Bernard M. Baruch

Este es un agradable acompañamiento para el cerdo y el pollo asados o para el salmón a la plancha.

3 manzanas ácidas cortadas en dados a las que previamente se les ha quitado el corazón.
½ taza de cebolla blanca picada
½ taza de azúcar integral
1 cucharadita de mostaza en grano
1 cucharadita de jengibre molido
1 cucharadita de escamas de pimentón picante
½ cucharadita de sal
½ taza de zumo de naranja
½ taza de pasas
⅓ taza de vinagre de sidra

Combinar todos los ingredientes, excepto las pasas, en una cacerola de fondo grueso. Llevar la mezcla hasta ebullición removiendo constantemente. Dejar que siga hirviendo a fuego lento, removiéndola de vez en cuando, hasta que se haya evaporado la mayor parte del líquido, durante unos 45 minutos aproximadamente. Apartar del fuego y añadir las pasas. Guardar en el refrigerador o embotarla siguiendo los métodos tradicionales.

(Fuente: adaptada a partir de una receta de la Washington State Apple Commission)

Capítulo 1

La lista de tareas pendientes de Tess Delaney pendía invisible sobre su cabeza como el tráfico aéreo sobre O'Hare. Tenía clientes esperando noticias de ella, socios acosándola para recibir informes y una reunión decisiva con el propietario de la firma. Apartó la ansiedad producida por la presión y se centró en la tarea que tenía ante ella: devolver un tesoro a su legítima propietaria.

Aquella misión la había llevado hasta un apartamento abarrotado de muebles en Alamo Square. La señora Annelise Winther, una mujer llena de vida a sus ochenta años, la instó a pasar a una acogedora habitación con cortinas de delicado encaje, sillas con telas colgantes y una gloriosa fragancia de algo horneándose en la cocina. Tess no perdió el tiempo a la hora de presentar su tesoro.

Las manos de la señora Winther, pecosas por la edad y de nudosas articulaciones por culpa de la artritis, temblaron al sostener aquel medallón tan antiguo. Bajo un chal de lana rosa, sus hombros huesudos se estremecieron.

—Este medallón era de mi madre —dijo. Se le quebró la voz al pronunciar la última palabra—. No había vuelto a verlo desde la primavera de 1941.

Elevó la mirada hacia Tess, que se sentó frente a ella en la desgastada mesa de madera de pino de la cocina. Había muchas historias en los ojos de aquella mujer, unos ojos resplandecientes como las caras de una piedra preciosa.

—No tengo palabras para agradecerle que me haya traído esto.

—Es un placer —contestó Tess—. Los momentos como este son la mejor parte de mi trabajo.

La sensación de orgullo y éxito la ayudó a ignorar el insistente zumbido del teléfono que señalaba que acababa de recibir un nuevo mensaje.

Annelise Winther era el tipo de cliente preferido de Tess. Era una mujer sencilla con escasos medios, a juzgar por el decrépito estado del piso, ubicado en un edificio victoriano que había conocido mejores días. Dos gatos, a los que la anciana había presentado como Golden y Prince, dormitaban bajo el último sol de la tarde que entraba a través de la ventana de un mirador. En una de las paredes colgaba un bordado a punto de cruz que parecía hecho a mano con el lema *Vive cada día*.

La señora Winther se quitó las gafas, limpió los cristales y volvió a ponérselas. Volvió a mirar la tarjeta que le había entregado Tess y leyó:

—«Tess Delaney, Especialista en Filiación de Objetos. Sheffield House». Bueno, señorita Delaney, yo también me alegro mucho de que me haya encontrado. Sé que tiene una gran carrera profesional —su voz tenía un ligero acento—. En el History Channel vi un reportaje sobre el Museo de Historia de Cracovia. Sé que le dieron un premio en Polonia el mes pasado.

—¿Lo vio? —preguntó Tess, sorprendida por el hecho de que aquella mujer la hubiera reconocido.

—Claro que lo vi. Le entregaron una distinción por haber restaurado el rosario de la reina María Leszczynska. Había sido robado por los nazis y llevaba décadas desaparecido.

—Fue… un momento maravilloso.

Tess se había sentido muy orgullosa aquella noche. El único inconveniente había sido que había estado sola en una sala llena de desconocidos. Nadie había sido testigo de su triunfo. Su madre había prometido asistir, pero había tenido que cancelar el viaje en el último momento, de modo que había aceptado los elogios frente a un pequeño equipo de televisión y un ministro de cultura con manos sudorosas.

—En el instante en el que vi su rostro, supe que sería usted la persona que encontraría mi tesoro —las palabras de la señora Winther la sorprendieron ligeramente—. Y me complace de manera especial que lo haya hecho. Pedí que le encargaran a usted este trabajo.

—¿Por qué?

Se produjo una pausa. El semblante de la señora Winther se suavizó. A lo mejor había perdido el hilo de sus pensamientos. Contestó a los pocos segundos:

—Porque usted es la mejor, ¿no es cierto?

—Me esfuerzo todo lo que puedo —le aseguró Tess. Le parecía una conversación extraña, pero en su trabajo estaba acostumbrada a tratar con clientes poco convencionales—. Esta pieza formaba parte de un conjunto de objetos recuperados que desaparecieron durante la Segunda Guerra Mundial.

Tess enmudeció al pensar en los otros objetos, joyas, obras de arte y piezas de colección. La mayor parte de aquellos objetos permanecían en un limbo, puesto que sus propietarios originales habían muerto mucho tiempo atrás. Intentó no imaginar el terrible sentimiento de violación que habían sufrido tantas familias, con los nazis invadiendo sus casas, saqueando sus pertenencias y, probablemente, enviando a muchas de aquellas familias a la muerte. Devolver aquellos objetos parecía un gesto sin importancia, pero la expresión del rostro de la señora Winther era toda una recompensa en sí mismo.

—Ha hecho todo lo posible para que se produzca un milagro —declaró—. Acabo de decirle por teléfono a un amigo que nunca es demasiado tarde como para que se produzca un milagro.

Para tratarse de un milagro, reflexionó Tess, aquella tarea había implicado una gran cantidad de esfuerzo. Pero la expresión de aquella mujer hizo que merecieran la pena la búsqueda, el viaje y todos los trámites burocráticos. Asumiendo ella misma los gastos, Tess había contratado a un experto para que limpiara meticulosamente cada eslabón, cada varilla, cada cara del medallón.

—Aquí tiene una copia del informe sobre los orígenes del medallón —se lo tendió a través de la mesa—. Básicamente, cuenta la historia de la pieza desde su creación hasta el presente. He conseguido rastrear sus orígenes hasta Rusia.

—Es increíble que haya podido encontrarlo. Cuando me puse en contacto con su compañía, pensé… —se le quebró la voz—. ¿Cómo lo ha conseguido?

Utilizando el informe que rastreaba la procedencia del medallón, Tess le explicó cómo había ido progresando la investigación.

—Esta pieza la encontramos junto a un conjunto de objetos en Copenhague. El medallón es de topacio rosa con adornos de filigrana de oro. Los cierres de la cadena son originales. La joya fue diseñada por un diseñador finés llamado August Holmstrom. Era el maestro joyero de la Casa Fabergé.

La señora Winther arqueó las cejas.

—¿De la Casa Fabergé?

—La misma —Tess sacó una lupa y la colocó encima de uno de los detalles de la pieza—. Este es el sello distintivo de Holmstrom. Está justo ahí, se ven las iniciales en medio de la doble cabeza del águila imperial. Lo diseñó con intención de evitar falsificaciones. Esta pieza en particular fue mencionada en su catálogo de 1916 y producida para una tienda de moda de San

Petersburgo. La joya fue adquirida por un miembro del cuerpo diplomático danés.

—Mi padre. Llevó el medallón a nuestra casa después de un viaje de negocios a Rusia. Mi madre rara vez salía sin él. Junto con su alianza de matrimonio, era su joya favorita. Mi padre se la regaló para celebrar mi nacimiento. Aunque mi madre nunca me lo dijo, sospecho que, después de que yo naciera, no pudo tener más hijos.

Desvió la mirada hacia un punto perdido en la distancia y Tess se preguntó qué estaría viendo. ¿A su atractivo padre? ¿A su madre luciendo aquella joya en el cuello?

Las historias que se escondían detrás de aquellos tesoros siempre eran fascinantes y, a menudo, también agridulces. Las más tristes eran particularmente difíciles de soportar. Relataban crueldades inconcebibles para la gente normal, injusticias demasiado grandes como para ser asimiladas. La señora Winther debía de ser muy pequeña cuando se había desmoronado todo su mundo. ¿Cuánto miedo habría pasado? ¿Cuánta confusión?

—Ojalá pudiera hacer algo más que limitarme a devolver objetos —se lamentó Tess—. Este apareció junto a otros objetos en un almacén situado en el sótano de un edificio oficial abandonado. He pasado todo un año investigando los archivos. La Gestapo decía que guardaba los objetos valiosos para mantenerlos a salvo. Era su estrategia habitual. Lo único útil que hicieron fue conservar informes muy meticulosos de todo aquello de lo que se apoderaban.

Y allí era donde las cosas se ponían peligrosas. ¿Cuánta información necesitaba la señora Winther? ¿Tenía que saber lo que, probablemente, les había ocurrido a sus padres?

Había datos que Tess no tenía ninguna intención de compartir con ella, como la prueba de que Hilde Winther había sido raptada sin autorización por un oficial corrupto y era probable que hubiera sido tratada como una esclava sexual durante meses antes de morir. Aquel era el problema de desenterrar los misterios del pasado. A veces, uno terminaba descubriendo cosas que habría sido mejor dejar enterradas. ¿Era preferible exponer la verdad a cualquier precio? ¿O era mejor proteger a alguien de un pasado perturbador que no podía hacer nada por cambiar?

—Esta joya le fue arrebatada a su madre después de que fuera arrestada como sospechosa de esconder a espías, saboteadores y luchadores de la resistencia en el hospital Bispebjerg. Por lo que dice el informe de su arresto, fue acusada de fingir que sus pacientes estaban gravemente enfermos para, de esa manera, mantenerlos en el hospital hasta que pudieran escapar.

La señora Winther tomó aire y asintió.

—Sí, parece algo propio de mi madre. Era muy valiente. Me decía que iba al hospital como voluntaria, pero yo siempre supe que estaba haciendo algo importante –tras las gafas, los ojos de la anciana adquirieron un frío brillo de enfado–. Se llevaron a mi madre durante una preciosa tarde de primavera, delante de mí.

Tess se estremeció, compadeciendo a la niña que la señora Winther había sido en otro tiempo.

—Lo siento mucho. Ningún niño debería tener que presenciar algo así.

La señora Winther sostuvo la joya contra su cuello. Las diferentes caras del topacio rosa atrapaban la luz de la tarde.

—¿Podría… ponérmelo?

—Por supuesto.

Tess se colocó tras ella y cerró el broche, sintiendo la delicada estructura ósea de la anciana. El pelo le olía a lavanda y el vestido que llevaba bajo el chal de lana rosa estaba raído y descolorido. Sintió una oleada de emoción. Aquel encuentro iba a cambiar la vida de la señora Winther. Con una sola transacción, aquella anciana podría terminar viviendo en un entorno de lujo.

La señora Winther alzó las manos para acunar la joya.

–Aquel día también llevaba puesto este medallón. Mientras se la llevaban, me dijo que huyera para proteger mi vida, y eso fue lo que hice. Tuve suerte o, a lo mejor, alguien había dado el aviso. Un chico que pertenecía a la Holger Danske, la resistencia danesa, veló por mi seguridad. Fue un auténtico héroe, como el Pimpinela Escarlata de la Revolución Francesa, solo que este era real. Si no hubiera sido por él, hoy no estaría aquí. Ninguna de nosotras estaría aquí.

«¿De nosotras…?» Tess se preguntó a quién estaría refiriéndose. Probablemente a los fantasmas del pasado. Pero no lo preguntó. Tenía concertada otra cita y no podía perder el tiempo. Y saber el coste humano de aquella tragedia la hacía sentirse vulnerable. Aun así, estaba fascinada por la dulzura de aquella mujer y por el aire de nostalgia que suavizaba sus rasgos cuando acariciaba el tesoro que rodeaba su cuello.

«Las dos estamos igual de solas», pensó Tess. ¿Habría estado siempre sola la señora Winther? ¿Seguiría estándolo ella durante el resto de su vida?

–Bueno, desde luego, me alegro de que haya venido –la anciana esbozó una leve sonrisa, extrañamente íntima.

–Este es el precio de la joya. Creo que le gustará saberlo.

La señora Winther se quedó mirando fijamente el documento.

–Dice que está valorado en ochocientos mil dólares.

–Es un valor estimado. Dependiendo de cómo vaya la subasta, podría variar en un diez por ciento hacia arriba o hacia abajo.

La señora Winther se abanicó.

–Es una fortuna –dijo–. Es más dinero del que jamás he soñado tener.

–Nunca será suficiente como para compensar su pérdida, pero es una buena cantidad. Me alegro sinceramente por usted.

Tess resplandecía de orgullo por lo conseguido y de placer por la señora Winther. Con aquel chal raído, rodeada de sus viejos objetos, no parecía una mujer rica, pero pronto lo sería.

Todo un meticuloso trabajo de restitución la había llevado hasta aquel momento. Tess extendió un contrato de varias hojas sobre la mesa.

—Aquí está el acuerdo que firmó con Sheffield House, la casa de subastas para la que trabajo. Es un contrato estándar, pero supongo que querrá revisarlo con algún experto.

En aquel momento sonó una alarma de cocina y la señora Winther se levantó de la mesa.

—Los bizcochos ya están listos. Son mis favoritos. Los hago con azúcar de lavanda. Es una antigua receta danesa para el otoño. Tú quédate aquí, querida —dijo, pasando a tutearla—, y yo prepararé el té.

Tess apretó los dientes e intentó no parecer impaciente, aunque tenía más citas y trabajo que atender en la oficina. Sinceramente, no le apetecía comer bizcochos, ni con azúcar de lavanda ni sin ella. Y no quería té. El café y el tabaco eran más de su gusto y, desde luego, mucho más acordes con su ritmo de vida. No había parado de correr desde que se había graduado en la universidad cinco años atrás y también tenía prisa en aquel momento. Cuanto antes llevara aquel contrato firmado a la empresa, antes cobraría su bonificación y antes podría pasar al siguiente contrato.

Sin embargo, la naturaleza de su profesión a menudo exigía paciencia. La gente se sentía atada a sus cosas y, a veces, le costaba desprenderse de ellas. La señora Winther se había tomado la molestia de preparar los bizcochos. Sabiendo lo que sabía de su familia, Tess se preguntó qué sentiría aquella mujer cuando recordaba el pasado, ¿pensaría en los días de privaciones y miedo? ¿O en los momentos felices, cuando la familia todavía no había sufrido ninguna pérdida?

Mientras trajinaba en la vieja cocina, la señora Winther se detenía a menudo para colocarse ante el espejo enmarcado de la puerta y mirar el medallón con expresión ausente. Tess se preguntaba qué estaría viendo. ¿A su querida y adorada madre? ¿A una niña inocente que no tenía la menor idea de que iban a arrebatarle todo su mundo?

—Háblame de lo que haces —la urgió la señora Winther mientras servía el té en un par de tazas de porcelana china—. Me encantaría conocer cómo es tu vida.

—Supongo que podría decir que lo de encontrar tesoros lo llevo en la sangre.

La señora Winther soltó una exclamación ahogada, como si la declaración de Tess la hubiera sorprendido.

—Mi madre es experta en adquisiciones para museos. Y mi abuela tenía una tienda de antigüedades en Dublín.

—Así que procedes de una estirpe de mujeres independientes.

Una forma muy bonita de decirlo, pensó Tess. Desvió la mirada. Ella no era de las que intentaba camelarse a los clientes para conseguir un trato, pero la señora Winther le gustaba de verdad, quizá porque mostraba un interés sincero en ella.

—Ni mi madre ni mi abuela se casaron nunca —le explicó—. Y es probable que yo siga la tradición. Llevo una vida demasiado ajetreada como para tener una relación seria.

«Sí, Tess, óyete a ti misma», pensó, «repítetelo a menudo y a lo mejor te lo terminas creyendo».

—Bueno, supongo que eso es porque no ha aparecido la persona adecuada… Todavía. Una chica tan atractiva como tú, con una melena roja maravillosa… Me sorprende que ningún hombre se haya enamorado de ti, o que te haya hecho perder la cabeza.

Tess negó con la cabeza.

—Mi cabeza sigue firmemente plantada sobre mis hombros.

—Yo nunca me casé —una expresión de añoranza oscureció sus ojos—. Me enamoré de un hombre después de la guerra, pero él se casó con otra mujer —se interrumpió para admirar de nuevo la piedra—. Debe de ser muy emocionante trabajar rescatando tesoros.

—Se requiere mucho trabajo de investigación, algo que a muchos les resultaría tedioso. Y muchas veces me encuentro en callejones sin salida y con grandes decepciones —confesó Tess—. Paso la mayor parte del tiempo revisando archivos, informes y catálogos. Puede llegar a ser frustrante. Pero cuando consigo hacer una restitución como esta, merece la pena. Y, muy de vez en cuando, hasta puedo descubrirme a mí misma despegando un lienzo sin valor y encontrando un Vermeer debajo. O desenterrando una fortuna debajo de la cabaña de un pastor en medio del campo. A veces es un poco macabro. El botín puede estar oculto en un ataúd.

La señora Winther se estremeció.

—Sí, muy macabro.

—Cuando la gente tiene algo que esconder, tiende a guardarlo allí donde piensa que nadie buscaría. Su pieza no fue encontrada en un escondite tan dramático. Estaba etiquetada y catalogada junto a docenas de objetos requisados de forma ilegal.

La señora Winther colocó los bizcochos sobre una servilleta de lino en un cesto y los llevó a la mesa.

Solo por educación, Tess tomó uno de los bizcochos.

—Por lo que dices, parece que te gusta tu trabajo —aventuró la señora Winther.

—Mucho. Lo es todo para mí.

Al pronunciar aquellas palabras en voz alta, Tess se emocionó. Tenía un trabajo vertiginoso e impredecible, cada día iba acompañado de una subida de adrenalina o de una decepción demoledora. Aquel estaba siendo un año excepcional, sus éxitos la estaban ayudando a conseguir dos cosas que ansiaba como el aire y el agua: el reconocimiento y la seguridad.

—¡Qué maravilla! Estoy segura de que encontrarás exactamente lo que estás buscando.

—En mi trabajo, nadie está seguro de qué es exactamente lo que busca —Tess miró disimuladamente el reloj que había encima de la cocina.

La señora Winther se dio cuenta.

—Tienes tiempo de terminarte el té.

Tess sonrió. Aquella mujer le gustaba casi a pesar de sí misma.

—De acuerdo. ¿Le gustaría que me llevara el contrato o…?

—No es necesario —respondió la anciana, acariciando el topacio rosa—. No voy a venderlo.

Tess parpadeó y sacudió la cabeza.

—Lo siento, ¿qué ha dicho?

—El medallón de mi madre no está en venta —lo presionó contra su pecho.

A Tess se le cayó el corazón a los pies.

—Con esa pieza, podría vivir sintiéndose segura durante el resto de su vida.

—Hasta el último vestigio de seguridad que poseía me lo arrebataron para siempre los nazis —señaló la señora Winther—. Y, sin embargo, conseguí sobrevivir. Tú me has devuelto el objeto favorito de mi madre.

—Como usted misma ha dicho, es un objeto. Un objeto que podría proporcionarle tranquilidad y confort durante el resto de sus días.

—Me siento cómoda y segura. Y si no crees que los recuerdos valen más que el dinero es que a lo mejor no tienes recuerdos que valgan la pena —miró a Tess con compasión.

Tess intentó no pensar en la cantidad de horas que había pasado rebuscando entre informes e investigando con el mayor rigor para poder llevar a cabo aquella restitución.

Si pensaba demasiado en ello, probablemente terminaría arrancándose los pelos por la frustración. Ella siempre tendía a protegerse de los recuerdos, porque los recuerdos la convertían en una persona vulnerable.

—Debes de pensar que soy una vieja loca y sentimental —la señora Winther asintió—. Y lo soy. Es un privilegio de los ancianos. No tengo deudas y tampoco responsabilidades. Solo estamos yo y los gatos y nos gusta nuestra vida tal y como es.

Tess bebió un sorbo de aquel té tan fuerte y estuvo a punto de hacer una mueca ante su amargor.

—¡Ah! El azucarero. Se me había olvidado —dijo la señora Winther—. Está en la despensa, querida. ¿Te importaría traerlo?

La despensa contenía toda una colección de latas y tarros polvorientos, las paredes y las estanterías estaban abarrotadas con toda clase de objetos. Muchos de ellos conservaban todavía la pegatina con el precio escrito a mano que le habían puesto en los mercadillos en los que habían sido vendidos.

—Está justo ahí, en la estantería de las especias —le indicó.

Tess tomó el pequeño cuenco con patas. Casi al instante, la atravesó el hormigueo de una percepción especial. Una de las primeras cosas que había aprendido en su profesión había sido a sintonizar con algo conocido como el peso específico o la sensación que transmitía una pieza. Un objeto real, auténtico, tenía más sustancia que una falsificación o una imitación.

Dejó el deslustrado azucarero sobre la mesa e intentó poner cara de póquer mientras lo estudiaba. La forma de los agarradores y la natural curvatura del cuenco eran inconfundibles. Ni siquiera el hecho de que estuviera ennegrecida por el tiempo ocultaba el hecho de que la pieza era de plata de ley, que no tenía solo un baño de plata.

—Hábleme del azucarero —le pidió a la anciana mientras utilizaba unas pincitas para tomar un terrón de azúcar.

Unas pinzas para agarrar el azúcar. Eran un objeto más difícil de encontrar que el propio azucarero.

—Es bonito, ¿verdad? Pero muy difícil de limpiar. No fui demasiado pragmática cuando lo compré en un mercadillo que organizaron en una iglesia hace años. Han pasado décadas desde entonces. Los mercadillos siempre han sido mi debilidad. Me temo que he traído a casa un buen número de objetos relucientes, de artículos bonitos que en algún momento me han llamado la atención. Pero una vez los traigo a casa, cualquiera sabe si de verdad voy a utilizarlos.

—Este azucarero es todo un hallazgo —le dijo Tess.

Lo levantó para revisar la base y reconoció allí la marca que esperaba.

—¿En qué sentido?

¿Sería posible que no lo supiera?

—Señora Winther, este azucarero es un Tiffany, y parece ser auténtico.

—¡Dios mío! ¿De verdad?

—Hay un estilo conocido como Empire que es muy, muy, difícil de encontrar. Fue una producción muy limitada. Tendría que seguir investigando, pero mi intuición me dice que este es un objeto de un valor extraordinario —por supuesto, aquello no tendría ninguna importancia para una anciana que prefería los objetos al dinero—. En cualquier caso, es una pieza preciosa.

—¡Qué aspecto tan curioso de tu trabajo! —comentó la señora Winther, uniendo las manos emocionada—. A veces tropiezas con un tesoro cuando estás buscando algo totalmente diferente.

Tess observó el terrón disolviéndose en el té.

—Es lo que lo hace interesante.

—Y dime, ¿podría venderlo tu casa de subastas?

—Es posible, aunque incluso con las pinzas, una sola pieza...

—No me refería solo al azucarero. Me refiero al juego completo.

Tess dejó caer la cucharilla sobre la mesa con un repiqueteo.

—¿Tiene todo un juego?

Capítulo 2

Sentada en una mesa de uno de los mejores bares de copas de San Francisco, Tess estaba tomando un martini seco sazonado con salmuera de aceituna. Las aceitunas eran lo más cercano que tendría a una cena. Como siempre, había estado trabajando hasta la hora en la que comenzaban a servir copas.

Trabajaba. Eso era lo único que hacía con su vida, lo único que ella era. Trabajaba y tenía la suerte de contar con un trabajo que le encantaba. Pero la reunión con la señora Winther, el ver a aquella anciana sola con sus gatos, le había producido cierto desasosiego. Aquel encuentro había despertado su temor más secreto, el miedo a pasar toda una vida viviendo sola y terminar rodeada de tesoros sin tener a nadie con quien compartirlos. El trabajo la ayudaba a no pensar en exceso en lo sola que estaba.

Apartó aquel pensamiento de su mente y se recordó lo que había conseguido aquel día, y también que tenía buenos amigos con los que celebrarlo. Sus amigos y ella estaban disfrutando de la hora feliz en el Top of the Mark, el restaurante que coronaba el histórico hotel Mark Hopkins, situado en el pináculo de Russian Hill. Era un lugar emblemático de San Francisco, de lo más turístico, pero conocido en la ciudad por sus vistas increíbles, sus martinis y la calidad de la música en directo.

Debido a su infancia itinerante, Tess había tenido muy pocas amistades y relaciones de familia. Pero allí, en el corazón de San Francisco, había creado su propia familia, una pequeña y agradable tribu de personas como ella; jóvenes, profesionales, independientes y ambiciosas. Eran personas divertidas, intelectualmente brillantes y grandes trabajadoras que también sabían relajarse.

Estaba Lydia, una diseñadora de interiores que era una fuente constante de clientes para Tess. Encontraba objetos como sofás Duncan Phyfe o mesas Stickley en áticos y almacenes. Ella comprendía mejor que nadie la subida de adrenalina que representaba la caza de aquellos tesoros. El tercer miembro del trío era Neelie, una bróker del sector vinícola que trabajaba de vez en cuando con Sheffield, su casa de subastas. Aquella noche había llevado a un amigo nuevo, Russell, que no apartaba los ojos de sus senos. Neelie no dejaba de mandarle mensajes de texto en secreto a Tess.

—*Bueno, ¿qué te parece?*

—*No para de mirarte las tetas.*

—*Lo dices como si eso fuera malo.*

Se sonrieron la una a la otra y alzaron sus copas.

—Parece que tramáis algo —comentó Jude Lockhart, un colega con el que Tess trabajaba en Sheffield.

—Porque lo tramamos —respondió Tess, palmeando el asiento que tenía a su lado.

Jude las saludó con un beso y le estrechó la mano a Nathan, el novio de Lydia. Neelie le presentó a Russell, su cita.

Tess adoraba la simpatía y el encanto de sus amigos, todos ellos suficientemente jóvenes y divertidos como para estar dispuestos a quedar a la salida del trabajo. Y apreciaba de manera especial el tener algo que celebrar aquella noche y el tener amigos con los que compartirlo.

—Hoy me ha tocado la lotería.

—¡Ay, suéltalo! —la urgió Neelie. Se volvió hacia su cita

y le explicó–. Tess es una buscadora de tesoros profesional, de verdad. Es como una Indiana Jones de nuestros días.

–No exactamente –la corrigió Tess–. Hoy no he tenido que defenderme de ninguna serpiente.

Les contó que había encontrado un servicio de té Tiffany en casa de la señora Winther.

–Resulta que la mujer era una adicta a los mercadillos, con una ligera tendencia a almacenar todo tipo de cachivaches. La mayor parte de ellos no valían nada, pero he encontrado algunas piezas de colección.

Describió el juego de copas de licor Ludwig Moser, un grabado en madera muy pequeño firmado por Charles H. Richert y un brazalete de encaje de antes de la Guerra China. Como no tenía ningún vínculo sentimental con ninguno de aquellos objetos, la señora Winther se había mostrado felizmente dispuesta a consignarlos a Sheffield House.

–Bien por ti –la felicitó Neelie, alzando su martini de manzana verde–. Buen trabajo.

Alrededor de la mesa, todo el mundo elevó su copa.

–Si no tienes cuidado, vas a conseguir que te asciendan.

Tess sintió un cierto nerviosismo. Sabía que habían pensado en ella para un puesto en la ciudad de Nueva York, un gran paso en más de un sentido. Representaría un salto enorme para ella, la lanzaría a lo más alto de su profesión. Jude la miró con una mezcla de respeto y envidia. De alguna manera, habían conseguido trabajar juntos sin convertirse en rivales.

Cuando Tess había conocido a Jude en una subasta de Londres, se había encaprichado de él. Al fin y al cabo, no todos los días se conocía a un hombre educado en Oxford y con el rostro de una estrella de cine. Pero el enamoramiento no había durado mucho. No había tardado en descubrir que los dos eran muy parecidos, temerosos de las relaciones estables e incapaces de entender que hubiera personas que se entregaran a un amor loco y terminaran sufriendo.

Con el paso del tiempo, se habían instalado en una cómoda amistad. Eran colegas de trabajo, compañeros de copas y, a veces, durante los momentos del año en los que más pesaba la soledad, como las fiestas, fingían juntos que para ellos estar solos no tenía importancia.

—Solo Tess es capaz de encontrar una fortuna en la despensa de una anciana —dijo Lydia, estrechándose contra Nathan.

Los dos compartieron una mirada cómplice y Nathan hizo un gesto al camarero que pasaba por su mesa.

Jude asintió.

—Tess parece tener algo especial con las ancianas. Mi hallazgo favorito de Tess es el programa de los Giants firmado por Willie Mays que encontró en el banco de un piano, junto con las partituras de la anciana.

—Ella se acordaba de que era un hombre muy guapo —dijo Tess, sonriendo al recordarlo—. No sabía que cada vez que se sentaba al piano para tocar *You'll Never Walk Alone* se estaba sentando encima de un tesoro.

—Te juro que tienes el toque de Midas —dijo Neelie.

Tess se echó a reír.

—¡Eh, no me digas eso! Recuerda que Midas era un hombre que convertía en oro todo lo que tocaba, incluyendo a su hijito.

—Yo pensaba que no te gustaban los niños —señaló Jude.

—Pero me gustan los Cheetos. ¿Qué ocurriría si todos mis Cheetos se convirtieran en oro?

—Se acabaría el mundo —respondió Lydia—. Además, también te gustan los niños, Tess. Pero no quieres admitirlo por miedo a no parecer guay.

—Me gustan los niños y soy guay —apuntó Neelie—. Y tú también caerás. Hasta las personas a las que no les gustan los niños están locas por sus hijos.

—¡Eh, habla por ti! —protestó Jude—. Cuidado, Russell, ¿no oyes ese tic-tac? Creo que es de su reloj biológico.

Russell le pasó el brazo por los hombros a Neelie.

—Creo que soy capaz de manejarla.

—¡No necesito que nadie me maneje! —se defendió Neelie—. Abrazarme, sí, pero manejarme, no tanto.

El teléfono de Tess vibró, anunciando la entrada de una llamada y ella lo sacó para ver de quién era. No reconoció el número, así que dejó que se activara el buzón de voz.

«Ya está», pensó, «no todo va a ser trabajo, soy capaz de divertirme. Puedo resistirme a una llamada de teléfono».

—Hablando de cosas geniales… —Nathan hizo un gesto al camarero, que acababa de aparecer con una botella de Cristal y una mesita accesoria para colocar una cubitera con hielos.

—¿Cristal? —preguntó Tess—. No creía que mi historia fuera tan maravillosa.

—Hay más noticias buenas —Nathan se levantó en el momento en el que dos parejas mayores entraban a la zona del bar seguidas por un grupo de gente más joven.

—¿Qué está pasando aquí? —preguntó Jude.

Con evidente emoción, Nathan presentó a los padres de Lydia, a los suyos y a sus hermanos y hermanas. A Tess le resultaron fascinantes los parecidos familiares. Las dos hermanas de Lydia parecían versiones diferentes de su amiga, compartían con ella el pelo castaño y la nariz de botón. El padre de Nathan era alto y desgarbado como su hijo. Todos ellos parecían envueltos en un aura de especial emoción.

Las familias representaban el mayor de los misterios para Tess. Por mucho que la fascinaran, también le parecían problemáticas y complicadas. Pero no pudo evitar preguntarse qué se sentiría viviendo rodeada de personas a las que se estaba unida por la historia y la sangre.

Sus amigos eran su familia, su trabajo era su vida y tenía un sueño de futuro. Pero, de vez en cuando, se apoderaba de ella una nostalgia intensa, afilada como una cuchilla.

–Lydia y yo queríamos reuniros a todos esta noche –explicó Nathan–. A nuestras familias y a nuestros amigos más íntimos. Tenemos algo que anunciar.

–¡No! –exclamó Neelie con los ojos chispeantes de emoción y llevándose las manos unidas a la boca.

A Tess se le aceleró el corazón, porque supo de pronto lo que iban a anunciar.

Nathan sonrió con una felicidad tan intensa y radiante que Tess tuvo la sensación de sentir su calor.

–Mamá, papá, Barb y Ed, ¡Lydia y yo nos hemos comprometido!

Lydia sacó una cajita verde del bolsillo y se colocó la sortija de diamante en el dedo.

La madre de Lydia chilló, chilló de verdad, y las dos se abrazaron con los ojos cerrados por la emoción. Las hermanas se unieron al grupo y las dos familias se fundieron. Hubo abrazos y estrechamientos de manos. Neelie, siempre dispuesta a organizarlo todo, se ofreció inmediatamente para fijar la fecha, el lugar, el banquete y la lista de vinos.

Mientras observaba a la feliz pareja, Tess se sorprendió al sentir el escozor de las lágrimas en los ojos y un nudo en la garganta.

–Felicidades, amiga mía –le dijo a Lydia–. Me alegro mucho por ti.

Lydia tomó las manos de su amiga.

–Estaba deseando decírtelo. ¿No te parece increíble que vaya a casarme?

Tess rio por encima de las lágrimas.

–Jurábamos que el matrimonio era para chicas sin imaginación.

Recordó las conversaciones inspiradas por el alcohol a las que se entregaban por las noches cuando eran compañeras de habitación, justo al salir del instituto. ¿Qué había sido de aquellas chicas? Tess no echaba de menos la bebida, pero sí la antigua camaradería. A pesar de que se alegraba por su amiga, había otro sentimiento escondido en un oscuro rincón de su corazón. Sentía una minúscula envidia.

—Eso fue antes de que supiera lo maravilloso que es el amor.

Lydia miró con ojos de adoración a Nathan, que había abandonado su aspecto de radiante felicidad y estaba disfrutando de una cerveza, ajeno a los sentimientos de Lydia.

—Ahora estoy insoportable. Últimamente, en lo único que sueño es en cuidar de una casa y tener bebés —se echó a reír al ver la expresión horrorizada de Tess—. No te preocupes, no es contagioso.

—No estoy preocupada. Pero prométeme que me hablarás también de otras cosas.

—Por supuesto que hablaremos de otras cosas. No habrá conversaciones sobre la vida doméstica hasta que te toque a ti.

Tess admiró la sortija, un diamante engastado en platino. Era impresionante ver a su amiga enseñar con orgullo aquel símbolo reluciente con el que declaraba al mundo que había alguien que la amaba, que no estaba sola.

—Pues tendrás que esperar sentada —le advirtió Tess—. No tengo ganas de que me llegue el turno.

—Eso dices ahora, pero espera a que aparezca tu príncipe azul.

—Si le ves, dale mi número de teléfono.

Lydia les enseñó el anillo a sus hermanas y a sus futuras cuñadas. Neelie ya estaba tomando las tallas de los vestidos para la boda. Todavía un poco sorprendida por la emoción que la noticia había despertado en ella, Tess se secó los ojos con una servilleta de papel.

—Estoy completamente de acuerdo —la apoyó Jude, acercándose a ella—. Los acontecimientos han dado un giro de lo más trágico.

—No seas malo. Mira lo contentos que están.

Observó a la familia de Lydia rodeándola, su madre, su padre y aquellas dos hermanas tan parecidas a ella, y se le volvió a formar un nudo en la garganta.

—Mírate, dejándote llevar por el romanticismo de la escena —comentó Jude, estudiando a la feliz pareja.

Lydia y Nathan no eran capaces de apartar los ojos el uno del otro.

Tess suspiró.

—Sí, supongo que sí.

—Vamos, Delaney. Acabas de decirle que espere sentada hasta que te llegue el turno. No te pongas tan blanda y sentimentaloide conmigo.

—¿Por qué no? Hay mucha gente a la que le gustan las cosas blandas y sentimentaloides.

—Sí, la gente que vive en residencias para ancianos.

—Sé bueno.

—Siempre soy bueno.

—Entonces sírveme otra copa. Yo también tengo cosas que celebrar esta noche —le recordó.

Jude volvió a llenarle la copa de champán.

—¡Ah, sí! Estamos celebrando que has perdido la venta de un Holmstrom original.

—No seas tan cínico. Además de otras cosas, hemos conseguido un servicio de té impecable de Tiffany, conserva hasta las pinzas del azucarero.

—Preferiría haberlo conseguido todo. ¿Qué se cree esa mujer? ¿Que llevar ese medallón colgando del cuello va a hacer regresar a su madre del campo de exterminio en el que la encerraron los nazis?

—Caramba, ¿quieres que se lo pregunte directamente? —Tess bebió más champán.

—De acuerdo, lo siento. Estoy seguro de que lo has intentado.

—Es una mujer encantadora. Amable y llena de historias. Me gustaría poder pasar más tiempo con ella. Hazme un favor, consigue que te den una tonelada de dinero por su Tiffany.

—Por supuesto. Enviaré a su casa a nuestro mejor tasador. Por cierto, el hermano de Nathan no deja de mirarte —miró por encima del hombro.

—¿Y?

—¿Y estás disponible?

—Si quieres saber si estoy saliendo con alguien en este momento, la respuesta es no.

—¿Qué fue del Hombre de la Moto?

—Montó hacia la puesta de sol sin mí —confesó.

—¿Y de Popeye el Marino?

Tess se echó a reír.

—El tipo de la armada, quieres decir. Eldon también navegó hacia la puesta de sol sin mí. ¿Qué demonios les pasa a los tipos con las puestas de sol?

—Parece que te han roto el corazón.

—No.

Para que pudieran romperle el corazón, antes tenía que entregarlo y la verdad era que no estaba dispuesta a hacerlo. Era demasiado peligroso, los hombres eran demasiado despreocupados. Tanto su madre como su abuela eran la prueba de ello. Tess estaba decidida a no convertirse en la tercera generación de perdedoras. Ella era consciente de lo que se le daba bien, que era, en especial, su trabajo. En aquel terreno, podía controlarlo todo. Había sido educada para mantener un férreo control sobre las cosas. Sin embargo, los asuntos del corazón eran imposibles de controlar. Los encontraba profundamente inquietantes, sobre todo a la luz de la deserción de las amigas que habían optado por el matrimonio e, incluso, por formar una familia.

—Voy a dejar de intentar llevar la cuenta de los hombres con los que sales —le advirtió Jude—. Ninguno de ellos te dura lo suficiente como para que pueda acordarme de su nombre.

—¡Uf! *Touché*.

—¿Odias a los hombres en secreto? —le preguntó Jude—. ¿Podría ser ese el problema?

—¡Dios mío, no! Me encantan los hombres —contestó. Interrumpió el contacto visual y fijó la mirada en la ventana. La noche descendía sobre la ciudad como un manto de estrellas—. Es solo que no se me da bien conservarles a mi lado.

—¿Quieres que consiga una habitación y dediquemos un rato a hacer el amor? —sugirió Jude, deslizando los dedos desde el hombro hasta el codo de Tess con una suave caricia.

Tess le dio el golpe en el brazo.

—No seas tonto.

—Solo pretendo ser práctico. Somos los únicos que estamos aquí que no tenemos pareja, así que he pensado…

—¿Nosotros? Nos destrozaríamos el uno al otro.

—No sabes divertirte, hermana Theresa. ¿Cuándo vas a rendirte a mis encantos?

—¿Qué tal nunca? —terminó el resto de su copa—. ¿Te parece bien?

—Me estás matando. Bueno, voy a tener que salir de safari para resarcir a mi pobre y rechazado ego —se inclinó para darle un pellizco en la mejilla—. Nos vemos, preciosa. Ahora tengo que organizar una aventura de una noche.

—De acuerdo, pero me parece deprimente.

—No, lo que es deprimente es volver solo a casa.

Se dirigió hacia la barra tenuemente iluminada donde había varias jóvenes alineadas como patos en un puesto de tiro.

Tess no tenía la menor duda de que terminaría haciendo alguna conquista. En su caso, la primera impresión siempre era espectacular. No solo parecía salido de un anuncio de Armani, sino que tenía una manera de mirar a una mujer que la hacía sentirse como si se hubiera convertido de repente en el centro de su mundo.

Pero Tess era capaz de ver dentro de él. A su manera, Jude estaba tan solo y dañado como ella.

Bajó la copa de champán y se acercó a la ventana. San Francisco, durante una noche clara como aquella, era pura magia. Las luces de la ciudad eran como una gargantilla de diamantes alrededor de la bahía y el cielo tenía la suavidad del terciopelo negro. Los puentes se mecían sujetos por las cadenas doradas que conformaban sus cables. Embarcaciones de todos los tamaños se deslizaban en el agua. Los rascacielos se alineaban como lingotes de oro de diferentes alturas. Hasta el tráfico de las calles se movía como si fueran cadenas de oro con diamantes incrustados. Tess había conocido docenas de ciudades –París, Johannesburgo, Mumbai, Shangai–, pero San Francisco era su favorita. Era una ciudad en la que se valoraba el hecho de ser una persona independiente, no se compadecía a alguien por estar solo ni se consideraba un problema que debía ser solucionado por amigos bien intencionados.

Se acercó a la pareja que acababa de comprometerse para despedirse de ella. Al ver a sus amigos juntos, sonrojados y sonrientes, con la alegría brillando en los ojos, Tess sintió una punzada agridulce. Lydia era una de aquellas personas que hacía que amar pareciera algo fácil. No era tan ingenua como para pensar que Nathan era perfecto, pero, aun así, confiaba en él con todo su corazón. Tess se preguntó si aquella era una habilidad aprendida o era una capacidad con la que se nacía.

–Me voy –se despidió, dándole un abrazo a su amiga–. Llámame.

–Por supuesto. Ten cuidado de camino a casa.

Tess salió del bar y se dirigió hacia el ascensor. Los espejos de la cabina estaban colocados en un ángulo extraño, de manera que su imagen iba reproduciéndose cada vez más pequeña hasta el infinito. Estudió su imagen: una piel pálida y pecosa, el pelo rojo y ondulado y una gabardina Burberry que se había comprado en Hong Kong por una mínima parte de lo que le habría costado en los Estados Unidos.

Contempló su imagen durante tanto tiempo que comenzó a parecerle la de una extraña. ¿Cómo era posible?

Por alguna razón que no acertó a comprender, el corazón se le aceleró, comenzó a martillear con fuerza contra su esternón. Dios santo, ¿cuánto había bebido? Respiraba de manera superficial, el aire parecía quedarse en la zona más alta del pecho y tenía la garganta tensa. Se aferró a la barandilla del ascensor, intentando mantenerse firme frente a aquel repentino vértigo.

A lo mejor estaba incubando algo, pensó al ver que la sensación persistía y la acompañaba mientras salía al lujoso vestíbulo del hotel. No. No tenía tiempo de ponerse enferma. Eso quedaba completamente descartado.

También había espejos en el vestíbulo; una mirada fugaz le indicó que no tenía el aspecto de una mujer que estuviera a punto del desmayo. Pero así era como se sentía y aquella sensación la persiguió hasta la puerta. Corrió hacia la calle, hacia la noche, y se dirigió directamente a Lower Nob Hill, el barrio en el que vivía. No necesitaba un taxi. Un paseo enérgico le vendría bien.

Se oía el repiqueteo nervioso de los tacones sobre el pavimento. El chirrido metálico de un coche le taladró los oídos. La vista se le nublaba, ganaba y perdía intensidad como si estuviera mirando a través de unos prismáticos mientras los enfocaba. El corazón continuaba acelerado, la respiración seguía siendo rápida y superficial. A lo mejor era el champán, pensó.

Si tuviera un médico, podría llamarle. Pero no tenía un médico. Tenía veintinueve años, por el amor de Dios. Los médicos eran para las personas enfermas. Ella no estaba enferma. Lo único que le pasaba de vez en cuando era que tenía la sensación de que iba a estallarle la cabeza.

Sacó el teléfono y marcó el número de su madre sin

grandes esperanzas de encontrarla. Shannon Delaney estaba de viaje en algún lugar del valle del Lot en Francia, una zona famosa por su historia, su vino y su paisaje. También era conocida su falta de cobertura telefónica para móviles.

–Hola, soy yo. Solo quería saber cómo estás –dijo–. Llámame cuando tengas oportunidad. ¿Sabes? Lydia y Nathan van a casarse, pero supongo que a ti no te importa porque no conoces ni a Lydia ni a Nathan. Hoy he encontrado un juego completo de Tiffany. Y algunas otras cosas. Llámame.

Guardó el teléfono, preguntándose cuándo iban a cesar aquellos nervios. Un cigarrillo, eso era lo que necesitaba. Sí, era fumadora, había caído de forma inconsciente en aquel vicio durante su primer viaje de trabajo importante a Francia. Era tan consciente de los terribles efectos del tabaco en la salud como cualquiera. Y, naturalmente, pretendía dejarlo algún día. Pronto. Pero no aquella noche.

Buscó refugio en el vano de una puerta y rebuscó en el bolso hasta encontrar la cajetilla roja y blanca. Después llegó el gran desafío: localizar el fuego. Como siempre, tenía el bolso hecho un desastre. Encontró un estuche de maquillaje, recibos, resguardos, notas con información sobre asuntos en los que estaba trabajando, tarjetas de personas cuyos rostros había olvidado. También llevaba herramientas para el trabajo, como una lupa de joyero y una linterna de bolsillo. Llevaba incluso una bolsita con los bizcochos de lavanda de la señora Winther, que había insistido en que se los llevara a casa.

Por fin dio con lo que buscaba, una caja de cerillas de Fuego, un moderno restaurante en el que había tenido una cita con alguien. Con un tipo que, por alguna razón, no había vuelto a llamarla. No era capaz de acordarse de quién era, pero sí recordaba que la ensalada de peras Bosc y queso azul Point Reyes estaba deliciosa. A lo mejor aquella era la razón por la que no había vuelto a salir con aquel hombre; no había sido tan memorable como el queso.

Abrió la cajetilla y descubrió que solo le quedaba un cigarrillo. No importaba. A lo mejor renunciaba al tabaco al día siguiente. Se metió el filtro entre los labios y encendió una cerilla, pero se la apagó la brisa. Sacó otra.

—Perdón…

Una mujer que empujaba cuesta arriba un maltrecho carro de la compra se detuvo en la acera, al lado de Tess. El carro estaba hasta arriba de bolsas llenas de latas, un saco de dormir, fardos de ropa y un cartel de cartón. En la parte delantera del carro llevaba un perrito de aspecto descuidado. Los ojillos redondos del animal reflejaron el resplandor amarillo de la farola cuando la mujer giró el carro.

Tess estaba atrapada contra la puerta. No podía ni seguir caminando ni desviar la mirada y fingir que no la había visto.

—¿Tienes un cigarro? —preguntó la mujer con una voz que sonaba al mismo tiempo educada y agotada. Resollaba levemente tras haber subido la cuesta.

—Es el último.

—Solo quiero uno.

Resignada, Tess volvió a guardar el cigarrillo en la cajetilla y se la tendió.

—Toma.

—Gracias —contestó la mujer—. ¿Tienes fuego?

—Por supuesto —le entregó la caja de cerillas.

A la mujer le temblaron las manos mientras se guardaba el tabaco y las cerillas.

—¿Te apetecen unos bizcochos caseros? —le preguntó Tess, entregándole la bolsa que le había dado la señora Winther.

—Claro, gracias —la mujer sacó uno y le dio un bocado—. ¿Los has hecho tú?

—No, soy una completa inútil en la cocina. Los ha hecho… —¿una amiga?—, una clienta.

Intentó no pensar en el hecho de que tenía más clientes que amigos.

–¡Vaya! Está muy rico –le dio un trozo al perro, que lo recibió como si fuera maná del cielo–. A Jeroboam también se lo parece –dijo la mujer, riendo encantada mientras el perro alargaba la cabeza para lamerle la barbilla–. Cuídate –giró de nuevo el carro para seguir subiendo–. Y que Dios te bendiga.

Tess la observó marcharse, sopesando la ironía de las palabras de aquella mujer sin techo: «cuídate».

Notó un aleteo de inquietud en el pecho atravesándola con renovado vigor y comenzó a caminar a paso rápido, corriendo casi… ¿Pero hacia dónde? ¿Y por qué correr?

–Tranquilízate –susurró, siguiendo el ritmo de su respiración.

Se repitió la frase como un mantra, pero no parecía ayudarla. Corrió hasta la puerta de su edificio de apartamentos y sacó las llaves con movimientos torpes. La mano le temblaba mientras abría la puerta y entraba al edificio. Subió un tramo de escaleras, cruzando a través de un difuso olor a comida y a abrillantador de muebles.

–Estás en casa –se dijo mientras entraba en su apartamento y miraba alrededor de sus desordenados y familiares dominios.

Había maletas y bolsas en diferentes estados de deshacerse, coladas en transición, montones de material de lectura, crucigramas y documentos de trabajo. Estaba tan ocupada entre el trabajo y los viajes que no tenía tiempo para ordenar todas sus cosas.

Aun así, le encantaba su casa. Le encantaban los lugares antiguos. Su apartamento estaba en un edificio de ladrillo que había sobrevivido al terremoto de 1906 y al fuego y portaba orgulloso una placa de la sociedad histórica local. El edificio tenía una tenebrosa historia, había sido el escenario de un crimen pasional, pero a Tess no le importaba. Nunca había sido supersticiosa.

Tenía el piso lleno de objetos que había ido coleccionando a lo largo de los años por la sencilla razón de que le gustaban o despertaban su curiosidad. Había un equilibrio entre lo kitsch y las antigüedades. La característica común a todos ellos era que cada objeto contenía una historia, como aquel jarro de cerámica con una historia de amor explicada en imágenes en bajorrelieve, en su interior había encontrado una nota que decía: *Por mucho que corramos... Gilbert.* O el reloj de pared del cuarto de estar, un reloj antiguo en el que cada uno de los números había sido tallado inspirándose en uno de los doce hijos del relojero. Le gustaban los objetos originales y que parecían haber sido atesorados por alguien en otro tiempo. Su buzón procedía de una caja antigua que contenía un cronómetro para carreras de palomas con una placa de latón que le había grabado un padre a su hijo. Tess colgó su enorme bolso en un pináculo de hierro forjado procedente de la biblioteca de un pueblo que había sufrido un incendio y había sido reconstruida en cuestión de semanas por toda la comunidad.

Los tesoros de otras personas la cautivaban. Siempre le había gustado adentrarse en las historias de otros, contemplar las melladuras, las marcas y las huellas dejadas en los objetos por sus anteriores propietarios. Probablemente había desarrollado aquella afición por la cantidad de tiempo que había pasado en la tienda de antigüedades de su abuela. Teniendo una familia tan pequeña, solía intentar imaginar lo que era tener hermanos, tíos... un padre.

Aquella noche, no encontró consuelo alguno en su colección de tesoros. Caminó nerviosa por su apartamento, deseando no haber tomado aquella copa extra de champán, deseando no haber renunciado a su único cigarrillo, deseando poder llamar a Neelie o a Lydia, sus mejores amigas. Pero Lydia estaba disfrutando de su compromiso con Nathan y Neelie estaba saliendo con un chico nuevo. No podía interrumpir sus felices veladas con un grito de ayuda.

–Sí, así de ridícula eres –le regañó a la imagen que le devolvía el espejo–. No tienes absolutamente nada de lo que preocuparte. ¿Y si tuvieras problemas de verdad? ¿Y si hubieras sufrido como los Winther durante la ocupación nazi de Dinamarca? Desde luego, eso sí es algo a lo que tener miedo.

Tess pensó después en la vagabunda, que probablemente también tenía sus preocupaciones, aunque parecía enfrentarse al mundo con una cansada resignación. Parecía satisfecha con el perro y los bizcochos. A lo mejor debería comprarse un perro, pensó Tess. Pero no, viajaba demasiado como para asumir tan siquiera la responsabilidad de cuidar de un helecho con raíces aéreas y, menos aún, de un perro.

Pero, por mucho que intentara ignorar el martilleo que presionaba su pecho, no podía escapar a él. Aquello era lo único de lo que nunca había averiguado cómo escapar: de sí misma.

Tercera parte

*Querida, toma un poco de lavanda, o mejor un dedal
de vino, tienes el ánimo por los suelos, corazón mío.*
Un mendigo a caballo, 1798
John O'Keeffe,

3 tazas de harina
1 ½ taza de flores de lavanda, frescas o secas
½ taza de copos de avena
1 cucharadita de levadura en polvo
1 huevo batido
½ cucharadita de bicarbonato
⅓ taza de miel
½ taza de suero de leche
½ taza de sal
½ taza de mantequilla
1 cucharadita de vainilla

Precalentar el horno a 200 grados. Mezclar la harina, el bicarbonato y la sal. Incorporar la mantequilla y añadir la lavanda. Hacer un hueco en el centro de la mezcla. Verter el huevo, la miel, el suero de leche y la vainilla. Remover hasta juntar todos los ingredientes. Con las manos enharinadas, palmear la masa y hacer un círculo de unos dos centímetros y medio de grosor. Cortarlo en ocho porciones en cuña. Hornear los bizcochos durante unos 12 o 15 minutos, hasta que estén ligeramente tostados. Servir con mantequilla y miel.

(Fuente: receta adaptada de la revista *Herb Companion*)

Capítulo 3

Archangel, California

—Me lo encontré andando por la autopista –dijo Bob Krokower, señalando a un desgarbado perro pastor que luchaba por liberarse al final de la correa–. Fay y yo pensamos que Charlie sería una compañía agradable para unos jubilados. Pero… eh… resulta que no hemos encajado del todo bien.

Dominic Rossi miró las zarpas enormes y los ojos traviesos de aquel cachorro. Se volvió después hacia Bob, un amigo y cliente del banco que había llevado al perro hasta allí, arrastrándolo a través de la finca y del arroyo que corría entre sus casas.

—Yo ya tengo dos perros –le explicó–. Iggy y Dude.

Los dos eran perros abandonados también, un alocado galgo italiano que había sobrevivido a un criadero de perros y otro con tal mezcla de razas que a veces Dominic ni siquiera estaba seguro de que fuera un perro.

—No podemos quedárnoslo. Salimos esta misma mañana para ir a pasar un fin de semana con los nietos. Es un animal muy sociable –le aseguró Bob, colocándose la gorra de béisbol–. Aquí tienes una bolsa de pienso para perros. Se llevará bien con tus otros perros. Y también con los niños. Le encantan los niños. Los jubilados, no tanto.

Dominic tenía una lista interminable de tareas pendientes para aquel día, que incluía ir a buscar a sus hijos a casa de su exesposa, pero la lista no decía nada de rescatar a un perro abandonado. Se había levantado tan temprano como siempre y había comenzado el día con un paseo por sus viñedos. Cultivar vides y hacer vino era su pasión, pero, en aquel momento, estaba muy lejos de ser un medio de vida. Tenía que intentar encajar su afición entre el trabajo diario y sus obligaciones como padre divorciado, combinando siempre con prisas aquellos tres roles.

—Escucha —propuso Bob—, si no puedes quedártelo, supongo que podré llevarlo al refugio de Healdsburg.

Dominic miró a los ojos castaños y húmedos del cachorro. Y cuando uno miraba a los inocentes ojos de un perro, estaba todo perdido.

—Déjalo aquí. Ya se me ocurrirá qué hacer con él.

Bob le colocó la correa en la mano.

—Eres muy bueno, tanto con las personas como con los perros. Estoy seguro de que estará perfectamente contigo. Muchísimas gracias, Dominic.

Dominic le observó alejarse confiado, sabiendo que había dejado a aquel enorme cachorro en buenas manos. Bob le conocía demasiado bien. Sabía que tenía serias dificultades con la palabra «no».

—Charlie, ¿eh? —le dijo al perro—. Parece que eres un trasto, pero te encontraré un hogar. Ahora que pienso en ello, habría que hacerles un regalo a los Wagner para la fiesta de inauguración de su casa.

A Kurt Wagner acababan de concederle una hipoteca gracias a un programa que Dominic había instaurado en el banco para dar la posibilidad de construirse una casa a veteranos del ejército. A lo mejor Kurt estaba dispuesto a ofrecerle un hogar a aquel perro. Aunque lo dudaba. La esposa de Kurt tenía un bebé en camino, de modo que un perro no adulto sería un exceso para él.

Tras comprobar que la correa era segura, miró a través de las ondulantes colinas hacia la finca de los Johansen, hacia los manzanos de Bella Vista, plantados en escarpados surcos a lo largo de una distante formación rocosa que lindaba con la tierra de Dominic. Los recolectores deberían estar a pleno rendimiento en aquel momento, pero en las tierras de Magnus reinaba un extraño silencio y no había nadie a la vista.

Pensar en el trabajo le recordó que haría mejor en ponerse en funcionamiento. Se detuvo unos cuantos segundos más, tomó una bocanada del aire de la mañana y se dijo a sí mismo que debía dar las gracias por la vida de la que disfrutaba, aunque no fuera la que había planeado. Su carrera como piloto naval había terminado con el fracaso de una misión. Había terminado siendo un padre divorciado en Archangel, donde había crecido rodeado de viñedos y campos abrasados por el sol, un lugar para soñadores, bohemios, granjeros y familias. El paisaje, árido y salvaje, estaba atravesado por carreteras bordeadas de viejos robles que conducían hacia un pueblo de postal lleno de tiendas y cafés. No era exactamente una tortura vivir allí. Él se dedicaba al cultivo de la vid y a la elaboración del vino, algo con lo que siempre había soñado, aunque el día no tenía horas suficientes para hacerlo como era debido. Su vida era agradable, en general, siempre y cuando se concentrara en las cosas que tenía en vez de en las que le faltaban.

Charlie soltó un ruidoso bostezo y se lamió el hocico.

—Ya lo sé, amigo. Tenemos que averiguar qué vamos a hacer contigo.

Pensó otra vez en Magnus y en su nieta, Isabel. A lo mejor el manzanar estaba tan silencioso porque los problemas financieros de Magnus habían tocado techo. Sintiéndose como la muerte personificada, Dominic le había enviado poco tiempo atrás una carta a Magnus, su cliente más antiguo del banco, y su favorito. El recuerdo de la difícil conversación que había mantenido con él le hizo esbozar una mueca.

—Lo siento. Haría cualquier cosa para detener esto. Me he opuesto y he retrasado este momento cuanto he podido.

—Lo sé. Sé que me has concedido varios años extra —había contestado Magnus con voz aplacible, filosófica y carente de miedo.

Dominic había podido evitar la ejecución de la hipoteca hasta que el banco para el que trabajaba había quebrado. El banco nuevo, una corporación mastodóntica, no había sido tan comprensivo como el anterior.

—¡Maldita sea! Odio este negocio, pero tengo dos hijos y necesito conservar mi trabajo.

—Lo comprendo. Yo lo arreglaré todo.

Dominic no le había dicho lo que estaba pensando, que Magnus no tenía ninguna posibilidad de solucionarlo.

Magnus, como siempre, no estaba pensando en sí mismo.

—Siento lo que pasó, Dominic. Lo que le pasó a tu familia, quiero decir.

Dominic asintió.

—Te lo agradezco.

—Los dos nos merecemos que cambie nuestra suerte, ¿eh?

—No sé qué más te puedo decir, Magnus.

—Lo comprendo. Eres joven y tienes la responsabilidad de tus hijos. Nada de esto es culpa tuya. A veces creo que te lo estás tomando peor que yo —Magnus había rodeado con la mano la cazoleta de la pipa que siempre le acompañaba—. Y ahora dime, ¿vas a hacerte cargo de mi testamento? ¿Sigues estando de acuerdo en ser mi ejecutor?

—Por supuesto, si es eso lo que quieres.

—Eso es lo que quiero.

Dominic asintió. Había hecho todo lo posible para ayudar, pero, a veces, ni siquiera eso era suficiente.

Tiró de la correa y se dirigió hacia el jardín. Charlie podría quedarse con él hasta que encontrara un hogar. En aquel momento sonó el teléfono y apareció un número desconocido en la pantalla.

–Dominic Rossi.

–Soy Ernestina Navarro, estoy en Valley Medical.

Ernestina llevaba muchos años trabajando como ama de llaves de Magnus.

–¿Qué ha pasado? –preguntó Dominic.

–¿No te has enterado de lo que ha pasado en Bella Vista?

–No, ¿qué ha pasado?

–Magnus se ha caído de la escalera.

Mierda.

–¡No! –el día pareció transformarse de pronto.

Capítulo 4

La madre de Tess no devolvió la llamada. Tampoco fue una sorpresa. Shannon Delaney estaba en viaje de trabajo entre el valle del Dordgone y el valle del Lot, en Francia, y no era una persona que se esforzara por mantener el contacto. Nunca lo había sido.

Antes de acostarse, Tess descargó las fotografías que había hecho del servicio de té de Tiffany de la señora Winther y de los demás tesoros que había encontrado en casa de la anciana. Al día siguiente, uno de los asistentes los catalogaría y los prepararía para la venta.

Intentó no pensar en el hecho de que volvía a acostarse sola, como siempre. Solía apreciar su independencia y su libertad, pero, a veces, se le parecían mucho a la soledad. Al menos se había calmado aquella terrible taquicardia después de que le entregara los bizcochos y el cigarrillo a la vagabunda.

Apartó el caos que cubría la cama. Sí, vivía en medio del caos, como si todos aquellos cachivaches que formaban parte de su existencia la hicieran sentir la casa menos vacía. Después, cerró los ojos y escuchó el ruido de los tranvías, las sirenas, el siseo de los frenos neumáticos de los camiones y el silbido distante de un tren. El ruido y las vibraciones de San Francisco eran la banda sonora de su vida. Tras haber seguido a su madre por todo el planeta, había llegado a adorar los sonidos urbanos y San Francisco era su ciudad favorita. Si uno tenía que despertarse en medio de la noche y no podía dormir, era preferible tener algo interesante que oír.

Al día siguiente, ni siquiera llamó a su madre, aunque estaba deseando hablar con alguien, con quien fuera, de la reunión que iba a tener con el mismísimo Dane Sheffield. Solo Brooks, el director ejecutivo, estaba al tanto de ello. El hallazgo del tesoro polaco estaba a punto de ser recompensado. Todo aquello para lo que había trabajado durante tanto tiempo y con tanta tenacidad estaba a punto de dar fruto. Por supuesto, le habría sentado bien una conversación motivadora con su madre, pero sabía que saldría adelante sin ella. Siempre lo había hecho.

Corrió a la cocina y metió una taza de agua en el microondas para prepararse un té. Metió la bolsa del té en la taza y se detuvo para contemplar el trébol de color verde pálido pintado en ella. Era una Bellek auténtica, uno de los pocos recuerdos que tenía de su infancia en Dublín.

«¡Ay, Nana!», pensó, «cuánto te habrías alegrado por mí en un día como hoy».

Si Nana siguiera viva, en aquel momento Tess estaría burbujeando como una tetera, compartiendo la noticia sobre los tesoros que había encontrado y hablando emocionada de las brillantes posibilidades profesionales que tenía ante ella. Su Nana y ella habían sido uña y carne, como habría dicho su propia abuela. Cuando Tess era niña, había sido ella la que la había criado porque Shannon Delaney siempre estaba viajando por motivos de trabajo.

Para ser justa, Tess reconocía que Shannon había intentado que la acompañara durante sus viajes. Lo sabía porque uno de sus primeros recuerdos era el de un viaje en avión con su madre. Tenía cinco años y un terrible dolor de oídos, pero, para cuando se lo había contado a su madre, estaban ya volando. Le había estallado el tímpano cuando se encontraban a treinta mil pies y el pus y la sangre habían estado goteándole mientras ella lloraba a pleno pulmón durante las cuatro horas y media restantes de vuelo. Había sido entonces cuando Shannon había decidido que criar a una niña viajando constantemente era imposible.

Tess recordó el intenso sentimiento de alivio cuando la habían enviado de nuevo en avión a Dublín. Por supuesto, había echado de menos a su madre, pero regresar junto a Nana había sido regresar al hogar, un hogar conformado por un piso lleno de colores y una tienda mágica llamada Things Forgotten, situada en Grafton Street. El establecimiento era famoso por sus antigüedades y sus piezas de colección y un lugar de reunión para aficionados. Cuando Shannon estaba de viaje, Tess solía pasar horas allí, incluso siendo muy niña, escondida entre armarios y lavamanos antiguos o debajo del enorme escritorio de Nana, colocado en medio de la tienda.

Nana le había dejado aquel escritorio en herencia, un legado muy poco práctico, pero que le era muy querido. Tras la muerte de su abuela, la pieza había ido a parar a un almacén hasta que Tess había terminado los estudios y se había instalado en su propia casa. Había estudiado en Berkeley, la misma universidad a la que había ido su madre, y había tenido que enfrentarse después al problema de transportarlo. En aquel momento, el escritorio parecía un atolón de factura humana situado en medio de la habitación principal, gloriosamente embellecido con una decoración de talla.

Los primeros recuerdos de Tess, y los más queridos, giraban alrededor de aquel mueble enorme con decenas de cajones y compartimentos. Utilizaba el hueco del escritorio como casa para sus muñecas. Las arropaba en sábanas mientras escuchaba el murmullo de la voz de Nana hablando con alguno de sus clientes o manteniendo una conversación por teléfono. El juego siempre era el mismo. Las muñecas de Tess nunca corrían aventuras ni viajaban por el mundo en busca de un tesoro pirata. Jugaba con ellas a un juego que llamaba «La familia». Las muñecas se peleaban y sus papás las regañaban y las mandaban a la cama. En el mundo de Tess, aquella era una fantasía inalcanzable, algo que ni siquiera podía existir. Ella no tenía familia, al menos en un sentido tradicional. Nunca la había tenido.

Siendo muy joven, había aprendido que no era normal que una madre viajara tanto, que saliera y entrara de aquella manera en la vida de su hija. Había oído a sus profesoras y a las madres de sus amigas especular al respecto, criticar el ritmo de trabajo de Shannon Delaney y lamentarse de que no pudiera quedarse en casa con su hija.

Tess recordaba con nitidez un día en el que su madre estaba haciendo las maletas para otro de sus viajes. Todavía podía ver ante sus ojos el estampado de cachemira de la maleta y el compartimento gris en el que su madre guardaba las lociones y el maquillaje. Había un despertador en la mesilla de noche junto a la fotografía enmarcada que le habían hecho a Tess en segundo de primaria; su enorme sonrisa mostraba el hueco de una de las palas, que se le había caído ese mismo día.

—Mamá, cuéntame cosas de mi papá.

—Tú nunca has tenido un padre. El hombre que te engendró no fue un verdadero padre. Fue solo... un hombre al que conocí.

—Mirabelle dice que soy bastarda.

—Mirabelle es una maleducada y una bocazas —respondió la madre de Tess—. Y también su madre tiene la boca muy grande.

—¿Es malo ser bastarda?

—No, lo que es malo es ser una maleducada. Es bueno ser quien eres, Theresa Eileen Delaney, la primera y la única.

—¿Entonces por qué me ha insultado?

—Pues la verdad es que no lo sé.

—¿Es porque no tengo padre?

—Eso tampoco lo sé.

—A veces, cuando veo a otros niños con sus padres, me entran muchas ganas de tener uno.

Su madre titubeó un instante antes de decir:

—Los padres están sobrevalorados.

—¿Eso qué significa?

—Significa… ¡Dios mío! Haces demasiadas preguntas.

Nana era la única constante en su vida. Las dos pasaban mucho tiempo juntas en la tienda. Cada vez que había un momento de respiro, y siempre había alguno, su abuela y ella tomaban juntas el té, a menudo preparado en una antigua tetera de porcelana china Wedgood o Belleek y, quizá, servido en bandeja de plata. Nana adoraba los objetos antiguos y los trataba con mucho respeto. Sin embargo, siempre procuraba tenerlos cerca.

Reconfortada por el calor de los recuerdos, Tess colocó una bandeja imaginaria. Imitando a la perfección la entonación de su abuela, dijo:

—Pon música, a stór. Con una música tranquila y lenta los clientes se quedarán más tiempo en la tienda.

«A stór» era el apelativo cariñoso con el que la llamaba su abuela. Significaba «tesoro mío» en gaélico.

A lo mejor era la música, o a lo mejor otro tipo de magia, pero Things Forgotten tenía una atmósfera especial que atraía a la gente y la invitaba a regresar. Las revistas de viajes, las guías, e incluso el *New York Times*, aconsejaban su visita a turistas y coleccionistas. Aquella tienda tan diminuta había llegado a convertirse en un éxito.

Otra de las cualidades de Nana había sido su buen criterio. Tenía una gran cabeza para los negocios y casi siempre conseguía sacar un buen margen. Pero, muy de vez en cuando, ofrecía alguna ganga y dejaba que los beneficios se fueran por la puerta junto a un encantado comprador.

—A veces, el verdadero valor de una pieza es lo mucho que la aprecia una persona.

Tess citó en voz alta a su abuela mientras rebuscaba en el escritorio, en aquel momento a miles de kilómetros y muchos años de distancia de la tienda de Dublín. Estaba buscando la antigua agenda de Nana para llevarla a la reunión. Tenía la agenda y el calendario en el teléfono, su vida entera la llevaba en el teléfono, en realidad, o, al menos, eso parecía, pero seguía tomando notas en la agenda y transcribiéndolas después.

Una mirada al reloj la puso en acción. Revisó el correo electrónico y los mensajes de teléfono una vez más; ni una palabra de su madre. Típico. Decidió restarle importancia. Al fin y al cabo, tampoco tenía tiempo para hablar. Aminoró su ritmo al pasar delante de la fotografía de su abuela, enmarcada en una madera nudosa y pulida, que descansaba sobre el escritorio.

—Deséame suerte —le pidió.

Salió y, sin dejar de caminar, le envió un mensaje a Brooks para decirle que iba de camino.

Cerca de media hora después llegó a su edificio, se detuvo ante una ventana de cristal laminado y se arregló el pelo intentando evitar que se notara que había pasado diez minutos en un taxi, gritándole al taxista que su vida dependía de que llegara a tiempo a aquella reunión.

Era la irlandesa que vivía dentro de ella. Tenía un talento natural para el dramatismo. Pero, en cierto sentido, aquella urgencia no era una exageración. Estaba a punto de alcanzar su sueño y aquella reunión supondría un paso crítico en el proceso. No podía permitirse el lujo de llegar tarde, de que la vieran como a una persona poco digna de confianza o irresponsable en cualquier sentido.

La niebla de San Francisco había cobrado peaje a su pelo, pero el reflejo que le devolvía el cristal era aceptable, supuso. Llevaba unos pantalones estrechos de color oscuro, una camisa clásica y un jersey de color crema debajo de una chaqueta gris y unos tacones de charol del mismo color.

Como complementos, una gargantilla elegante y unos pendientes Cartier de los años veinte en oro, cristal y ónix que le había prestado la firma.

Se echó el pelo hacia atrás, cuadró los hombros y caminó decidida hacia la entrada del alto edificio de cristal que alojaba las oficinas de Sheffield. Al mirar el reloj, advirtió que, en realidad, llegaba con cinco minutos de antelación, una gran suerte, puesto que no podía recordar la última vez que había comido. ¡Ah, sí! Las aceitunas del último martini de la noche, aquel que había precedido a su colapso en el ascensor. Antes de entrar en el edificio, se detuvo en un puesto callejero para pedir un café y un donut con azúcar, su desayuno energético favorito. Así no tendría que presentarse en la reunión con el señor Sheffield con el estómago vacío.

Quería que todo saliera bien. Aquello era lo más importante que le había ocurrido en su carrera profesional, una oportunidad que se abría ante ella como una puerta mágica. Todo iba a salir bien. Imaginó un traslado a Nueva York, una significativa subida de sueldo y un papel más importante en el proceso de adquisiciones de la empresa. La perspectiva de poder saldar los créditos de estudios y conseguir una completa independencia le proporcionaba una fuerte sensación de éxito. Después de lo que había sido un lento y arduo trabajo, se sentía como si por fin hubiera encontrado su camino.

Lo único que le faltaba era tener a alguien con quien compartir la noticia. Alguien que la agarrara y le diera un enorme abrazo, que le dijera «¡bien hecho!»· y le preguntara cómo quería celebrarlo. Una bobería, se dijo a sí misma. La sensación de haber logrado su objetivo ya era suficientemente satisfactoria.

Intentando aferrarse a aquel pensamiento, corrió al interior del edificio haciendo malabares con el maletín y su precipitado e improvisado desayuno y pulsó el botón del ascensor con el codo. Compartió la vertiginosa subida al noveno piso con una pareja de jóvenes con las manos entrelazadas que se miraban a los ojos manteniendo una conversación sin necesidad de palabras. Aquello la llevó a acordarse de Lydia y Nathan la noche anterior, moviéndose a un ritmo interior que solo ellos podían sentir. Se imaginó a sí misma teniendo un novio, llamándole y dándole la noticia. Muy bien, pensó, a lo mejor el universo estaba intentando decirle algo. A lo mejor ya estaba preparada para tener un novio, un novio de verdad, no solo una cita de una noche.

Pero no aquel día. Aquel día, ella era lo más importante.

Salió del ascensor y se dirigió hacia las oficinas de Sheffield. Compartía aquel espacio con un grupo diverso de vendedores, brókeres y expertos de la firma. El ambiente de competitividad de la filial de San Francisco se extendía como un virus y Tess no era inmune a él.

Cuando cruzó la puerta con el vaso de cartón en una mano, el bolso a rebosar en la otra y el donut entre los dientes, comenzó a fantasear pensando en la inminente reunión con Dane Sheffield, irradiando ya una confianza pasmosa, aunque todavía no se habían conocido. Dane había hecho crecer la firma hasta situarla a la altura de Christie's y Sotheby's y Tess era una pieza clave en aquel momento. Eran almas gemelas, ambos dedicados a preservar objetos preciosos, conscientes del delicado equilibrio entre el arte y el negocio.

—Hay alguien que quiere verte —anunció Brooks tras ella, señalando a una figura solitaria en el vestíbulo.

¡No! Había llegado muy pronto.

Tess se volvió hacia aquella figura. Permanecía al contraluz, frente a un ventanal que iba desde el suelo hasta el techo. Su silueta se recortaba contra la luz neblinosa del exterior. Sus facciones quedaban en sombra, de manera que solo se podía apreciar la forma de su cuerpo: hombros anchos, un traje bien cortado y una altura considerable, desde luego, más de un metro noventa.

Se volvió hacia la luz y Tess contuvo la respiración. ¡Qué guapo era! Desgraciadamente, aquella exclamación ahogada la hizo aspirar el azúcar del donut que llevaba entre los dientes y soltó un tremendo estornudo. El donut salió volando de su boca, cubriendo su ropa y la alfombra que tenía a sus pies de una capa de azúcar blanca.

Tanto Brooks como el señor Sheffield corrieron en su ayuda, le quitaron el café caliente de la mano antes de que pudiera hacer ningún daño y le palmearon la espalda.

—Se pondrá bien —le aseguró Brooks a su visita—. Desgraciadamente, esto es normal en Tess. Intenta llevar la multitarea al extremo y no le sale muy bien.

—Estoy bien —les aseguró Tess, dirigiéndole a Brooks una mirada de advertencia.

Con un exceso de escrupulosidad, Brooks cubrió el donut con una servilleta de papel, como si fuera un ratón muerto, lo levantó con extremo cuidado y lo depositó en la papelera. Tess intentó comportarse con toda la serenidad posible mientras se volvía hacia aquel desconocido.

—Le ruego que me disculpe —dijo con toda la dignidad que fue capaz de reunir—. ¿Cómo está usted, señor Sheffield? —no se parecía nada a la fotografía que aparecía en el perfil de la compañía. Ni de lejos.

—Soy Dominic, Dominic Rossi —le tendió la mano.

Tenía una sonrisa lenta, advirtió Tess. Una sonrisa lenta y devastadora.

Tess tuvo que recomponerse mientras le estrechaba la mano.

—Estaba esperando a otra persona.

Brooks dio un paso adelante y le limpió el azúcar que le quedaba en la mano antes de que Tess se la estrechara a aquel desconocido.

—El señor Sheffield acaba de llamar —dijo Brooks—. Llega tarde y ha retrasado la reunión una hora.

—Encantada de conocerle, señor Rossi.

Tess intentó disimular la profunda desilusión que le produjo saber que aquel hombre tan atractivo no era su jefe.

—Llámame Dominic, por favor.

Tenía aquella clase de voz profunda, sonora, capaz de captar la atención, aunque hablara muy bajo. Tess casi pudo sentir cómo se disponían a escucharle a escondidas todos los que le tenían al alcance de su oído.

—De acuerdo —contestó Tess—. Dominic.

Por supuesto, tenía que llamarse Dominic. Aquel nombre significaba «regalo del cielo», un sistema de soporte vital para el ego. Pero eso no significaba que no fuera agradable mirarle. Dominic Rossi era un sueño, la clase de sueño del que cualquier mujer en su sano juicio no querría despertar.

Ella siempre había sido sensible a la belleza masculina, incluso desde que tenía diez años, cuando su madre la había llevado a ver el David de Miguel Ángel en Florencia. Se recordaba mirando fijamente aquel enorme mastodonte de piedra, todo músculos flexibles y maravillosa simetría, ajeno a su desnudez. Su miembro le había inspirado docenas de preguntas que su madre había dejado de lado.

En aquel momento, con la mayor de las desganas, se cruzó de brazos, protegiéndose de los encantos de aquel hombre tan alto, misterioso y devastadoramente atractivo.

—¿En qué puedo ayudarte?

—¿Pido más café? —le preguntó Brooks—. ¿O me limito a limpiar este desastre?

—Muy gracioso.

Oksana Androvna, una experta en adquisiciones, asomó la cabeza por la puerta del cubículo de cristal. Miró a su visitante y se retiró. Probablemente, el atractivo desconocido ya había provocado una tormenta de chismorreos en la oficina. No tenía el aspecto de la mayoría de los clientes de Sheffield.

—Mi despacho está por allí —le indicó Tess, dirigiéndose hacia el pasillo.

Le precedió para indicarle el camino, preguntándose si estaría mirándola por detrás. Después se regañó a sí misma por preguntárselo mientras abría el despacho y encendía las luces. Se volvió para mirarle. Él le sostuvo la mirada, pero Tess tuvo la sensación de que, efectivamente, había estado mirándola. No la ofendió. Si ella pudiera mirarle la espalda sin que se diera cuenta, también lo haría.

Como siempre, su despacho estaba en completo desorden. Un desorden organizado, por supuesto, aunque ella era la primera en admitir que aquello no era sinónimo de orden.

—Esta mañana estoy un poco presionada por el tiempo…

—Siento haberme presentado sin avisar —respondió Dominic, adentrándose en los estrechos confines del despacho—. No estoy seguro de tener tu verdadero número de teléfono.

—Nunca te he dado mi teléfono —replicó ella. Pero podría dárselo si se lo pidiera.

Dominic le tendió una tarjeta.

—He estado buscándote.

Por alguna razón que no acertaba a imaginar, aquellas palabras le produjeron un escalofrío. En un solo instante, saboreó la intensa dulzura del azúcar en polvo en la comisura de los labios, sintió el frío del aire acondicionado a través de los conductos de ventilación del techo y lo vio remover algunos hojas sueltas que tenía sobre su cajonera.

—¿Señora Delaney? —la miró con socarronería.

Tess estudió entonces su tarjeta. *Dominic Rossi. Fiduciario de Bay Bank Sonoma.*

—¿Eres un recaudador de facturas impagadas?

—No.

Tess dejó la tarjeta a un lado, retrocedió y le miró con recelo. Tenía las facciones y el pelo a juego con su físico y su voz. Las gafas de montura de carey, más que restarle atractivo, lo realzaban, eran como un marco elegante alrededor de una obra de arte. Dominic permanecía junto a la puerta y parecía completamente fuera de lugar en aquel espacio.

—Sí, está hecho un desastre —admitió Tess al reconocer la desaprobación en su forma de mirar las pilas de documentos—. A Brooks le pone histérico, pero tengo un orden.

Dominic encontró un espacio vacío en el suelo y dejó allí su maletín. Tess colocó el vaso de café que había recuperado sobre una pila de libros de Historia del Arte. Él sacó un pañuelo doblado del bolsillo.

—Eh… es posible que quieras… —señaló la solapa de Tess.

—¿Qué ocurre?

—Estás llena de azúcar glas.

Tess bajó la mirada. Tenía las solapas de la chaqueta cubiertas de polvo blanco.

—¡Oh, maldita sea! —agarró el pañuelo, blanco, planchado, con una letra bordada, y limpió aquel desastre.

—La cara también —señaló él.

—¿La cara?

—Ahora mismo parece la de una adicta a la cocaína que hubiera enloquecido —le dijo.

—Maravilloso. No tengo un espejo.

Dominic rodeó el escritorio para acercarse a ella.

—¿Puedo?

A pesar de sí misma, Tess deseaba decirle que sí a aquel tipo, preguntara lo que preguntara.

—Claro, adelante.

Con mucha delicadeza, Dominic posó un dedo bajo su barbilla y la hizo inclinar la cabeza mientras le limpiaba las comisuras de los labios.

De cerca era incluso más atractivo de lo que en un primer momento le había parecido. Olía increíblemente bien y no podía ir más arreglado. El traje le quedaba perfecto. Era probable que se tratara de un traje hecho a medida. Porque ningún hombre normal tenía la complexión de aquel tipo. A lo mejor le había conjurado ella. ¿Acaso no había estado pensando minutos antes en lo agradable que sería tener un novio?

Permitiéndose disfrutar, aunque solo fuera durante un breve instante, de su contacto y su concentrada atención, fantaseó con lo que sería tener un novio como aquel, tan atento, paciente y atractivo. Aunque no tenía la menor idea de quién era, sabía que iba a hacerla desear tener mejor suerte a la hora de conservar a un tipo a su lado. Para cuando Dominic terminó su asistencia, Tess esperaba no haberse sonrojado. Aunque, siendo pelirroja, le resultaba imposible evitarlo.

—¿Así está mejor?

Dominic se guardó el pañuelo en el bolsillo.

—He pensado que te sentirías más cómoda…

—¿Sin parecer una adicta a la cocaína? —terminó por él. Tuvo que obligarse a no quedarse mirándole embobada. Por primera vez, él esbozó una verdadera sonrisa.

—Créeme, estás mejor sin el azúcar del donut.

—Lo tendré en cuenta.

Hizo el mayor de los esfuerzos para ignorar el pálpito de atracción inspirado por aquella sonrisa y se sonrojó de nuevo al recordar su inminente reunión.

—Tendrás que perdonarme, pero tengo una reunión que no puede esperar.

—Solo… escúchame un momento —volviendo a ponerse serio, apartó un montón de papeles de una silla y tomó asiento—. Es lo único que te pido.

—¿Qué puedo hacer por ti?

Dominic permaneció en silencio. Una sombría mirada asomó a sus ojos de color miel. ¡Ay, Dios! Probablemente había ido a buscarla para conseguir una tasación. La gente de ese tipo siempre conseguía encontrarla. Si era como muchos otros, querría saber lo que podía conseguir por los diamantes de imitación de su abuela o por la escopeta de su tío. A menudo tenía noticias de personas que se encontraban un montón de basura mientras estaban limpiando el sótano de uno de sus seres queridos y creían haber encontrado El Dorado.

Cambió de peso sobre los pies, sintiendo una punzada de ansiedad al pensar en la reunión. Necesitaba estar muy concentrada y, definitivamente, el señor Dominic Rossi no era lo mejor para su concentración.

—Es posible que tenga que pasarte con otro de mis compañeros. Como ya te he dicho, estoy un poco presionada por el tiempo…

—Se trata de un asunto relacionado con tu familia —la interrumpió.

Tess estuvo a punto de echarse a reír ante lo irónico de aquel comentario. Ella no tenía familia. Tenía una madre que no le devolvía las llamadas de teléfono.

—¿Qué puedes saber tú de mi familia?

—El banco para el que trabajo está en Archangel, en el condado de Sonoma.

—Archangel —inclinó la cabeza hacia un lado—. ¿Se supone que eso tiene que significar algo para mí?

—¿No significa nada?

—He estado en Archangel, en Rusia. En realidad, he estado en muchos lugares por motivos de trabajo. Pero nunca he estado en Archangel del condado de Sonoma. ¿Eso qué tiene que ver conmigo?

La expresión de Dominic no cambió, pero Tess detectó algo distinto en sus ojos.

—Tienes familia allí.

A Tess se le revolvió el estómago.

—O esto es una broma, o tiene que tratarse de un error.

—No estoy bromeando y tampoco estoy equivocado. Estoy aquí en nombre de tu abuelo, Magnus Johansen.

Aquel nombre no significaba nada para Tess. Su abuelo. Ella no tenía ningún abuelo en el sentido habitual de la palabra. Había habido un hombre que había abandonado a Nana y otro que había tenido una aventura de una noche con Shannon Delaney. Lo único que le había contado su madre sobre aquella noche era que había bebido demasiado y había cometido un error durante la fiesta de graduación en Berkeley. Así que la palabra «padre» no era la más adecuada para aquel hombre. Jamás había hecho nada por Tess, excepto aportar una célula con el cromosoma X. Su madre ni siquiera estaba segura de cómo se llamaba.

—Eric —le había dicho cuando Tess había preguntado por él—. O a lo mejor se llamaba Erik, con k. Nunca supe su apellido.

En su certificado de nacimiento, aquel espacio estaba cubierto por la palabra «DESCONOCIDO». Y, de pronto, aparecía allí un extraño hablándole de cosas que ella ni siquiera sabía. Reprimió un escalofrío.

—Nunca he oído hablar de… ¿Cómo se llama ese hombre?

—Magnus Johansen.

—Y dices que es mi abuelo —comenzó a sentir un extraño mareo—. No le conozco —dijo—. Nunca le he conocido.

Aquellas palabras encerraban todo un mundo de dolor y confusión. Se preguntó si aquel hombre, Dominic, podría contarle la verdad. No podía estar más desconcertada. Intentando ocultar sus sentimientos, entrecerró los ojos y le dirigió una dura mirada.

—Creo que deberías ir al grano.

Dominic la estudió tras aquellas conservadoras gafas de banquero. La miró de una forma que hizo que le diera un vuelco el corazón y le resultara cada vez más difícil disimular el terror que comenzaba a trepar por su garganta.

—Siento mucho tener que comunicarte que Magnus ha sufrido un accidente. Está en la UCI, en el Hospital Regional del Valle de Sonoma.

Aquellas palabras la sacudieron como un viento helado.

–¡Ah! Ya entiendo. Yo… –no tenía la menor idea de qué decir–. Lo siento mucho. Quiero decir, supongo que es amigo tuyo. ¿Qué le pasó?

–Se cayó de una escalera cuando estaba recogiendo manzanas, ahora está en coma.

Tess esbozó una mueca al imaginar a un pobre anciano cayéndose de una escalera. Entrelazó los dedos con un gesto de nerviosismo mezclado con emoción. Su abuelo, su familia. Tenía un huerto de manzanas. En realidad, ella nunca había tenido relación con nadie que trabajara en el campo, y menos aún que fuera pariente de ella.

–Supongo que… agradezco que hayas venido a darme la noticia personalmente –le dijo. Se preguntó cuánto sabría, en el caso de que supiera algo, sobre los motivos por los que nunca había conocido ni a Magnus ni a nadie de aquella rama de la familia–. El problema es que no entiendo qué tiene que ver todo esto conmigo. Supongo que habrá otras personas de la familia que pueden hacerse cargo de la situación.

Recordó entonces otra conversación que había tenido con su madre muchos años atrás, cuando todavía era una niña confundida y solitaria.

–Quiero que me cuentes todo sobre mi padre –le había pedido, cruzándose de brazos con un gesto obstinado.

–Ha muerto, cariño. Ya te lo he dicho muchas veces. Tuvo un accidente de coche antes de que tú nacieras y murió.

Tess había hecho un gesto de dolor.

–¿Le dolió?

–No lo sé.

–Nunca sabes nada, mamá.

–Gracias.

–Es que es la verdad. ¿Te pusiste muy triste cuando murió?

—Yo… Por supuesto. Todos los que le conocían se pusieron muy tristes.

—¿Y quiénes son todos los que le conocían?

—Pues todos sus amigos y su familia.

—¿Pero quiénes son? ¿Cómo se llaman?

—Yo no conocía mucho a Erik. La verdad es que no conocía ni a sus amigos ni a su familia —había desviado la mirada y Tess había sabido así que le ocultaba algo.

Ni siquiera sabía qué aspecto tenía su padre. Ni cómo sonaba su voz, ni lo que era sentir una caricia de su mano. Solo tenía un recuerdo al que acudir, una antigua fotografía. Era una fotografía Instamatic que guardaba su madre al final del cajón de su escritorio. Los colores habían ido palideciendo con el tiempo. De fondo, se veía un puente que se extendía sobre el agua como una enorme telaraña. En el centro del puente había un hombre. No sonreía, pero parecía agradable. Tenía algunas líneas de expresión alrededor de los ojos y el pelo castaño claro, o rubio oscuro, y lo llevaba cortado a capas con un estilo «muy de los ochenta», por lo que le había explicado su madre.

—De todas formas, me gustaría tener un padre —le había dicho a su madre, pensando en sus amigas, que tenían familias de verdad, con padres, madres, hermanos y hermanas.

A veces imaginaba que aparecía un príncipe azul en sus vidas, se casaba con su madre y se iba a vivir con ellas a una bonita casa pintada de rosa.

Miró en aquel momento a Dominic Rossi, que parecía salido de un sueño, diciéndole cosas que solo servían para provocar nuevas preguntas. La miraba con los ojos de un desconocido, pero Tess creyó reconocer la compasión en ellos. ¿O era pena? De pronto, se descubrió a sí misma irritada por su atractivo, por sus rasgos aristocráticos y la serena inteligencia de sus ojos. ¿De verdad era un banquero? Pues sería un banquero con una educación superior a la que requería su trabajo, seguro que se había graduado en Economía en alguna universidad de prestigio. Lo cual no era ningún motivo para estar resentida con él. Pero lo estaba de todas maneras.

—Nunca he tenido nada que ver con Magnus Johansen —le aseguró, profundamente incómoda con aquella conversación— y como ya he dicho, hoy me espera un día muy ajetreado.

—Theresa...

—Tess —le corrigió—, nadie me llama Theresa.

—Lo siento, así es como aparece el nombre en el testamento.

Tess se quedó boquiabierta.

—¿Qué testamento? Es la primera vez que oigo hablar de un testamento. ¿Y por qué me dices eso ahora? ¿Se mató al caerse de la escalera?

—No, pero... se está hablando sobre si se deben continuar manteniéndole con vida o no. Todo el mundo espera que Magnus se recupere, pero no parece que tu abuelo vaya a ponerse bien. Hay que tomar ciertas decisiones... —Dominic hablaba en voz baja y cargada de emoción.

El loco corazón de Tess comenzó a acelerarse otra vez.

—Es terrible y parece que... que lo estás pasando mal con todo lo sucedido. Pero no sé qué tiene que ver todo esto conmigo.

Dominic la miró un instante.

—Tanto si sobrevive como si no, tu abuelo pretende dejarte la mitad de su herencia.

Tess tardó varios segundos en asimilar aquellas palabras. A pesar de ser una experta en rastrear los orígenes de determinados objetos, conceptos como «propiedad» o «abuelo» le eran completamente ajenos.

—A ver si lo he entendido bien. Un abuelo al que nunca he conocido quiere dejarme en herencia la mitad de todo lo que tiene.

—Correcto.

—No solo no conozco a ese hombre, sino que tampoco sé qué es lo que tiene.

—Tiene una propiedad en el condado de Sonoma, Bella Vista se llama la finca. Son cuarenta hectáreas de terreno con una casa, cultivos y varios edificios aparte del de la casa principal.

Una finca. Su abuelo era propietario de una finca. Nunca había conocido a nadie que fuera propietario de una finca; era algo que había visto en Masterpiece Theatre, no en la vida real.

—Bella Vista —repitió. El nombre le supo tan dulce como el azúcar—. ¿Y está en Archangel? ¿En el condado de Sonoma?

Sonoma era un lugar al que la gente iba a pasar los domingos o a disfrutar de un fin de semana de escapada. Sencillamente, no le parecía un lugar en el que la gente fuera propietaria de fincas. Y, desde luego, no de cuarenta hectáreas.

—¿Y por qué no he sabido nada de esto hasta que se ha caído de una escalera y ha entrado en coma?

—No puedo contestar a eso.

—Me lo estás diciendo ahora porque… ¡Ay, Dios mío!

No podía decirlo. Todavía no era capaz de asimilar la idea de tener un pariente cercano. Por fin estaba comenzando a sentir algo, una tensión desconocida, incómoda, pero imposible de negar. La idea que se le pasó por la cabeza fue que aquello, que aquel posible legado llamado Bella Vista, podía ser una bendición o una desgracia. Y a aquel sentimiento le siguió una oleada de culpa. No conocía a Magnus Johansen, pero no deseaba que muriera para que su dinero pasara a sus manos.

—La mitad de todo —musitó—. Un desconocido me deja la mitad de todo lo que tiene. Es como el argumento de una de esas horribles novelas inglesas para niños que leía cuando era pequeña sobre huérfanos a los que un pariente rico les salvaba en el último momento.

—No he leído ese tipo de novelas.

–Créeme, son terribles. Pero, como ya sabes, yo no soy huérfana y no necesito que nadie me salve.

Un atractivo brillo asomó a los ojos de Dominic.

–Ha quedado claro.

–¿Quién te ha enviado a buscarme? –preguntó–. Y, por cierto, ¿cómo me has encontrado?

–Como ya te he dicho, apareces en su testamento y… es un hombre mayor y su situación no tiene buen aspecto. Y te he localizado como se localiza a todo el mundo, por Internet. No ha sido complicado. Buen trabajo el del collar polaco, por cierto.

–Fue un rosario –le corrigió–. ¿Y qué papel juegas tú en todo esto? ¿De qué manera estás involucrado en esta situación?

–Magnus reescribió hace poco su testamento y me nombró a mí su ejecutor.

Tess le miró con los ojos entrecerrados.

–¿Por qué a ti?

–Me lo pidió –se limitó a contestar Dominic–. Conozco a Magnus desde que era niño y he sido su banquero y su vecino desde hace muchos años.

Tess sintió una irracional puñalada de envidia. ¿Cómo era posible que aquel tipo, que aquel banquero, conociera a su abuelo cuando ella ni siquiera sabía quién era?

La mirada penetrante de Dominic la incomodó. Parecía capaz de ver una parte de ella que prefería mantener oculta, la de aquella niña necesitada que añoraba tener una familia.

–A lo mejor se recupera –añadió Dominic, leyéndole el pensamiento.

–¿A lo mejor se recupera? ¿Cuál es el diagnóstico? ¿Hay algún diagnóstico?

–En este momento es bastante incierto. Hay una inflamación cerebral y respira con respiración asistida, pero la situación puede cambiar. Por lo menos, eso es lo que esperamos.

A Tess se le revolvió el estómago, como le había ocurrido la noche anterior en el ascensor.

–Lo siento por ti y por todas las personas que le quieren. De verdad, lo siento mucho. Pero no entiendo qué papel juego yo en todo esto.

–En cuanto se recupere y le conozcas…

–Aparentemente, no es eso lo que él quiere –desvió la mirada de sus ojos escrutadores.

–Magnus no decidió… –le dio una inflexión especial a su voz–. Estoy seguro de que tiene sus razones.

–¿De verdad? ¿Qué clase de hombre se niega a reconocer a su propia nieta, salvo en un pedazo de papel?

–No puedo contestar por Magnus.

Tess se ablandó. Sintió que se le hundían los hombros.

–Lo que le ha pasado es terrible. Y me gustaría comprender todo esto, pero, de verdad, creo que no hay nada más que hablar.

Se moría de ganas de hablar con su madre. Shannon Delaney tenía muchas explicaciones que darle. Tenía que explicarle por qué nunca había mencionado a Magnus Johansen, ni Archangel, ni el posible legado de una finca. Un hombre al que nunca había conocido la había incluido en su testamento. Intentó asimilarlo y adivinar cómo la hacía sentirse. Su abuelo, su abuelo, se repitió, iba a dejarle la mitad de su herencia. Mientras la idea iba cobrando forma en su cerebro, se le ocurrió una pregunta obvia.

–¿Y qué pasa con la otra mitad? –preguntó.

–¿La otra…? ¡Ah! Te refieres a la propiedad de Magnus.

–Sí.

–La otra mitad se la dejará a tu hermana.

Tess estuvo a punto de tropezar con la silla. Por un momento, fue incapaz de articular palabra. Lo único que pudo hacer fue clavar la mirada en su visitante. Estaba horrorizada.

–¡No! –dijo con voz débil–. No, no y no. Déjame pensar un momento. ¿Tengo una hermana?

–Sí –respondió Dominic–. Mira, ya sé que te estoy dando demasiadas noticias…

–¿Tú crees?

Tess se esforzaba en asimilar la información, pero estaba ahogándose en todas aquellas revelaciones. El corazón le latía a toda velocidad. No eran ni las diez de la mañana y ya le habían dado la noticia de que su abuelo, al que no conocía, estaba en coma y no era probable que se recuperara, y de que tenía… una hermana. La palabra, el concepto, le resultaba completamente extraño.

–¿Qué hermana? –consiguió preguntar, aunque apenas oía su propia voz por encima del latido desenfrenado de sus oídos–. ¿Dónde está? ¿Quién es esa… hermana?

–Está en Bella Vista y está… Eh, ¿te encuentras bien? –volvió a preguntarle con aquella mirada tan penetrante.

–Sí, genial –se aferró al borde del escritorio como si le fuera la vida en ello.

¿Cómo podía estar ocurriéndole algo así? De pronto, en medio de una vida completamente normal, aparecía una persona de la nada para hablarle de una herencia cuya existencia hasta entonces desconocía.

Y de una hermana de la que nunca había tenido noticia.

Sintiéndose atrapada, miró frenética alrededor de la oficina. El pulso le latía enloquecido, martilleando su pecho con saña. Era incluso peor que la noche anterior. ¿Estaría muriéndose? A lo mejor se estaba muriendo. Los objetos inanimados comenzaron a aparecer borrosos ante sus ojos y a vibrar como si tuvieran vida. Se le cerró la garganta y sintió el corazón latiendo con fuerza contra su esternón. Emitió un sonido involuntario, un grito ahogado de confusión y angustia.

–¿Tess…? –preguntó Dominic.

–Yo –tenía la garganta hinchada, cerrada. El sudor perlaba su frente y su labio superior–. La verdad es que no me encuentro muy bien…

—Tienes un aspecto terrible, como si te fueras a desmayar o algo así.

La voz de Dominic sonaba muy lejos, como si estuviera gritando desde el otro extremo de un tubo muy largo.

—Necesito… sentarme –consiguió decir.

—Eh…, ya estás sentada.

Tess presionó las manos contra la silla. «Dios mío, ¿qué me está pasando?», pensó.

Dominic se acercó a la puerta y se asomó al pasillo.

—¡Eh! ¡Necesitamos ayuda! Creo que se está mareando.

Tess intentó protestar, decir «no estoy mareada», pero su voz se perdió en algún lugar dentro de ella y, además, no podía jurar que aquel tipo no tuviera razón.

La gente comenzó a reunirse en el reducido espacio que había fuera del despacho. Ella seguía con el pulso acelerado y la visión borrosa. Un par de rostros se acercaron a ella.

Uno de ellos era el de Jude.

—Dios mío, Tess, estás horrible.

—A lo mejor es un infarto. ¡Tess! ¿Puedes oírme? –era Oksana.

—O un ataque de pánico –intervino Brooks–. Dale una bolsa de papel para que respire dentro de ella.

—Estoy llamando a urgencias –anunció Jude.

«No», intentó decir Tess, pero no salió ningún sonido de su boca.

—¿Dónde está el hospital más cercano? –preguntó Dominic.

La agarró de la muñeca y Tess sintió sus dedos tomándole delicadamente el pulso. De toda la gente que había en la habitación, la única persona a la que no conocía era la que la estaba tocando. Y ella tembló como si acabara de meterse en un congelador.

¿Un hospital? ¿Aquello era una urgencia? No, no era una urgencia. Las urgencias se producían cuando a la gente se le partía el corazón y terminaba en la morgue con una etiqueta atada al dedo gordo del pie.

–Mercy Heights, está cruzando Comstock –indicó Jude.

–Entonces tenemos que ir allí.

–Deberíamos llamar…

–No, eso nos llevaría mucho tiempo.

Unos brazos tan fuertes y sólidos como una carretilla elevadora la levantaron de la silla. Dominic Rossi la sostuvo entre sus brazos como si no pesara nada.

–Llévale el bolso, ¿quieres? –dijo–. Y que alguien sujete la puerta.

Tess permanecía sobre una camilla, cubierta por una sábana crujiente de tela desechable. Tenía puesto un camisón de hospital y alguien le había dado un par de calcetines amarillos con puntos antideslizantes en las suelas. Había unos chismes pegajosos atados a unos cables que iban desde su pecho hasta el monitor y otros cables sujetos a las puntas de sus dedos por unas pinzas. Unos tubos de plástico flexible serpenteaban tras sus orejas e insuflaban un oxígeno de olor extraño en sus fosas nasales. También le habían colocado un gráfico entre los muslos.

Sonaban pitidos y llamadas. Se oían pasos precipitados chirriando sobre el pulido suelo del hospital. La envolvía el ruido de conversaciones, llantos y rezos en, al menos, tres idiomas. Alguien estaba gimiendo. Y alguien blasfemaba fluidamente con toda la fuerza de sus pulmones. Y, en algún lugar, un paciente ladraba como un perro.

Un grupo de personas con batas blancas se reunió alrededor de Tess. Mercy era un hospital universitario y la mayor parte de aquellas personas con bata eran jóvenes y mostraban un interés inusitado en ella.

Tess se sentía derrotada y sin fuerzas, abatida por los acontecimientos de las dos últimas horas. Dominic Rossi la había llevado hasta allí en brazos, como a una ahogada. La habían interrogado, monitorizado, habían vuelto a interrogarla, a hacerle todo tipo de pruebas. Le habían preguntado que si había considerado alguna vez la posibilidad de suicidarse y quién era el presidente de los Estados Unidos y le habían pedido que describiera su estado mental. Se había sentido como si estuvieran bombardeándola a preguntas que terminaban mezclándose entre sí. ¿Se preocupaba en exceso? ¿Llevaba más de seis meses padeciendo aquellos síntomas? ¿Era incapaz de controlar sus preocupaciones?

Se sentía adormecida, derrotada, mientras contestaba con afirmaciones apagadas a la mayor parte de aquellas preguntas.

Uno de los estudiantes de medicina, un tipo regordete y serio, revisó el informe de su caso. Nervioso a los pies de la cama, leyó las notas que aparecían en una pantalla colocada sobre un carrito con ruedas.

—«La señora Delaney es una mujer, de veintinueve años, altura, uno setenta, peso, cincuenta y cuatro kilos, sin ningún precedente de problemas médicos. Ha sido acompañada por...» — consultó la pantalla— «... un compañero de trabajo preocupada por la aparición de una variedad de síntomas, entre ellos, dificultades para respirar, aceleración del ritmo cardiaco, desorientación, visión borrosa...».

Tess se sentía como si fuera una persona diferente, allí tumbada. O, quizá, un objeto inanimado a punto de ser subastado. Cualquiera que anduviera cerca podía oír su historial. El estudiante de medicina leyó las respuestas a su «estilo de vida» y los resultados de los análisis realizados en urgencias. En un tono aséptico, libre de todo juicio moral, informó al médico de que estaba por debajo de su peso y fumaba. Tenía la tensión y el pulso muy altos. Los análisis sanguíneos no relevaban consumo de drogas ni que fuera víctima de algún veneno. La paciente informaba de que había experimentado síntomas parecidos con anterioridad, pero nunca tan intensos.

Cuando el estudiante de medicina terminó, el médico, un hombre de más edad, dio un paso adelante.

—Sus pruebas ya están —le informó.

—¡Qué alivio! —dijo Tess. Tenía la voz débil y tensa, pero, por lo menos, comenzaba a sonar otra vez como si fuera ella misma—. Ya estoy suficientemente bien como para salir de aquí.

—Estoy seguro. Sin embargo, necesitamos hablar de los posibles diagnósticos.

—¿Diagnósticos?

—Me refiero a su estado.

—¿A mi estado? ¿Tengo un estado? Yo no tengo ningún estado. Lo que tengo es una reunión con… —se le aceleró el corazón y dos monitores la traicionaron.

Un estudiante le ajustó el flujo de oxígeno. El médico giró el monitor para que lo viera.

—Le enseñaré los resultados. No tienen ningún problema físico —le mostró los resultados del electrocardiograma, la ecografía, los análisis de orina y los de sangre—. Sin embargo, los síntomas son reales y la buena noticia es que son tratables. ¿Ha oído hablar alguna vez del trastorno de ansiedad generalizada? A veces nos referimos a él como TAG.

—¿Trastorno de ansiedad? —odiaba como sonaba aquello—. ¿Un trastorno? —no le parecía una palabra que pudiera aplicarse a su salud—. ¿Quiere decir que he tenido un ataque de ansiedad?

—Tendrá que hacer un seguimiento de lo ocurrido con su médico de cabecera.

—Yo no tengo médico de cabecera —respondió—. Los médicos son para las personas enfermas.

—En ese caso, tendrá que encontrar un médico que controle su estado y la ayude a tratar el trastorno haciendo algunos cambios en su estilo de vida.

—Mi estilo de vida es perfecto —contestó y, a pesar de la dosis extra de oxígeno, el monitor volvió a sonar—. No tengo intención de cambiarlo.

—Hay riesgos. Sobre todo para su corazón.

—¿Mi corazón? —tragó saliva, intentando no volver a asustarse.

—Si no se somete a ningún tratamiento, los síntomas podrían derivar en un infarto debido a la tensión cardiovascular. Habrá que hacer más pruebas sobre alguna posible enfermedad cardiovascular. Y, una vez más, la urjo a ponerse en contacto con un médico.

—¿Y usted qué es? —le preguntó en tono demandante—. ¿Un cero a la izquierda?

Aquel hombre mantenía una cara de póker insoportable.

—Es posible que se trate de algo transitorio. ¿Ha pasado algo relevante en su vida?

Era la primera pregunta personal que le hacían.

—Todo —contestó—. Estoy perdiéndome una reunión que probablemente sea la más importante de mi carrera. Esta mañana ha aparecido un desconocido en mi despacho contándome una historia absurda sobre mi… No importa. Lo único que necesito es tranquilizarme y salir de aquí.

—No creo que vaya a ir muy lejos si antes no se enfrenta a lo que le ha pasado —repuso el médico—. Tengo una lista con algunas referencias para usted, y también un folleto con información sobre los trastornos de pánico. Hay cosas que debería comenzar a hacer inmediatamente para evitar que la situación pueda generar efectos permanentes en su salud.

Maravilloso, pensó Tess. Aquello era demasiado bueno para ser verdad. En un solo día había encontrado a su abuelo, aunque también le habían dicho que estaba a punto de perderle, le habían comunicado que tenía una hermana a la que nunca había conocido y habían terminado diagnosticándole un trastorno.

Capítulo 5

Bajo la deprimente luz de la sala de urgencias, Tess se recompuso lo mejor que pudo. Llegó un enfermero con unos formularios y más literatura médica. Se fijó en sus pertenencias, esparcidas por todas partes, y en los monitores, en aquel momento en silencio. Tess no se molestó en intentar encontrar un espejo. Sabía lo que iba a ver: una mujer hecha polvo con azúcar glaseada en la ropa, el pelo revuelto y sin maquillar. ¿Quién quería algo así?

—¿Hay alguien esperándola? –preguntó el enfermero.

—¿A quién? ¿A mí? –Tess frunció el ceño–. No, no creo.

Jude había acompañado a aquel tipo, Dominic, pero no había vuelto a verle desde que la habían llevado en la camilla hasta una zona rodeada de cortinas y la habían colocado al lado de un hombre con el pelo apelmazado que gritaba como un basilisco.

—A lo mejor quiere llamar a alguien –sugirió el enfermero.

—¿A un taxi? –preguntó–. Es lo único que necesito.

El enfermero la miró un instante y corrió la cortina.

—Buena suerte. Llámenos si necesita algo.

—Gracias.

Se sentía ligeramente mareada o, a lo mejor, desorientada. En la sala de espera, la gente aguardaba nerviosa en las sillas de plástico o paseando por los suelos de baldosa, obviamente ansiosos por recibir noticias de sus seres queridos. Un rápido escrutinio a la sala le confirmó que ni Jude ni Dominic se habían quedado a esperarla.

Por una parte, era un alivio poder salir de aquel lugar, pero, por otra, no podía negar que era deprimente no tener a nadie que la llevara a casa después de salir de urgencias.

Se colocó el bolso al hombro y buscó la salida sintiéndose cada vez más decidida. No necesitaba a nadie. Lo que necesitaba, y de manera desesperada, era un cigarrillo.

Dejar de fumar. La frase aparecía en mayúscula en la lista que le había entregado el médico.

Al infierno con él. Iba a ir a buscar un estanco y se compraría los mejores cigarrillos que pudiera pagar.

—¿Ha ido todo bien? —Dominic Rossi apareció de pronto ante ella.

Llevaba el abrigo desabrochado y el pelo revuelto, como si se hubiera estado pasando la mano por él repetidas veces.

—¿Qué estás haciendo aquí? —le preguntó Tess.

—Esperarte.

—¿Y por qué me estás esperando?

Dominic la miró como si no la comprendiera.

—He sido yo el que te ha traído aquí. No iba a dejarte abandonada.

A Tess la sorprendió oír aquella frase en labios de un completo desconocido. Hasta Jude se había marchado cuando había quedado claro que no estaba llamando a las puertas del cielo.

—¡Ah, bueno! De acuerdo, entonces. Se supone que tengo que comprar algunas cosas en la farmacia del hospital.

—Está por ahí —Dominic señaló hacia un resplandeciente pasillo—. Te espero aquí.

—No tienes por qué…

—Pero te esperaré.

«Ríndete», se dijo Tess a sí misma. «Por una vez en tu vida, deja que alguien te ayude».

—Ahora mismo vuelvo —musitó, y se dirigió hacia el mostrador de la farmacia.

Poco después, cargada con más folletos y literatura médica, se reunía con Dominic en el vestíbulo del hospital. Le resultaba extraño pensar que tan solo unos minutos antes el corazón hubiera estado a punto de salírsele del pecho. Al ver la preocupación que reflejaban los ojos de Dominic, se sintió obligada a darle una explicación.

—Al parecer, no he estado a punto de morirme. No sé lo que me ha pasado. O, mejor dicho, supongo que ahora lo sé. Los médicos dicen que he tenido un ataque de pánico. Yo pensaba que ese tipo de ataques solo eran una subida de adrenalina, pero resulta que son una especie de… trastorno. Todo esto me resulta muy vergonzoso.

—No tiene nada de vergonzoso.

—He reaccionado de manera muy exagerada. Me siento como una hipocondríaca.

—A mí los síntomas me han parecido muy reales.

—Sí, pero…

—¿Parte de la terapia consiste en castigarte a ti misma?

—No, pero…

—Entonces, intenta relajarte.

Era extraño, y un poco deprimente, encontrar comprensión en un auténtico desconocido. Y más todavía que sus palabras le resultaran reconfortantes.

—Eso es lo que ha dicho el médico. Ha dicho un montón de cosas, como que se supone que tengo que aprender cuáles son los desencadenantes, qué es lo que causa los síntomas e intentar evitarlo.

—¿Y esto ha sido desencadenado por…?

—Por ti, por si no lo has notado. Por lo tanto, es a ti a quien tengo que evitar —concluyó.

Sí, se sintió mejor. Los tipos con un atractivo salvaje tendían a causar problemas. Por lo menos, aquella era su experiencia.

—No todos los días me cuentan que tengo un abuelo al que no conozco que está en coma y, para terminar de rematarlo, una hermana que ni siquiera sabía que existía.

—Lo siento, pensaba que sabías lo de Isabel.

Isabel. Intentó hacerse a la idea de lo que era tener aquella familia oculta, gente que podría haber conocido durante toda su vida si se lo hubieran permitido. Las preguntas llegaban a oleadas. ¿Cuánto sabría su madre de todo aquello? ¿Aquella gente sabía de su existencia?

—¿Y solo tengo una hermana?

—Exacto.

Isabel. ¿Qué clase de nombre era aquel? ¿El de una niña privilegiada, criada en la soleada opulencia del estado de California, disfrutando de una familia que la adoraba? Tess sintió un estremecimiento de ansiedad. Al parecer, su hermana y ella compartían el mismo padre. Erik Johansen había estado muy ocupado antes de morir.

—Y ella sabe de mi existencia.

—Sí, está deseando conocerte.

«Apuesto a que sí».

—¿Eres tú el que se lo has dicho?

Dominic vaciló durante una milésima de segundo.

—Los médicos aconsejaron a Isabel que se asegurara de que los asuntos de Magnus estaban en orden. Encontró una copia del testamento.

—Así que supongo que… también ella se llevó una sorpresa —Tess vio el cartel de salida y fue directa hacia él—. Pero seguro que no montó un numerito como el mío.

—No, que yo sepa.

—¿Entonces cómo reaccionó? ¿Qué dijo?

—Preparó una tarta de pera y jengibre —contestó Dominic—. Fue algo épico.

Tess no era capaz de asimilar que tenía una hermana. Una pariente de sangre. Intentó imaginar qué aspecto tendría, cómo hablaría, pero no fue capaz de formarse ninguna imagen. Lo único que pudo imaginar fue a una mujer haciendo una tarta.

–¿Qué le pasa? ¿Es una cocinera compulsiva?

–Es una cocinera increíble.

–¿Y se gana la vida cocinando?

–La salida es por allí –le indicó Dominic.

Y Tess se preguntó si habría ignorado deliberadamente su pregunta. Dominic la condujo hacia unas puertas giratorias automáticas y Tess quedó atrapada en el mismo espacio que él. Respiró aliviada cuando salieron juntos.

–Ya me encuentro mejor. No me gustan mucho los hospitales –confesó.

–Pero hay que utilizarlos cuando se necesitan.

Hubo algo en su voz que la llevó a preguntarse cuál sería su experiencia en hospitales. Se le ocurrían todo tipo de preguntas sobre Dominic, pero no se permitió planteárselas.

–No pretendo dedicarme a desmayarme sin motivo alguno. Por lo que dice la gente del hospital, se supone que tengo que encontrar un médico y cambiar mi estilo de vida –palmeó un bolso gigante–. Todos estos folletos hablan de mi trastorno. ¡Puf! Odio tener que pensar que tengo un trastorno –comenzó a cruzar la calle.

–¿Adónde vas?

–A trabajar. Tengo millones de cosas que hacer.

–Ya le dije a tu compañero… ese tipo…

–Jude. Jude el Desleal.

–Le pedí que le dijera a todo el mundo que hoy no ibas a ir al trabajo.

Tess experimentó una súbita sensación de… algo. ¿Enfado? ¿O era alivio?

–Voy a volver a la oficina. No puedo perderme esa reunión bajo ningún concepto.

—La han cancelado. Tu asistente me ha pedido que te lo dijera.

—¿Qué? ¿Has cancelado mi reunión?

—No he sido yo.

Tess rebuscó en el bolso hasta encontrar el teléfono. Por supuesto, tenía un mensaje de la oficina informándole de la suspensión de la reunión. El corazón le dio un vuelco. ¿Habría cancelado el señor Sheffield la reunión porque le había dejado plantado? ¿Debería llamar a Brooks y preguntar? No, seguramente ya habría suficiente rumores y especulaciones sobre ella.

—Necesito un café —dijo, y miró a Dominic con expresión desafiante—. Y un cigarrillo.

—¿Justo lo que te ha ordenado el médico?

Tess tuvo que hacer un esfuerzo para controlarse.

—Seguro que eres uno de esos tipos obsesionados por la salud, ¿verdad?

—Solo lo habitual en un no fumador —la agarró del brazo y la condujo hacia una cafetería—. Siéntate, ahora mismo vuelvo.

Tess intentó enfadarse con él por estar cuidándola de aquella manera, pero lo único que estaba haciendo era ser amable con ella. Nada de aquello era culpa suya. Se sentó en una mesita situada en una esquina y sacó la información que le había dado el médico. ¡Menudo día! Había sido un día terrible, descabellado.

Dominic regresó con una taza grande y humeante que Tess aceptó agradecida. Cuando llegó hasta ella el aroma del contenido de la taza, frunció el ceño y arrugó la nariz.

—Es una infusión de hierbas —le explicó él.

—Huele a césped recién cortado.

Tess volvió a aspirar y se aventuró a beber un sorbo.

—¡Puaj! Es repugnante. Preferiría beber un detergente líquido.

—Se supone que es bueno para los nervios —le mostró la

composición que aparecía en la carta: lavanda, manzanilla, valeriana e hipérico.

—Una bebida de brujas —replicó, y se estremeció—. Tengo los nervios perfectamente.

Dominic no dijo nada, pero su silencio fue bastante elocuente. Tess se descubrió fijándose en sus manos, unas manos largas, de aspecto fuerte. Llevaba un enorme reloj multifunción en la muñeca. Turbada al sentir una nueva punzada de atracción, añadió:

—De todas formas, me pondré bien. Aquí tengo todo lo que debo hacer —le mostró toda la información que le había dado el médico—. Adelante, échale un vistazo. Después de mi experiencia en urgencias, todo el mundo está al tanto de mis secretos.

—Aquí dice que los efectos de la ansiedad pueden ser muy dañinos si no se tratan, por no hablar de que son muy desagradables.

Tess se estremeció al recordar la cegadora sensación de pánico.

—Y hay gente que estudia medicina durante años para averiguarlo —miró al otro extremo de la mesa y descubrió compasión en su mirada—. Lo siento, no creo que quejarme vaya a servirme de mucho.

—Después de todo lo que te ha pasado esta mañana, tienes derecho a quejarte. Un poco —consultó el folleto que Tess le había pasado—. La buena noticia es que aquí te dicen muchas cosas que puedes hacer. Primer paso: ejercicios de respiración.

—Genial, si hay algo que puedo hacer sin necesidad de practicar es respirar. ¡Caramba! Creo que hasta nací sabiendo hacerlo.

—Los ejercicios de respiración hay que hacerlos tumbado —le enseñó una serie de dibujos.

—Lo que habitualmente se conoce como dormir.

—Se recomienda la meditación. Supongo que tú no meditas.

—¿Cómo te lo has imaginado?

Dominic volvió a consultar la lista.

—¿Yoga?

—«Noga».

—¿Algún tipo de ejercicio que practiques de forma habitual?

Tess le miró con el ceño fruncido.

—Correr por los aeropuertos. Comprar a toda velocidad.

—Terapia cognitivo conductual.

Tess se echó a reír.

—Cada día. ¿No lo parece?

—Sentido del humor —respondió Dominic—. No está en la lista, pero no creo que te haga ningún daño.

Sin darse cuenta, Tess bebió un sorbo de la infusión y estuvo a punto de vomitar.

—Es imposible que esta porquería esté en esa lista.

—Mira… Comidas que debes evitar —volvió la página hacia ella.

—Déjame imaginar: azúcar refinada, alcohol, café…

—Has acertado.

—Son las comidas que más me gustan —movió la mano con un gesto de desprecio—. No pienso hacer nada de eso. Sencillamente, no va conmigo.

—Mira, no te conozco, pero voy a arriesgarme a aventurar una locura: a lo mejor te ayuda hacer lo que los médicos te han recomendado.

Tess oyó el eco de la seria advertencia del médico sobre los efectos de la presión sanguínea y el estrés en su corazón: «Eres demasiado joven para arriesgarte de esa manera. Tienes que tomarte las cosas con calma». Apoyó los codos en la mesa y miró a Dominic con los ojos entrecerrados y expresión recelosa.

—¿Por qué tengo la sensación de que tienes experiencia en médicos y hospitales?

Dominic se encogió de hombros.

—Debe de ser tu asombrosa intuición. Toma —le colocó el folleto delante—. Empieza por algo pequeño. Elige una de las cosas de la lista y comprométete a llevarla a cabo.

Su tono de barítono y aquellos ojos de color miel resultaron mucho más persuasivos que el friqui residente de urgencias. Dominic Rossi. No tenía derecho a ser tan atractivo. Casi la había hecho olvidar que no había contestado a la pregunta sobre médicos y hospitales.

—Hay demasiadas cosas entre las que elegir —se quejó con un dramatismo exagerado, revisando la lista: dieta, estilo de vida, respiración, yoga, cardio... —. Te diré lo que vamos a hacer, elige tú una cosa —le devolvió el folleto a Dominic.

—¿Quieres que elija algo y tú te comprometerás a hacerlo?

Tess se cruzó de brazos y le miró con firmeza.

—Soy una mujer de palabra.

—Excelente. Deja de fumar.

—Me encanta fumar.

—Eres una mujer de palabra. Y perdona lo que voy a decir, pero eres demasiado guapa para fumar.

Aquellas palabras tuvieron un efecto ridículo en ella.

—¡Vaya! No se te da nada mal.

Cuando salieron de la cafetería, Dominic le preguntó:

—¿Quieres que pare a un taxi?

—No, gracias, puedo ir andando desde aquí. Andar me sentará bien, ¿verdad? —todavía se sentía un poco insegura después de aquella locura de día.

—Te acompañaré, quiero asegurarme de que llegas bien a casa.

—No hace falta. Conozco el camino. Además, ¿no tienes nada que hacer? Como... trabajar en el banco, por ejemplo.

—Tengo un sustituto.

Tess se ajustó la correa del bolso.

—Tú mismo. No eres un asesino ni nada parecido, ¿verdad?

—No soy un asesino.

—Genial.

Fueron caminando por Hyde Street, junto al vertiginoso tráfico de la ciudad. Los escaparates de las tiendas les devolvían su reflejo. Parecían una pareja, se descubrió pensando Tess. Él debía de andar por la treintena, aventuró. Alto, atractivo, se movía con una confianza en sí mismo que atraía las miradas de las mujeres con las que se cruzaban, e incluso las de algunos hombres.

—¿Estás bien? —preguntó Dominic.

—Sí, estoy bien.

—Me miras de una manera extraña.

—Me estaba preguntando cómo es —contestó, desviando la mirada—. Magnus Johansen, quiero decir.

—Bueno —contestó Dominic inmediatamente—. Serio. Le gusta cuidar de los demás. Cualquiera de sus amigos o vecinos podría decírtelo.

—¿Y cómo le conociste?

—En realidad, ni siquiera recuerdo una época de mi vida en la que no le conociera. Mis padres emigraron de Italia a los Estados Unidos. Cuando llegaron, trabajaron como temporeros en Archangel y Magnus les ofreció una casa en la que quedarse.

Inmigrantes. Sus padres habían sido trabajadores inmigrantes. De pronto, tuvo que recomponer la imagen que se había forjado de Dominic Rossi como un privilegiado especialista en finanzas.

—¿Entonces Bella Vista es una granja?

—Es un manzanar, en realidad. Allí se cultivan las mejores manzanas del condado. Conocí a Magnus cuando yo tenía unos siete u ocho años y él me descubrió trabajando en Bella Vista.

—¿Qué quieres decir con que te descubrió?

—No quería que se incumpliera la legislación sobre el trabajo infantil. En cualquier caso, y por resumir, la cuestión es que nos tomó a mi hermana y a mí bajo su protección. Nos ayudó en todo, consiguió la tarjeta de residencia para mis padres y a nosotros nos matriculó en el colegio.

—Mi abuelo parece un santo —giró para entrar en su barrio.

Las casas de ladrillo se alineaban a ambos lados de la calle, todas ellas con verjas de hierro forjado y árboles cuyas hojas estaban comenzando a secarse por los bordes.

—Yo no sé nada de santos. Cuando vayas a verle…

A Tess se le aceleró el corazón, un recordatorio aterrador del trauma que la había llevado a aterrizar en urgencias.

—No voy a ir a conocerle. Esto no tiene nada que ver conmigo.

—Siento no darte la razón, pero esto tiene mucho que ver contigo.

—¿Y se supone que tengo que dejarlo todo e irme a Archangel a toda velocidad para hacer qué? No tengo nada que hacer allí. Y si hubiera algo que hacer, ya tiene otra nieta. ¿Isabel…? ¿Isabel vive con su abuelo?

—Sí, creció en Bella Vista. Magnus y Eva, su esposa, ya fallecida, la criaron.

—Entonces Magnus no me necesita —respondió Tess, notando un extraño dolor que se retorcía en su interior como unos tentáculos envenenados—. En serio, ya sé que la situación es terrible, pero no puedo involucrarme en ella.

—Lo comprendo. Todavía tienes demasiadas cosas que asimilar.

Aquel hombre tenía unos ojos increíbles. Tess sentía la urgente necesidad de seguir hablando con él, pero no tenía sentido.

—Aquí tienes mi número de teléfono —Dominic le tendió una tarjeta—. Llámame si cambias de opinión.

—Se llama Isabel —dijo Tess, hablando con el buzón de voz de su madre—. ¿Sabías que tenía una hermana? Y un abuelo. Y si lo sabías, ¿por qué no me lo has dicho nunca? Por el amor de Dios, mamá, llámame en cuanto recibas este mensaje. No me importa la hora que sea. Tú llámame.

Tess dejó el teléfono a un lado y miró alrededor de su apartamento, lleno de antigüedades. El escritorio de Nana en medio de la habitación, como un gigante durmiente. ¿Había sido aquella misma mañana cuando se había arreglado y había salido corriendo para reunirse con el señor Sheffield? Tenía la sensación de haber hecho un largo viaje desde entonces.

Aunque el médico le había ordenado que se relajara, se había pasado la tarde caminando por su apartamento, nerviosa y preocupada. Había buscado en Google a Dominic, a Magnus y a cuantas personas había mencionado el primero. Pero no había servido de nada. Solo había encontrado algunos frustrantes retazos de información sobre ellos, nada que pudiera serle útil. Había preguntas que solo su madre podía contestar. Pero a su madre nunca se le había dado bien responder a las preguntas difíciles.

Sonó el teléfono y saltó a por él, pero la llamada era de Neelie.

—Voy a tu casa —le comunicó su amiga sin preámbulo alguno.

—Pero no necesito…

—Es tarde, ya estoy aquí.

Tess oyó el pitido de la puerta, puesto que Neelie conocía el código de entrada, y, a continuación, sus pasos en la escalera. Le abrió la puerta.

—¡Hola!

Neelie blandió una enorme bolsa de una tienda gourmet.

—He comprado sopa de pollo, y no me da miedo utilizarla.

—¡Que Dios te bendiga! Estaba a punto de descongelar un burrito.

Neelie chasqueó la lengua y comenzó a trabajar en la cocina.

—Jude me ha dicho que te han llevado a urgencias. ¿Qué demonios te ha pasado?

«Gracias, Jude», pensó Tess.

—Estoy bien.

—Sabía que me dirías eso. Pero no es normal que una persona saludable de veintinueve años vaya a urgencias. Cuéntamelo todo.

Tess experimentó un cierto alivio al contarle a Neelie todo lo que le había pasado aquel día. Neelie era su mejor amiga, una persona capaz de escucharla sin juzgarla. Hizo todas las exclamaciones pertinentes mientras Tess describía la reunión con Dominic Rossi y las sorprendentes noticias que le había transmitido.

—Espera un momento, así que ese abuelo, ese tipo del que nunca habías oído hablar, está a punto de palmar y te va a dejar una finca que tiene en el condado de Sonoma.

—Media finca. Por lo visto, tengo una hermana.

—¡Dios mío! No me extraña que te hayas desmayado y hayan tenido que llevarte al hospital. ¿Cómo has llegado hasta allí? ¿Ha venido a rescatarte uno de esos enfermeros macizos de urgencias?

—Has acertado en lo de macizo. Me ha llevado Dominic.

—¿El tipo del banco? —Neelie abrió los ojos con gesto de perplejidad.

Para ella, banquero era sinónimo de aburrimiento.

—Y, además, me ha esperado. Creo que se sentía culpable por haber hecho que me explotara la cabeza.

—Desde luego, no es para menos —Neelie rebuscó en la cocina hasta encontrar dos tazones grandes para la sopa—. ¿Qué te han dicho los médicos?

—Que tengo la cabeza a punto de estallar. O, mejor dicho, el corazón —Tess le enseñó la información que le habían dado en urgencias.

—¡Dios mío, Tess! Tengo miedo por ti.

—Y yo tengo miedo por mí.

—Entonces tienes que cuidarte. Estás muy estresada y con esa bomba que acaban de lanzarte… Es demasiado para cualquiera. Lo primero que tienes que hacer es pedir una baja.

—De ningún modo —la reacción de Tess fue automática, y vertiginosa—. Yo nunca he pedido una baja.

—¿Y cómo crees que has llegado a esta situación? —Neelie la obligó a sentarse—. Come. Es sopa de pollo. He oído decir que es buena para el alma.

—No creo que tenga ningún problema en el alma.

—Lo que sea. Come. Estás demasiado delgada. Y, como bien sabes, las chicas demasiado delgadas tienden a molestar a sus amigas —Neelie le tendió un bollito de pan recién hecho.

Tess mordió un bocado de aquel pan que desprendía olor a hierbas aromáticas y a mantequilla.

—Me alegro de que seas mi amiga.

Los dedos de Neelie volaban por la pantalla del teléfono.

—Le he enviado un mensaje a Jude para decirle que avise en la oficina de que vas a tener que tomarte unos días libres…

—¡Qué! ¡Dame eso! —Tess intentó agarrarle el teléfono, pero Neelie lo apartó de su alcance.

—Demasiado tarde. Cómete esa maldita sopa, Tess.

Resentida, Tess probó la sopa. Estaba deliciosa, pero tenía gusto a desafío.

—Se suponía que hoy iba a ser mi gran día en el trabajo. Tenía una reunión con el mismísimo Dane Sheffield. Estoy convencida de que iba a ofrecerme un puesto con el que la mayoría de la gente solo se atreve a soñar: Nueva York, junto a los mejores jugadores en mi campo. Y le he dejado plantado.

—Has tenido una emergencia personal. Tess, tienes que tener tu propia vida. Lo que ha pasado hoy es una señal de que necesitas tiempo para ti —Neelie hojeó las recomendaciones que le habían dado en urgencias—. Así que esto es perfecto. Necesitas descansar. Puedes pasar unos días en Archangel, ir a ver todo lo que te ha contado ese tipo. Tienes un abuelo y una hermana en Archangel. ¿Sabes? Yo he estado allí.

—¿En Archangel?

—En el condado de Sonoma. Si quieres saber mi opinión, es precioso. Hay muchas bodegas y algunas de primera clase. Me llevó Ivar. ¿Te acuerdas de Ivar? ¿Ese noruego que estaba tan bueno?

—Sí, fue hace dos o tres novios.

—Nos quedamos en una casa rural. Era un pueblo increíble, había numerosos puestos de frutas, el paisaje era tan maravilloso que ni siquiera parecía real. Hay vinos que no puedes encontrar en ningún otro sitio del mundo. Fue algo mágico. Es la clase de lugar que te hace preguntarte por qué vivimos en la ciudad.

—Porque trabajamos aquí. Aquí tenemos el trabajo y los amigos.

—Bueno, pues tanto si te gusta como si no, tienes una cuestión personal que atender en Archangel. Te conozco, Tess. Si no vas, todo este asunto va a terminar estresándote y eso es exactamente lo que se supone que tienes que evitar. Vas a pasarte las noches despierta, preguntándote por tu hermana y por ese pobre hombre que se cayó de la escalera —agarró la tarjeta de Dominic, que estaba encima del correo que se acumulaba en la encimera—. Le voy a llamar por ti.

—No...

—Come.

—¡Qué mujer más mandona! —musitó Tess. Pero comió.

Al día siguiente, Tess saltó de la cama y se sorprendió al ver la hora que era en la pantalla del teléfono. Lo que no la sorprendió lo más mínimo fue ver que no había recibido ningún mensaje de su madre.

Corrió a lavarse los dientes y a cepillarse el pelo y se puso un jersey de cuello vuelto de cachemira. Después abrió el armario y revisó los montones de ropa metida a presión. ¿Qué se ponía una persona para acudir al probable lecho de muerte de un desconocido y para ver a una hermana a la que tampoco conocía?

Agarró varias prendas y una bolsa de viaje, guardó el teléfono en aquella tierra de nadie que era su bolso y metió también el cargador. El desarrollo de los acontecimientos, Archangel, Bella Vista, Magnus, Isabel... la había dejado completamente deslavazada. No tenía la menor idea de cómo sentirse después de todo lo que había pasado.

«Averigua cuál es el siguiente paso a dar y, entonces, dalo». Aquellas palabras de la señora Winther se filtraron de pronto en su cerebro.

—De acuerdo, así que el siguiente paso es...

Sonó el telefonillo.

—Abrir la puerta —musitó.

Maldita fuera. Dominic había llegado antes de lo que esperaba. Tenía el apartamento en su habitual estado de desbarajuste. No tenía ninguna disculpa para ello, aunque la llegada de Dominic Rossi la hizo consciente de sus desordenados hábitos: había pilas con material de investigación en la mesita del café y notas adhesivas por todas partes porque no confiaba en su memoria. No se había tomado la molestia de fregar los platos la noche anterior y tenía la lencería que había lavado a mano colgada en una lámpara, en una esquina del cuarto de estar.

Era una lástima, pensó. Pero no iba a cambiar de hábitos para impresionar a un banquero.

Sin embargo, la palabra «banquero» dejó de computar en cuanto abrió la puerta y alzó la mirada hacia él. Por alguna extraña razón, aquel hombre tenía un rostro que hacía descender su cociente intelectual al territorio de los dos dígitos.

–Eh… todavía no estoy preparada –le dijo.

–Esperaré hasta que lo estés –contestó él–. Me alegro de que me llamaras, Tess. ¿Cómo te encuentras?

–¿Qué? ¡Ah, eso! Estoy bien, de verdad. ¿Sabes? Creo que no te di las gracias por haberme llevado al hospital y por haberte quedado conmigo.

–No esperaba que me dieras las gracias. Me alegro de que estés bien –y le dirigió una de aquellas lentas sonrisas, blandiéndola como si fuera su arma secreta–. ¿Te importa que pase?

–No, solo tardaré unos minutos.

Se sintió un poco cohibida al ver cómo miraba a su alrededor. Aquel apartamento tenía toda una lógica para ella, pero era probable que a ojos de un desconocido, todos aquellos objetos antiguos parecieran una excentricidad o, por lo menos, algo en extremo sentimental.

–Me gusta tu casa –comentó Dominic mientras estudiaba una radio de madera de nogal que había encima del mostrador–. ¿Esta es una familiar?

–Sí –cerró el portátil y comenzó a buscar la funda–. Pero no de mi familia. Esa radio… tiene un mensaje en la parte de atrás.

Dominic la giró y leyó.

–«Para Walter, un chico valiente. Navidad de 1943». ¿Quién era Walter?

–No estoy segura. Es solo que… me atraen las cosas que tienen un pasado, una historia.

Dominic tomó un prisma que Tess utilizaba como pisapapeles.

–Eso viene del Mary Dare, un barco que naufragó en la desembocadura del río Columbia en 1876. Los prismas se utilizaban para dejar que la luz entrara bajo cubierta –encontró la funda del portátil y guardó el ordenador en la bolsa de viaje.

–¿Y esto?

Dominic sostenía una pieza alargada de marfil tallado con grabados en la superficie.

—Se le llama «el hombre está en casa».

—¿Y es?

—Un juguete sexual —contestó, intentando no echarse a reír al ver que lo dejaba precipitadamente—. En la isla de Nantucket, en la época de la caza de ballenas, las mujeres los utilizaban para consolarse cuando los hombres pasaban años y años fuera.

—No me extraña que hayan prohibido la caza de ballenas.

—Necesito guardar unas cuantas cosas más —dijo Tess, y se metió en el dormitorio. Tener un hombre en su casa había despertado su vanidad, así que decidió añadir unas cuantas prendas a la bolsa—. Si te apetece algo, ahí tienes la nevera —le gritó.

Y, al mismo tiempo, pensó «por favor, no abras la nevera».

—Gracias —contestó Dominic. Tess le oyó abrir la puerta de la nevera—. A lo mejor bebo algo.

Tess frunció la cara cuando le oyó decir:

—Tienes la nevera llena de libros y papeles.

—Eh… sí —contestó con naturalidad, y regresó a la cocina—. Sí, tengo allí algunos libros.

—¿Puedo preguntar por qué?

—Porque no quedaba más espacio en el congelador —le entraron ganas de reír al ver su cara de estupefacción—. También guardo notas escritas a mano. Son únicas, no tengo ninguna copia hasta que no las transcribo.

—Por eso las guardas en la nevera.

—En el caso de que se incendiara la casa, allí estarían a salvo.

Dominic asintió.

—Buen plan.

—Y para contestar a la pregunta obvia, sí, tengo una caja

fuerte, pero no me acuerdo de la combinación y, de todas formas, es demasiado pequeña.

—¿A qué te dedicas exactamente?

—Soy experta en identificar el origen de los objetos. Me dedico a autentificar obras de arte, joyas y legados familiares.

—Parece algo bastante… raro. E interesante.

Abrió la nevera del todo y revisó los estantes. Había toda una provisión de yogures de limón, algunas cajitas con restos de comida china y doce botellas de la única bebida que Tess consumía con regularidad: Red Bull. Probablemente, aquella bebida energética encerraba todo tipo de peligros para ella, pero la ayudaba a no quedarse dormida en el trabajo.

Dominic sacó una botella y la sostuvo frente a la luz.

—¿Esto es legal?

—No me juzgues —contestó Tess mientras apartaba unas bragas de encaje de la lámpara en la que las había puesto a secar.

—Bonitas bragas —dijo él.

Vale, se había dado cuenta.

—Vuelvo a pedirte que no me juzgues por lo que estás viendo.

—Jamás —le prometió, y abrió una botella de refresco.

Bebió un trago e hizo un esfuerzo visible para no dar una arcada.

—Se pueden decir muchas cosas de una persona por la casa en la que vive —observó él.

—¿De verdad? ¿Y qué puedes decir de mí?

—Que te gustan los crucigramas —señaló una pila de periódicos con crucigramas, anagramas y pruebas de ingenio, todos ellos completados de manera obsesiva.

—Puedes denunciarme si quieres. ¿Qué más?

Dominic observó detenidamente una colección de daguerreotipos y documentos amarilleados por el tiempo.

–Vives en el pasado.

–No, estudio el pasado porque en eso consiste mi trabajo. Vivo en el aquí y el ahora, algo que me parece perfecto.
De hecho, me parece maravilloso.

–De acuerdo, entendido.

Tess sabía que él no pretendía mostrarse crítico cuando
le había dicho que vivía en el pasado, pero se había sentido
criticada, como si hubiera hecho algo malo.

–Me fascinan los crucigramas y los objetos antiguos.
Pero no tengo el síndrome de Diógenes. Por favor, no me
digas que parece que tengo el síndrome de Diógenes.

–No parece que tengas el síndrome de Diógenes. Tu colección de objetos antiguos me parece fascinante. Nunca
había conocido a una chica que tuviera un «el hombre está
en casa».

–Que tú sepas –respondió ella.

–Que yo sepa. Háblame del escritorio –le pidió, señalando el escritorio de Nana.

Aquel mueble era, con mucho, el objeto dominante de la
sala. Por su tamaño y su presencia parecía casi un elemento
arquitectónico.

–Creía que me estabas analizando a mí –respondió, intentando mantener un tono intrascendente.

Esperaba que ambos consiguieran llevar las cosas con
cierta ligereza, pero no era fácil. Porque, aunque apenas conocía a Dominic, le gustaba mucho hablar con él. Le gustaba su manera de mirarla y el hecho de que pareciera que le
importaba de verdad.

–Y lo estoy haciendo –dijo Dominic–. Háblame de ese
escritorio.

Tenía que preguntar por él. Era la única cosa del apartamento verdaderamente personal, verdaderamente suya, no
solo un objeto con una historia que no tenía nada que ver
con ella.

–Mi abuela tenía una tienda en Dublín. Cuando era pequeña pasaba mucho tiempo con ella porque mi madre siempre estaba trabajando por asuntos de trabajo. Nana vendía arte y antigüedades.

—Eso es genial. ¿Vivías en Irlanda?

—Hasta que vine a estudiar a los Estados Unidos, viví allí.

—Una irlandesa pelirroja —señaló él.

—No me preguntes que si ese pelo tiene relación con mi genio porque me veré obligada a hacerte daño.

—Gracias por la advertencia. Entonces, el escritorio…

—Estaba en la tienda de mi abuela. A Nana le gustaba decirle a la gente que vendía antigüedades y recuerdos. La tienda se llamada Things Forgotten. Todavía puedo verla trabajando aquí, en este escritorio. Era guapísima y aquella tienda era mi lugar preferido en el mundo. Para una niña, era un lugar mágico, como un mundo lleno de tesoros.

Tess no podía negar los sentimientos que la invadían mientras compartía sus recuerdos íntimos con aquel desconocido, como si contar aquellos sueños nostálgicos pudiera ayudarla a encontrar sentido a su vida.

A veces, en medio de una transacción aburrida o frustrante, o mientras esperaba en una cola interminable para pasar los controles de seguridad del aeropuerto, sabiendo que iba a perder un vuelo, pensaba en la tienda de su abuela. Imaginaba cómo sería su vida si tomara un rumbo diferente. Muy de vez en cuando, se preguntaba por lo que pasaría si se arriesgara a abrir su propia tienda de antigüedades, una tienda que tuviera el mismo aspecto y transmitiera lo mismo que la que dirigía su abuela años atrás. Era en aquella tienda donde permanecían los recuerdos de su infancia, impregnados de un inefable aroma a nostalgia, a bergamota y a las bayas de arrayán que su abuela colocaba en cuencos de cristal alrededor de la tienda. Pero apenas pensaba en ello, porque bajo ningún concepto iba a renunciar a su puesto de trabajo en Sheffield, un puesto que tanto le había costado ganar.

–¿Vas a verla a menudo? –preguntó Dominic.

–Murió cuando yo tenía quince años.

–Lo siento. Es bonito que hayas conservado su escritorio.

–¿De verdad? A veces me pregunto si no es como un lastre que terminará arrastrándome hasta el fondo.

–O un ancla.

–Eso me gusta más –se volvió para disimular una sonrisa y cerró la cremallera de la bolsa–. Ya está, ya estoy preparada. Aunque no sé cómo se puede preparar alguien para nada de esto.

Dominic tomó la bolsa. Tess revisó la casa una vez más y le siguió hasta la calle.

Se sorprendió al ver un taxi esperando delante de su casa. Cuando Dominic se había ofrecido a llevarla, había dado por sentado que lo haría en su coche.

–¿Archangel no está a unos cien kilómetros de aquí? –preguntó.

–A ciento veinticinco. Está al norte del condado.

–¿Y quién va a pagar el taxi?

Dominic le sujetó la puerta de pasajeros.

–No vamos a ir en taxi hasta allí.

–¿Entonces?

–Tengo una forma más rápida de viajar.

Tess permanecía en un muelle flotante del Pier 39, observando un avión bimotor que se tambaleaba en el amarradero. Cerca, docenas de leones marinos holgazaneaban sobre los muelles flotantes, alzando de vez en cuando sus bigotudos rostros al sol. San Francisco tenía su propio olor a mar, un perfume compuesto de vida marina, ajetreo urbano, diésel, pescado frito, brisa fresca y pesca del día.

–Si estás intentando impresionarme –le advirtió Tess a Dominic–, lo estás consiguiendo.

Él no dijo nada mientras colocaba la bolsa de Tess en un compartimento del ala. Después, se quitó la chaqueta y la guardó allí también. A Tess no la sorprendió reconocer en la etiqueta el nombre de un sastre muy conocido. Pero, aunque el traje estaba muy bien cuidado, era evidente que no era nuevo.

Dominic abrió la cabina y desató los amarres. Tenía los hombros y los brazos de un estibador, pero se movía con una peculiar elegancia. Tess jamás había conocido a nadie que se pareciera ni remotamente a él.

—¿Te ocurre algo?

Cuando la descubrió mirándole fijamente, Tess bajó la cabeza a intentó mantener el sonrojo a raya.

—Archangel está en tierra firme, ¿verdad? Así que me estaba preguntando dónde íbamos a aterrizar.

Dominic le abrió la puerta.

—Es un avión anfibio —agarró a Tess de la mano, la ayudó a sentarse y subió tras ella.

Tess se volvió hacia él y frunció el ceño.

—¿Dónde está el piloto?

—Le tienes aquí delante.

Dominic comenzó a presionar interruptores del intricado despliegue del cuadro de mandos.

—¿Eres piloto?

—Sí, ¿quieres ver mi licencia?

—No, no hace falta. ¿O debería ser más escéptica?

—Ponte el cinturón —le pidió—. Y estos cascos. Esto va a hacer mucho ruido.

Salió del avión y lo empujó, balanceándose como un experto sobre el pontón mientras quitaba las amarras. Con un fluido movimiento, volvió a sentarse en el asiento del piloto, se puso el cinturón de seguridad y los cascos y activó el motor.

Los motores comenzaron a girar en círculos translúcidos, propulsando al pequeño aparato por delante de las flotillas de leones marinos y llevándolo hasta mar abierto. Tess soltó un grito ahogado en el momento en el que el despegue la dejó sin respiración. Durante los minutos siguientes, permaneció pegada a la ventanilla, contemplando el paisaje. La bahía de San Francisco siempre era una vista digna de contemplación, pero desde el aire y en un día soleado era pura magia. El avión se elevó en el cielo, Tess miró a Dominic y aquella experiencia cobró una cualidad surrealista. Ella había volado por todo el mundo, pero aquello era diferente, como disfrutar de una intimidad prohibida con un hombre al que acababa de conocer.

Una vez más, Dominic la descubrió mirándole. Giró el dial de sus audífonos.

—¿Va todo bien?

Su voz sonaba clara, pero con un tono mecánico.

—Teniendo en cuenta las circunstancias, sí —respondió—. No todos los días vuelo con un desconocido en un avión privado.

Aunque podría acostumbrarse a hacerlo, pensó.

—No soy un desconocido. Soy un banquero —replicó él.

—Pues debes de ser un banquero muy bueno.

—¿Por qué dices eso?

—Supongo que no todos los banqueros tienen un avión privado.

—Este no es mío —contestó.

La expresión de Dominic cambió un poco, pero Tess no le conocía y no fue capaz de interpretar aquel gesto. Había cosas en aquel hombre que no encajaban y se descubrió a sí misma deseando juntarlas, como si fuera un desafiante rompecabezas.

Aquel hombre era único en muchos sentidos. Había sido portador de noticias extremadamente difíciles de digerir, pero se las había llevado en persona y había mostrando compasión. Había esperado a que le dieran el alta en urgencias y, gracias a él, Tess estaba a punto de descubrir una parte de su vida que había permanecido en la sombra hasta aquel momento. Era como abrir una puerta y asomarse al interior de un mundo desconocido. Había añorado una familia durante toda su vida y acababa de enterarse de que, durante todo aquel tiempo, la había tenido a muy poca distancia. Le dolía el corazón al pensar en todo lo que se había perdido. Su madre iba a tener que darle muchas explicaciones.

—Mira hacia la izquierda —le indicó Dominic mientras la ciudad iba desvaneciéndose tras ellos—. Es el faro de Punta Reyes.

La esbelta torre, encaramada sobre un saliente de rocas al final de una precaria y retorcida escalinata de piedra, pasó como un brochazo de color. El avión parecía deslizarse a lo largo de los acantilados mientras el mar rugía y estallaba contra las rocas. Se dirigieron hacia el norte a lo largo de la escarpada línea de costa, cuyos dedos irregulares se adentraban en el océano. Al cabo de un rato, el avión viró hacia tierra firme y comenzó a sobrevolar colinas y tierras de labranza. Los huertos, los viñedos y las granjas formaban una colcha de infinitos tonos de verde y colores otoñales. Los sembrados parecían unidos por las hebras plateadas de ríos, acequias y canales y por las líneas más oscuras de las carreteras. Aparecieron los pueblecitos del condado del vino, parecían de juguete, casi unas delicadas joyas por su belleza, pero con una sólida economía. Tess podía ver los coches en las carreteras y la maquinaria agrícola trabajando los campos. Se sentía a sí misma alejándose cada vez más de la vida urbana.

Sobrevolaron Sonoma, Tess nunca había estado allí, pero Dominic lo señaló, y, al cabo de un rato, comenzaron a descender hacia Archangel, un lugar que Tess conocía solo de nombre. El pueblo parecía muy pequeño. Un puñado de casas en el centro de un pueblo cercado por un colorido manto de viñas, huertos, prados y jardines.

El campo de aterrizaje estaba situado entre dos viñedos que cubrían sendas colinas. El avión tocó tierra con delicadeza, después, vibró a lo largo del pavimento y rodó hasta detenerse cerca de un hangar de metal corrugado. Había otros aviones aparcados allí.

Dominic apagó radios y controles.

—Bienvenida a Archangel.

—Gracias por el viaje en avión. Ha sido… algo inesperado.

Dominic salió y rodeó el bimotor para ayudarla a bajar. Su fuerza le produjo a Tess una secreta emoción. Dominic tenía unas manos grandes y firmes y la manejaba como si no pesara nada.

—Por ahí —le indicó al tiempo que se echaba la chaqueta al hombro y se dirigía hacia el aparcamiento.

Al alejarse de la pista de aterrizaje y del hangar, el aire olía a dulce y la atmósfera resplandecía con la luz del otoño. Dominic abrió la puerta de un todoterreno de aspecto muy conservador. El coche estaba tan pulcro y ordenado como todo lo demás en Dominic. Tess nunca había confiado del todo en aquellas personas que parecían hacer del orden una patología.

Se mantuvo en silencio durante el trayecto, observando el paisaje por la ventanilla. Neelie siempre había intentado convencerla de que fuera a explorar las regiones vinícolas del condado de Sonoma, pero ella nunca había tenido tiempo. Y, aunque había visto fotografías, nada la había preparado para el generoso esplendor de aquel paisaje. Aquel terreno sinuoso estaba tapizado de una frondosa abundancia, los viñedos asemejaban guirnaldas verdes y amarillas, los huertos y las granjas brotaban por doquier y los montículos cubiertos de yerba dorada emergían coronados por casas, silos y establos resplandecientes bajo el sol. Y, sobre ellos, el cielo más azul que había visto en su vida, tan brillante e intenso como el mármol pulido.

Había algo en aquel paisaje que la conmovió. Era exuberante y casi amedrentador por la abundancia de belleza. Lejos del ajetreo de la ciudad, se sentía como una extraña, como Dorothy saliendo de su bulliciosa casa y adentrándose en la tierra de Oz. Puestos rebosantes de productos locales señalaban la entrada a aquellas granjas de nombres caprichosos: Almost Paradise, One Bad Apple, Toad Hollow... Las cajas se exhibían sobre mesas envejecidas por el tiempo. Entre granja y granja, a lo largo de la carretera, se alineaban tupidos zarzales y robles altísimos.

Tess sintió un extraño cambio dentro de ella cuando la oscura línea de la carretera entró en Archangel. El pueblo se anunciaba por una señal situada en un puente que cruzaba un pequeño canal, el arroyo Angel.

Se dijo a sí misma que no debía preocuparse. No debía sentirse desbordada por la situación. Estaba acostumbrada a enfrentarse a situaciones más extrañas. Intentando averiguar la procedencia de un objeto, había tenido que tratar con todo tipo de gente, desde importantes ministros de cultura a intermediarios que eran poco menos que traficantes, y siempre había sabido defenderse. La perspectiva de conocer a su media hermana no tenía por qué inquietarla.

Pero lo hacía. Intentó recordar las instrucciones que le había dado el médico para enseñarle a respirar. Al parecer, estaba acostumbrada a respirar con la parte superior del pecho y, por lo visto, no era bueno. Se suponía que tenía que inhalar haciendo llegar el aire hasta el vientre, hasta que se expandiera el estómago y, después, espirar lentamente, vaciando los pulmones. Tomó aire y se llevó una mano al estómago para comprobar que estaba hinchándose como era debido.

—¿Qué haces? —preguntó Dominic, dirigiéndole una mirada fugaz.

—Respirar.

—Me alegro de oírlo.

–Estoy utilizando la técnica de respiración que me enseñaron en urgencias.

–¿Puedo hacer algo para ayudarte?

–No me hagas hablar. Tengo que respirar.

–Entendido. ¿Pero hay algo que te esté poniendo nerviosa?

–No, por supuesto que no –solamente toda aquella locura, pensó–. Estoy bien.

Estuvo practicando aquella técnica respiratoria mientras cruzaban el pueblo. Archangel era un pueblo pintoresco, sin parecer por ello artificial, lo que le confería una rústica elegancia. En el centro del pueblo había una plaza cuadrada rodeada de lechos de crisantemos blancos y margaritas estrelladas de color violeta, una amplia pradera con bancos de hierro y varios eucaliptos cuyas hojas de color verde salvia aleteaban con la brisa. El centro de la plaza lo presidía una fuente con una escultura de bronce de una viña de la que colgaban los racimos de uvas.

Los edificios estaban muy bien conservados. Había tiendas, cafeterías y restaurantes con toldos coloridos, algunos locales de degustación, un par de tiendas de productos gourmet y una antigua ferretería con carretillas y macetas en la acera. Era mucha la gente que estaba disfrutando de aquel clima tan maravilloso. Una pareja de ancianos caminaba lentamente, tomándose un helado. Una joven madre de ojos soñadores empujaba un carrito y un grupo de ruidosos chicos pasó a empellones, empujándose los unos a los otros mientras esquivaban a una familia compuesta por una madre, un padre, dos niños gemelos y una adolescente de ojos oscuros.

Todo el mundo parecía tan normal, tan feliz, que resultaba envidiable. Tess no era tan ingenua como para pensar que todos ellos gozaban de una vida normal y feliz. Pero en un escenario como aquel, parecían los extras de una película representando los encantos de un pequeño pueblo americano.

Cruzaron la zona central del pueblo y llegaron a un banco ubicado en un edificio de ladrillo claro de finales del veinte sin nada digno de destacar.

–¿Trabajas aquí? –le preguntó Tess a Dominic.

–Sí.

Tess esperó, pero Dominic no dijo nada más. Pasaron el banco, un supermercado, una gasolinera y un par de iglesias, situadas la una enfrente de la otra, como si estuvieran haciendo la guardia del medio día.

Unos árboles altos y esbeltos plantados en línea recortaban los contornos del terreno. Pasaron por un viñedo llamado Maldonado Estate y después, en la siguiente intersección, vieron un buzón con el apellido Johansen. Junto a la carretera había un viejo edificio con el porche vencido, un maltrecho tejado de zinc y un letrero torcido en el que se leía *Productos agrícolas de Bella Vista*. Aquello debía de haber sido una tienda en otra época. Parecía un pedazo de otro tiempo y Tess se descubrió a sí misma imaginándolo con macetas de flores y productos de la granja, con coches parando en la carretera y gente examinando las mercancías. Dominic giró en un camino de grava que una señal marcaba como el camino a Bella Vista. Tess sintió un nudo de anticipación en el estómago.

–¿Es aquí? –preguntó.

–Ajá.

Condujeron entre las filas de tortuosos robles teñidos por el liquen que bordeaban el camino, bajo los halcones que volaban en círculo en un cielo que no podía ser más azul. En la distancia, Tess distinguió un conjunto de edificios sobre una elevación. Tras rodear una curva, vieron aparcados en un campo abierto todo tipo de coches, desde camionetas desvencijadas y coches eléctricos y con motor biodiesel hasta vehículos de importación.

–¿Qué está pasando aquí?

–Los amigos de tu abuelo y sus vecinos están organizando una ceremonia de sanación para rezar por su salud. Creo que llegamos justo a tiempo de sumarnos a ella.

Tess presionó el pie sobre la alfombrilla del coche como si estuviera pisando el freno.

—Espera un momento. ¿Una ceremonia para rezar por su salud?

—No puede hacerle ningún daño, ¿y quién dice que toda esa energía no puede ayudarle a curarse? Estaba previsto que empezara a las cuatro —dijo, y miró el reloj.

—Yo pensaba que mi abuelo estaba en el hospital.

—Y está en el hospital. Pero todo el mundo ha venido por él.

—¿Y quién es toda esta gente?

—Vecinos, trabajadores, socios de negocios… Magnus ha hecho muchos amigos a lo largo de los años —una inesperada emoción le quebró la voz—. Ya lo verás.

Tess se mordió el labio. Bajó la mirada hacia su atuendo: vaqueros, jersey oscuro y botas de medio tacón. No tenía la menor idea de si iba adecuadamente vestida para participar en un evento dedicado a un abuelo al que nunca había conocido. Apretó la mandíbula.

—¿Eres consciente de lo violento que es todo esto para mí?

Dominic fue frenando lentamente hasta detener el coche.

—¿Quieres que dé media vuelta?

—Claro que no, pero tienes que comprender que todo esto me resulta muy raro. Yo no pertenezco a este lugar.

Estaba irritable, resentida. Por una parte, se alegraba de que Magnus tuviera unos amigos y vecinos tan fieles, pero, por otra, no entendía qué clase de persona era aquella que ignoraba a su nieta durante toda su vida y tras su muerte le dejaba la mitad de sus posesiones.

El aire estaba impregnado del olor de la lavanda, que llegaba flotando desde un amplio sembrado en el que la hierba aromática crecía en ramilletes de color verde azulado. Un mariachi esperaba a la sombra de un roble californiano. Habían colocado sillas en círculo, divididas en dos grupos por una alfombra de color turquesa. Frente a ellas, había más arreglos florales de los que Tess había visto nunca juntos, con excepción del Mercado de las flores de París. En algunos sobresalían las banderas de Dinamarca y los Estados Unidos.

Dominic dejó a Tess cerca de las sillas y fue a aparcar el coche, dejándola sola, observando a la gente que iba llegando. Algunos se mostraban sombríos, aunque la mayoría parecía animada y locuaz. La gente iba vestida con su ropa de fiesta, las mujeres con vestidos de colores llamativos y los hombres con todo un espectro de colores que iba desde el blanco inmaculado de algunas camisas hasta los pantalones de golf a cuadros. Algunas personas saludaron a Tess con un gesto de cabeza. Un desgarbado cachorro de pastor alemán trotaba por los alrededores, reconociendo a la gente con un pertinente olisqueo.

La casa era un edificio estilo hacienda californiana de piedra clara. Las parras trepaban por las paredes de estuco. En la parte de atrás había un espacio abierto rodeado de columnas. A través de ellas, Tess pudo ver un patio central adornado por olivos plantados en enormes macetas.

Desde una ventana flanqueada por rústicos postigos de madera y unas barras de hierro forjado, emanaba el olor del pan en el horno. Tess se dirigió hacia la puerta de atrás. Estaba pintada de color azul cielo y se mantenía abierta gracias a un tope de hierro con forma de gato.

Se descubrió entonces en la entrada de una enorme y espaciosa cocina con baldosas de terracota en el suelo y unas enormes ventanas con vistas a los campos de lavanda y a los huertos. Una mesa de madera de pino dominaba la habitación. De las paredes, cubiertas de azulejos azul cobalto, colgaba una cantidad increíble de utensilios de cocina. Habían colocado la comida en varios carritos con ruedas.

En la pared más alejada había varios hornos que eran, obviamente, la fuente de aquel glorioso olor. Tess distinguió a alguien allí, una mujer a contraluz del sol que se filtraba por la ventana. Llevaba el pelo recogido en una coleta de aspecto descuidado e iba vestida con una falda de gasa y una blusa. Protegía sus manos con dos manoplas de horno. Se inclinó, abrió la puerta de uno de los hornos como si fuera la de una caja fuerte y sacó una enorme bandeja. El humo se elevó, haciendo más intenso el olor que saturaba la cocina.

Tess dejó la bolsa en el suelo.

—Perdón. Yo...

La mujer dejó la bandeja encima de una encimera haciendo un gran estruendo. Se volvió hacia Tess.

—¡Dios mío! —exclamó con voz queda—. No sabía que ibas a venir.

Cuarta parte

Aquí traigo romero, que es bueno para la memoria.
Te lo ruego, amor, recuerda.
Hamlet, Shakespeare.

La carnosina ácida del romero protege las células cerebrales del deterioro provocado por los radicales libres. Por lo tanto, el consumo de esa hierba puede jugar un papel importante en la prevención de trastornos cerebrales.

Para ocho porciones.

5 o 6 tazas de harina
½ taza de aceite de oliva virgen
1 cucharadita de azúcar
1 ½ tazas de uvas verdes, rojas y/o negras
1 cucharadita de levadura en polvo
2 tazas de romero fresco picado (o una cucharadita de romero seco).
1 cucharadita de sal
2 tazas de agua caliente
Sal gorda

Si se utiliza una batidora eléctrica, mezclar las tres tazas de harina, el azúcar, la sal y la levadura en un cuenco. Añadir el agua y mezclar bien, utilizando la pala de la batidora. Después, cambiar la pala por la amasadora de horquilla e ir añadiendo el azúcar, amasando tras cada adicción, hasta que la masa quede suave, firme y no se pegue al cuenco. Si no se utiliza batidora, remover la harina, el azúcar, la levadura y la sal en un cuenco grande, añadir el agua y mezclar con un cucharón de madera. Echar la masa sobre una tabla previamente espolvoreada con harina y amasar, incorporando la harina poco a poco hasta que la masa quede suave y elástica, durante unos 10 minutos.

Colocar la masa en un cuenco ligeramente aceitado y cubrir con un plástico o con un trapo. Dejar reposar la masa en un lugar cálido durante una hora aproximadamente, hasta que doble su tamaño.

Precalentar el horno a 200 grados.

Echar dos cucharadas de aceite de oliva en una bandeja de horno de 30 X 40 centímetros. Sacar la masa del cuenco e ir estirándola con delicadeza y presionando para que encaje en la bandeja. Salpicar la masa con el aceite de oliva restante y presionar el pan con las yemas de los dedos. Colocar las uvas en la masa a lo largo de todo el pan, dejando unos dos centímetros y medio entre ellas. Salpicar el pan generosamente con el romero y la sal gruesa.

Hornear la masa hasta que quede crujiente, durante una media hora. Sacar del horno y cortar con un cortador de pizza en trozos cuadrados. Servir caliente con queso o mantequilla.

(Fuente: Adaptado de la California Grape Commission).

Capítulo 6

Tess continuó avanzando en aquella cocina desconocida para ella. Tenía los sentidos inundados de los sonidos del exterior: la brisa que soplaba entre las ramas de los manzanos, los músicos afinando sus instrumentos, el murmullo de las conversaciones y el ruido de los motores. Aspiró el olor a levadura que salía del horno y parpadeó para protegerse de la luz dorada que entraba a raudales por las ventanas. «Respira», se ordenó a sí misma, «respira».

La mujer que estaba en el otro extremo de la habitación permanecía inmóvil, su postura recordaba a un signo de interrogación, recortada contra la luz de la ventana. Tenía los ojos grandes, oscuros y rodeados de unas pobladas pestañas que parecían oscurecidas por el llanto. El pelo, negro azabache, lo llevaba recogido en una descuidada trenza a la espalda y llevaba una falda de seda, una blusa, un delantal, unas manoplas de horno en las manos y unas alpargatas atadas con tiras a los tobillos.

Se quedaron mirándose la una a la otra. La desconocida cambió de postura, entrando al hacerlo en el haz de luz que atravesaba la ventana. Tenía el rostro de una actriz de Hollywood, un rostro de nariz aguileña y labios llenos. Llevaba muy poco o ningún maquillaje. El tono verde oliva de su piel le confería una elegancia natural que no necesitaba de ningún adorno.

Tess consiguió recuperar la voz.

—Eres Isabel, ¿verdad?

La mujer dejó caer las manos a ambos lados de su cuerpo.

—¿Theresa?

—Tess.

Por un momento, no fue capaz de decir nada más. Tenía la boca completamente seca. Isabel.

—Pasa —la invitó Isabel—. Bienvenida a Bella Vista.

Se quitó los guantes, alargó las manos hacia ella y la envolvió en un espontáneo abrazo.

Tess no era una persona muy dada a los abrazos, y menos con alguien a quien acababa de conocer. Pero, en medio de su embarazo, estuvo a punto de dejarse envolver por el placer de estar siendo abrazada.

No dejaba de pensar: «Tengo una hermana. Una hermana».

Isabel era suave y flexible, la blusa que llevaba, ligera. Todo en ella parecía delicado. Olía a flores secas, a romero y a pan recién hecho. La cocina parecía transmitir una peculiar energía con aquel mobiliario tan antiguo. Tess tenía la sensación de que era un lugar en el que se había cocinado y comido durante décadas, un lugar de reunión para compartir los más dulces placeres de la vida.

Retrocedieron y continuaron abrazadas con cierto recelo. Isabel bajó la mirada.

—Te he llenado de harina, lo siento.

Tess bajó la mirada hacia su jersey.

—Lo siento —repitió Isabel—. Siempre hago lo mismo, abrazo a la gente con el delantal puesto. Espera, te limpiaré —agarró un trapo de cocina.

Tess se lo quitó.

—Ya lo hago yo —se frotó rápidamente el jersey—. No pasa nada —añadió, y le devolvió el trapo.

Un tenso silencio se alargaba entre ellas, invisible, pero palpable. Tess imaginó a Isabel como la había visto por primera vez en la cocina: sola, moviéndose con aquella seguridad y aquella elegancia tan particular mientras sacaba una bandeja de pan del horno. Parecía estar completamente en su elemento, una mujer rodeada por un halo de domesticidad. ¿Cómo era posible que fueran hermanas?, se preguntó Tess, pensando en su propia cocina, un almacén de materiales de trabajo y de recipientes de comida para llevar. Tess quería seguir mirando a Isabel, averiguar lo que tenían en común y comprender cómo era posible que hubieran estado ambas en el mundo sin saber la una de la otra.

Y a lo mejor a Isabel le estaba pasando algo parecido, porque dijo:

—Te pareces mucho a las fotografías que tengo de él. Es asombroso.

Él. Erik Johansen. El padre que tenían en común.

—Yo solo he visto una fotografía, así que la verdad es que no sé qué aspecto tenía —admitió Tess.

—Después te enseñaré más fotografías —Isabel observó abiertamente a Isabel—. Eres tan… guapa. En realidad, él no era guapo, pero te pareces mucho a él. Nosotras no nos parecemos nada, ¿verdad?

Tess tampoco era capaz de dejar de mirarla.

—Pero tenemos muchas cosas en común —añadió Isabel.

No, pensó Tess, no tenían nada en común.

—¿Puedo ofrecerte algo? —Isabel pareció animarse, como si agradeciera tener de pronto un objetivo—. Tengo preparadas infusiones con hielo, o del tiempo si prefieres, y acabo de sacar del horno una *focaccia* de romero y sal.

—Huele muy bien, pero no, gracias. La verdad es que me gustaría ir al cuarto de baño.

—Claro, por supuesto. Está al final del pasillo, debajo de las escaleras.

Tess caminó precipitadamente por el pasillo de aquella

casa desconocida, amueblada con una atractiva combinación de sencilla rusticidad y elegancia del viejo mundo. Al pasar una galería con la pared llena de fotos enmarcadas, le entraron unas ganas enormes de estudiar cada una de ellas. Quizá en otro momento, se dijo a sí misma. Asumiendo que de verdad fuera bienvenida en aquella casa.

El cuarto de baño estaba impecable, con cuencos de hierbas secas, jabones artesanales y toallas bordadas. Mientras se lavaba las manos con una pastilla de jabón casero que olía a aceite de oliva, estudió su reflejo en el espejo. Era solo un rostro. Una piel pálida y pecosa, unos ojos de color azul verdoso y el pelo rojo.

«Te pareces mucho a las fotografías que tengo de él».

Se secó las manos y sacó el teléfono. Se enfureció al ver que su madre no había contestado las llamadas. Y no había una sola barra en la pantalla indicando que tuviera cobertura.

Tess regresó a la cocina. Isabel estaba colocando la *focaccia* cortada en un plato.

—¿No tienes cobertura aquí?

—No. El lugar más cercano es en lo alto de la colina. Lo siento. Pero tengo un teléfono fijo.

—Gracias, lo utilizaré más tarde.

Tess se sentía extraordinariamente incómoda y una reveladora presión en el pecho empeoraba la sensación. Se preguntó a dónde habría ido Dominic Rossi. Era lo más parecido a un amigo que tenía en aquel lugar.

—Escucha —dijo—, si te resulta raro que esté aquí, siempre podemos quedar en otro momento.

—No, me alegro de que hayas venido. Esperaba que pudieras llegar a tiempo para el encuentro de hoy.

Una mujer de pelo cano con pendientes de aro y un vestido suelto de color vino entró corriendo en la cocina. Los tacones de sus zapatos repiquetearon en las baldosas.

—Estás aquí, Isabel. Sabía que te encontraría en la cocina

–se volvió hacia Tess y le tendió la mano–. Soy Ernestina –se presentó– . Ernestina Navarro.

–Tess Delaney.

–Encantada de conocerte. ¿Eres amiga de Magnus?

–No exactamente, soy… nueva.

–A Magnus le encanta conocer gente nueva –se volvió de nuevo hacia Isabel–. Está todo a punto de empezar.

Isabel asintió.

–Solo he venido para terminar la última tanda de pan –se desató el delantal y se lo quitó.

–Claro –Ernestina suavizó las marcadas facciones de su rostro–. ¿Crees que estarás bien?

Isabel contestó con una sonrisa trémula.

–¿Cuál es la alternativa?

Ernestina le palmeó el brazo.

–Podrías derrumbarte.

–¿Con tantos invitados? –Isabel negó con la cabeza. Después, se volvió hacia Tess–. Ernestina vive con su marido, Oscar, y sus hijos en la casita que hay al final del camino –señaló hacia una zona rodeada de árboles y en aquel momento abarrotada de invitados.

–Llevamos veinte años trabajando en Bella Vista –añadió Ernestina–. ¿Cómo conociste a Magnus?

Isabel se volvió hacia la mujer, tomó aire y respondió por ella:

–Tess es… mi media hermana.

Ernestina arqueó sus oscuras y depiladas cejas.

–No lo entiendo…

–Pues ya somos dos –se sumó Tess.

–Tenemos muchas cosas de las que hablar –dijo Isabel–. Vas a quedarte aquí, ¿verdad?

Tess ni siquiera quería estar allí. Y no quería quedarse. Pero la expresión de desesperación apenas contenida de Isabel la conmovió y tampoco podía negar la fuerte curiosidad que sentía por su hermana y por aquella hermosa propiedad.

–Eh, sí, si te parece bien, quiero decir. Y si hay sitio.

–Si algo no me falta aquí es sitio. Me encanta tener invitados.

Salieron las tres juntas al jardín bañado por el sol. Aunque el sonido de los mariachis era algo inesperado, la música que tocaban resultaba emocionante. Alegre y estridente, era una pieza tocada en un tono menor, acompañado por el ensordecedor *stacatto* de las trompetas. Los miembros de la banda iban vestidos de manera muy elegante, cubiertos de botones de plata y accesorios trenzados. Los instrumentos brillaban como joyas.

Tess miró a su alrededor intentando localizar a Dominic, pero no le vio en medio de todos aquellos desconocidos. Habían colocado una enorme fotografía enmarcada de Magnus, un hombre distinguido con un halo de cabello blanco. Era un hombre de rasgos fuertes, sonrisa atractiva y ojos chispeantes.

Habían colocados las sillas en círculos concéntricos, todas ellas decoradas con lazos con los colores de la bandera danesa, rojo cereza y blanco.

–¿Quieres que me siente en algún lugar en especial?

Isabel asintió.

–Sí, a mi lado.

Tess no tenía la menor idea de lo que pensaba Isabel de la situación. Estaba siendo amable con ella, ¿pero por qué iba a dar la bienvenida a una desconocida que reclamaba la mitad de la herencia de su abuelo? Le dirigió una mirada fugaz, pero solo reconoció en su expresión la preocupación y una tristeza profunda.

Había también algo misterioso e inquietante en aquella desconocida con la que tenía lazos sanguíneos, pero Tess no podía identificar qué era exactamente.

Una mujer mayor, sentada en uno de los círculos interiores, deslizaba las cuentas de un desgastado rosario entre los dedos mientras movía los labios en un silencioso ruego.

Isabel se inclinó y le dio un beso en la mejilla. Después, señaló a Tess.

—Esta es Theresa Delaney —le explicó–. La llaman Tess.

La anciana alzó la mirada hacia ella.

—Me alegro de poder conocerte por fin. Yo soy Juanita Maldonado.

¿De poder conocerla por fin?

—Este es Ramón, mi marido –añadió Juanita. Estaba sentado a su lado en una silla de ruedas con una camisa de un blanco prístino–. Magnus y él estuvieron juntos en la guerra.

Isabel le apretó a Juanita el hombro, que llevaba cubierto por un chal.

—¿Qué tal estás?

—Me duelen los pies —contestó Juanita–. Estos zapatos me aprietan.

—Pues quítatelos.

—Me parece una falta de respeto.

—No creo que lo sea más que estar aquí con los pies doloridos.

—Eso es verdad.

Juanita se inclinó hacia delante, liberó los pies de los zapatos de color marrón claro y los dejó discretamente debajo de la silla, sobre la hierba.

Cuando Tess se sentó, Isabel se inclinó hacia ella y susurró:

—Son los vecinos de atrás, ya te hablaré de ellos más adelante.

Los mariachis terminaron la pieza. Cuando se quedaron en silencio, remitieron también las voces de los asistentes. Fue un momento extraño, se hizo un silencio de respiración contenida, como si estuvieran en un teatro esperando a que se alzara el telón.

Al mirar a su alrededor y descubrirse entre todos aquellos desconocidos, Tess se sintió muy sola. Se concentró en el susurro de la brisa entre las ramas de los árboles y en el canto de un pájaro quebrando el vacío del silencio. Se oyeron unas cuantas toses y sorbidos de nariz entre la multitud.

Después, muy tenue al principio, pero ganando poco a poco volumen, llegó la melodía clara y sencilla de un ukelele. Un joven con vaqueros, camiseta y cola de caballo, avanzó caminando desde la izquierda. Con una voz clara y curiosamente melancólica comenzó a cantar la versión hawaiana de *What a Wonderful World*.

Tess casi podía sentir la emoción de Isabel llegándole a oleadas. Aunque tenía las mejillas empapadas en lágrimas, había algo noble y fuerte en su actitud. Estaba muy guapa cuando lloraba, pensó Tess de pronto. Ella tenía un aspecto desastroso cuando lloraba, con los ojos y la nariz rojos como los de un borracho, así que siempre procuraba evitarlo.

Llegó un sacerdote, un hombre alto y tan atractivo que Tess no fue capaz de concentrarse en una sola palabra de lo que dijo. Si no hubiera sido por la sotana, habría parecido salido de una revista de moda. Se recordó a sí misma la gravedad de la ocasión, se aclaró la garganta y se irguió en la silla.

Isabel se inclinó ligeramente hacia ella.

—No te preocupes. Todo el mundo reacciona de la misma manera con el padre Tom. Es absurdo que sea tan atractivo —se dio unos toquecitos en las mejillas con un pañuelo de papel.

Tess se obligó a escuchar y a dejar de mirarle fijamente.

—Nos hemos reunido hoy para pedir salud y misericordia para nuestro vecino y amigo Magnus Johansen. Muchos de nosotros le debemos muchas cosas a este hombre que nos es tan querido. Fue un buen marido para su esposa, Eva, ya fallecida, y el padre orgulloso de Erik, su hijo, también fallecido, y ha sido un abuelo cariñoso para Isabel Johansen y para… Theresa —se interrumpió y revisó sus notas— Delaney.

—Le he dicho en el último momento que estabas aquí —susurró Isabel.

Tess sintió el escrutinio de docenas de pares de ojos. ¿Qué sabrían todas aquellas personas sobre ella? ¿Pensaban que era una hija pródiga volviendo al hogar o un buitre volando en círculo ante la proximidad de la muerte? Se sintió molesta al ser objeto de aquella atención.

—... pero sobre todo —continuó diciendo el sacerdote—, Magnus es la clase de hombre que sabe ser un amigo para cualquiera que lo necesita. No limita su bondad a su familia.

El padre Tom continuó ensalzando las virtudes de Magnus con una voz cargada de emoción. Ofreció un tierno retrato de un hombre que había disfrutado de una vida larga y rica, pero ensombrecida por la tragedia—. Nosotros rogamos humildemente por su sanación, pero si ha llegado la hora de permitir que Magnus se vaya —concluyó el sacerdote—, lo haremos con gracia y resignación.

Isabel tomó aire y se llevó un pañuelo de papel arrugado a la cara.

«Dios mío», pensó Tess, «¿y se supone que esto se hace para ayudar?».

El sacerdote debió de reparar en su mirada furiosa, porque añadió rápidamente:

—Sin embargo, si nuestros buenos pensamientos, nuestras oraciones y nuestra energía pueden hacer que vuelva con nosotros, recemos por su rápida y completa recuperación.

Al sermón le siguieron más canciones, peticiones y homenajes de amigos, vecinos y gente que había hecho negocios con Magnus. Habló hasta el alcalde de Archangel. Tess no era tan ingenua como para pensar que se estaba haciendo un fiel retrato de su abuelo; en ocasiones como aquella, se tendían a obviar los defectos de cualquiera. Aun así, era imposible no dejarse conmover por las historias que contaron sobre Magnus ayudando a sus vecinos en las cosechas, salvando a un pequeño de morir atragantado o sacando un tractor de una zanja. Tess sentía una opresión en el pecho, era la tristeza de las oportunidades perdidas. ¿Cómo habría sido su vida si hubiera conocido a su abuelo? Era aquella carencia la que la hacía lamentarse de lo no vivido.

También hubo algún que otro momento extraño en la ceremonia. Como aquel en el que un grupo de hippies con los pies descalzos interpretó un baile de *La era de Acuario* con los ojos cerrados y los brazos al cielo en una secuencia de locura *new-age*. Isabel se inclinó hacia ella y le susurró que eran miembros de una cooperativa alimentaria que compraba manzanas a Magnus. Tess tuvo que morderse las mejillas por dentro para evitar estallar en unas carcajadas muy poco apropiadas para la ocasión.

A su lado, Isabel temblaba y sollozaba, cada una de sus respiraciones era un grito ahogado de desesperación. Pero Tess la miró de reojo y algo la hizo entender lo que pasaba: Isabel estaba a punto de morirse… de risa.

Le palmeó el brazo, pensando por primera vez en ella como en una hermana.

—Soy terrible. No debería estar riéndome —se regañó Isabel con la voz rota.

—Tranquila —susurró Tess—. Todo el mundo pensará que todo esto te ha superado.

—Espero que tengas razón —susurró Isabel en respuesta—. Son muy sinceros, pero…

Tess observó a una mujer con la típica camiseta desteñida anudada de los sesenta ejecutando un movimiento más apropiado para una danza flamenca.

—Lo sé, lo sé…

Afortunadamente, en aquel momento, los bailarines terminaron lanzándose al suelo cual pájaros abatidos a tiros mientras volaban.

Un hombre que se presentó como Lorenzo Maldonado salió al frente, era un hombre de aspecto elegante y estaba un poco nervioso.

—Es difícil continuar después de esto —dijo, provocando

disimuladas risas. Era un hombre guapo, con el pelo negro azabache y unas estrechas gafas de lectura en la punta de la nariz. Señaló a Juanita y a su marido–. Estoy aquí para hablar en nombre de mi abuelo, Ramón Maldonado, que ya no puede hablar por sí mismo.

–Tuvo un infarto cerebral –le explicó Isabel a Tess en voz baja.

–Mi abuelo estaba trabajando en un barco en Dinamarca cuando los nazis ocuparon el país. Conoció a Magnus allí y se hicieron amigos de por vida. Esa amistad es la razón por la que los Maldonado y los Johansen han sido vecinos desde entonces. Para aquellos que no los sabéis, Magnus salvó la vida de mi abuelito cuando ambos estaban luchando contra los nazis como parte de la resistencia danesa. Descubrieron a mi abuelo hundiendo un barco alemán y estuvieron a punto de ejecutarlo. Magnus le rescató y los dos consiguieron escapar, aunque Magnus recibió un tiro en la pierna. Cuando la guerra terminó, mi abuelo regresó a su hogar, a Archangel, y Magnus le siguió con su mujer, Eva. Como gesto de gratitud, los Maldonado le regalaron Bella Vista, un pedazo de la vasta propiedad que les había sido legada por sus antepasados. Sé que hablo en nombre de toda la familia cuando pido que Magnus se recupere de su accidente.

¡Menudo regalo!, pensó Tess, contemplando las sinuosas colinas doradas. Y una vez más, sintió la punzada de la pérdida. La labor de la resistencia danesa era una de las más heroicas de la Segunda Guerra Mundial. Le habría encantado oír las hazañas de su abuelo.

El mariachi tocó un himno para poner fin a la ceremonia. El padre Tom y algunos de los invitados aromatizaron el ambiente con hierbas quemadas en incensarios. Todo el mundo salió por el camino de grava en una fila larga e irregular.

–Vamos a subir a la colina para rendir tributo a Bubbie, mi abuela Eva –le explicó Isabel–. Nuestra abuela. Murió hace tiempo.

Tess miró a su alrededor y descubrió a Dominic Rossi empujando la silla de ruedas de Ramón Maldonado. Había subido la temperatura y Dominic se había quitado la chaqueta y se había remangado la camisa, dejando al descubierto unos brazos bronceados y fibrosos que parecían fuera de lugar en un hombre que trabajaba en un banco, aunque no por ello resultaran menos atractivos. El dolor y la preocupación que reflejaba su rostro la conmovieron de forma inesperada y le recordaron que Magnus significaba mucho para él. Como si hubiera notado el peso de su mirada, Dominic miró hacia ella y asintió en señal de reconocimiento.

La procesión cruzó los campos de hierbas y flores que dejaban caer sus pétalos y darían lugar a nuevas semillas. Avanzaron por huertos de frutales cargados de frutas. Parte de la cosecha estaba ya en recogida en cestos que desprendían una pesada y dulce fragancia. Una brisa ligera lanzaba hojas, flores de lavanda y semillas volantes de algodoncillos al aire, creando una pequeña y colorida tormenta. Llegaron a una loma con vistas a un valle que atravesaba un arroyo de plata.

Allí se acercaron a una sencilla lápida con el nombre de *Eva Salomon Johansen* y las palabras *querida abuela y esposa*. A Tess la intrigó ver la frase en caracteres hebreos. Por lo visto, su abuela paterna era judía. A su lado había otra lápida con el nombre de *Erik Karl Johansen* que rezaba: *La medida de una vida no es lo larga que sea, sino la profundidad con la que se disfruta. Él saltó a la vida y nunca tocó fondo. Ya nunca volveremos a reír como antes.*

Tess permaneció frente a la lápida con una inesperada sensación de pérdida, enfado y abandono que la sacudió hasta las entrañas.

«Hola, papá», pensó, «me gustaría haberte conocido».

Alguien le tomó la mano y se la apretó suavemente. La sorprendió ver a Isabel a su lado, con los ojos llenos de una profunda tristeza, como si le hubiera leído el pensamiento.

Los mariachis comenzaron a tocar. Las tristes notas de la trompeta eran como un lamento a los cielos.

Se ofrecieron nuevos rezos y, al final, sonó un solo de trompeta con los emotivos acordes de *Amazing Grace*. Con cada uno de los versos, iban sumándose los otros instrumentos, imprimiéndole a la melodía un curioso sello latino.

Y entonces, en medio de la tristeza y la desesperación, uno de los niños más pequeños comenzó a bailar. Tess no podría haber dicho quién empezó, pero vio a un grupo de niñas agarrándose de la mano y saltando al ritmo del mariachi. Reían y bailaban sobre la loma dorada. Sus risas limpias resultaron contagiosas. La banda cambió de ritmo y comenzó a tocar una canción más animada. Muy pronto, algunos de los adultos se pusieron a bailar, a dar palmas o a marcar el ritmo con los pies. En cuestión de minutos había comenzado una espontánea danza. Una sobrecogedora sensación de comunidad presidía la reunión. Para Tess todo era tan extraño que se sentía violenta y fuera de lugar. ¿Por qué le habría dicho a Isabel que iba a quedarse?

Miró a su hermana y descubrió que estaba llorando otra vez, las lágrimas se deslizaban por sus mejillas, pero sonreía también.

—A mi abuelo le encantaría esto. Ojalá estuviera aquí –dijo.

Tess sabía que no podía marcharse en aquel momento, pero no sabía cómo comportarse en medio de aquella gente. Eran como una gran familia. Y ella no tenía la menor idea de lo que era una familia. Ni grande ni pequeña.

Más adelante, el mariachi continuó tocando en el jardín central. En medio del patio borboteaba una fuente y algunos niños se salpicaban con el agua. Bajo la parra habían preparado las mesas del bufé, servido como un delicioso festín.

–Come algo –urgió Isabel a Tess–. Sé que para ti hoy ha sido un día muy largo.

–No puedo compararlo con lo que has pasado tú. Ven conmigo.

Isabel vaciló un instante y después asintió. Tomaron un plato cada de una y se sirvieron comida de aquel festín que parecía haber sido preparado para ser exhibido en una revista. Había ensaladas adornadas con flores frescas, Isabel le dijo que eran pensamientos, capuchinas y angélicas. El banquete incluía quesos artesanos, verduras crudas y a la plancha, guisos aromáticos conservados en fuentes calientes, manzanas y frutas del bosque con una variedad de salsas y toda una muestra de vinos locales y de aguas de Calistoga. La abundancia resultaba casi sobrecogedora.

–El catering ha hecho un trabajo increíble –le dijo a Isabel–. Está todo precioso.

Isabel se detuvo y frunció el ceño.

–No ha habido ningún catering.

Tess se sorprendió. La calidad de la presentación de la comida, servida en cerámica mayólica pintada a mano sobre las mesas de hierro forjado estaba a años luz de lo habitual en aquellas comidas en las que cada uno contribuía con lo que podía.

–¿Quién ha hecho la comida? Sé que tú te has encargado del pan, pero todo lo demás… ¿Han sido tus amigos y vecinos? Dios mío, ¡ojalá tuviera amigos y vecinos como estos!

Al pensar en ello, se dio cuenta de que sus amigos se alimentaban de comida para llevar y de que ni siquiera sabía cómo se llamaban sus vecinos.

–La comida la ha hecho Isabel –le explicó Ernestina, que estaba llenando su plato en la mesa que tenían enfrente de ellas.

–¿De verdad? Me parece increíble que alguien sea capaz de hacer nada que no esté precocinado. ¿Y qué platos has hecho?

Isabel se encogió de hombros.

–Todos –contestó Ernestina por ella–. Es demasiado modesta. Casi todo lo que ves aquí viene de la cocina de Isabel.

Tess probó el paté de olivas.

–Tienes que estar bromeando.

Isabel contestó con una sonrisa fugaz.

–No, no es broma.

–¿Te ganas la vida cocinando? ¿Tienes un catering? ¿Trabajas como chef?

–Aquí ya tengo trabajo más que suficiente.

Aquella no era una verdadera respuesta, pero Tess prefirió dejar el tema. Eran muchas las lagunas que tenían que llenar Isabel y ella, pero aquel no era ni el momento ni el lugar. Vio a Dominic en el otro extremo del jardín. Con el traje era uno de los invitados de aspecto más serio. La gente parecía conocerle, se le veía hablar con todos los que se le acercaban, pero, aun así, Tess tenía la sensación de que guardaba cierta distancia. Notó la mirada de Isabel sobre ella y se sonrojó.

–Me dijo que conoce a tu abuelo desde hace mucho tiempo.

Isabel titubeó un instante antes de contestar.

–Sí, le ha conocido durante la mayor parte de su vida.

–Pensé que vendrían Lourdes y los niños –señaló Ernestina–, pero no les he visto.

A Tess estuvo a punto de caérsele el plato: «Lourdes y los niños». Boquiabierta, intentó ordenar sus pensamientos. Así que aquel tipo increíble que era banquero y piloto estaba casado y tenía hijos. Por supuesto. Debería habérselo imaginado desde el primer momento. Los hombres como él, guapos y simpáticos, se casaban. Y tenían hijos.

Al final de las mesas de la comida, varios invitados se reunieron alrededor de Isabel, dispensándole abrazos y conversación. Tess se mantuvo al margen, no quería entrometerse. Qué pensarían de ella, la hermana durante tanto tiempo perdida, la hija ilegítima de un hombre negligente. Pero a nadie parecía sorprenderle su presencia y nadie parecía juzgarla.

Regresó al bufé y se sirvió otro trozo de *focaccia*, con la superficie reluciente por una capa de aceite de oliva salpicada por cristales de sal, hojitas de romero y ajo cortado en finísimas rodajas. Probó el pan y emitió un sonido de placer que la habría avergonzado si alguien lo hubiera oído.

—Con este Cabernet está todavía mejor —Dominic apareció a su lado con dos copas de vino.

Tess se sintió sonrojarse. Muy bien, así que alguien la había oído.

—Vamos a sentarnos por allí —propuso Dominic, señalando hacia unas mesitas de café.

«Claro, señor encantador, banquero y casado», pensó, «vamos a tomar una copa». Se preguntó dónde estaría su esposa. Y, en contra de su propio criterio, se preguntó también cómo sería. Lourdes. ¿Sería tan misteriosa y exótica como sugería su nombre?

Interpretando su silencio como una aceptación, Dominic le tendió una copa de vino y acercó la suya al borde para hacer un brindis.

—Bienvenida a Archangel.

—Gracias —bebió un sorbo de vino. Estaba exquisito—. ¿Qué es?

—Es un vino de la bodega Angel Creek.

—No he oído hablar de ella.

—Es una bodega pequeña —señaló un punto en la distancia, cerca del arroyo que había visto anteriormente—. El arroyo Angel está por allí. Las uvas proceden de los viñedos que están en aquella ladera.

—Creo que es la primera vez que tomo una copa de vino viendo al mismo tiempo el viñedo del que procede.

Bebió un sorbo de vino y mordió otro trocito de pan. Era tan ligero como una nube, la corteza era perfecta y el vino suavizaba su sabor.

—Esto es el paraíso.

La mayor parte de los invitados estaba hablando y comiendo en aquel momento. Los niños se perseguían alrededor de la fuente y el mariachi continuaba tocando. La gente se acercaba a saludar a Isabel, a abrazarla, a consolarla quedamente. Qué gran regalo tener tantos amigos y vecinos con los que reunirse para superar una crisis.

Y qué concepto tan ajeno a Tess aquel de un hogar permanente, de unas raíces, de una historia. Sus vecinos eran desconocidos con los que lo único que compartía era el camión que recogía la basura a diario, y sus amigos... sus amigos estaban tan ocupados como ella con el trabajo.

Si ocurriera algún desastre, suponía que la apoyarían, pero solo en el caso de que ella buscara su ayuda, algo que no estaba en absoluto acostumbrada a hacer.

—Lo siento por Isabel —le dijo a Dominic, inquieta por un extraño y afilado anhelo—. Debe de estar preocupada por su abuelo. ¿Crees que debería ir a verle al hospital? ¿Magnus puede recibir visitas?

—Claro que sí. Yo voy a verle todos los días.

—¿Está muy mal? Quiero decir, ¿tiene muy mal...?

—Está en muy baja forma, ha perdido el conocimiento desde la caída y le tienen conectado a todo tipo de monitores y máquinas. Los médicos no pueden pronosticar si llegará a salir del coma, pero dicen que no puede hacerle ningún daño que hablemos con él, que le sostengamos la mano y ese tipo de cosas. ¿Te resultaría muy extraño?

—Todo esto es muy extraño para mí.

Había bondad en su rostro. Tess sentía que era sincera su intención de ayudarla. Así que no solo era atractivo, sino también una buena persona. Y estaba casado. De modo que, ¿por qué la buscaba y le mostraba de aquella manera su simpatía? Apartó su plato.

—No has comido mucho —señaló Dominic.

–Prefiero beber –terminó el vino–. Dios mío, está riquísimo.

Dominic volvió a colocarle el plato delante.

–No desperdicies la comida de Isabel.

Ella suspiró y comió las verduras a la plancha. No era muy aficionada a la verdura, pero aquellas estaban tan buenas como parecía, perfectamente sazonadas con hierbas aromáticas.

–Por esto estaría dispuesta a renunciar a los Cheetos –comentó–. Borra eso. No renunciaría a los Cheetos por nada del mundo. Para mí son como una droga.

–A mí me pasa lo mismo con los Newtons de fresa –reconoció él–. ¿Cómo te encuentras, por cierto?

Tess intentó controlarse.

–Estoy bien, ¿no lo parece?

–Tienes mejor aspecto que en San Francisco.

–Muchas gracias. Pero hasta un animal atropellado tendría mejor aspecto que cuando me viste en San Francisco –contestó mientras probaba un pedazo de calabacín con hierbas.

Luchó contra el sentimiento de atracción hacia aquel hombre. Tenía el típico aspecto que se filtraba en los sueños de una mujer: todo pulcritud por fuera y músculo por dentro. Las gafas de montura negra le hacían incluso más interesante. Todo en él la atraía. Excepto, por supuesto, que estuviera casado.

Pasaron por delante de ellos un niño y una niña, el niño se escondió tras un árbol y salió bruscamente, asustando a la niña, que gritó encantada.

–Ernestina ha comentado que tienes hijos.

Tess quería dejar claros los límites. Aquel hombre era demasiado atractivo como para permitirse cualquier otra cosa.

–Es cierto, Trini y Antonio. Hoy están con su madre.

Hubo algo en su forma de decir «con su madre» que la puso sobre aviso.

–¡Ah! ¿Tú ya no estás con su madre?

Dominic negó con la cabeza.

–Nos divorciamos hace tres años.

Tess se sintió entonces un poco menos culpable por sentirse atraída hacia él. Pero solo un poco. Aquel no era momento ni lugar para coquetear con nadie. Seguro que había una regla no escrita sobre el hecho de ligar con alguien cuando estaba acechando la tragedia.

–Ya entiendo –dijo inexpresiva–. Esas cosas pasan –«lamentable, Tess»–. Quiero decir que… lo siento.

–Gracias.

Dejó el tema, aunque eran muchas las preguntas que se agolpaban en su cabeza. ¿Cómo era su ex? ¿Por qué se había separado? ¿A qué mujer en su sano juicio se le ocurriría separarse de un hombre como él?

«No es asunto tuyo», se recordó a sí misma.

Para cuando todo el mundo se fue, la oscuridad cubría las colinas que les rodeaban y, en la luz del atardecer, el cielo y la tierra se fundían en el horizonte en una línea de color índigo. A lo largo del camino, que conducía a la carretera principal, los faros traseros de los coches dibujaban una línea de luces.

En la cocina algunos vecinos y trabajadores estaban ayudando a terminar de limpiar. Tess no era capaz de seguirles el rastro a todos ellos. Había visto una cantidad increíble de miembros de la familia Navarro, que llevaban años vinculados a aquellas tierras. Tess estaba desarrollando una rápida fascinación por aquel lugar y las personas que lo habitaban. A pesar de la incomodidad de sentirse como una intrusa, quería aprender mucho más.

Después de recoger, Isabel y ella se sentaron juntas en el jardín con una vela encendida sobre la mesa que compartían y un patilargo cachorro de pastor alemán tumbado a los pies de Isabel.

Tess se sentía envuelta por la profunda y silenciosa oscuridad, por el olor a jazmín y a hojas secas que transportaba la brisa. Las estrellas brillaban en el cielo en un despliegue tan numeroso que le resultaba sobrecogedor. La intensidad de aquella noche liberada de las luces de la ciudad le producía un ligero vértigo. La oscuridad añadía intimidad a aquel momento. Demasiada intimidad. Demasiado silencio. Estaba todo tan quedo que corría el peligro de escuchar su propia soledad.

—Jamás había visto algo así —dijo, inclinando la cabeza hacia atrás—. El cielo nocturno, quiero decir. He pasado la mayor parte de mi vida en diferentes ciudades.

—¿En qué ciudades? —preguntó Isabel.

—Ahora vivo en San Francisco.

—¿Y a qué te dedicas?

—Investigo y taso objetos de valor para una casa de subastas. Tenemos oficinas en Nueva York, Bruselas y París. Mi trabajo me obliga a viajar por todo el mundo.

Isabel suspiró.

—Yo siempre he querido viajar.

—Entonces deberías hacerlo. ¿Qué te lo impide?

Se produjo una leve pausa, quizá no duró más de una décima de segundo.

—Siempre hay algo que me retiene aquí. Estuve durante un tiempo en una escuela de cocina, pero cuando Bubbie enfermó tuve que volver a casa. Después murió y no volví a irme. Al parecer, los viajes no son para mí. Sin Bubbie, el abuelo estaba como un alma en pena y no podía dejarle —apartó una miga imaginaria del mantel—. Y ahora que está en el hospital, no sé a quién se supone que tengo que cuidar.

—¿Qué tal a ti misma?

Al rostro de Isabel asomó una sonrisa, pero desapareció rápidamente.

—En realidad, no estando él, estoy muy ocupada con el manzanar. No se puede decir que el abuelo sea la persona más organizada del mundo a la hora de llevar un negocio.

Tess sentía que había muchas más cosas detrás, pero Isabel no parecía dispuesta a compartirlas.

Desde la cocina, Ernestina les deseó buenas noches. Su marido y ella se encaminaron por el angosto sendero que conducía a su casa. Iluminando sus pasos con una linterna y con sus siluetas, casi igualadas en altura y recortadas contra el cielo estrellado, aquella anciana pareja tenía un aspecto majestuoso y romántico.

Tess tamborileó con los dedos sobre la mesa, se moría por un cigarrillo. Descubrió entonces que Isabel la estaba mirando.

—Lo siento —se disculpó—. He dejado… estoy dejando de fumar. Un hábito estúpido, lo sé. Estoy intentando superarlo.

—Me gustaría poder ayudarte.

—Ya lo estás haciendo al estar sentada aquí conmigo con un aspecto tan sereno y saludable.

—¿Te parezco serena y saludable? —Isabel esbozó una leve sonrisa.

—Aquí todo el mundo lo parece. Es aterrador.

Aquello le valió una risa. Después, Isabel la miró pensativa.

—¿Qué se supone que ha pasado? —preguntó de pronto—. Por supuesto, no me arrepiento de que nos hayamos encontrado, ¿pero por qué ha pasado tanto tiempo?

—Buena pregunta. He estado intentando ponerme en contacto con mi madre para preguntarle exactamente eso —dijo Tess—. Supongo que tú habrás hecho lo mismo.

—No conocí a mi madre. Murió al dar a luz.

—¡Ah! —Tess no se lo esperaba—. Lo siento mucho. No me extraña que estés tan unida a tu abuelo.

—Bubbie y él me criaron.

—Eso es lo que no entiendo. ¿Desde cuándo supo Magnus de mi existencia? ¿Y por qué no se lo contó a nadie?

Isabel desvió la mirada hacia la vela que descansaba sobre la mesa.

—Eso es algo que habrá que preguntarle cuando mejore.

«Asumiendo que mejore», pensó Tess.

—¿Te parecería bien que fuera a verle al hospital?

—Por supuesto —contestó Isabel—. No tienes por qué pedirme permiso. De hecho, quiero que vayas. He pensado que, no sé, a lo mejor le ayuda el tenerte allí. Y, para que lo sepas, yo también tengo algunas preguntas para él.

Parecía agotada, exhausta, cuando se levantó de la mesa y se inclinó para apagar la vela.

—Se está haciendo tarde. Voy a enseñarte tu habitación.

Entraron juntas en la casa. Charlie las siguió, pisándole los talones a Isabel. La cocina estaba sin mácula, el fregadero y las encimeras resplandecían bajo la tenue luz. Había un pasillo que conducía hacia un espacioso cuarto de estar con una enorme chimenea y el techo alto, atravesado por vigas de madera de aspecto antiguo. Además de los muebles estilo misión, había un piano vertical y una pared con estanterías para libros. Tess podía imaginar las fiestas y las reuniones familiares. Pero las imaginaba desde la distancia, como si estuviera estudiando una cultura desconocida para ella.

—Me alegro de tenerte aquí —dijo Isabel.

Tess ya no pudo contenerse más. Se detuvo a los pies de la escalera.

—¿En serio? Puedes ser sincera conmigo, Isabel. No nos conocemos y no te culparía en absoluto si estuvieras resentida conmigo.

—No estoy resentida —parecía desconcertada—. Y, a partir de ahora, voy a dejar de pensar en lo que pasará si el abuelo no consigue superar todo esto —su expresión era firmemente sincera.

—Nadie te culparía si lo estuvieras, y menos yo —Tess también estaba cansada y confundida—. Pero volveremos a hablar de todo esto mañana.

–De acuerdo, pero, cuando te he dicho que me alegro de que estés aquí, lo he dicho en serio. Esta casa es demasiado grande para mí –comenzó a subir las escaleras–. Lo siento, no pretendía quejarme.

–A mí no me ha sonado a una queja. Podría darte lecciones de cómo quejarte.

Alzó la mirada hacia el pasillo, intentando orientarse, como hacía siempre que se registraba en un hotel. Al igual que el resto de la casa, el piso de arriba, con los apliques de las paredes y las mesas del pasillo, tenía un toque anticuado.

–Mañana recorreremos la casa con Charlie y contigo. Él también es nuevo aquí –Isabel acarició las orejas del perro–. Es un regalo de Dominic.

–¿Te lo ha regalado él?

–Charlie necesitaba un hogar –entró en una habitación que había al final del pasillo y le hizo un gesto a Tess para que la imitara–. ¿Te parece bien?

Tess miró alrededor de aquella habitación tan limpia con su cama con dosel, un armario enorme, ventanas altas y un cuarto de baño anexo con jabón y lociones de lavanda.

–¿Estás de broma? Me encanta.

Era el lugar más cómodo y tranquilo del mundo. Lo que no le dijo fue que en una habitación como aquella podría llegar a ahogarse.

–De acuerdo, entonces –Isabel permaneció insegura en el marco de la puerta.

–De acuerdo.

–Si necesitas cualquier cosa, dímelo.

–Lo haré, gracias –Tess estudio a Isabel bajo la tenue luz de la lámpara de noche. Aquella desconocida era su hermana–. No pretendía quedarme mirándote –se disculpó, pero continuó haciéndolo.

–No importa. Yo también me he descubierto haciendo lo mismo. A veces, cuando te miro, tengo la sensación de estar viendo a mi abuelo, pero a lo mejor son imaginaciones mías.

—Mm. Sería la primera vez que me comparan con un anciano.

—No pretendía…

—Lo sé, lo sé.

—Eres muy guapa, Tess.

No, no era muy guapa, Tess lo sabía. Tampoco era fea, pero no podía decirse que fuera guapa. Los hombres solían considerarla sexy, pero eso no era lo mismo que ser guapa.

—Gracias. Yo estaba pensando lo mismo de ti. Pero estaba pensando que, en realidad, no eres simplemente guapa, como tampoco lo son Sophia Loren o Isabella Rossellini. Eres tan maravillosa como las mujeres que salen en las revistas de moda.

Isabel bajó la mirada.

—Eres muy amable.

Tess se sentía terriblemente fuera de lugar en aquella habitación tan acogedora, tan silenciosa, tan ordenada. E Isabel… ¿en qué demonios estaba pensando?

—Mira, no he venido aquí porque esté esperando nada. Lo que quiero decir es que este es tu mundo, no el mío, y el hecho de que Magnus me haya incluido en su testamento no significa que tenga derecho a nada —Tess quería que quedara muy claro—. Estoy aquí porque… porque todo esto es nuevo para mí y, aunque lo que le ha pasado a tu abuelo es terrible, para mí es algo increíble el haberte conocido.

Isabel se dirigió hacia la puerta con una sonrisa tímida en los labios.

—Buenas noches, Tess.

Las sábanas estaban ligeramente aromatizadas con lavanda y una brisa fresca se deslizaba por la ventana, pero Tess se sentía incómoda en aquella tranquilidad invasiva. Ella estaba acostumbrada a los sonidos del tráfico, a las bocinas de los barcos, a los coches y al ocasional crescendo de una sirena. Allí, hasta el canto de un grillo la desquiciaba. Comenzó a caminar nerviosa por la habitación. Se tomó uno de los chicles de nicotina que Dominic le había dado y esbozó una mueca al sentir el amargor apenas disimulado por el sabor a canela. Entonces pensó en Dominic, y debatió consigo misma sobre si se parecía más a una estrella de cine o a un atleta. Con gafas. Y con un traje bien cortado.

Y con dos hijos y una exmujer de la que no quería hablar.

Decidió darse una ducha y se sorprendió al descubrir que no había ducha en el cuarto de baño, sino una bañera de cuatro patas. Un baño entonces. ¿Cuándo había disfrutado de un baño por último vez? ¿Quién tenía tiempo para algo así?

¡Qué demonios!, se dijo, y abrió el grifo. Al ver unas sales de baño, echó un puñado en el agua. Más lavanda, observó, cerrando los ojos brevemente cuando llegó hasta ella la fragancia de la espuma. Mientras la bañera se llenaba, colgó la ropa en el armario, preguntándose cuánto tardaría en acabar con todo aquello.

Tras hundirse en la aromatizada espuma, estuvo pensando en la conversación que había mantenido con Isabel. Era difícil llegar a saber lo que pensaba su hermana, sobre todo en un momento como aquel, en el que tenía que enfrentarse al terrible accidente de su abuelo. Era obvio que no era tonta. Sin lugar a dudas, hasta entonces había asumido que ella era la única heredera de aquella hermosa y vasta propiedad. A pesar de sus protestas, era imposible que se hubiera tomado bien la noticia de que algún día tendría que compartir su legado con una extraña.

Tess se preguntó por qué Isabel no parecía más afectada por ello.

Capítulo 7

—Estamos en la ruina —anunció Isabel a la mañana siguiente.

Dejó una fuente de cruasanes de mantequilla delante de Tess. Estaban las dos sentadas en el patio de baldosas que había junto a la cocina, alrededor de una mesa de hierro y mosaico protegida por una sombrilla.

Tess se había levantado con el corazón acelerado y dolor de cabeza tras haber pasado la mayor parte de la noche dando vueltas en la cama. Había hecho los ejercicios de respiración que le había recomendado el médico. Pero solo le había servido para acordarse de Dominic Rossi, y pensar en él no resultaba demasiado tranquilizador. Y después aquella noticia. Dejó la taza de café sobre la mesa.

—Cuando dices «estamos», te refieres exactamente a...

—A todo esto —Isabel hizo un gesto abarcando la finca—. Las cuentas comerciales y los fondos personales del abuelo están agotados.

—¿Y tú no lo sabías?

Tess estudió aquel rostro desconocido para ella, pero no detectó en él sombra alguna de engaño. Lo cual significaba que Isabel estaba siendo sincera. O que Tess no la conocía suficientemente bien como para detectar una mentira. Ella, sin embargo, en cierto modo, lo sabía. Cuando Dominic le había explicado que algún día heredaría la mitad de las propiedades de un hombre al que no conocía, había sabido que era demasiado bueno para ser verdad. Escapar al dolor de la pérdida al tiempo que se recibía una herencia era algo que jamás ocurría. Aquello también lo había descubierto gracias a un trabajo que consistía en recuperar los tesoros de otros. Tal como había pensado desde el principio, siempre había truco. Ningún desconocido se materializaba de la nada para ofrecerle a alguien una fortuna.

—Mi abuelo siempre ha sido muy reservado con sus cuentas —le explicó Isabel en un tono contenido, pero que reflejaba una total inocencia—, así que no lo averigüé hasta ayer por la mañana, cuando llamaron para preguntar por unos cheques que yo había firmado. Anoche, como no podía dormir, estuve haciendo más averiguaciones. Tanto su cuenta personal como las de sus negocios están vacías.

—Siento oírlo. Yo también he estado en números rojos alguna vez y sé que no es divertido.

—Tienes que comer algo —le aconsejó Isabel—. Por favor.

Tess mordió un pedacito de cruasán. Todavía estaba caliente, acababa de salir del horno.

—¿Los has hecho tú?

Isabel asintió.

—Me encanta hornear.

—Está tan rico que debería ser ilegal.

Isabel rió suavemente.

—Es solo una cuestión de entrenamiento.

Pero su sonrisa se desvaneció y apartó su plato.

Tess intentó imaginar lo que estaba sintiendo al descubrir que corría peligro una forma de vida que le era tan querida. Resultaba difícil conciliar la imagen de aquel lugar con el concepto de bancarrota. La finca se veía vasta y próspera, al menos en apariencia. Bella Vista era un lugar de una belleza espectacular, las tierras estaban cuidadas y eran productivas. Tess no había conocido otro lugar en el mundo más cercano al paraíso. Desde el jardín irradiaba un paisaje de huertos y campos de flores y hierbas aromáticas. La fragancia de las manzanas maduras, la lavanda y las rosas colmaba la brisa, mezclada con el olor embriagador de los cruasanes recién hechos. Pero incluso mientras su mente parecía derretirse con aquellos dulces hojaldrados, Tess no podía negar la cruda realidad de lo que su hermana acababa de decir.

Ni tampoco el hecho de que el paraíso estaba fuera de su zona de confort.

—¿Qué has hecho tú cuando te has quedado sin dinero? —preguntó Isabel—. Si no te importa que te lo pregunte, claro.

—No, no me importa. Trabajar sin parar e intentar salir adelante. He llegado a hacer malabares con las tarjetas de crédito. E incluso a utilizar cheques en blanco que te envían para pagar las cuentas.

—¿Y no terminaste endeudándote todavía más?

—Así se hacen las cosas en América. Por supuesto, fue solo una tirita. Todavía sigo arrastrando el crédito de estudios. Tengo un buen trabajo con el que consigo pagar mis facturas, pero poco más. Últimamente tengo que planificar los gastos a medio plazo.

—Todo esto debe de ser una decepción para ti —supuso Isabel—, verte en esta situación…

—No puedo decir que esté sufriendo precisamente —probó un poco de mermelada—. Aunque no puedo decir que sea mejor que el sexo en general, sí es mejor que la mayoría.

Isabel se sonrojó.

—Me siento sobrepasada por todo.

—A juzgar por lo que vi ayer, pareces tener una gran red de amigos —observó Tess.

Cuando el sol comenzó a caldear la mañana, se fijó en Oscar Navarro, que se acercaba caminando a su particular manera. Fue apareciendo gente por los campos y los huertos, preparándose para un día de trabajo.

—Estoy segura de que ellos podrán apoyarte y aconsejarte sobre tu… situación.

Aunque Tess no estaba en una posición que le permitiera asegurarlo, asumía que Isabel tenía opciones. No era solo la belleza del entorno lo que hacía de Bella Vista un lugar tan especial. Era la idea de que aquella era una tierra que sostenía a sus gentes. Tanto los residentes como los trabajadores y sus familias cuidaban la tierra y, a cambio, la tierra les daba de comer.

Una idea muy romántica, comprendió. Pero aquel era un lugar valioso y si había un problema de efectivo, tenía que haber manera de solucionarlo.

—¿Qué es ese edificio que hay allí? —le preguntó a Isabel.

Se levantó de la mesa y cruzó el jardín principal, el que tenía una fuente en el centro. La casa conformaba los tres lados de un cuadrado alrededor de un centro pavimentado, pero Tess solo había visto una de las alas.

—Está vacío —contestó Isabel—. En otra época, estaban allí las habitaciones de los trabajadores y los sirvientes. Y en la otra ala hay, sobre todo, dormitorios y habitaciones que se utilizan como almacén. Bubbie me contó que el abuelo y ella querían tener una familia numerosa, pero no pudieron tener hijos.

—Tuvieron a Erik —señaló Tess.

—Supongo que se refería a más hijos. Desde que puedo recordar, las dos alas han estado vacías, solo se han utilizado para guardar trastos —Isabel se frotó las sienes—. Estoy segura de que el abuelo no quería dejar las cosas así. Aunque sea mayor, siempre ha tenido una salud excelente. Pero estas cosas pasan —parecía muy frágil y abatida por la preocupación mientras hablaba.

A Tess le entraron ganas de abrazarla, pero ella no tenía consuelo alguno que ofrecerle.

—Bueno —dijo—, lo de estar en bancarrota es un término relativo. Mira esta casa. Puedes conseguir un crédito que te ayude a contar con dinero en efectivo y a encontrar una manera de superar el problema. Seguro que Dominic Rossi te ayudará. ¿No es eso lo que hacen los banqueros?

—Se supone que sí.

—Háblame de Dominic —le pidió Tess, manteniendo un tono completamente neutral—. ¿Cómo terminó siendo el ejecutor testamentario de tu abuelo?

Isabel suspiró. Aquel suspiro encerraba todo un mundo de significados, pero Tess no la conocía suficientemente bien como para encontrarle sentido.

—¡Ah, Dominic! —desvió la mirada hacia un punto en la distancia en el que la niebla se elevaba desde las colinas, suavizando la línea del horizonte—. El abuelo siempre ha sido su mentor. En ese sentido siempre ha sido maravilloso. Solía decir que a él le había ayudado mucha gente y que quería hacer lo mismo. Espero que tengas oportunidad de conocerle.

Lo único que tenía que haber hecho su abuelo era localizarla, pensó Tess. Y no lo había hecho. Pero Dominic Rossi, sí.

—Entonces... ese banquero —insistió, esperando parecer solamente interesada, no obsesionada.

—Dominic y el abuelo hacían negocios juntos, pero son más que simples socios. Supongo que por eso mi abuelo le nombró ejecutor.

Tess quería saber mucho más, pero no encontraba la manera de preguntarlo. Quería conocer el mundo de Dominic, saber por qué había acabado su matrimonio y si era feliz. Quería saber cómo sonaba su risa y qué aspecto tenía cuando no vestía de traje.

Quería saber si tenía novia. No, no quería saberlo. Sí, claro que quería. Pero jamás lo admitiría.

—Hace unos cuantos meses, el banco de Dominic quebró —le contó Isabel—. Fue terrible. Todo ocurrió en cuestión de horas. La policía rodeó el edificio del banco y los agentes federales se hicieron cargo de todos los informes. En un solo día, un banco más grande lo absorbió. Fue un golpe incruento, supongo. Pero, a partir de entonces, el abuelo parecía inquieto. Nunca habló de ello, desde luego —suspiró otra vez—. Después de ver los extractos del banco, entiendo por qué.

—De verdad me gustaría verle. ¿Estamos muy lejos del hospital?

—No, está en el centro médico del condado. A unos quince kilómetros de aquí.

Isabel se dirigió al patio lateral y comenzó a recoger la mesa. Tess la siguió y tomó su propio plato. Al hacerlo, le rozó la mano a su hermana. Descubrió sorprendida que tenía los dedos como témpanos y estaba temblando violentamente.

—¿Estás bien? —le preguntó.

—Creo que no voy a ir al hospital —dijo Isabel—. Es posible que esté incubando algo, así que será mejor que me quede. Uno de los mayores riesgos que corre el abuelo es el de sufrir una infección. Debemos tener mucho cuidado con eso.

No tenía el aspecto de estar incubando nada, observó Tess, confundida por su renuencia. A lo mejor le resultaba demasiado duro ver a su querido abuelo en coma. Tess se preguntó si podría tratarse de algo más; aquella familia parecía estar llena de secretos.

—Aun así, me gustaría ir —insistió.

—Por supuesto —Isabel se animó un poco—. Y sé quién te va a acompañar.

Aquella tarde, Tess tomó prestado el Volkswagen de Magnus, que funcionaba con biodiesel y estaba atiborrado de cosas, algo típico en el coche de un hombre, como si lo hubiera aparcado unos segundos antes. Por supuesto, así había sido, Magnus no había anticipado aquel viaje al hospital la mañana que había sufrido el accidente. Los parasoles estaban atiborrados de recibos antiguos, había una barrita de chocolate a medio comer, unas monedas sueltas que tintineaban en el portabebidas y una medalla de san Cristóbal que había perdido el brillo. Tess condujo a lo largo de los caminos serpenteantes que atravesaban las colinas, cruzó el arroyo y torció a la derecha al ver un buzón con el nombre de Rossi. Al llegar a la esquina, permaneció sentada en el coche durante un minuto, recomponiendo sus pensamientos e intentando quitarse de la cabeza la idea de ir a verle. Dominic podría pensar que le estaba acosando. Le había llamado desde el teléfono fijo de Bella Vista, pero le había saltado el buzón de voz. No le había devuelto la llamada, pero Isabel le había asegurado que no importaba. En Archangel, la gente se dejaba caer por las casas de los demás en cualquier momento.

Desde luego, así era en Bella Vista. El día había transcurrido muy rápidamente, con gente entrando y saliendo sin parar, trabajadores y vecinos. Tess también había aprovechado el teléfono para llamar a la oficina. Sus colegas le habían recordado que tenía trabajo pendiente y que estaba retrasando un número importante de transacciones, por no hablar de la reunión con el señor Sheffield. Pero aquello era importante. Por una vez en su vida, Tess estaba dispuesta a hacer esperar al trabajo.

Ella nunca había sido aprensiva ni vacilante con los hombres y no iba a empezar a serlo entonces. Además, aquello no se trataba de salir con ningún hombre. Isabel le había dicho que Dominic podría llevarla a ver a su abuelo. Sí, también podía ir sola, pero no le parecía bien presentarse de aquella manera en el hospital. Era una desconocida…

Tomó aire y salió del coche. Dominic vivía en una casa de los años veinte con un enorme jardín rodeado por una verja y lleno de rosales trepadores cuyas flores estaban perdiendo los pétalos. La casa estaba rodeada de viñedos y huertos por todas partes. No parecía la clase de lugar en el que viviría un hombre como Dominic, pero Tess se recordó una vez más que apenas le conocía.

El porche delantero de la casa tenía un estante con un orden fuera de lo normal lleno de pelotas de fútbol y con tres bicicletas a los lados, la más pequeña pintada de un rosa brillante y cintas en el manillar. Al lado de la puerta estaban alineados los zapatos llenos de polvo, entre ellos, unas playeras con velcro con un personaje de dibujos animados al que Tess no reconoció y otras más grandes con clavos de fútbol.

Se devanó los sesos intentando acordarse del nombre de los niños. ¿Trixie? ¿Anthony? Inspeccionó la bicicleta rosa y descubrió que llevaba una matrícula en la que leyó el nombre de Trini.

Exacto. Trini y... Antonio. Sí, eso era. Unos nombres muy bonitos.

Sintió un sobrecogedor revoloteo en el pecho. Era el ya familiar preludio del pánico. Ignorándolo, subió los escalones de la puerta y llamó al timbre.

—¡Voy yo! —gritó una voz de niña—. A lo mejor es la pizza.

La puerta se abrió y una niñita de pelo oscuro alzó la mirada hacia Tess.

—¡Ah!

Tess disimuló una sonrisa al ver la decepción que traslucía el rostro de la pequeña.

—Lo siento, no traigo ninguna pizza. Soy Tess. ¿Estás esperando una pizza?

—Sí. Papá ha dicho que iba a venir. Pero puedes pasar.

—No puedes dejar que entre en casa una desconocida —le advirtió Antonio, que compartía el pelo oscuro y los enormes ojos de su hermana.

—No es una desconocida, es Tess.

–¡Ah! La mujer de la que estaba hablando papá –el niño sonrió de oreja a oreja–. Sí, puedes pasar.

–Gracias.

¿Había estado hablando de ella? ¿Qué habría dicho? Tess se resistió a preguntarlo mientras cruzaba la puerta. Por supuesto, el jardín y la casa de Dominic estaban tan ordenados como su coche. ¿Cómo era posible tener dos hijos y dos perros y una casa tan limpia? A lo mejor de verdad tenía un trastorno obsesivo compulsivo.

–¿Qué pizza habéis pedido?

–Hoy la he elegido yo –contestó Antonio, guiando una pelota de fútbol con el movimiento experto de sus pies–. La he pedido de *melanzane* y *pepperoni* –un perrito de pelo corto y muy ágil correteaba a su alrededor, intentando agarrar la pelota.

De repente, Tess se sintió como una intrusa. Sí, debería haber hablado antes con Dominic.

–Tiene que estar riquísima –dijo–. Y pronuncias *melanzane* perfectamente, por cierto.

Trini le hizo señas para que se acercara curvando el dedo índice.

–No sabe que la *melanzane* es la berenjena –susurró–. Si lo supiera, le parecería repugnante.

–Sabemos muchas palabras en italiano –le explicó Antonio, deteniéndose para sacarle la lengua a su hermana–. Nuestro padre habla italiano porque sus padres son de Italia.

–*Nonna* y *Papi* –le explicó Trini–. Ellos viven en Petaluma.

–Bueno, es genial que sepáis algo de italiano –contestó Tess.

En teoría, a Tess no le gustaban los niños. Eran ruidosos y maleducados. Incontrolables e impredecibles. Pero aquellos dos… estaban bien, al menos, de momento. No parecían muy ruidosos y, desde luego, no eran maleducados.

Dominic hablaba italiano, pensó. Por supuesto que hablaba italiano. Como si necesitara otra cualidad que le hiciera más atractivo.

—¿Tú hablas algún idioma? —preguntó Tess.

—Yo sé hablar con acento irlandés —respondió Tess con su más marcado acento dublinés—, por mi abuela, que era irlandesa.

Antonio dejó de dar patadas a la pelota y los dos niños la miraron como si acabara de hablar en la lengua de los elfos.

—¡Te entiendo! —exclamó Trini con un susurro de asombro.

—Entonces es que a lo mejor también tú hablas irlandés, aunque no lo sepas.

—Nosotros no hablamos irlandés —respondió Antonio—. Pero lo entendemos. Hemos visto *Darby O'Gill* y *El rey de los duendes* un montón de veces.

—Yo también la vi muchas veces cuando era pequeña. La vi tantas veces que mi madre la llamaba «Darby Mil y el rey de los duendes».

—¿Has venido a ver a papá? —preguntó Trini.

—Sí, he venido a verle.

—Está en la ducha. Estaba sucio y sudado después de haber estado trabajando en el jardín.

La imagen de un Dominic sucio y sudado con la ropa de trabajo le resultó tremendamente sexy.

—¡Ah! Entonces será mejor que vuelva en otro momento —Tess comenzó a dirigirse hacia la puerta.

—¡No, no pasa nada! Es muy rápido. Siempre se ducha muy rápido.

—Porque es un chico —le aclaró Antonio—. Los chicos somos superrápidos.

—Y canta *Patito de goma* —dijo Trini—. Pero se enfadará si se entera de que te lo he dicho.

El perrito renunció a su pelea por la pelota y comenzó a

olfatearle los pies. En teoría, a Tess tampoco le gustaban los perros, pero aquel era tan educado como los niños. Cuando lo acarició, advirtió que su pelo corto era suave como la seda.

—¿Y qué me contáis de vuestro perro?

—Se llama Iggy —le dijo Antonio—. Es un galgo italiano.

—Por eso se llama Iggy —le explicó Trini—. Son sus iniciales al revés, I.G.

—¡Qué ingenioso! Apuesto a que corre a toda velocidad.

—Como el viento —le aseguró Antonio.

—El viento a setenta kilómetros por hora —aclaró Trini—. Nuestro padre lo rescató.

Por supuesto, pensó Tess. Era un hombre atractivo, que hablaba italiano, tenía dos hijos adorables y un perro al que, casualmente, él mismo había rescatado. ¿Qué era lo que Isabel había dicho? Que rescataba a personas. Por lo visto, también a perros.

—Lo sacó de una perrera —dijo Antonio.

Trini se acercó a abrir la puerta que daba al jardín trasero. Allí había otro perro de raza incierta. Tess ni siquiera estaba segura de que fuera un perro.

—Ese es Dude —le explicó Antonio—. También lo rescató papá.

—Pero no de una perrera —dijo Trini.

Con los movimientos rápidos y ligeros de un futbolista profesional, Antonio rodeó al perro y lo acorraló en una esquina del cuarto de estar.

—Mira, soy el estrangulador de perros —dijo.

—¿Qué? —Tess arqueó las cejas.

—Entrenador —le aclaró Trini—. Quiere decir entrenador de perros.

—Sí, eso —Antonio miró a Iggy y a Dude con orgullo mientras ellos permanecían sentados y atentos.

—¿Ya ha llegado la pizza? —preguntó Dominic, bajando las escaleras—. Me ha parecido oír... ¡Ah! ¡Hola, Tess!

No llevaba camisa. Solo unos vaqueros gastados que parecía haberse puesto precipitadamente al salir de la ducha. Iba descalzo. El pelo mojado se le rizaba en ondas. Tenía un pecho, unos abdominales, unos hombros y unos bíceps que la hicieron desear pasar el día entero contemplándole como un amante del arte contemplaría una obra maestra. ¿Quién iba a decir que un traje podría ocultar tal masculina belleza? De pronto, a Tess dejó de importarle que tuviera o no un trastorno obsesivo compulsivo. De hecho, dejó de importarle absolutamente todo.

Al cabo de unos segundos, se dio cuenta de que le tocaba hablar a ella. Pero se le había quedado la boca completamente seca y su cerebro, que normalmente tenía un alto rendimiento, solo parecía contener lujuria no verbal.

—Eh, hola —consiguió decir. Debió de sonar como una mujer de las cavernas privada de sexo—. No pretendía molestar...

—No molestas —respondió él.

Debió de sentir la intensidad de su mirada, porque sacó una sudadera con capucha del armario del vestíbulo y tardó unos dulces segundos en ponérsela.

«No hace falta», deseó decirle Tess. Y lo habría hecho si no hubiera sido por la presencia de aquellos dos niños tan extraordinariamente atentos.

El sonido de la puerta de un coche lanzó a los niños y a los perros hacia la puerta.

—¡La pizza! —gritaron los dos hermanos como si acabaran de ver al planeta Halley—. ¡Ha llegado la pizza!

Los perros ladraron frenéticos.

—El dinero está en la mesa de la entrada —les indicó Dominic—. Propina incluida.

Mientras los niños acorralaban al repartidor, Tess se fue alejando de Dominic.

—Ya veo que llego en un mal momento. Te llamaré mañana.

–No –respondió él–. ¿Qué te pasa, Tess?

–Que estoy pensando que soy una estúpida por haberme presentado aquí sin haber hablado antes contigo.

Dominic sonrió.

–No, me refería a antes de eso.

–Quería ir a ver a Magnus al hospital. Isabel me ha dicho que tú vas todas las tardes, así que he pensado que podía ir contigo.

–Voy casi todas las tardes, pero hoy tengo a los niños.

–Por eso soy idiota por no haberte llamado antes.

–No te preocupes, quédate a cenar con nosotros. La pizza huele muy bien.

–No quiero molestar.

–Pero nosotros queremos que te quedes –dijo Trini con rotundidad, balanceando la caja de la pizza por encima de su cabeza mientras lideraba el desfile, seguida por los dos perros y su hermano, hasta el comedor–. Te va a encantar la *melanzane*. No sabe como eso que ya sabes.

–Seguro –contestó Tess.

–Queremos que te quedes –insistió Antonio, y fulminó a su hermana con la mirada cuando esta le dio un codazo–. También puedes tomarte una copa de vino. Lo hace mi padre.

Tess comenzaba a entender que no iban a aceptar un no como respuesta.

–De acuerdo. Me rindo.

Se preparó para probar el vino de Dominic. Durante sus viajes por el mundo, había probado los mejores vinos del planeta, pero su experiencia con los vinos caseros era limitada. En cualquier caso, no importaba. Si el vino de Dominic le provocaba botulismo, se lo merecería por haberse enamoriscado de él de forma tan poco conveniente.

–¿Eres la novia de mi padre? –preguntó Trini mientras agarraba los platos.

–¿Qué? ¡No!

—Ya me lo imaginaba.

—¿Por qué?

—No quiere que conozcamos a sus novias.

—No quiere que nos encariñemos con ellas —añadió Antonio.

—Tiene miedo de que suframos si al final la novia no se queda —dijo Trini.

—Porque nunca se quedan —continuó Antonio.

—Porque nunca tiene novias, tonto —replicó Trini—. Casi nunca. Y, de todas formas, mis padres van a volver a estar juntos.

¿De verdad? Tess no hizo ningún comentario. La niña lo decía con mucha confianza. ¿Sería un simple deseo o se trataría de algo más?

—No es verdad —respondió Antonio alzando la voz.

—¡Sí que es verdad, tonto! —le espetó Trini—. Lo dice mamá.

—¡Papá! —gritó Antonio.

—¿Sí, hijo? —Dominic entró en el cuarto de estar con una botella y un par de copas.

—Me ha llamado tonto. Dos veces.

—Pídele perdón por haberle llamado tonto, Trini.

—Siento haberte llamado tonto —se disculpo Trini, y añadió en un susurro «tonto».

—¡Eh! —le advirtió Dominic.

—¡*Melanzane*! —Antonio abrió la caja de la pizza—. ¿Puedo empezar?

—Adelante —Dominic les sirvió dos vasos de leche y utilizó la espátula para servir la pizza.

—Tiene un aspecto glorioso —dijo Tess.

—Mario es de Nápoles —le contó Dominic—. Construyó una réplica del horno de leña que tiene su familia. Tienes que ir algún día, antes de que Isabel te atiborre de comida saludable.

Abrió una botella de vino con un experto giro de sacacorchos. La botella tenía una etiqueta lisa en la que se leía *Rossi*, seguido por varias letras, números y el año *2004*. ¡Vaya!, pensó Tess, no solo le servía vino hecho en casa, sino que iba a tener que beberlo. Intentaría ser educada.

Dominic le sirvió el vino en una copa adorable, otra sorpresa. La mayor parte de los hombres sacaban el vino de una caja y lo servían en tarros de gelatina reciclados. Aquellas copas eran de cristal y tan delicadas como una burbuja de jabón.

—¿El año 2004 fue bueno? —preguntó mirando el vino, de un color burdeos intenso, a través de la copa.

—Uno de los mejores.

—¿Me estás ofreciendo un vino de añada?

Hacía vino. Aquella faceta de Dominic la intrigaba; le ocurría siempre con las personas creativas. Tess era experta en encontrar cosas, no en hacerlas.

—No tiene sentido dejarlo en la botella. Salud —acercaron sus copas.

Tess se llevó aquella copa fina como el papel de fumar a los labios y bebió un sorbo, permitiendo que una pequeña cantidad de vino quedara depositada sobre su lengua. Después, cerró los ojos, tragó y aspiró la complejidad de sabores y fragancias dejados por el vino.

—¿Y bien? —preguntó Dominic.

Tess abrió los ojos, sorprendida de placer.

—Me había preparado para probar un matarratas.

—¿Un matarratas? Me ofendes.

—No tengo palabras para describir lo rico que está.

—Y estará mejor cuando haya respirado un poco.

Giró la botella hacia ella y Tess leyó la otra etiqueta.

—«Angel Creek». Este es el vino que sirvió ayer Isabel. Espera un momento, ¿eres un viticultor profesional?

—Es un negocio suplementario.

—Se va a hacer famoso con sus vinos —anunció Trini con aire de importancia.

–¿Qué es un matarratas? –preguntó Antonio.

–Es solo una expresión –contestó Tess–. Se utiliza a veces para hablar de un vino que no es bueno. Pero, desde luego, este no es ningún veneno.

–En absoluto –confirmó Dominic, dobló con gesto experto una porción de pizza y le dio un enorme bocado.

–¿Cómo consigues un vino tan bueno? –preguntó Tess.

–No sabe cocinar, pero sabe hacer vino –Antonio le dio un buen mordisco a la pizza.

–¡Eh! –protestó Dominic.

–Es verdad, papá. No sabes cocinar.

–Qué se le va a hacer.

–Hay mucha gente que no sabe cocinar –le defendió Tess–. Pero son muy pocos los que saben hacer un vino tan delicioso.

–Es su *pasionne* –dijo Trini con aire dramático–. Eso es «pasión» en italiano.

–Pero trabajas de banquero –señaló Tess, y saboreó otro sorbo de vino–. ¿Eso también es tu pasión?

–Eso es mi trabajo.

–Y se le da muy bien. Le dan premios en el banco –presumió Antonio–. Y también le dieron una medalla de las Fuerzas Aeronavales.

–Eso fue en el ejército, tonto –le corrigió Trini.

–¡Eh! –exclamó Dominic en tono de advertencia.

La pizza estaba riquísima, tal y como los niños habían prometido. Acompañada por el vino, era gloriosa. Tess experimentó una inesperada sensación de confort estando allí con Dominic y con los niños. Era… cómodo. Placentero, en un sentido que nunca había experimentado.

–Este vino es impresionante –le dijo a Dominic.

–Gracias.

–Así que serviste en la marina –comentó.

Dominic volvió a llenarle la copa.

–Exacto.

–¿Y cómo conseguiste esa medalla?

–Su avión tuvo un fallo y él tuvo que hacer un aterriza-je de emergencia –dijo Trini. Le temblaba la voz–. Casi se muere.

–Pero estoy aquí –la tranquilizó él.

Era evidente que no quería profundizar en el tema. Tess no presionó pidiendo detalles, no quería hacerlo delante de los niños. Aunque había crecido sin padre, recordaba la sen-sación de estar preocupada por su madre. Cada vez que esta se iba y se olvidaba llamar, o se quedaba atrapada en algún país del tercer mundo, Tess se preocupaba y pasaba horas en la ventana del piso de su abuela en Dublín, sintiendo el estómago hecho un nudo.

Después de la cena, apenas tuvieron que recoger, defi-nitivamente, un beneficio de no haber cocinado. Mientras guardaba los platos en el lavavajillas, Dominic se volvió hacia Tess.

–¿Estás preparada para diez minutos de fútbol?

–¡Eh, sí! –exclamó Antonio, lanzando el puño al aire.

–Tranquilo, muchacho –le advirtió Dominic.

–Claro –contestó Tess.

Siguió a los tres, y a los dos perros, hasta el jardín tra-sero. Iba calzada con unas bailarinas, que no eran el mejor calzado para jugar al fútbol, pero sabía que podría aguantar diez minutos. Había una portería en uno de los extremos del jardín y refulgía bajo la luz del sol. No fue un partido propiamente dicho, sino un «todo vale» en el que participa-ron también los perros. Dominic se movía con la agilidad de un profesional. Los niños eran casi tan buenos como él y Tess entró en aquel espíritu de competitividad, recordan-do lo mucho que le gustaba jugar cuando era niña. Cuando consiguió marcarle un gol a Dominic, comenzó a bailar para celebrar su victoria.

–Increíble –declaró Trini–. Te ha dado una buen a lec-ción, papá.

–Sí –se regodeó Tess–, te he dado una buena lección.

Pero la alegría de la victoria no duró mucho. Dominic agarró el siguiente balón en medio del aire y evitó que marcara otro gol. Afortunadamente, nadie estaba pendiente del marcador. Al cabo de un rato, Dominic dio el partido por terminado.

–Hora de meterse en la ducha –dijo–. Se os ha pasado la hora de acostaros a los dos.

–¡Noo! –comenzó a protestar Antonio.

–¡A la ducha! Y llamadme cuando estéis preparados para ir a la cama –dijo Dominic.

–¿Puede subir Tess a darnos las buenas noches? –preguntó Antonio.

–Si ella quiere –se volvió hacia Tess, arqueando una ceja por encima del borde de las gafas.

–Subiré encantada.

Sabía que no se le daban muy bien los niños, pero no creía que fuera muy difícil darles las buenas noches.

Sin embargo, resultó más complicado de lo que pensaba. Los niños subieron las escaleras pisando con todas sus fuerzas y se tomaron su tiempo en ducharse y prepararse para ir a la cama. Hubo una especie de pelea de pasta de dientes en el cuarto de baño, seguida de una persecución en la que participaron Iggy y Dude. Para cuando por fin se metieron en la cama, Tess estaba agotada.

Los niños compartían una habitación con literas. El espacio estaba decorado con un buen gusto sorprendente, con las paredes de color verde salvia, colchas de moderno diseño y numerosos compartimentos para libros y juguetes.

–Vuestra habitación es genial –les dijo a los niños.

–Bootsie era decoradora –le explicó Trini–. No funcionaron las cosas entre ellos, pero era muy habilidosa.

–Sí, ya lo veo.

Tess sabía que iba a dedicar mucho tiempo a pensar en

Bootsie, y más todavía al hecho de que Trini creyera que sus padres se iban a reconciliar.

Los niños se metieron por fin en la cama. Cada una de las camas estaba equipada con una lámpara de lectura y muñecos de peluche. Trini parecía tener predilección por los unicornios y Antonio por los animales selváticos.

—Podemos leer durante media hora antes de apagar la luz —dijo este, y se abrazó a una baqueteada novela.

—Buenas noches, granujas —Dominic les dio a cada uno un beso en la frente y les arropó.

Al verle, Tess sintió que se le derretía un poco el corazón. Estaba conmovida por la sencillez de su afecto y por el amor que translucía su rostro.

—Buenas noches, chicos —les agradeció con voz queda—. Gracias por dejarme ver vuestra habitación.

Dominic y ella salieron.

—Nada de peleas ni de mordiscos —les advirtió Dominic, y dejó la puerta entreabierta.—. ¿Así está bien? —preguntó.

—¡Sí! —gritó Antonio—. Así está bien.

Una vez en el piso de abajo, Dominic llenó las copas con el vino que quedaba. Tenía aspecto cansado, pero sonreía.

—Pues ya lo has visto todo. Bienvenida a mi vida.

Tess miró alrededor del cuarto de estar, escrutando los muebles y las paredes casi desnudas. Resultaba extraña la falta de objetos personales.

—No se me da muy bien la decoración —se justificó Dominic—. Bootsie y yo rompimos antes de que hubiera terminado de ayudarme a decorar el resto de la casa. Y mi ex se quedó con todos los adornos.

Tess esperó a que dijera algo más, pero permaneció en silencio. A la mayor parte de la gente le gustaba rodearse de objetos que le recordaran quién eran, su historia, su familia, los aspectos que daban continuidad a su vida…

—Siento haber vuelto a entrometerme.

—No lo has hecho. Es una pena que no hayas podido ir a ver a Magnus. Te diré lo que vamos a hacer. Te conseguiré el horario de visitas de Magnus e intentaremos cuadrar un día para ir juntos.

—Me encantaría.

Saboreó un nuevo sorbo de vino.

Dominic estaba resultando ser mucho más interesante de lo que debería. Tess se recordó a sí misma que, aun así, continuaba siendo un desconocido. Se suponía que no tenía que pensar en cómo estaba sin camiseta, o en lo encantador que era con sus hijos y sus perros. Se suponía que no tenía que gustarle.

A pesar de sus recelos, eran muchas las cosas que quería saber sobre aquel hombre, pero, al mismo tiempo, se decía que no podía involucrarse con él. Su «bienvenida a mi vida» había sido un crudo recuerdo de lo distantes que estaban sus mundos. Lo que tenía que hacer ella era solucionar el asunto que la había llevado a Archangel y continuar con su vida. Pero iba sintiéndose cada vez más cautivada no solo por su hermana, sino también por todas las personas que había conocido en Bella Vista y por aquel hombre con un brillo de soledad en la mirada y unos hijos adorables.

—Gracias por la bienvenida —le dijo—. No he venido a tu casa buscando diversión, pero tengo que reconocer que la pizza estaba riquísima y el vino es increíble.

Dominic sostuvo la puerta abierta, invitándola a salir al porche. Las estrellas acababan de salir.

—Por aquí —bajó los escalones del porche y abrió la puerta del jardín. Iggy corrió tras ellos, pero Dude permaneció en el porche, como un vigilante centinela—. Se niega a abandonar la casa cuando están los niños —le explicó Dominic.

—¿Le entrenaste para que lo hiciera?

—No tuve que entrenarle. Empezó a hacerlo por voluntad propia. El veterinario dice que es su parte akita.

—Un perro guardián japonés.

—Sí. Vive entregado a los niños.

—Tienes unos hijos encantadores.

—Sí, yo también lo creo.

—He compartido mucho tiempo en aviones con la clase de niños que les dan mala fama.

—Eso es porque has volado en aviones que no debías.

—Sí, y hablando de eso, ¿eres piloto naval? ¿Es cierto que tienes una medalla? Parece una profesión mucho más arriesgada que la de banquero.

Dominic titubeó un instante.

—Ser banquero es lo más difícil que he hecho en toda mi vida.

—Estás de broma, ¿verdad?

—Cuando estaba en el ejército, solo tenía que cumplir órdenes, volar en cumplimiento de una misión. Para cualquier cosa había un plan que nunca variaba.

—¿Qué clase de avión pilotabas?

—Por favor, un avión a reacción. El EA-6B Prowler.

—¿No es un avión propio de portaaviones?

Tess había salido con un tipo que estaba en la armada, prestando servicio en un portaaviones de San Francisco. El don era una enciclopedia andante sobre la armada y, tras unas cuantas citas insoportables, había dejado de salir con él.

—Exacto.

—¿Y dices que aterrizar con un avión a reacción en un portaaviones es más fácil que trabajar en un banco?

—Mucho más fácil que decirle a alguien que no puede conseguir la casa de sus sueños o que están a punto de comenzar el proceso de ejecución de su hipoteca.

Tess esbozó una mueca, pensando en Isabel y en lo que había descubierto sobre las cuentas de Magnus. Le habría gustado hablarle de ello, pero no le parecía bien hacerlo sin que estuviera Isabel delante.

—¿Entonces por qué trabajas de banquero?

—Por la estabilidad de la familia.

Iggy cruzó el huerto y desapareció en la oscuridad.

—¿No le pasará nada? —le preguntó Tess.

—¡Qué va! Antes me preocupaba lo que pudieran hacerle los coyotes, pero Iggy es un perro inteligente. Y rápido.

—¿A qué huele? Huele muy bien aquí.

—Son los cultivos. Esta zona es la favorita de Magnus.

—¿Eso también forma parte de Bella Vista?

—Sí, compartimos uno de los lindes.

La condujo hacia el final del jardín, uno de sus extremos limitaba con sus viñas y el otro con una fila de árboles cargados de manzanas. Alargó la mano hacia una rama baja, arrancó una manzana madura y se la tendió.

—Estas son Honeycrisps. Las manzanas más sabrosas conocidas.

Tess mordió la carne crujiente de la manzana y sintió su fresca dulzura en la boca.

—Es posible que sea la mejor manzana que he comido en mi vida —admitió—. Incluso lo mejor que he probado nunca.

Una ráfaga de viento frío se deslizó entre las ramas de los árboles, provocando el susurro de sus hojas. La luna brillaba en lo alto, bañándolo todo de un resplandor azulado. En momentos como aquel, la ciudad parecía estar muy lejos, en otro planeta casi.

—Háblame de la armada —le pidió Tess—. ¿Te gustaba?

—Sí, pero odiaba estar lejos de los niños.

«¿Y de tu ex…?», pensó, pero no se iba a permitir preguntárselo.

—Cuéntame por qué te dieron una medalla. Trini ha dicho que hubo un fallo…

Dominic asintió.

—Eran demasiado pequeños para acordarse, y es preferible. El incidente tuvo lugar durante un despliegue de fuerzas sobre un campo de amapolas en el que solían estar unos tipos malos. Debería haber sido una operación de rutina, pero se produjo un percance cuando estábamos repostando en medio del vuelo. Tuvimos que hacer un aterrizaje de emergencia. Cuando estábamos en tierra, sufrimos una emboscada.

Lo contaba sin darle ninguna importancia y resultaba difícil evocar el caos y el peligro en aquel entorno iluminado por las estrellas. Pero Tess imaginaba que el terror había sido inmenso. Si hubiera tenido más confianza con él, le habría preguntado por ello. Pero no le conocía. Dominic le estaba dejando vislumbrar algunos retazos de su vida, pero no le estaba dando permiso para entrar en ella. Al menos, ella tenía esa impresión.

—¿Y qué pasó durante la emboscada?

—Sobrevivimos todos. A mí me dieron un tiro en la cabeza. Los niños no lo saben.

Un escalofrío se deslizó sobre la piel de Tess.

—Dominic…

—Ya lo he superado. Ya estoy casi recuperado.

—¿Casi?

No era extraño que pareciera tan familiarizado con los hospitales. Tess le estudió bajo la luz de la luna. Parecía una escultura de mármol. Los planos y los ángulos de su rostro eran de una perfección casi inhumana, pero la bondad y la emoción que translucían sus ojos transformaban a aquella estatua inaccesible en un hombre del que no era capaz de apartar la mirada.

—Me quedé sordo de un oído —le explicó.

—¡Es terrible! Ni siquiera soy capaz de empezar a imaginar lo que has tenido que sufrir.

—Lo peor no fue renunciar al ejército, ni perder el oído. Lo peor fue saber que los niños habían estado a punto de perderme. Fue uno de esos toques de atención que nos da la vida. Me hizo repensarlo todo. Llegué a la conclusión de que quería estar aquí, cerca de ellos.

—Atrapado en un trabajo que odias.

—No he dicho que lo odie. He dicho que es duro. Los horarios son fijos, no me pierdo los partidos de fútbol, ni las búsquedas del tesoro, ni las citas con el dentista, ni ninguna de todas esas cosas que forman parte de sus vidas. Eso ya es mucho. Mi matrimonio no sobrevivió a las separaciones, pero ahora tengo la oportunidad de asegurarme de que mi relación con Trini y Antonio permanezca intacta.

—Tienes unos hijos muy afortunados —dijo Tess—. Mi madre no estuvo mucho conmigo cuando era pequeña y la echaba de menos.

Se preguntó si, en el caso de que su padre hubiera sobrevivido, le habría dedicado tanta atención.

Dominic la descubrió mirándole fijamente, pero, por algún motivo, a ella no le importó y no desvió la mirada.

—¿Qué te pasa? —preguntó él.

Tess observó sus labios y el rubor le cubrió las mejillas.

—Eres un hombre muy agradable, Dominic. Me gusta hablar contigo.

—Pareces sorprendida.

—Lo estoy, un poco.

—¿Y qué es lo que te sorprende? ¿Que sea un hombre agradable o que te guste hablar conmigo? Señorita Delaney, creo que necesita salir más.

Tess se echó a reír.

—El trabajo me tiene muy ocupada.

—Si piensas seguir las recomendaciones de los médicos, eso tendrá que cambiar.

Estaba tan cerca de ella que Tess podía percibir la esencia de su cuerpo recién duchado. Se inclinó hacia ella y todo, la respiración, los latidos del corazón, el viento entre los árboles, las nubes que rodaban sobre la luna, todo pareció detenerse y el mundo se estrechó hasta que no quedó nada que no fuera él.

Sí, pensó Tess, deseaba acariciarle. Lo deseaba con todas sus fuerzas, lo deseaba con una intensidad que la asombró.

«Basta». No había ido allí para eso. Retrocedió un paso y dijo:

—Tengo que irme.

—No, no tienes que irte —la contradijo Dominic suavemente.

—Tienes razón, no tengo que irme. Pero me voy a ir de todas formas.

Dominic vaciló un momento, pero, después, también él retrocedió.

—Te llevaré mañana a ver a Magnus.

Capítulo 8

Cuando al día siguiente se presentó en Bella Vista, Dominic estaba incluso más guapo que la noche anterior. Tess se sentía avergonzada por lo que había pasado entre ellos, esperaba que no lo mencionara. También se sentía fuera de lugar con los vaqueros, las botas de media caña y la blusa de seda negra. La gente de la zona vestía con ropa de trabajo o atuendos más informales con prendas sueltas, jerséis tejidos a mano, sandalias o alpargatas. Dominic parecía sentirse muy cómodo mientras saludaba a las personas con las que se cruzaba en el jardín en su camino hacia la casa. Había algo en su manera de comportarse, segura, pero sin pretensiones, que cautivaba su atención y hacía que le resultara difícil pensar en cualquier cosa que no fuera él.

Era un enamoramiento estúpido. Supuestamente, ella no se enamoraba, ¿no? Pero todos los síntomas estaban allí: el calor en las mejillas y los latidos acelerados de su corazón. Su manera de fijarse en su boca, en sus manos. Cómo reaccionaba en lo más profundo al oír el timbre de su voz…

—¿Cómo estás? —le preguntó Dominic a Isabel.

No era una formalidad; quería saber de verdad cómo estaba y se acercó a ella como si estuviera dispuesto a sujetarla en el caso de que se cayera.

Tess se preguntó desde cuándo se conocerían.

Isabel desvió la mirada y bajó la cabeza como si le incomodara la intensidad de su tristeza. Unos rizos sueltos acariciaban su nuca.

—No paro de hablar mentalmente con él, haciéndole preguntas que nunca tuve oportunidad de plantearle. Por alguna razón, los dos nos comportamos como si dispusiéramos de todo el tiempo del mundo.

A Tess le dio un vuelco el corazón. Cuando era niña, ella misma había sentido lo mismo por su abuela. Jamás se le había ocurrido imaginar cómo sería la vida sin ella. Y, probablemente, había sido mejor. Su abuela jamás habría aprobado que viviera con miedo a lo que le deparaba el futuro.

—Procura no presionarte a ti misma —le recomendó a Isabel—. ¿Estás segura de que no quieres venir a verle?

—No, hoy no. Pero prométeme que me llamarás si se produce algún cambio.

—Por supuesto.

—¿Estás preparada? —preguntó Dominic.

—Sí, ya estoy preparada —todo lo preparada que se podía estar en aquellas circunstancias. Siguió a Dominic por el camino de entrada a la casa—. Te agradezco que me lleves.

—No me cuesta nada.

Tess se mostraba un tanto precavida después de la noche anterior. Ella era nueva en aquel lugar, no conocía los vínculos que había entre todas aquellas personas. Continuaba siendo una intrusa, posiblemente, una entrometida.

—Isabel también debería venir —comentó—. Es su abuelo. Es el único familiar que le queda.

—¿El único?

—Yo no cuento —dijo Tess—. No nos conocemos, ¿no lo entiendes? Lo único que tenemos en común es un padre que iba de cama en cama —miró el teléfono para ver si su madre había intentado llamarla o le había enviado algún mensaje—. ¿Qué tengo que hacer para poder tener cobertura en el teléfono?

—Pintarte de azul y sacrificar una cabra —respondió Dominic con una cara tan poco expresiva que Tess casi le creyó.

—Muy gracioso. Supongo que tendré más suerte en el hospital. Me refiero en lo de la cobertura. Por lo general, los hospitales no son lugares en los que nadie tenga mucha suerte, ¿verdad?

—Cuando necesitas un hospital, es una suerte poder estar allí.

—Supongo que sí. La primera vez que estuve en un hospital fue en Mercy Heights. Cuando mi abuela murió, no estuvo en un hospital. Murió en medio de la tienda.

—Debió de ser muy duro, Tess. ¿Qué ocurrió?

—Un coágulo de sangre fue directamente a su cerebro. Fue como si la hubiera fulminado un rayo. O, al menos, así me lo pareció entonces, igual de repentino y arbitrario. En el entierro, sus amigas de la parroquia no dejaban de decir que había sido una bendición que no sufriera. Yo me alegraba de que no hubiera sufrido, pero jamás he podido hacerme a la idea de que perderla fuera una bendición —frunció el ceño al mirar la pantalla del teléfono mientras la golpeaba el recuerdo de aquella tristeza—. Yo tenía quince años y me sentí como… como si el mundo hubiera cambiado de pronto de color.

—Debió de ser muy difícil para ti.

—Sí, lo fue —casi nunca hablaba de ello, pero le gustó hacerlo en aquel momento con Dominic—. Los peores momentos eran aquellos en los que, durante unos segundos, olvidaba que nos había dejado. Volvía del instituto con ganas de contarle algo y de pronto me daba cuenta de que ya no iba a verla nunca más —tomó aire, repentinamente estremecida—. Dios mío, mírame. Soy un desastre.

—No tengo ningún problema con los desastres.

La capacidad de comprensión de Dominic era tan asombrosa como gratificante. Ella estaba acostumbrada a tratar con personas que evitaban aquellos desahogos sentimentales.

—¿Estás, o estabas, muy unido a tus abuelos?

—Claro que sí. Pero no les veo mucho. Todavía están en Italia. Y los cuatro están vivos.

—Eso sí que es una bendición.

—Desde luego. Háblame más de tu abuela. Me dijiste que tenía una tienda… y que has conservado su escritorio.

—A Nana le encantaba el té muy cargado y con azúcar. Tenía muy buen ojo a la hora de distinguir un objeto de calidad y era una gran mujer de negocios. También era una mujer con una paciencia increíble, y muy buena persona —la describió mientras observaba el paisaje que fluía como un río de color, como si estuviera paseando por una galería con la obra de Monet—. Me encantaba la tienda de Dublín, cómo olía y la forma en la que estaban expuestos los objetos. Cuando era pequeña, siempre pensaba que algún día tendría mi propia tienda y que sería como Things Forgotten.

—¿Y por qué no lo has hecho?

—Por la misma razón por la que tú no puedes dedicarte al vino a tiempo completo. El problema es la financiación. Además, ahora mismo tengo un buen puesto de trabajo en Sheffield.

Cuando cruzaron Archangel, a Tess volvió a impresionarle su tranquilidad. Todo parecía transcurrir con lentitud en aquel lugar. A pesar de lo que le había dicho el médico, sintió una súbita añoranza de la ciudad, del café, la acción y la vorágine de cada contrato.

Pronto lo recuperaría. En cuanto cumpliera con su deber y fuera a visitar a Magnus, se marcharía. Miró a Dominic de reojo y sintió una punzada de arrepentimiento. Pero no tenía sentido querer conocer a aquel hombre. Él estaba allí y ella en el otro extremo, sus caminos no deberían haberse cruzado siquiera.

–Me gusta oírte hablar de tu abuela –reconoció Dominic con naturalidad mientras aparcaba.

–A mí me gusta hablarte de ella –respondió Tess sin poder contenerse.

«¡Basta!», se dijo a sí misma, «para ya».

Las puertas automáticas del centro médico se abrieron con un suspiro mecánico. La recepcionista les saludó con familiaridad cuando Dominic les inscribió como visitantes. Después, la condujo por un pasillo flanqueado por extintores, notas impresas y lavabos. Le había dicho que visitaba a Magnus a menudo; estando allí, Tess fue consciente de la generosidad de aquel gesto. Y se descubrió deseando que Magnus pudiera sentirlo de alguna manera.

Al lado de la puerta de la habitación de su abuelo, había un tablero blanco que describía a Magnus como un paciente con un trauma cerebral. El médico que le atendía era alguien llamado G.Hattori. Tess se detuvo allí, sintiendo que de pronto le sudaban las manos.

–¿Quieres que me quede fuera? –le preguntó Dominic.

–No, se te dan bien los hospitales –señaló Tess–. Y lo digo como un cumplido.

Ambos se detuvieron para desinfectarse las manos y entraron después en la habitación. Se oía en la habitación la música clásica procedente de una radio colocada en el alféizar de la ventana. La televisión estaba en silencio y conectada con el Discovery Channel. La cama de ruedas estaba colocada en ángulo, de cara a la ventana que enmarcaba la vista de un eucalipto.

Tess se acercó hacia la figura que reposaba en la cama con el corazón palpitante. Le pareció… un desconocido. Y, por supuesto, lo era. Un anciano roto, inmóvil, conectado a toda una red de tubos. Tenía los párpados muy finos y amoratados y una costra en la frente. El pelo, blanco como la nieve, parecía haber sido peinado recientemente. Unas cicatrices que no parecían recientes marcaban su cuello.

No parecía que estuviera simplemente dormido. Sus brazos caían rígidos a ambos lados de la cama y tenía las piernas ligeramente dobladas, como si se hubieran quedado congeladas en aquella postura.

Tess permaneció sin moverse a unos metros de la cama. La verdad era que no sabía qué sentir.

Troy, la enfermera que acababa de entrar, le explicó los detalles del accidente y el consiguiente coma. Tess descubrió también que Isabel era la persona a la que Magnus había designado como representante. Como tal, era ella la que tenía derecho a dar la orden de no reanimación. No pudo menos que compadecer a su hermana, ¿quién quería hacer algo así?

Troy miró la pantalla del monitor colocado sobre un carrito de ruedas.

—Ha habido un cambio en las últimas veinticuatro horas.

A Tess le dio un vuelco el corazón.

—¿Eso es malo?

—No, de hecho, ha supuesto una mejora. Los médicos están pensando en quitarle el ventilador.

Tess pensó en la ceremonia que había organizado para pedir su sanación, en la música, las oraciones, los rituales… ¿Sería posible que…?

—Esa es una buena noticia, ¿verdad?

—Ahora está fuera de un peligro inminente. Nos estamos concentrando en evitar infecciones y mantenerle físicamente saludable. Está recibiendo un tratamiento variado que incluye fisioterapia, estimulación sensorial y, por supuesto, un control constante. Detectamos actividad cerebral, pero, hasta ahora, no ha habido ningún movimiento voluntario.

—Y el diagnóstico es… —«por favor, dime que lo superará».

—No sabremos la extensión del daño neurológico hasta que no salga del coma. La recuperación puede ser total o parcial.

Tess apartó la mirada de Troy para mirar a Dominic.

–Entonces, ¿podemos hablar con él como si pudiera oírnos?

–Claro, adelante –la enfermera les dejó a solas.

Además de los nervios y la ansiedad, Tess sentía una confusa mezcla de esperanza, compasión, frustración y enfado. Tomó la mano de su abuelo y estudió la forma de las uñas y el dibujo de las venas bajo aquella piel fina como el papel.

–Acabo de encontrarte –le dijo a Magnus–. Ahora no puedo perderte.

Estremecida por una emoción que no entendía, sintió la necesidad de hacer algo que no fuera limitarse a estar allí sentada. Sobre una mesita con ruedas, al lado de la cama, había un cesto del que sobresalían cartas y tarjetas postales.

–¿Qué te parece si te leo alguna postal? –le preguntó–. No creo que te haga ningún daño saber lo que te envía la gente, ¿verdad?

Las cartas contenían desde los típicos buenos deseos hasta bromas y notas escritas a mano.

–Tienes muchos amigos –musitó.

Uno le había enviado una pluma de águila para darle valor, otra de las postales contenía un puñado de hierbas. Todos expresaban sus ganas de que se recuperara. Casi al final del cesto, encontró una tarjeta hecha a mano adornada con una ramita de lavanda seca y un mensaje que decía *Vive cada día*. La letra formal y de rasgos largos y finos indicaba que la remitente era una persona mayor. *Lo siento, por favor, cúrate*. Tess se quedó mirando fijamente la firma, algo la aguijoneaba en el fondo de su mente y, al final, se hizo consciente: *Annelise*.

Reconoció el mensaje porque era el mismo que había leído en el bordado de punto de cruz que tenía la señora Winther en la cocina. Aquella carta era de la mujer del medallón, de la anciana que tenía un servicio de Tiffany: Annelise Winther. ¿Qué motivo podía tener aquella mujer para enviarle un mensaje a Magnus Johansen?

Desconcertada, sacó el teléfono móvil para marcar el teléfono de la anciana y la llamó. Cuando la señora Winther contestó, Tess se identificó y dijo:

—Siento molestarla, pero estoy en Archangel, en el condado de Sonoma. He venido a visitar a un hombre llamado Magnus Johansen.

Se produjo un tenso y largo silencio al otro lado de la línea.

—¿Y está bien?

—No, él… está en coma. Todo el mundo espera que se recupere —estudió el rostro pálido y sereno del anciano, su pelo ralo y el pecho moviéndose con el respirador—. No he podido evitar fijarme en que ha recibido una tarjeta suya, así que asumo que le conoce.

Se produjo un nuevo silencio, más corto en aquella ocasión.

—Los dos sobrevivimos a la ocupación nazi en Dinamarca —le aclaró la señora Winther.

—Entiendo. En ese caso, ¿le conoce bien? Lo que quiero decir es, ¿se conocieron en Dinamarca o le conoció después?

—Yo… No, no le conozco bien —la mujer parecía confundida, o vacilante—. La verdad es que nunca llegué a conocerle bien.

—Pero le conoce —también Tess se sentía confundida. Aquello no podía ser una mera coincidencia—. Señora Winther, no pretendo inmiscuirme….

—Gracias, te lo agradezco. Espero que… Por favor, deséale lo mejor de mi parte.

Quinta parte

Cultiva un jardín para la victoria.
Nuestra comida es una forma de lucha.
Un huerto contribuirá a sacar adelante tu nación.
Cartel de la Comisión Nacional de Jardines, 1939-1945

Durante la guerra, las familias patrióticas cultivaron los que se denominaron jardines de guerra para promover el autoabastecimiento y contribuir al esfuerzo bélico.

4 tazas de diferentes verduras de hojas verdes
1 taza de cacahuetes tostados
¼ taza de eneldo fresco
¾ taza de queso feta desmigado
¼ taza de hojas de perejil
1 taza de flores comestibles: mosqueta amarilla, borraja, caléndula, clavel, hierbas aromáticas (albahaca, romero, tomillo, cebollino), capuchinas y violetas, pensamientos bicolores y alhelíes blancos.
4 hojas grandes de albahaca, enrolladas y cortadas trasversalmente.
1 limón cortado por la mitad
¼ de aceite de oliva, un pellizco de sal y pimienta negra al gusto
Pimienta fresca molida para condimentar al gusto

Mezclar las hojas en un cuenco grande. Exprimir el zumo del limón (sin las semillas) encima de las hojas y aliñar con el aceite, la sal y la pimienta. Volver a mezclar. Añadir los cacahuetes y el queso feta y mézclalos bien. Dividir la ensalada y los pensamientos en cuatro partes y servir.

(Fuente: adaptada de *California Bountiful*)

Capítulo 9

Parque Gyldne Prins, Copenhague
1941

Annelise Winther estiró los pies todo lo que pudo hacia el cielo. El viento agitaba su pelo mientras alzaba las piernas agarrada a las cadenas del columpio y subía los pies más todavía. Al ver sus pies recortados contra el cielo azul, se olvidaba de lo viejos que eran aquellos degastados zapatos marrones que ni siquiera le quedaban bien. Su madre decía que era imposible encontrar zapatos en la ciudad últimamente. Miró a su madre, que estaba sentada en un columpio a su lado.

—¡Mamá! —gritó Annelise—. ¡Estás en el cielo, como yo!

—Sí —contestó su madre—. Hace un día precioso. Por fin ha llegado la primavera. Ya han florecido los manzanos.

Su madre estaba preciosa en el columpio, con el rostro elevado hacia el sol. Su larga melena rubia se había escapado de las horquillas que la sujetaban y flotaba como una bandera al viento. Y también el vestido rosa. Las mangas revoloteaban como las alas de un ángel.

El rosa era el color favorito de su madre porque pegaba con su joya favorita, un medallón que se ponía casi siempre. Era un regalo de su padre. Lo había llevado a casa desde el lejano San Petersburgo, donde le habían enviado por motivos de trabajo. Últimamente estaba mucho tiempo fuera, pasaba muchas horas en el hospital. A veces llegaba a casa a última hora de la noche, cuando se suponía que Annelise ya estaba dormida. Llegaba con la cara manchada de hollín. Cuando Annelise le preguntaba que cómo se manchaba de hollín trabajando en las oficinas del hospital, él se limitaba a levantarla en brazos y a decirle que hacía demasiadas preguntas. Después, le hacía cosquillas hasta hacerla gritar de risa.

Su madre se volvió hacia Annelise y, sin motivo alguno, se sonrieron. Annelise burbujeaba de felicidad. Sonreía porque sabía que tenía la madre más guapa y más buena de todo Copenhague. La mejor madre del mundo.

—¡Estoy tocando el cielo! —gritó, echando la cabeza hacia atrás para ver el mundo del revés—. ¿Tú también estás tocando el cielo?

—Claro que sí. Pero pronto tendremos que parar.

Annelise sintió una gran decepción.

—¿No podemos quedarnos un poco más? —se mordió el labio, intentando comportarse como una niña mayor y no quejarse.

Aquel era el día que su madre se tomaba libre en su labor de voluntaria del hospital y Annelise se dijo que debía estar agradecida por haber podido pasar todo un día con ella.

—¿No quieres parar? —le preguntó su madre—. ¿Ni siquiera para hacer un picnic?

—¡Hurra, un picnic! —la desilusión de Annelise explotó como una irisada burbuja de jabón. Arrastró los pies contra el suelo para detener el columpio y saltó.

Su madre era capaz de convertir cualquier cosa en algo especial, incluso un vulgar almuerzo. Por culpa de algo que llamaban «racionamiento» el pan era muy basto y el queso que tomaban era requesón, como el que comían los campesinos.

—Su comida, señorita —dijo su madre, colocando el queso y el pan sobre una servilleta delante de ella como un florido gesto.

—Gracias, señora —Annelise imitó el tono formal de su madre, aunque no fue capaz de contener una risita.

—Y tenemos ambrosía de postre.

—¡Ambrosía! —Annelise no tenía ni idea de lo que era, pero hasta la propia palabra le pareció deliciosa.

Resultaron ser manzanas especiadas y endulzadas con miel, que comieron del mismo frasco.

—Está hecho con las últimas manzanas del otoño —le explicó su madre.

—¿Por qué son las últimas?

El bonito rostro de su madre se ensombreció como si una nube hubiera ocultado el sol.

—Ahora se las llevan los soldados. Y también se llevan la miel de las colmenas.

Todo había cambiado desde que los soldados alemanes habían llegado a Copenhague, cubriendo la ciudad con una tormenta de panfletos lanzados desde los aviones. Para Annelise, era como si siempre hubieran estado allí; hasta había llegado a comprender su idioma. Estaban por todas partes, con aquellas camisas rígidas y las botas relucientes, se movían por toda la ciudad, marchando y dando órdenes a todo el mundo.

—No importa —dijo su madre—. Nos aseguraremos de que hoy sea un día especial.

—¿Por qué? —preguntó Annelise.

—Porque todos los días deberían ser especiales.

—¿Esa es una nueva norma? —había muchas normas nuevas desde que habían llegado los soldados.

—No es una norma, sino un recordatorio. Debemos aprender a disfrutar cada día porque no volveremos a vivirlo nunca más.

Habían disfrutado de la dulce brisa y del calor del sol

acariciando sus cabezas. Los pétalos de los manzanos y los cerezos volaban en una hermosa tormenta, como si fueran confeti. Se habían tumbado en la hierba y habían observado juntas las torpes maniobras de un escarabajo desplazándose entre las briznas. La lenta pesadez de sus movimientos recordaba a la de los camiones que transportaban a los soldados. El aire estaba lleno del canto de los pájaros, en el pavimento resonaban los cascos de los carros tirados por caballos y, en algún lugar en la distancia, sonó la sirena de un barco. Cuando llegó el momento de regresar a casa, caminaron juntas, meciendo sus manos entrelazadas. Annelise adoraba aquellos días perfectos que compartía con su madre, en los que el aire era cálido y se abrían los tulipanes y los narcisos.

Al final de su manzana, vieron una camioneta cubierta por una lona cortando la calle.

—¿Qué están haciendo esos soldados?

—Shh —le ordenó su madre, y la agarró con fuerza de la mano mientras seguía avanzando. Sus tacones repiqueteaban contra los adoquines de la calzada—. No tiene nada que ver con nosotras.

Annelise tuvo que correr para seguirle el paso. Estaban casi en casa, acercándose ya a la verja de hierro forjado que había delante, cuando aparecieron dos soldados de la nada y les bloquearon el paso.

—¿*Frau* Winther? —preguntó uno de ellos—. Tiene que acompañarnos.

Su madre le soltó la mano y se colocó delante de ella. Las mangas del vestido rosa revolotearon y pareció de pronto más alta y, de alguna manera, más valiente. Annelise se sintió muy orgullosa de tener aquella madre tan guapa.

Uno de los hombres agarró a su madre, desgarrándole el bonito vestido de primavera. Annelise gritó y corrió hacia ella.

–¡Mamá! ¡Mamá! –gritó una y otra vez.

Le dio una patada a uno de los soldados en la espinilla. Su zapato desgastado entró en contacto con una reluciente bota de color marrón. Una mano enorme descendió sobre ella y la agarró de la oreja con tanta fuerza que los ojos se le llenaron de lágrimas. Le escocía la oreja y le dolía la cabeza.

Su madre intentó zafarse, pero ya eran dos los hombres que la retenían. Hombres de mirada dura y una mueca malvada en los labios.

Annelise volvió a lanzarse contra ellos, pero su madre sacudió la cabeza con fuerza.

–Annelise, vete. ¡Huye! ¡Escapa y escóndete!

–¡Yo quiero estar contigo! –lloriqueó Annelise.

Los soldados empujaron a su madre hacia la camioneta de la lona.

–Agarra también a la niña –ordenó uno de ellos.

–¿Para qué? La niña es inofensiva.

–Ahora a lo mejor, pero no olvides que las liendres terminan convirtiéndose en piojos.

–¡Corre! –volvió a gritar su madre–. ¡Annelise, haz lo que te he dicho!

Una mano grande y callosa avanzó hacia ella para agarrarla. Annelise se agachó para esquivarla y corrió.

Las botas retumbaban en la acera. Sollozando, Annelise corrió a toda velocidad. Había más soldados saliendo de la casa, moviéndose por los alrededores y sacando objetos.

Ella continuó corriendo, aunque las lágrimas que anegaban sus ojos le impedían ver. Apenas podía respirar en medio de los sollozos que le cerraban la garganta. Se escabulló por un hueco que había entre los setos del parque, tropezó y cayó, rasguñándose las rodillas y las manos con la grava del camino.

Se obligó a levantarse. Los pasos seguían resonando tras ella. Se lanzó hacia delante, dobló una esquina y siguió corriendo. Ayuda. Necesitaba ayuda. Un miedo atroz le impedía pensar con claridad.

–¡Ayúdenme! –comenzó a gritar mientras corría–. ¡Por favor, ayúdenme!

Una sombra cayó sobre ella. Unas manos fuertes la agarraron de los brazos. Se resistió con todas sus fuerzas, pateando, arañando y emitiendo sonidos que ni siquiera sabía que tuviera dentro de ella.

–Tranquila, tranquila, pequeña –le susurró una voz en danés.

Dejó de pelear durante el tiempo suficiente como para mirar a su captor. Vestía ropas de civil de aspecto barato. El pelo, rubio rojizo, le rodeaba la cabeza como un halo que sobresalía de una gorra o de un gorro de lana. Una gruesa bufanda roja le cubría desde la mandíbula hasta el cuello. En realidad, apenas era un niño con un poco de pelusilla en vez de barba.

–¿Eres la hija de los Winther? –preguntó el chico.

Ella no contestó. Era un desconocido.

–¿Quién eres tú?

–Un amigo. Llámame Magnus.

–Se han llevado a mi madre y han intentado detenerme a mí, pero mi madre me ha ordenado que huyera. A lo mejor viene mi papa… –dijo con voz temblorosa.

–Te llevaré a un lugar seguro.

Annelise sintió que se le revolvía el estómago porque en un pequeño y aterrorizado rincón de su mente comprendió que su padre no iba a volver.

–Los camisas pardas también se lo han llevado.

El chico la miró. Annelise creyó interpretar algo en su silencio, un «lo siento», quizá.

–Vas a tener que permanecer en silencio y confiar en mí –le dijo–. Da miedo, lo sé –le tendió la mano.

Annelise no podía pensar. Continuaba haciendo un día radiante. Una familia de cisnes se deslizaba en el agua: tres polluelos grises y esponjosos detrás de un cisne blanco de porte majestuoso. Annelise no sabía qué otra cosa hacer, así que le dio la mano al chico y dejó que él la guiara. Aquel desconocido de pelo claro y cicatrices en el rostro la convenció de que se fuera con él, aunque no tenía ni la menor idea de lo que podría llegar a hacerle. Después de haber visto a su madre, a aquella mujer tan guapa y tan buena, siendo arrastrada por los camisas pardas, comprendió que ya no podía ocurrirle nada peor, ni entonces ni nunca. Le contó al chico que su abuela estaba en Helsingør y él le dijo que la llevaría con ella. Cuando la vida era normal, Annelise y sus padres solían ir en motocarro, en tren o en ferri a la costa para visitar a su abuela. Magnus decía que lo más seguro era ir en barco.

No tardaron mucho en llegar a los muelles de la ciudad. Una vez allí, se fundieron entre las sombras y esperaron. El chico no le soltaba la mano. Tenía la piel áspera y con escamas. Al cabo de un rato, la hizo bajar a un bote como aquellos en los que la llevaba su padre los domingos por la tarde.

—Ponte esto —le dijo el chico, lanzándole un chaleco salvavidas—. Date prisa o…

—¡Alto! —ladró una voz—. ¿Qué crees que estás haciendo?

Dos soldados se abalanzaron hacia ellos. Tenían los uniformes cubiertos de medallas e insignias. Las pistoleras sobresalían de sus brillantes cinturones.

—Voy a llevar a mi hermana a dar un paseo en barca aprovechando el buen tiempo —contestó aquel chico llamado Magnus—. Por lo último que he oído, no hay ninguna prohibición que impida sacar a pasear a una niña en barca —su tono era indolente, pero no desafiante.

El soldado más alto les fulminó con la mirada, primero al niño y después a Annelise. Sus ojos eran como puñales. Annelise tuvo que dominar las ganas de salir corriendo. Pensó en lo valiente que era su madre y se le quedó mirando fijamente.

–Vamos entonces –dijo Magnus, colocándola bajo su hombro.

Con un potente movimiento la alzó y la levantó sobre la borda. Por un segundo, Annelise vio sus pies recortados contra un fondo azul, como si quisieran alcanzar el cielo.

Sexta parte

Durante la guerra, la mayor parte de los alimentos estaban racionados. Se animaba a las familias a cultivar todo aquello que les fuera posible y a utilizar pescados de río o de mar muy frescos. Las mujeres pensaban que su contribución a la guerra era ser capaces de crear platos bien nutritivos.

1 kilo de patatas
¼ taza de leche
4 cucharadas de crema de queso
Varios pellizcos de sal
Un pellizco de nuez moscada
Un pellizco de clavo molido
½ taza de cebolla cortada en cuadritos
3 cucharadas de mantequilla.
2 tazas de verduras cocidas variadas: guisantes, coliflor o cualquier verdura de la temporada.
¼ taza de cebollino fresco picado o de cebolletas
2 cucharaditas de perejil picado
5 cucharadas de mantequilla salada
100-200 gramos de salmón cocido y desmigado
4 tazas de harina
2 tazas de leche
½ taza de queso cheddar rayado

Pelar las patatas, cortarlas en dados y cocerlas hasta que estén tiernas. Mezclarlas con la sal, ¼ taza de leche, la crema de queso, una cucharada de mantequilla salada y el cebollino y batir o aplastar hasta que quede una masa suave.

Mientras las patatas estén cociéndose, derretir cuatro cucharadas de mantequilla salada y combinarlas con la harina para hacer un *roux*. Añadir la leche lentamente y remover hasta que espese. Sazonar con sal, clavo y nuez moscada.

Saltear la cebolla en el resto de la mantequilla hasta que se ablande. Añadir el resto de las verduras, el salmón y el perejil y mezclar bien.

Verter la mezcla en una fuente de hornear y cubrirla con la salsa blanca. Extender el puré de patatas sobre ella y cubrir con el queso. Hornear a 180 grados hasta que la parte superior comience a burbujear y se oscurezca. Dejar descansar el pastel durante unos quince minutos y servir templado.

(Fuente: receta tradicional de origen escocés)

Capítulo 10

—¿Has oído hablar alguna vez de una mujer llamada Annelise Winther? —le preguntó Tess a Dominic cuando salieron del hospital.

—No me suena, ¿debería?

—Había una postal enviada por ella en la habitación de Magnus —Tess se sonrojó un poco—. Se me hacía muy raro estar allí sentada sin decir nada, así que me he puesto a leerle las postales que le han enviado. Una era de la señora Winther, que hace muy poco ha sido clienta mía en San Francisco. No puede ser una coincidencia que se conozcan.

—A lo mejor tu hermana puede contarte algo más.

Como todavía tenían cobertura telefónica, Tess llamó a la oficina. Contestó Jude.

—¿Dónde demonios estás?

—Estoy mucho mejor, gracias por preguntar.

—¿Entonces por qué no estás trabajando?

—He tenido que… Ha surgido algo —no estaba segura de cuánta información quería compartir con él en aquel momento—. Es una cuestión familiar.

Jude soltó un sonido burlón.

—¿Desde cuándo tienes familia?

—Muy agradable, Jude.

–Solo era una forma de hablar. Si no vuelves al trabajo, te quedarás sin él. ¡Dios mío! Te perdiste una reunión con Dane Sheffield para hacer el papel de Rebecca de la Granja del Sol.

–Nunca me tomo ningún día libre –protestó–. No creo que el hecho de que me tome un par de días de vacaciones pueda hacernos ningún daño. Brooks le dijo al señor Sheffield que íbamos a fijar otro día para la reunión. Volveré para reunirme con él.

–Tienes que volver para siempre. Lo sabes tan bien como yo, o una cosa o la otra. Asumiendo que todavía tengas aquí algún futuro. Mira, tengo que colgar, estoy recibiendo otra llamada.

–Jude, espera un momento.

–Vuelve al trabajo, Tess. Y te lo estoy diciendo como amigo –colgó antes de que pudiera contestar.

Tess le dirigió al teléfono una mirada asesina y lo guardó después en el bolso.

–¿Problemas? –preguntó Dominic.

–El trabajo. Nunca me había ausentado sin permiso.

–Porque nunca habías tenido que hacer una excursión hasta una habitación de urgencias –señaló él.

–En mi trabajo… todo se mueve muy rápido. Hay fechas de vencimiento, subastas inminentes. Si dejo escapar algunos contratos, todo puede irse al garete.

–Ya entiendo. No sabía que el negocio de las antigüedades era un asunto de vida o muerte.

–Lo es en cierto modo.

Permaneció en silencio durante el resto del trayecto. Cuando llegaron a Bella Vista, le dio las gracias a Dominic por haberla llevado.

–Supongo que ahora podré volver a San Francisco –le dijo–. Ya no tengo nada que hacer aquí, ¿verdad?

Jude tenía razón. Tenía que regresar al trabajo. Trabajar era lo normal. Y ella necesitaba volver a la normalidad.

—Tú verás.

Tess no alcanzaba a comprender por qué se sentía culpable marchándose. Pero, sinceramente, no sabía qué se suponía que tenía que hacer a continuación.

—Isabel está rodeada de amigos —dijo—. En realidad, no me necesita —se interrumpió y se quedó mirando fijamente a Dominic—. ¿No vas a decir nada?

—Creía que estabas pensando en voz alta.

—Como pareces conocer a todo el mundo de por aquí, he pensado que a lo mejor tenías una opinión al respecto.

—Todo el mundo tiene alguna opinión, pero lo más inteligente es mantenerla para sí.

—Ja, ja.

Mientras se dirigían hacia la entrada, aspiró la dulce e intensa fragancia de la cosecha de manzanas. Todo allí parecía tan abundante y fértil que no le entraba en la cabeza la idea de que Magnus estuviera arruinado.

—¡Ah, ya habéis vuelto! —exclamó Isabel mientras salía a su encuentro. Tenía un aspecto adorable con la falda de estampado de cachemira y la blusa de cuello redondo, pero parecía acelerada—. ¿Cómo está el abuelo?

—La enfermera ha dicho que es posible que le quiten el ventilador.

A Isabel le brillaron los ojos.

—Esa es una buena noticia, ¿verdad? Por favor, dime que eso es bueno.

—Es un buen síntoma. El doctor Hattori me ha dicho que puedes llamarle si necesitas más detalles.

—Hablando de detalles... —Isabel desvió la mirada con gesto nervioso—. Dominic, ¿puedes quedarte un momento para que hablemos de finanzas?

—Yo debería retirarme —se disculpó Tess. No quería parecer una intrusa—. Necesito hacer el equipaje.

—¿Qué? ¿El equipaje? No puedes marcharte —Isabel se mordió el labio.

–Yo no vivo aquí –replicó Tess–. He dejado docenas de cosas en el aire en San Francisco y…

–Por favor –insistió Isabel–. Sé que es una situación extraña, que todo esto es nuevo para ti, pero… me encantaría que pudieras quedarte.

Tess se sintió un tanto incómoda cuando miró a Isabel.

–Sinceramente, soy una persona completamente ajena a este lugar. No sé cómo puedo ayudarte.

–Me ayudas estando aquí –Isabel se acercó a la ventana y miró hacia el exterior. La serenidad del paisaje parecía burlarse del estado de ánimo que se había instaurado en la habitación. Isabel se volvió hacia Tess–. Hay muchas cosas que poner en orden. Y tú estás acostumbrada a tratar con objetos antiguos. Lo digo por tu trabajo en la casa de subastas…

Tess deseaba con cada fibra de su ser el poder mantenerse al margen de todo aquello. Con independencia de lo que ella quisiera, se había visto involucrada por culpa del capricho de un anciano. Pero la pura necesidad y el miedo que vio en los ojos de Isabel la conmovieron.

–Tienes que entender que no sé nada de la situación.

–En ese caso, trabajaremos juntas –Isabel le tocó el brazo un instante–. Gracias.

Después, fue a buscar una bandeja con café y bizcochos a la cocina y la llevó hasta un estudio abarrotado. Un escritorio enorme lleno de cajones, cubículos y recovecos dominaba la habitación. A Tess le recordó a una versión masculina del que tenía su abuela en Things Forgotten.

–Lo hizo mi abuelo –le explicó Isabel con nostálgico orgullo–. Era aficionado a tallar cajas. Algunas con cajones secretos y compartimentos ocultos –no quedaba espacio para la bandeja, así que la dejó sobre un montón de carpetas y papeles.

Un ambiente de tarea por terminar flotaba en el ambiente, mezclado con el olor dulzón del tabaco de pipa que emanaba de un soporte con pipas talladas a mano; estaba colocado sobre el alféizar de la ventana.

—Esta habitación está hecha un desastre, tal y como él la dejó —dijo Isabel—. Está como si mi abuelo hubiera decidido ausentarse solo unos minutos. Y supongo que, por lo que a él concierne, esa era su intención.

Tess recorrió con la mirada las estanterías colmadas de libros sobre todos los temas imaginables: cuidado de animales, arreglos florales, crianza infantil o religión. Había algo en aquel abarrotamiento y aquel desorden que a Tess le resultó curiosamente familiar. Para ella, aquella no era una habitación desordenada, sino una zona de trabajo. Se sintió muy cómoda en aquel espacio.

—¿Conoces a una mujer llamada Annelise Winther? —le preguntó a Isabel—. Había una postal suya en el hospital.

—Nunca he oído hablar de ella. ¿Por qué lo preguntas?

—Vino de Dinamarca después de la guerra. La conocí en San Francisco. ¿Sabes si hay alguna organización o alguna asociación de supervivientes o de inmigrantes? Es posible que se conocieran allí.

—A lo mejor. Mi abuelo no hablaba mucho de Dinamarca. Y tampoco mi abuela.

—¿Ella también era danesa?

—Sí.

Había una gruesa Biblia, muy antigua, encuadernada en cuero y con intrincados cierres de hierro sobre el escritorio. Tess levantó la cubierta y las primeras páginas y descubrió un informe de nacimientos, muertes y matrimonios escritos en una lengua que supuso era danés. El árbol genealógico se remontaba hasta el 1700. Tess reaccionó con una estúpida esperanza. Aquel era su linaje, su familia… Pero el árbol terminaba con el matrimonio de Magnus y su esposa, fechado en 1954.

Se sentaron alrededor de la mesa e Isabel sirvió el café y los bizcochos. Para entonces, Tess ya no necesitaba que le dijeran que los había hecho ella. Estaban deliciosos.

–¿Entonces es cierto? –preguntó Isabel, inclinándose hacia Dominic–. ¿Estamos tan arruinados como pensamos? ¿O es posible que haya alguna cuenta o algún fondo...?

Dominic asintió.

–Lo siento.

–¿Magnus era consciente de la situación? –preguntó Tess.

Tenía muchas más preguntas, pero algunas no podía formularlas en voz alta, todavía no. ¿Dominic estaba al tanto de aquellos problemas cuando había ido a buscarla? Por supuesto que sí. Pero entonces, ¿por qué no se lo había explicado? ¿Pensaba que se negaría a ir si le revelaba que la propiedad estaba en peligro?

–Llevaba tiempo con este problema –le explicó Dominic–. Pero Magnus no quería contárselo a nadie.

–Siempre ha sido muy cabezota –se lamentó Isabel–. No quería preocupar a nadie.

Dominic sacó un puñado de documentos de su maletín y los dejó sobre el escritorio.

–Es el testamento del abuelo –susurró Isabel.

Estaba impreso en un papel oficial, en un tono azul claro.

Puso las manos en el regazo, como si aborreciera tocarlo. Tess giró la hoja para ver la firma y se quedó mirando fijamente aquel nombre escrito con trazo firme. Magnus Christian Johansen.

–¿No es un poco pronto para esto? –preguntó indignada–. Por no mencionar que me parece una gran falta de sensibilidad sacarlo en un momento como este.

–El testamento es lo que nos ha unido –señaló Isabel con voz queda–. El abuelo había vuelto a redactarlo poco antes del accidente, ¿verdad, Dominic?

–¿Y por qué? –preguntó Tess.

–No lo sé. Mira, esto no me hace más gracia que a ti, pero las dos necesitáis estar informadas –dijo–. Las dos sois sus herederas y todo se dividirá a partes iguales.

A pesar de sus palabras, la expresión de Dominic Rossi indicaba que las cosas no eran tan sencillas.

—Isabel puede conseguir un crédito —sugirió Tess—. Tú podrías ayudarla.

Dominic se quitó las gafas y se frotó el puente de la nariz. Aparecieron líneas de tensión alrededor de su boca.

—Solo Dios sabe cuánto me gustaría que estuviera en mi mano. Isabel, no sabes cuánto odio tener que decirte esto.

—¿Decirme qué? —Isabel cerró los puños a ambos lados de su cuerpo.

Tess frunció el ceño, urgiendo a Dominic en silencio a continuar.

—Magnus solicitó varios préstamos poniendo Bella Vista como aval —les explicó—. Lo hizo en tres ocasiones y ahora el dinero pendiente de pagar supera el valor de la propiedad.

La idea que tenía Tess de una solución sencilla desapareció con un inaudible «pop». Miró a Isabel, que había palidecido bajo el bonito tono aceitunado de su piel. Era evidente que no necesitaba que nadie la ayudara a comprender lo que estaba diciendo Dominic.

—¿Qué va a pasar? —preguntó Isabel.

Se produjo un tenso silencio entre ellos. A través de la ventana, Tess podía oír a los trabajadores hablando, el retumbar del motor de una camioneta y el rechinar de la maquinaria.

—¿Dominic? —susurró Isabel.

Dominic suspiró lentamente y la miró.

—Están a punto de ejecutar la hipoteca. ¡Dios mío, Isabel! Odio todo esto.

Isabel se hundió en la silla.

—¿Se va a ejecutar? ¿Quieres decir que el banco se va a quedar con Bella Vista? —preguntó Tess.

Dominic se volvió hacia ella con los ojos apagados y la mandíbula apretada con un gesto de frustración.

—Pero… ¿pero tú no eres el banco? —le espetó Isabel.

—Trabajo para el banco, sí.

Tess sintió una oleada de furia.

—¿Y no puedes impedirlo?

—Esta vez, no —contestó con voz queda.

Le entraban ganas de estrangularle por ser el causante de la expresión afligida de Isabel.

—¿Qué quiere decir que esta vez no?

—He conseguido retrasar el procedimiento durante años —le explicó—. Y continuaría haciéndolo si el banco no hubiera cambiado de manos. Las normas también han cambiado. El nuevo banco no es un banco local y los supervisores no concederán otra extensión del préstamo. Han puesto una fecha límite.

—¿El abuelo sabe siquiera algo de esto? —le preguntó Isabel.

—Se lo dije justo antes del accidente.

—¿Y el banco sabe que van a ejecutar la hipoteca de un hombre que está en coma? —preguntó Tess en tono demandante—. ¿Eso importa siquiera? ¿Un accidente no es una circunstancia mitigante que puede hacer recapacitar al banco?

—En las actuales circunstancias, no. Ahora que el banco ha cambiado de manos, han cambiado las normas.

—No te entiendo, Dominic. Conocías a Magnus tan bien como toda le gente de por aquí. No haces nada más que decir cosas buenas sobre él. ¿Y ahora estás a punto de ejecutar su hipoteca?

—Y lo odio. Si el banco se hubiera salido con la suya, esto habría ocurrido hace mucho tiempo. He utilizado todos los aplazamientos y suspensiones posibles.

Parecía frustrado, apretaba y aflojaba la mandíbula mientras se aferraba con fuerza a los documentos.

—¿Entonces qué va a pasar? ¿Cómo funcionan estas cosas?

Dominic le explicó el procedimiento que se iba a seguir: primero, la notificación de la venta, después una cita con un administrador que la supervisaba y, para terminar, la subasta pública.

Mientras él hablaba, Tess tenía la mirada fija en la labor de la cosecha, que estaba en pleno apogeo, experimentando una sensación de pérdida, no por ella, sino por Isabel. Imaginó a su hermana teniendo que abandonar aquel lugar e iniciando una nueva vida en cualquier otra parte.

–Es terrible –dijo.

Desvió la mirada de la ventana y hojeó los documentos que Dominic le tendió, todos pulcramente impresos y en un lenguaje legal impenetrable.

–Isabel, ¿entiendes lo que va a pasar? –le preguntó, sufriendo por su hermana.

–No sabía que la situación era tan mala. Está siendo todo tan repentino… Supongo que estoy en estado de shock.

–Lo siento –dijo Dominic, tomándole la mano con familiaridad–. He retrasado el momento todo lo que he podido.

–¿Y qué pasará cuando se ejecute la hipoteca? ¿Echarán a todo el mundo de Bella Vista? –preguntó Tess–. ¿A los Navarro, a los trabajadores, a todo el mundo?

–Podréis quedaros como inquilinas, pagando una renta, pero es una solución temporal. A lo mejor nos permite ganar tiempo. Se puede llegar a un acuerdo hasta cinco días antes de la subasta.

–Pero para llegar a un acuerdo necesitamos dinero –Tess volvió a revisar los papeles–. Nadie tiene tanto dinero. Dios mío, ¿en qué estaba pensando ese hombre?

Isabel esbozó una mueca y se volvió.

–Estaba intentando cuidar de todos los que dependían de él.

A lo mejor era una suerte, se dijo Tess, que ella nunca hubiera dependido de él.

–Estaba esperando un año tan bueno como el 97 –le explicó Dominic–. Aquel año todo el mundo batió récords. No hemos visto una cosecha como aquella desde entonces.

–Así que ya no estamos a tiempo. Este año la cosecha no será tan buena. Dinos entonces lo que nos espera.

–¡Oh, por el amor de Dios, Tess! Todos sabemos la respuesta –Isabel comenzó a caminar por la habitación–. Tendré que vaciarlo todo. Y después… –se llevó las manos a la cara–. ¡Ay, Dios mío!

–Escucha –Tess se levantó–. Superarás todo este desastre. Esto solo es un negocio, nada más.

–No –replicó Isabel, dejando caer las manos y rodeando a su hermana–. A lo mejor para ti solo es un negocio, pero, para todas las personas que llevamos años viviendo aquí, esto es nuestra vida.

–Entonces comenzarás una nueva vida –dijo Tess–. La gente lo hace continuamente.

–Es posible que eso sea cierto para algunas personas –le espetó Isabel–, pero no para mí.

–No puedes dejar que esto te hunda –Tess sintió que se acercaba un dolor de cabeza. Se volvió hacia Dominic–. ¿Qué hace falta para solucionar la situación? ¿Un milagro?

–Sí, un milagro no estaría mal.

–Perdonadme –se excusó Isabel mientras recogía la bandeja del té y se dirigía hacia la puerta–. Necesito estar sola un rato.

Tess la observó marcharse sintiendo una profunda compasión por ella. Bella Vista era el único hogar que había conocido y parecía estar muy poco preparada para enfrentarse a sus problemas ella sola. Se volvió hacia Dominic y se frotó las sienes, que comenzaban a latirle.

–Desde luego, esto es hacer leña del árbol caído.

–Esta situación no me gusta más que a ti –la miró atentamente, sus ojos reflejaban preocupación–. ¿Estás bien?

Dominic tenía una asombrosa capacidad para ver dentro de ella muchas cosas que otros hombres pasaban por alto.

Por no mencionar el hecho de que ya la había visto con un ataque de ansiedad.

–¿Me estás preguntando que si voy a tener que ir a urgencias? La respuesta es no. ¿Quieres saber si me siento fatal? Pues sí, claro que sí.

–Te propongo una cosa, vamos a darnos un respiro.

Salieron juntos. El olor de las manzanas maduras impregnaba el aire. En la distancia, Isabel se fundía con aquel sereno paisaje mientras caminaba entre las hileras del manzanar. La brisa movía su falda y las ondas de su pelo. Las hojas amarilleadas por el otoño danzaban en el viento y planeaban con delicadeza hasta la hierba seca. El día resplandecía con la luz dorada del otoño. Isabel parecía tranquila, pero Tess sabía que era una ficción fruto del sol y de aquel maravilloso paisaje.

–Háblame de mi hermana –le pidió a Dominic.

Dominic desvió la mirada, solo un poco. Aquella era una señal a interpretar, pensó ella. Algo en su pregunta le había hecho sentirse incómodo.

–¿Qué quieres saber?

–¿Por qué no empiezas contándome lo que le pasará cuando se ejecute la hipoteca?

–Eso dependerá de ella.

–Me parece… muy frágil.

–Todos somos frágiles –contestó Dominic, y añadió precipitadamente–: Tu hermana lo superará. Creo que descubrirás que esconde una gran fuerza dentro de ella.

–No me sorprende. Y pronto la va a necesitar.

Había un reloj de sol en una zona del patio expuesta al sol. Tess se detuvo para leer la placa de cobre con una pátina azul que había al lado:

Qué hermosa es la vida cuando se trabaja estrechamente con la Naturaleza, ayudándola a producir para el benefi-

cio de la humanidad nuevas formas, colores y perfumes en flores que jamás se habían visto en esta tierra.
      Luther Burbank

—Es la declaración de objetivos de Bella Vista —le aclaró él—. Magnus y Eva la colocaron en honor a su primera cosecha.

Tess estudió aquella placa situada en un espacio tan luminoso e intentó imaginar a los Johansen como una pareja joven, llena de esperanzas en el futuro y con una creencia férrea en aquellas palabras.

—Es bonito, pero no nos va a servir de mucho a la hora de conseguir dinero para el banco.

—Es cierto.

Tess se llenó los pulmones de aquel aire limpio y recordó entonces que no había pensado en el tabaco en todo el día. Por lo que ponía en el paquete de aquellos chicles de sabor repugnante, solo hacían falta treinta y seis horas para que desapareciera la dependencia física. Treinta y seis horas no eran mucho tiempo. Si lo hubiera sabido, habría intentado dejar de fumar mucho antes.

—¿Adónde ha ido a parar todo ese dinero? —le preguntó a Dominic—. Lo que quiero decir es que, ¿hacían falta tres hipotecas? ¿Una operación así no es insostenible?

—Lo es —contestó él—. Magnus es un buen agricultor, pero un pésimo hombre de negocios. El problema empezó hace años, se metió en un agujero del que no pudo salir. Y después sufrió dos reveses más, que yo sepa.

—¿Qué ocurrió? —imaginó algunos gastos excesivos, problemas con el juego, inversiones equivocadas, una estafa…—. ¿Puedo saberlo o se considera que me estoy metiendo donde no debo?

—Nunca he conocido un secreto que sirva para algo más que para hacer daño.

Aquellas palabras la sorprendieron.

—¿Entonces cómo se metió en esta espiral?

—Pidió el primer préstamo, una línea de crédito, cuando enfermó su esposa. El seguro no cubría los gastos originados por su enfermedad. Es algo que, desgraciadamente, sucede cada día. En el caso de su mujer, Magnus pensaba que lo cubría todo, pero la compañía de seguros no era del mismo parecer y, al final, él tuvo que pagar el tratamiento de su bolsillo.

—¿Y por qué el seguro no cubrió los gastos de su enfermedad?

—Arguyó que su estado era previo a la firma del seguro.

—¿Y cuál era su estado?

Dominic se interrumpió un momento.

—Durante la Segunda Guerra Mundial, Eva pasó un tiempo en un campo de concentración, en Auschwitz. Entonces debía de ser solo una niña.

Tess se estremeció, sintió que la atravesaba un frío glacial. Auschwitz. Era un campo de exterminio nazi al que habían sido llevados la mayor parte de los judíos apresados en Dinamarca. De pronto, tuvo que reajustar todas las ideas que se había hecho hasta entonces sobre aquella desconocida que había sido su abuela.

—Me fijé en que su lápida tenía una frase en hebreo, así que imaginé que era judía. Pero, ¡Dios mío!, ¿estuvo en un campo de concentración? —le dolía el corazón al pensarlo—. Qué pesadilla.

—La compañía de seguros dijo que el hecho de haber estado presa en un campo de concentración era un antecedente que no cubrían —le explicó Dominic.

—¿Qué? ¿Quieres decir que el hecho de que se viera obligada a pasar hambre siendo niña se consideró un antecedente?

—Dijeron que era una posible causa del cáncer que sufrió seis décadas después.

—¡Eso es inmoral! ¿Cómo es posible que pudieran salirse con la suya?

–Magnus podría haberles demandado entonces, pero eso habría significado incurrir en gastos legales y la sentencia podría haberse demorado una eternidad. Además, no tenía ninguna garantía de cuál iba a ser el resultado. Mientras tanto, Eva necesitaba seguir el tratamiento.

–Es terrible. Hasta me cuesta creerlo. ¿No podía haber denunciado después a la compañía de seguros?

–La gente puede poner denuncias por cualquier cosa. Pero, vuelvo a decirte, cuando está en juego la vida de tu esposa, uno no quiere ningún tipo de demora.

Era tan injusto que le dolía el pecho. Sabía que denunciar a una compañía de seguros era como enfrentar a David contra Goliat, y Goliat ganaba casi siempre.

–Los otros dos créditos también fueron para gastos médicos –continuó contándole Dominic–. Un trabajador sufrió un accidente en el trabajo, un accidente terrible. La responsabilidad de Magnus era limitada, pero quiso asumirla. Se hizo cargo de las facturas y de los consiguientes cuidados de Timon.

–¿Y qué fue de ese hombre?

–¿De Tim? Todavía vive en Bella Vista. Es el más joven de los Navarro. Sufrió una lesión cerebral y está discapacitado. Magnus añadió una cláusula en su testamento para él, pero, teniendo en cuenta las circunstancias, no va a poder ayudarle.

Tess imaginó a aquel hombre que yacía impotente en la cama del hospital.

–Así que, básicamente, lo que tenemos aquí es un santo que está a punto de perder todo aquello que ha construido a lo largo de toda una vida.

–Eso parece –dijo Dominic–. No sabes cuánto lamento todo esto.

–Tú solo estás haciendo tu trabajo, ¿no es cierto? Debe de ser terrible tener un trabajo que consiste en echar a la gente de sus casas.

Dominic no contestó. Tess sabía que no estaba siendo justa. Dominic también tenía un trabajo que hacía posible que la gente se comprara una casa.

—¿Por qué no me hablaste de todo este desastre cuando fuiste a buscarme a San Francisco? —le preguntó.

—¿Habría cambiado algo?

—No —contestó rápidamente—, por supuesto que no.

—Me pareció más decente decíroslo a Isabel y a ti cuando estuvierais juntas. Una vez más, lo siento.

Tess quería enfadarse con él, pero solo sintió resignación.

—No me pidas disculpas a mí. Yo no he perdido nada. Desde luego, nada parecido a la pérdida a la que se enfrentan Isabel y su abuelo. Yo tengo una vida libre de toda clase de problemas en San Francisco, a la cual, por cierto, voy a volver esta noche. Llevo veintinueve años sin saber nada de mi familia paterna y yo…

—¿Tienes veintinueve años?

Tess no comprendió la tristeza que reflejó su rostro. Inmediatamente comenzó a ponerse paranoica. ¿Parecía mayor? ¿Debería haber ido a la fiesta del Botox que había celebrado Lydia el mes anterior?

—¿Por qué pareces tan sorprendido?

Dominic desvió la mirada.

—Pareces más joven.

Hubo un cierto titubeo en su voz, algo que Tess no supo interpretar. Por lo menos había dicho lo que debía, que parecía más joven. A lo mejor era por las pecas.

—Mi edad parece haberte extrañado. ¿Por qué?

—No entiendo lo que quieres decir —respondió Dominic.

—Yo sí —dijo Isabel, avanzando hacia ellos.

Tess se volvió sorprendida. No la había oído acercarse y se preguntó qué parte de la conversación habría oído. Rodeada por la cambiante luz del sol a través de las hojas de parra, Isabel parecía un hada o un espíritu.

–Le sorprende porque yo también tengo veintinueve años –le dijo.

A Tess comenzó a latirle la cabeza al mismo tiempo que empezaba a darle vueltas el estómago. Si tenían la misma edad, eso significaba que... Dios santo, ¿qué clase de persona había sido su padre?

Si alguna vez Tess se había cuestionado la integridad de su padre, en aquel momento tuvo la respuesta. Una respuesta que solo sirvió para abrir la puerta a nuevas preguntas.

–Isabel, ¿cuándo es tu cumpleaños? –le preguntó con voz queda y con los puños apretados.

¿Quién era la hermana mayor? ¿Con la madre de cuál de ellas había estado Erik primero? ¿Cuál era la mujer traicionada?

–Yo nací el veintisiete de marzo, ¿y tú?

Tess estuvo a punto de atragantarse. Cuando por fin fue capaz de hablar, dijo:

–El veintisiete de marzo, el mismo día que tú.

Durante varios minutos, ninguna de ellas dijo nada. Tess podía oír la brisa entre los árboles, las abejas zumbando en los algodoncillos y la lavanda y, en la distancia, el grito penetrante de un halcón y el tic–tac de un reloj de pared.

–¿Estás bien? –preguntó Dominic.

La sensación de angustia que la había enviado a urgencias comenzó a envolverla como una ola y, sin pensar lo que hacía, le agarró la mano. Dominic cerró inmediatamente los dedos alrededor de los suyos, reconfortándola, tranquilizándola.

–Necesito un segundo –le dijo Tess al ver la preocupación en su mirada. Después, se volvió hacia Isabel–. ¿Qué demonios...? ¿Tú sabías algo de esto?

–No.

–¿Y Magnus? Claro que sí, por supuesto que él lo sabía.

–Yo no estaba al tanto de la situación.

Mientras su corazón sufría un ataque de pánico incomprensible, Tess bajó la mirada hacia la mano que tenía entrelazada con la de Dominic. Bastó aquello, aquella sensación de conexión, para que cediera un poco la desorientación. Tomó aire y separó sus manos...

—Lo siento...

—Tranquila, no pasa nada —respondió él con calma.

Tess nunca se había considerado a sí misma una persona dada al contacto físico, pero aquel día, lo único que quería era tocarle. En medio de un tenso silencio, se volvió hacia Isabel.

—¿Tú no lo sabías?

—No tenía ni idea —le temblaba la voz y parecía tan estupefacta como la propia Tess—. Necesito ir a hornear algo.

—Y yo a dispararle a algo —contestó Tess.

—Yo tengo que ir al banco —les dijo Dominic.

—Es cierto —contestó Tess—. Voy a darle a mi madre otra oportunidad de contestar a mis mensajes. Si no contesta, iré a buscarla y la traeré arrastrándola del pelo.

—Tenemos que hablar —le dijo Tess al ya en exceso conocido buzón de voz.

Desconcertada y herida, paseaba por el salón con el teléfono de la casa pegado a la oreja.

—Si no me contestas para cuando acabe el día, estés donde estés, no te molestes en volver a llamarme nunca.

Para asegurarse de que recibía su llamada, le había enviado un mensaje de texto y otro por correo electrónico, pero el resultado había sido el mismo. Sabía que su madre se estaba escondiendo, ¿pero de qué? ¿De tener que revelar secretos que había mantenido ocultos durante treinta años?

Tess colgó el teléfono y llamó después a su oficina.

—Necesito más tiempo —le dijo a Jude.

—Y yo, nosotros, todo el mundo, necesita que vuelvas al trabajo. ¿O es que ya no te importa tu trabajo?

—El trabajo lo es todo para mí y lo sabes. Pero... ha surgido algo.

—Has encontrado a una hermana perdida. Me alegro mucho por ti, pero, mientras tanto, tienes un trabajo que hacer. Y, si no me equivoco, también tienes un apartamento, amigos y una vida en esta ciudad.

—Acabamos de averiguar que nacimos el mismo día —le contó Tess.

—¿Perdón?

—Isabel y yo. Nacimos el mismo día, el mismo año.

—¿Qué quieres decir? ¿Que sois mellizas?

—No —respondió exasperada—. Tenemos el mismo padre, pero diferentes madres.

Aquello consiguió enmudecer hasta a Jude. Tess continuó paseando nerviosa. Desde la cocina llegaba un olor delicioso. Isabel estaba horneando frenética.

—Así que, por al amor de Dios, tengo que investigar todo esto más profundamente. Si de verdad fueras mi amigo, vendrías a ayudarme. Deberías ver este lugar... —se detuvo y miró por la ventana—. Como dijo Neelie, es mágico.

—Pues deberías traer tu trasero mágico de nuevo hasta aquí.

—¿Siempre has sido tan tonto y no me había dado cuenta hasta ahora?

—Eh...

—Te llamaré más tarde —le dijo.

Todavía no había colgado el teléfono y ya se estaba olvidando de él. En la calle, acababa de detenerse el coche de Dominic. Los dos niños y los dos perros lo abandonaron disparados. Charlie, el perro pastor, aulló feliz y corrió a recibirlos.

Tess salió también. En cuanto vio a Dominic y a los niños, se animó.

—¡Hola, chicos! —les salud—. ¿A qué se debe este placer?

—Papá ha dicho que Isabel estaba haciendo galletas —contestó Antonio.

–Ha dicho que estaba horneando, tonto. No ha dicho el qué.

–Papá…

–Trini –el tono de voz de Dominic fue suficiente advertencia.

–Lo siento –musitó la niña.

–Y una fuente autorizada me ha informado de que está haciendo galletas –añadió Dominic.

–¡Sííí! –exclamó Antonio–. ¡Lo sabía!

En ese momento, salió Isabel con una fuente entre las manos.

–Sí, yo también he oído rumores –dijo, sonriendo de oreja a oreja–. He oído decir que unos niños hambrientos iban a pasar por aquí de camino a la feria de la cosecha. Son galletas de melaza y jengibre, de las blandas. Servíos vosotros mismos.

Los niños engulleron sendas galletas. Tess tuvo que hacer un esfuerzo para no seguir el mismo patrón y consiguió dar un bocado más delicado.

–Isabel, me estás matando.

–Sí, papá, deberías aprender a hacer galletas como esas –dijo Trini–. Seguro que si lo hicieras, sacaría sobresalientes en el colegio.

–Entonces, debería enseñarle –propuso Isabel.

–Pero hoy no –respondió Dominic–. Es la feria de la cosecha, ¿es que no os acordáis?

–Pues no –dijo Tess rápidamente–, es la primera vez que oigo hablar de ello.

–Es la fiesta más importante del año en Archangel –le explicó Isabel.

–Y vais a venir las dos –anunció Dominic.

–Creo que no deberíamos –¿ir a la feria de la cosecha? Tess estaba acostumbrada a la hora feliz, no ferias de la cosecha–. Tenemos muchas cosas que hacer aquí.

–Y también necesitáis un descanso –respondió Dominic

con tranquilidad–. Os sentará muy bien. Os he apuntado a la pisada de la uva.

La pisada de la uva.

–No suena muy prometedor.

–Te va a encantar.

–Cuando alguien me dice algo parecido, nunca me espera nada bueno.

–Me ofendes –se quejó Dominic mientras abría la puerta trasera el todoterreno para que montaran los perros–. Agarra una muda de ropa y vamos.

La sugerencia de un cambio de ropa debería haberla puesto sobre aviso. La plaza del pueblo se había transformado en una auténtica feria a la vieja usanza, con tenderetes de lona rayada, olores deliciosos por doquier, gente paseando y niños y perros corriendo por todas partes.

–Este pueblo tiene mucho encanto –comentó Tess mientras se dirigían hacia el paseo–. Me sorprende que no esté lleno de turistas.

–Tenemos algunos. Y también unos cuantos famosos solitarios con ganas de soledad que viven aquí para esconderse de los paparazzi.

–¿De verdad? ¿Como quién? ¿Si me lo dices después tendrás que matarme?

–Presentadores de televisión, deportistas retirados, ese tipo de gente.

–Mm. Creo que lo que te callas es mucho más interesante que lo que me estás contando.

–La mayoría de ellos viven en Sonoma o en Healdsburg, cerca del aeropuerto. Todo el que llega aquí termina quedándose una larga temporada.

–Bueno, supongo que eso me excluye –dijo Tess.

No sabía por qué había contestado tan rápidamente. Le parecía importante dejar claros los límites.

–Yo nunca te excluyo –se limitó a contestar él con voz queda.

Aquellas palabras estuvieron a punto de hacerla detenerse sobre sus pasos, pero no hubo tiempo para profundizar en ellas. Los niños insistieron en llevar a los tres perros a la carrera canina, una carrera benéfica para el refugio que la Sociedad Protectora de Animales tenía en la localidad. Iggy ganó con facilidad y los niños estuvieron a punto de explotar de orgullo. A Dude le dieron un premio al perro más especial y a Charlie al más divertido.

Dominic se inclinó y le susurró a Tess al oído:

—Creo que todos los participantes tienen premio.

Cuando Tess se fue a recoger el galón de Charlie, el juez le dijo:

—Tiene una bonita familia.

Sorprendida, Tess se volvió y vio a Dominic y a los niños haciéndole señas a Isabel para que viera los premios.

—¡Ah! —comenzó a decir—. No son… —se interrumpió, se limitó a sonreír y contestó—: Gracias.

Caminaron juntos de puesto en puesto, probando vino, sidra, mermeladas y diferentes bocados de alta calidad. Tess tuvo que admitir que Dominic tenía razón, necesitaban tomarse un respiro de los problemas de Bella Vista. Isabel estaba más relajada de lo que la había visto hasta entonces, paseaba por la feria saludando a sus amistades y recibiendo toda clase de buenos deseos para Magnus.

Ella, por su parte, estaba encantada con la sensación de comunidad que estaba encontrando. Aunque era una forastera, gracias a un simple gesto, a una sonrisa o al ofrecimiento de una muestra de vino o comida, se sentía como si formara parte de aquel lugar. En un momento determinado, le rozó la mano a Dominic y se sonrojó mientras se preguntaba si él sabría lo atractivo que le encontraba.

La pisada de la uva era el acto final de la tarde. Tess iba a pisar las uvas e Isabel recogería el mosto. Fue entonces cuando Tess comprendió por qué Dominic le había aconsejado que se pusiera unos pantalones cortos y llevara una muda de ropa.

–Estás de broma –dijo, mirando la tarima en la que habían colocado una fila de medios barriles llenos de uvas.

–Estamos en el país del vino –le aclaró él–. No hacemos bromas con las uvas. Estás a punto de competir con la esperanza de convertirte en la mejor pisadora de uvas de los Estados Unidos.

–¿De verdad?

Dominic la agarró de la mano y la condujo hacia el escenario.

Tess miró la montaña de uvas negras que tenía en su barril y después miró a su hermana, que permanecía debajo para recoger el jugo que salía por la espita convertido en mosto.

–¿Cómo tengo que pisar? –preguntó Tess.

–No tienes que dejar de moverte –le explicó Dominic–. Te saldrá solo. Y quítate los zapatos.

–¡Pisadores, ocupen su lugar! –les llamó el responsable de aquel evento–. El tiempo empieza… ¡ya!

Dejando toda su dignidad tras ella, Tess saltó al interior del barril. Inmediatamente, comenzó a balancearse sobre el montón de uvas y se habría caído si no hubiera sido porque Dominic la agarró de los brazos y la sujetó con firmeza.

–Es más difícil de lo que parece –admitió Tess, agarrándose con fuerza a él.

–En la elaboración del vino, todo es más difícil de lo que parece.

Tess le soltó.

–Ya lo tengo –dijo cuando se activó su natural impulso hacia el éxito.

Su frenético pisoteo estuvo en todo momento acompañado por los gritos de ánimo de la multitud. Tess encontró un inmenso placer en la sensación de las uvas bajo sus pies desnudos, en el jugo frío estallando y tiñéndole los tobillos y los pies de un intenso color burdeos. Estaba asombrada por lo liberador que era el mero hecho de dejarse arrastrar por aquella pringosa diversión. Podía oír a Dominic a su lado, riendo y animando a los niños a turnarse para recoger el mosto.

Demostrando una competitividad inesperada, Isabel se convirtió en una experta recolectora. Apartaba con eficiencia los hollejos de la uva de la rejilla y empujaba el mosto. Sin embargo, cuando anunciaron las cantidades oficiales, los ganadores resultaron ser Bob y Fay Krokower que, al parecer, llevaban semanas entrenando.

—Hemos estado a punto —dijo Isabel mientras les limpiaba a Dominic y a Tess los pies con la manguera—. Pero Bob tiene unos pies enormes, ¿os habéis fijado? Es imposible competir contra eso.

Dominic las llevó a casa justo después del anochecer. Tess se sentía sucia y pegajosa, pero, decididamente, también mucho más animada que lo que estaba antes.

—Tenías razón al decir que necesitábamos salir —le reconoció a Dominic.

—Sí, muchas gracias —se sumó Isabel.

Dominic dijo algo en italiano. Oírle hablar con tanta fluidez en aquella lengua estuvo a punto de desarmar a Tess.

—Muy bien, ¿es posible una traducción, por favor?

—¿Divertirse un poco nunca empeora los problemas? —sugirió Trini.

—Lo has pillado —contestó él mientras giraba por el largo camino que conducía a Bella Vista.

Había una enorme luna dorada aquella noche, casi llena, iluminando los cultivos.

—Os acompañaré a la puerta —se ofreció Dominic cuando llegaron.

Rodeó el coche y dejó que Charlie saliera de la parte de atrás.

—Buenas noches a vosotros también —se despidió Tess.

Trini y Antonio estaban dormidos, repantigados en el asiento de atrás.

Mientras caminaba hacia la casa, Tess sintió la mano de Dominic posada apenas sobre su cintura. Le dirigió una mirada interrogante. ¿Era un gesto de simple caballerosidad o significaba algo más?

El largo y triste proceso de revisar los recuerdos de la propiedad tenía que empezar por alguna parte. Tess e Isabel decidieron comenzar por el estudio de Magnus a la mañana siguiente. Estuvieron seleccionando los recuerdos de la vida que Magnus había vivido desde que había llegado a Bella Vista con la que había sido su novia durante la guerra. Aunque era imposible detener la ejecución de la hipoteca, a no ser que ocurriera un milagro o les tocara la lotería, había documentos clave que debían tener en cuenta. Y, sobre todo, había muchas preguntas que necesitaban respuesta.

Flotaba en el estudio la sensación de algo pendiente. Era una habitación enorme, llena de cosas, con un gran ventanal en forma de arco y estanterías que llegaban hasta el techo. Al ver aquella cantidad de recuerdos y documentos, Isabel suspiró frustrada.

—Es difícil decidir por dónde empezar. Poner todo esto en orden es más difícil que encontrar una aguja en un pajar. No, es peor —se corrigió a sí misma—. Por lo menos, la aguja ya sabemos cómo es. Esto es un desastre.

Tess miró aquellas estanterías abarrotadas, el escritorio lleno de cosas y los cajones atestados de papeles.

—Está completamente desorganizado. Mira, guarda chequeras usadas y ejemplares antiguos del *Almanaque del Granjero*. ¿A quién se le ocurre guardar algo así?

—Solo es una chequera, ¿lo ves? Es probable que tomara notas en el reverso de la copia de algún cheque. Mira —Tess descubrió una nota escrita en la parte de atrás de uno de los cheques: *Newton Pippin–*. Pero no tengo ni idea de lo que significa.

—Es una variedad de manzana –le explicó Isabel–. Solíamos venderle la cosecha a Martinelli para que hiciera sidra.

Tess continuó con la revisión.

—Todos son objetos muy sencillos –comentó–. Cotidianos. Una brocha y una taza para el afeitado, un costurero, un tablero de *cribbage* –Tess se encontró entonces con una de las cajas talladas de Magnus.

Durante la ceremonia para pedir por su salud, más de una persona había hablado de su particular estilo y de su afición por los rompecabezas. Tess estaba intrigada por aquellas cajas. En la parte superior de la que encontró había dibujado un manzano cargado de fruta. Los laterales tenían girasoles en bajo relieve. El diseño era una combinación de delicadeza un tanto anticuada con un sutil toque nórdico. Nada era simétrico, pero Tess percibía un peculiar equilibrio en el diseño de la pieza.

La levantó y sintió que su contenido se deslizaba en su interior.

—¿La reconoces?

—Sin lugar a dudas, es una de las cajas de mi abuelo. Hizo muchas.

—Es preciosa –dijo Tess, sosteniéndola frente a ella–. Muy refinada. ¿Tienes idea de cómo se abre? No tiene ni bisagras ni cierre.

Isabel tomó la caja y la inclinó.

—A mi abuelo le encantaban estas cajas rompecabezas. Hizo muchísimas. Solía decir que eran para guardar los tesoros de la familia –una sonrisa nostálgica suavizó su semblante–. Cuando era pequeña, le pregunté que por qué casi siempre estaban vacías. Me dijo que era porque yo había crecido demasiado como para meterme en una de ellas.

Tess pudo ver una nueva oleada de tristeza quebrando a

su hermana. Para Isabel, aquello no era solo un rompecabezas o un misterio por resolver. Magnus era la persona más importante de su familia y era posible que muriera, dejando tras de sí solamente sus recuerdos.

Isabel sacudió la caja que Tess había encontrado y enarcó las cejas sorprendida al oír que había algo en su interior.

—Esta caja era un regalo para Bubbie, nuestra abuela. Lo sé porque siempre incluía girasoles en los regalos que le hacía. Le regalaba una caja en cada cumpleaños y ella se pasaba la mitad del día intentando abrirla.

Tess se preguntó si a Isabel le resultaría fácil decir «nuestra abuela».

—Si le regalaba una caja cada cumpleaños, me pregunto por qué solo estamos viendo una.

—El abuelo retiró la mayor parte de las cosas de Bubbie cuando ella murió. Tener tantos recuerdos de ella le entristecía. Hay un armario en una de las alas cerradas de la casa… Creo que fue allí donde lo guardó todo.

Isabel deslizó los dedos a lo largo de los bordes y el trabajo de ebanistería de la pieza.

Al cabo de unos segundos, tocó el centro de uno de los girasoles tallados y la tapa se abrió.

—Muy ingenioso –dijo Tess–. ¿Qué hay dentro? Por favor, dime que es la escritura de Bella Vista completamente libre de deudas.

Isabel le dirigió una de sus raras sonrisas y abrió completamente la tapa. Había documentación de inmigración, resguardos de billetes, recortes, las típicas cosas que la gente guardaba para recordar un objeto en particular.

—Esto es muy bonito –dijo, sacando una figurita envuelta en una hoja de libreta–. Es un adorno –alisó el papel sobre la rodilla–. Parece un poema escrito por Bubbie–. Respirando hondo –leyó–: «por el hijo que quiero y que nunca será, por favor, llena el cuenco vacío de mi corazón, con el amor que retengo solo para ti».

A Tess la atravesó un escalofrío.

—¿De qué crees que habla ese poema?

—No termino de comprenderlo —dijo Isabel—. Aunque supongo que estaba triste. Le ocurría a veces. Sé que perdió a toda su familia durante la guerra y que siempre arrastró esa tristeza.

Tess levantó la figurita. Era inesperadamente pesada. Alabastro, pensó. Tenía las alas doradas, el halo era una corona de hojas y sostenía una vela en sus manos diminutas.

Lo miró a través de la lupa, inspeccionando cada detalle. Aunque mantuvo el rostro inexpresivo, se le encogieron las entrañas, como le ocurría siempre que encontraba un objeto valioso. Su intuición vibraba como un diapasón.

—¿Sabes algo sobre este objeto?

—No lo había visto nunca.

—Es… excepcional. Una figurita de alabastro con unos detalles sorprendentes que es probable que sean de oro puro. Parece casi como un camafeo en tres dimensiones. La filigrana parece rusa o polaca.

—Es muy bonito —dijo Isabel—. Y Bubbie no fue nunca muy aficionada a conservar recuerdos. Este debía de significar algo especial para ella. Me pregunto de dónde habrá salido.

—Intentaré investigarlo —se ofreció Tess—. Bueno, si te parece bien.

—Claro que me parece bien —Isabel estaba hojeando unas fotografías—. ¿Sabes qué creo que es todo esto? Fotografías de la colección de recortes de Bubbie. Recuerdo que las juntó todas hace años. Se había apuntado a un club de aficionados a los álbumes de fotografías. Las mujeres se reunían y creaban unos álbumes increíbles con las fotografías de sus familias. Eran como obras de arte.

—¿Y tu abuela hizo uno?

El cariño empañó la mirada de Isabel.

—Llegó a casa después de la primera reunión casi llorando. Estaba sobrepasada por el esfuerzo que suponía poner todas esas fotografías en orden.

—Esa clase de proyectos no están hechos para todo el mundo —dijo Tess.

—Desde luego, no para Bubbie. No volvió nunca al club, aunque se sentía un poco culpable por ello. Recuerdo que me dijo que tenía que elegir entre dedicar todo su tiempo a trabajar en aquel álbum sobre su vida o vivir la vida. Y optó por vivir la vida.

Isabel levantó una fotografía de una mujer pequeña de pelo oscuro, iba vestida de tenista y sonreía a la cámara. Tenía un rostro de facciones fuertes y Tess se descubrió a sí misma buscando algún parecido familiar. No fue capaz de encontrar ninguno, por lo menos, no en aquella fotografía.

—Y parece que fue la mejor opción para ella —apuntó Tess, estudiando su rostro en la fotografía.

—Desde luego —dijo Isabel—. Cerca de un año después, le diagnosticaron el cáncer.

—Lo siento.

—Gracias. Han pasado años desde que murió, pero la echo de menos cada día. Fue la única madre que conocí.

Tess señaló la caja con un gesto de cabeza, consumida de pronto por la curiosidad sobre aquellos desconocidos que habían contribuido a crear la mitad de su ADN.

—¿Puedo echar un vistazo?

—Adelante —contestó Isabel—. Todo esto debe de resultarte muy raro.

—Lo es. Pero también me parece fascinante —hojeó un par de fotografías, revisando las fechas que aparecían en el dorso—. Es posible que estén ordenadas por orden cronológico.

—A lo mejor Bubbie las ordenó aunque no llegara a hacer nunca el álbum.

Las fotografías más recientes estaban colocadas en la parte de arriba. Tess se detuvo en una fotografía de estudio de un bebé sonriente, con el pelo rubio, sentado al lado de un mono de lana y apoyado contra una piel falsa.

—Nuestro padre era un bebé guapísimo —dijo Isabel con voz queda—. Mira qué ojos tan verdes.

Un escalofrío recorrió la espalda de Tess.

—Ese no es nuestro padre.

—¿Qué quieres decir? Está igual que en otras fotografías.

—Es una fotografía a color —le explicó Tess con el pulso acelerado—. Y de un tipo que no es propio de los años sesenta.

—Tienes razón —Isabel frunció el ceño—. ¿Entonces quién...? ¿Cómo...?

Casi con reluctancia, Tess giró la fotografía. Encontró un nombre escrito a mano: *Theresa*.

—¿Cómo es posible que tuviera una fotografía mía? —susurró.

—No tengo ni idea —contestó Isabel—. Sinceramente, no lo sé.

Tess no sabía qué pensar de aquel nuevo giro de los acontecimientos. Aquella fotografía generaba más preguntas que respuestas. No encontraron más fotografías suyas. El resto de las fotografías eran, predominantemente, de Isabel, la estrella del espectáculo. Las fotografías de su hermana contaban la historia de una infancia feliz en un entorno de cuento. Si había que creer lo que transmitían, la antigua Isabel había sido una niña extrovertida, se había pasado la vida divirtiendo a los demás, siempre en movimiento. A Tess le resultó sorprendente porque la Isabel que tenía ante ella, tímida y afligida, tenía muy poco en común con la Isabel del pasado.

—Algún día tendrás que contarme lo que ha sido crecer en un lugar como este —dijo Tess.

—Y tú tendrás que contarme lo que es crecer viajando por todo el mundo.

Se miraron la una a la otra durante un instante y Tess notó una especial conexión. ¿Conexión? Quizá no fuera eso, pero sí un sentimiento más profundo que la mera curiosidad.

Devolvió la fotografía a su lugar. Notó después un cambio entre la Isabel de las fotografías tomadas antes de irse a la escuela de cocina y la que aparecía en aquellas hechas tras su regreso a casa. Las primeras fotografías reflejaban la imagen de una niña cada vez más guapa, con el rostro siempre iluminado de alegría. En las últimas aparecía una Isabel adulta, más apagada, con una belleza más tenue, incluso torturada. Tess se preguntó si habría sido el paso del tiempo lo que la había cambiado o si le habría ocurrido algo en particular.

Era indudable que perder a su abuela había representado un golpe muy duro para ella. Tess lo comprendía; todavía recordaba el vacío de la vida sin Nana y cómo se había envuelto en la tristeza como en una camisa vieja durante meses. Sin embargo, a la larga, se la había sacudido de encima, consciente de que su abuela le echaría la bronca del siglo si la pillara llorando su ausencia.

—Mira qué jóvenes estaban aquí.

Isabel le enseñó una fotografía de Magnus y Eva en blanco y negro de veinte por veinticinco centímetros. Estaban los dos en la parte de atrás de una camioneta, entre hileras de manzanos con las ramas cargadas de fruta. Sostenían entre ellos un recipiente con manzanas maduras. En la etiqueta del recipiente se leía *Honeycrisps Bella Vista*.

—Creo que se hicieron esta fotografía para tener un recuerdo de su primera cosecha —dijo Isabel—. Bubbie estaba muy joven, y guapísima.

—Es una fotografía maravillosa. Se les ve muy felices.

Eva a duras penas parecía una granjera. Estaba perfectamente maquillada, tenía hasta el último pelo en su lugar. Llevaba unos pantalones ceñidos a la cintura y una camisa de cuadros cuidadosamente remangadas. Tess estudió la fotografía durante largo rato. La madre de su padre. Tenía los ojos hundidos y rodeados de unas pestañas muy pobladas. La forma de su rostro, el arco de las cejas, la sonrisa, hacían de ella una mujer muy guapa, pero Tess no era capaz de reconocer nada de sí misma en Eva. Y, por cierto, tampoco le encontraba ningún parecido con Isabel.

Intentaba guardar las distancias con Magnus y Eva, pero había algo especial en el hecho de saber que estaba conectada con ellos, que habían vivido en aquel mundo, que se habían movido por aquellas habitaciones y habían cultivado aquellos vastos y coloridos huertos y jardines. El hijo de Magnus y Eva la había engendrado. Se descubrió anhelando saber más sobre ellos, conocer el sonido de sus voces, el olor de su pelo y el tacto de sus manos sosteniendo las suyas.

Su mirada se sintió atraída por una sombra en el brazo de la mujer. Al principio pensó que era un moratón. Después, frunció el ceño y miró de cerca. Al final, sacó la lupa de gran aumento que llevaba siempre en el bolso.

—¿Qué haces? —preguntó Isabel, que estaba revisando más fotografías de la granja.

—Intentando ver un poco mejor. Tiene algo en el brazo.

Isabel titubeó un instante.

—Un tatuaje.

Auschwitz. Tess imaginó a una niña pequeña y asustada siendo marcada por sus captores nazis. Estremecida, apartó la lupa y fijó la mirada en la pareja risueña de la fotografía. Era un milagro, pensó, que alguien pudiera sonreír así después de una experiencia tan brutal.

—Nunca hablaba de ello —continuó Isabel—. A mí me habría gustado que lo hiciera, pero comprendo que no quisiera hablar de ello.

Tess dejó las fotografías a un lado con un nudo en la garganta. Aquel era el problema de conocer el pasado y los secretos de otra persona. A veces se descubría un sufrimiento que trascendía todo lo imaginable y no había manera de aliviarlo.

–Nuestro padre –anunció Isabel, dejando unas fotografías sobre la mesa.

Estaban plasmadas diferentes fases de su vida, aparecía desde el rostro redondo de un recién nacido hasta el retrato de un joven fornido.

Tess se mordió el labio, atraída por las imágenes de aquel desconocido que las había engendrado a las dos, presumiblemente con semanas, o días, de diferencia. Era innegable que era un chico atractivo, alto para su época, por lo que parecía por la fotografía de su clase. Un joven deportista y miembro de la hermandad de estudiantes.

–Se parece mucho al abuelo –musitó Isabel–. Y tú también. ¿No te das cuenta?

–Yo solo veo a un desconocido –respondió Tess. Se obligó a estudiar la forma de su nariz y su forma de ladear la cabeza al sonreír–. De acuerdo, sí, es raro, pero reconozco algo familiar en él.

–Vamos a separar esas fotografías –propuso Isabel, y las colocó en la estantería.

Tess estuvo revisando más fotografías, la mayor parte de ellas descoloridas hasta quedar convertidas en una gama de grises e incluso sepias. Había retratos muy antiguos de desconocidos posando con formal envaramiento ante la cámara, fotografías de Magnus con su compañero de armas, Ramón Maldonado, ambos esqueléticos e imposiblemente jóvenes, sonriendo de oreja a oreja en la cubierta de una embarcación. Casi al final de la caja encontraron varias fotografías de Dinamarca. La familia Johansen había vivido en una zona de Copenhague de aspecto refinado y habían tenido un manzanar en el campo, en un lugar llamado Helsingør. Como era de esperar, las fotografías de aquella época eran escasas. Cuando Tess se dedicaba a investigar para su trabajo, aquella falta de pruebas la alentaba, la hacía desear seguir profundizando. Sentía lo mismo en aquel momento, pero acompañado de una intensa sensación de urgencia.

Al final, llegó a un sobre de papel vitela traslúcido que contenía un portarretratos doble del tamaño de un libro. Tess lo abrió lentamente y lo dejó encima de la mesa.

–Esta podría ser la más antigua del lote.

Isabel miró por encima de su hombro.

–No recuerdo haberla visto nunca.

En la fotografía aparecía un niño de unos doce años al lado de un hombre mayor junto a un árbol de Navidad iluminado con velas y con los tradicionales adornos de madera, ramas de acebo y corazones de papel entrelazado. La habitación en la que se encontraban estaba decorada con una antigua opulencia. Había una otomana con flecos en el fondo, un cuadro en la pared y una vitrina.

Tess estudió el rostro sonriente del niño. Aquella era la sonrisa que brillaba en las caras de los niños cada Navidad, con los ojos chispeantes de la anticipación y los labios cargados de secretos. Acarició con la mirada cada detalle de la foto, en parte, por costumbre y, en parte, por curiosidad. Cuando estaba examinando el fondo de la fotografía, un escalofrío le recorrió la espalda al reconocer un objeto. No emitió sonido alguno, no cambió de expresión mientras volvía a agarrar la lupa.

–¿Qué sabes de esta fotografía? –le preguntó a Isabel.

–Nada –Isabel se inclinó para verla de cerca y comentó–: El niño se parece al abuelo. Ha tenido esa sonrisa durante toda su vida. Y también la tenía… Erik, nuestro padre. Sí, también él tenía ese aspecto de niño.

–No sabría decirlo –musitó Tess. A diferencia de Isabel, ella no había conocido nada de aquello–. ¿Quién crees que puede ser el hombre mayor que aparece en la fotografía?

–Eso no lo sé. Yo diría que su padre o su abuelo. Parece muy formal, muy distinguido. Y mira la habitación. Me pregunto si la decorarían para Navidad o estaría así siempre.

Tess estudió la fotografía con más atención, concentrándose en cada uno de los objetos que encerraba la vitrina que aparecía en el borde de la fotografía. Reconoció algunos jarrones que parecían de cristal francés de los años veinte junto a unas figuritas de porcelana china y otras piezas muy comunes en aquella época. Pero había algo más en el lujoso abigarramiento de aquella habitación. Entre las figuritas y los jarrones de cristal había un huevo grande y profusamente decorado encima de un soporte. Parecía una réplica de un huevo Fabergé.

Pero hasta el último ápice de su intuición la estaba urgiendo a averiguar qué era exactamente lo que estaba viendo. Desvió la mirada hacia el diminuto ángel de alabastro que había encontrado en la caja de Eva y volvió a mirar la fotografía.

—¿Tess? —Isabel la miraba con atención—. ¿Ocurre algo?

—Sí. O no. Es posible que esta pieza sea…

Se interrumpió. La idea era una locura y, peor aún, podría darle esperanzas a Isabel sin ningún motivo.

—Continúa.

—Quizá merezca investigarlo.

—¿Que merezca la pena… en qué sentido?

Tess ignoró la pregunta.

—¿Te importa que la saque del marco? —le preguntó a Isabel.

—No, en absoluto.

—Tendré cuidado.

Sacó un pequeño destornillador de cabeza plana del bolso. Al reparar en la expresión de extrañeza de Isabel, le explicó:

—Llevo muchas herramientas para el trabajo.

Destornilló las bisagras diminutas de la parte trasera del marco. Después, levantó el protector y lo dejó a un lado. Le siguió un pedazo de cartón grueso; parecía recortado de una caja de galletas danesas. Entre la fotografía amarilleada por el tiempo y una hojita de papel vitela encontró una carta en papel de lino escrita a mano en caracteres cirílicos.

Y fue como si un dedo helado le hubiera tocado de pronto la columna vertebral.

—¿Sabes algo de esto? —le preguntó a Isabel.

—No, no había visto nunca ni la fotografía ni eso… sea lo que sea.

—Es una carta. Está escrita en ruso. Por lo menos, eso creo. ¿Conoces a alguien que hable ruso?

—Ahora mismo no se me ocurre nadie.

—A mí sí —dijo Tess—. Mi madre, que se niega a contestar mis llamadas.

—Lo siento.

—No lo sientas. A estas alturas, ya debería estar acostumbrada.

Isabel señaló la carta.

—¿Qué crees que puede significar?

—Tendré que investigarlo. Creo que podría ser importante —decidió sincerarse con Isabel—. Mira, ya sé que esto te va a parecer una locura, pero toda esta situación es una auténtica locura. Ese adorno que está en la vitrina podría ser un huevo Fabergé.

—Y un huevo Fabergé es algo valioso —aventuró Isabel.

«Más valioso de lo que podrías imaginar en tu sueño más salvaje», pensó Tess.

—Asumiendo que sea auténtico. Y asumiendo que tu abuelo lo conserve.

Isabel miró alrededor de las estanterías abarrotadas y los cajones repletos de papeles.

—Es mucho asumir.

En la parte de atrás de la fotografía había algo que había sido escrito con tinta y que había ido perdiendo color hasta adquirir un tono ambarino.

—Esto es danés —dijo Tess—. No sabrás danés por casualidad, ¿verdad?

—Pues la verdad es que sí —Isabel leyó con el ceño fruncido—. «*Julen* 1940, *lige før Farfar blev taget af Gestapo*».

Oír a su hermana leyendo aquellas palabras en un danés tan fluido le recordó que las dos continuaban siendo unas desconocidas. Isabel había sido criada por personas que Tess no había tenido oportunidad de conocer.

Sin embargo, la última palabra era reconocible en cualquier idioma: «Gestapo, 1940». Tess no había comprendido el resto, pero se le había helado la sangre en las venas al ver aquella palabra junto a esa fecha. La invadió una sensación de miedo y tristeza al contemplar a aquel niño feliz, Magnus, y al hombre mayor, ajenos por completo a la tragedia que estaba a punto de golpearles. Sabía que los nazis habían invadido Dinamarca durante la Segunda Guerra Mundial y, a pesar de las protestas de los daneses, el país se había rendido de manera oficial a la ocupación. Se preguntó qué habría sido de aquel hogar feliz y de todos sus preciados y pequeños tesoros.

Se volvió hacia Isabel, que tenía los ojos húmedos por las lágrimas.

—La sensación de pérdida es el peor de los sentimientos, ¿verdad? —preguntó Isabel—. Es inútil pensar en las cosas que nunca volverán.

—¿Puedes decirme qué significa lo que has leído?

Isabel asintió.

—Aquí dice: «Navidad de 1940, justo antes de que la Gestapo se llevara al abuelo».

Séptima parte

¡Proclamación! ¡A los soldados daneses y a las gentes de Dinamarca!... [I] Esperamos que los habitantes de Dinamarca muestren su buena voluntad y no manifiesten resistencia alguna, pasiva o activa, contra el ejército alemán. Sería inútil y serían reprimidos por cualquier medio que se considere necesario. Se insta a la población danesa a continuar con su trabajo diario y a asegurar la paz y el orden en el país. Para garantizar la seguridad de Dinamarca contra los ataques británicos, asumirán el control el ejército y la armada alemana.

Extracto de un panfleto lanzado por bombardeos alemanas el 9 de abril de 1940.
Se cree que el texto, traducido en un danés y un noruego muy pobres, fue escrito por Adolf Hitler.

JULEKAKE

Julekake significa bizcocho de Navidad. Cada familia escandinava tiene su versión favorita, habitualmente preparada por *Mor Mor* (la abuela), que está siempre presente en la familia, incluso en el caso de que ella haya fallecido. Este dulce no debe ser cocinado nunca en solitario. Se ha de procurar estar junto a alguien a quien se aprecie mientras se corta el limón en pedazos y se mezcla con la harina, el cardamomo, la fruta, la mantequilla, los huevos y el azúcar. La fragancia del cardamomo nos llenará de nostalgia cuando el olor del bizcocho en el horno se extienda por toda la casa.

Húmedo y tierno, cubierto de *gjetost* (queso de cabra escandinavo) y con una porción de mantequilla, es el tesoro de Navidad que esperamos durante todo el año.

Encender el horno durante diez minutos a 60 grados, apagarlo y mantener la puerta cerrada. Será allí donde la masa crezca.

Utilizar un cuenco grande para mezclar los ingredientes:

5 tazas de harina blanca
2 tazas de fruta confitada y limón
1 cucharadita de cardamomo
1 ½ tazas de pasas

Mezclar en una cazuela:

2 tazas de leche a punto de ebullición (puede calentarse en la cocina o en el microondas)

1 taza de azúcar disuelta en la leche
1 taza de mantequilla disuelta en la leche

Enfriar hasta que quede tibia y mezclar un poco de leche con:

1 paquete de levadura de panadero en polvo

Una vez disuelta la levadura, añadir el resto de la mezcla. Después, ir vertiéndolo todo sobre la primera mezcla de harina hasta formar una masa suave. Añadir harina hasta crear una masa maleable que no se pegue al cuenco. Volcar la masa sobre una superficie enharinada y seguir amasando.

Colocar la masa en un cuenco previamente untado con mantequilla y girarla una sola vez, de manera que la parte engrasada quede arriba. Cubrir con un paño de cocina y dejar el cuenco en el horno previamente calentado entre 30 y 45 minutos. Presionar la masa con los puños y volver a amasar. Esta vez, separar la masa en dos mitades redondas u hogazas. Volver a cubrir con un trapo y dejar que crezca nuevamente entre 30 y 45 minutos.

Una vez ha crecido la masa, hornear a 200 grados durante unos 30 o 40 minutos. Si queda demasiado oscura, cubrir con papel de aluminio durante veinticinco minutos.

(Fuente: adaptado de *Christmas Customs Around the World*, Herbert H. Wernecke, 1959).

Capítulo 11

Copenhague, 1940

El flash de la cámara cegó a Magnus durante unos segundos y dejó en el aire un ligero olor a azufre quemado. Pero sabía que en la fotografía aparecería sonriendo de oreja a oreja, porque estaba a punto de producirse la magia. Era la mejor época del año, un tiempo de secretos, comidas sabrosas y reuniones familiares. Especialmente aquel día.

Farfar le apretó el hombro y le miró con cariño.

—Ya está, ya es oficial —dijo el abuelo—. Nos hemos hecho la fotografía de cada Navidad, así que las fiestas ya pueden empezar.

—Suponiendo que no hayas roto la cámara —bromeó tío Sweet, moviendo la manivela de la cámara.

En realidad, tío Sweet no era tío de Magnus. Se habían inventado aquella historia para guardar las apariencias. La verdad era que Sweet era judío y los Johansen les tenían escondidos a su hija Eva y a él a plena vista. Su verdadero nombre era Salomon y tenían serios problemas por culpa de la esposa de Sweet.

La mujer de Sweet era una mujer de una belleza extraordinaria con unos pechos enormes que la hacían parecer una de esas modelos tan populares de las revistas americanas. Le gustaba el vino bueno y las cosas bonitas y por eso Sweet estaba pasando una época difícil. Él no podía proporcionarle todas esas cosas. El año anterior, su mujer le había echado el ojo a un mariscal alemán en un baile durante la *Oktoberfest*. Había estado bailando con aquel militar y, a partir de entonces, no había querido saber nada de la familia que dejaba atrás, un marido destrozado por su traición y una niñita adorable y desconcertada. La traición de la esposa de Sweet era todavía más injuriosa porque se había unido a aquellos que querían eliminar para siempre a los suyos.

La existencia de los campos de exterminio nazi ya no era un rumor, sino un hecho terrible. Los periódicos clandestinos estaban llenos de declaraciones de testigos que los habían visto al otro lado de la frontera: Auschwitz, Neuengamme, Bergen-Belsen, Sachsenhausen. En ellos, los prisioneros eran obligados a trabajar y a pasar hambre con un frío glacial y eran brutalmente ejecutados por la más pequeña infracción. Cuando Magnus pensaba en Eva, no era capaz de comprender que los nazis pensaran que la gente de su raza podía suponer algún tipo de amenaza para la humanidad. Lo único que veía era una niña pequeña llena de bondad y esperanza, incluso sabiendo que su madre había abandonado a su familia y que su padre era un hombre destrozado.

—No todos somos tan guapos como tú —dijo su padre.

Entraba en aquel momento en el salón con una bandeja cargada de tazas: leche malteada con nata y cardamomo para Magnus y Eva y un licor de manzana para los adultos.

—Yo me uniré después —dijo tío Sweet—. Voy a bajar al sótano. Tengo que revelar la película para poder hacer más fotografías. Tendrá que ser mi regalo de Navidad este año, puesto que esos malditos nazis han hecho imposible volver a disfrutar de una Navidad como es debido en Copenhague.

Magnus bebió un sorbo de leche y fingió que sabía a

chocolate auténtico. Habían pasado quizá tres años desde la última vez que había comido chocolate, pero no había olvidado su fino sabor, oscuro como la noche.

–Cuida ese lenguaje, Sweet –le regañó la madre de Magnus, que llegaba en aquel momento con una fuente llena de bizcochos.

Últimamente no le regañaba con mucha dureza por sus expresiones. Magnus sospechaba que era porque su madre compartía las opiniones del tío Sweet sobre los nazis. Pero, a pesar de la escasez y del racionamiento, había conseguido preparar los bizcochos más deliciosos que Magnus había probado en su vida. Olían a mantequilla, de la que les daba la señora Gundersen, que vivía en lo alto de la colina, a cambio de las manzanas del manzanar de la familia.

El tío Sweet montó un gran espectáculo abanicándose a sí mismo y fingiendo desmayarse al probar los bizcochos.

–El lenguaje –dijo– no es nada más que un puñado de palabras. Y no hay palabras para expresar lo riquísimo que está este bizcocho. Te juro que si no estuvieras casada, te encerraría en un taller, como a la hija de Rumpelstiltskin, y te obligaría a hornear para mí durante todo el día.

Tomó otro bizcocho de la fuente y se dirigió hacia el sótano iluminándose con una lámpara de aceite. Nadie le había preguntado nunca de dónde sacaba los productos químicos para el revelado, nadie quería tener que ocultar la respuesta como si fuera una pieza de fruta robada.

Sus padres se sentaron en el sofá, unieron sus copas y se acurrucaron el uno contra el otro. Aquella imagen reconfortó a Magnus por dentro. Hicieran lo que hicieran los nazis que infestaban la ciudad, no podrían arrebatarle lo que más le importaba, el amor que compartía con su familia. Aquella noche estaban celebrando *Lille Juleaften*, la previspera de la Navidad, lo que convertía el veintitrés de diciembre en un día especial. Habían hecho la limpieza general de la casa y todo estaba preparado para las inminentes celebraciones.

–Terminemos de encender las velas del árbol –propuso *Farfar*–. Ya eres suficientemente mayor como para ocuparte de ello, ¿eh?

–Desde luego.

Magnus tomó una larga cerilla de madera y la acercó a una de las velas. Aquel año, debido a la escasez, solo había doce. Pero no importaba. Por culpa de los camisas pardas, la Navidad tenía que celebrarse a escondidas del mundo, detrás de las cortinas.

Aunque Magnus no podía decírselo a *Farfar*, había adquirido mucha experiencia en encender velas. Pero cuanto menos contara al respecto, mejor.

La hija de Sweet, Eva, entró, preparada ya para irse a la cama, recién salida del baño. Eva tenía un aspecto tan inocente y encantador que despertaba en todo el mundo la necesidad de cuidarla y protegerla. Cuando vio el árbol iluminado, los ojos le brillaron como estrellas y miró a Magnus como si hubiera inventado el fuego. Eva nunca había vivido una Navidad, pero cuando Magnus le había explicado el concepto, lo había adoptado rauda y veloz.

–Es precioso –dijo casi sin aliento, con los ojos resplandecientes por el asombro–. *Farfar*, ¿verdad que es muy bonito?

–Ni la mitad que tú, florecilla –respondió *Farfar*, levantándola con un solo brazo y acercándola al árbol para que pudiera disfrutar de los adornos.

Había abrazado con entusiasmo el papel de abuelo adoptivo de la pequeña.

–¿Ves ese molinillo de allí? –le preguntó–. Está hecho de celuloide y era de mi abuela cuando tenía tu edad.

–¿Y qué es lo que hace que esté dando vueltas todo el tiempo?

–El calor de la vela que tiene justo debajo –le explicó Magnus dándose importancia–. El calor crea energía, que es la que hace que gire constantemente.

Eva asintió pensativa, como si lo comprendiera.

–¿Y eso? –preguntó, señalando un adorno de madera tallada–. Lo has hecho tú, ¿verdad, Magnus?

–Claro que lo he hecho yo. *Farfar* me dejó utilizar sus herramientas –Magnus era extremadamente bueno tallando. Sostuvo el adorno para que Eva pudiera verlo–. Tiene un adorno dentro.

Movió un pestillo escondido y la cajita se abrió.

La niña abrió la boca con asombro. En el interior de la cajita había un perrito hecho con cera de abeja.

–Qué listo, Magnus. ¿Verdad que Magnus es muy listo, *Farfar*?

–Desde luego.

Magnus cerró la caja y volvió a colgarla.

–Jamás habrías adivinado que estaba hueca, ¿verdad?

Eva negó con entusiasmo.

–¿Qué quieres que te traiga este año el *Nisse*? –le preguntó *Farfar*.

Antes había estado entreteniéndoles con historias sobre aquel duende mitológico.

–Recordad que en esta noche mágica, el *Nisse* puede cumplir los deseos de los niños y las niñas. A lo mejor queréis que os traiga una muñeca, o un par de patines.

Eva se tornó sombría.

–Quiero que me traiga a mi mamá. Eso es lo único que quiero.

Magnus vio que se tensaban las comisuras de la sonrisa de su *Farfar*. Todos le estaban guardando el secreto a Eva. Era demasiado pequeña como para conocer la verdad.

–El *Nisse* no puede hacer esa clase de magia –respondió el abuelo.

–¿Entonces para qué sirve? –a la niña le temblaba la barbilla.

–Esa es una muy buena pregunta. A lo mejor, mañana por la noche me quedo levantado hasta tarde para hacérsela.

—¿No te da miedo? —Eva abrió los ojos como platos.

A pesar de sí mismo, Magnus se estremeció. Aunque el *Nisse* era bueno, tenía que ser muy raro conocer a un duende.

Pero Eva era una niña llena de esperanza y de espíritu alegre. Parecía decidida a ser feliz, a pesar de que su madre la hubiera abandonado. Cuando Magnus le dio la taza con la leche malteada, la aceptó con una sonrisa que le llegó al corazón.

Miró a su alrededor y se sintió lleno de gratitud. Aquella era la esencia destilada de la vida, aquellos momentos en los que la familia se reunía para disfrutar de las cosas más simples. Sus padres se acercaron a la mesa para beber su licor y escribir unas felicitaciones a sus amigos. *Farfar* continuaba enseñándole a Eva más adornos del árbol, embelleciendo las historias que escondía cada uno de ellos. El tío Sweet trabajaba en una habitación a oscuras, silbando mientras hacía aparecer las imágenes en aquel papel especial. La receta para la felicidad era así de sencilla, pensó Magnus. Pero había algo en todo ello que lo hacía parecer tremendamente frágil, como si pudiera romperse en cualquier momento.

—¿Alguna vez te he contado la historia de esto? —preguntó el abuelo, alejándose del árbol de Navidad.

Parecía estar intentando distraer a la niña de falsas promesas y deseos que nunca podrían hacerse realidad. Abrió la vitrina y sacó la posesión de la que se sentía más orgulloso, un huevo de joyería colocado sobre un soporte ornamentado.

Eva parecía encantada, dejando que *Farfar* la distrajera.

—Es muy bonito.

—Es uno de mis objetos favoritos. Vamos a verlo.

Magnus se sintió atraído hacia la chimenea, donde estaban sentados el abuelo y Eva. Aquel huevo grande y colorido también era uno de los objetos preferidos de Magnus, porque le parecía que su factura era muy ingeniosa.

–Guarda un secreto –le dijo a Eva–. ¿Puedo enseñárselo, *Farfar*?

–Por supuesto, tú conoces todos sus secretos.

Magnus encontró el rubí cortado en cabujón y lo presionó para que el huevo se abriera.

Eva aplaudió.

–¡Hay algo dentro! –se inclinó para verlo de cerca–. ¡Es un ángel! Una angelita.

Tallada en alabastro y con embellecimientos de oro auténtico, la figurita parecía santa Lucia con una corona de hojas y una vela entre las manos.

–Eso es –dijo *Farfar*–. Incluso tiene un nombre, Maria. El joyero creó este huevo para conmemorar su nacimiento. El padre de esa niña me lo dio hace mucho tiempo como una muestra de gratitud.

–*Farfar* salvó la vida de esa niña –dijo Magnus, sonriendo con orgullo a su abuelo–. Es el mejor médico de esta zona.

–¿La niña estaba enferma?

–Muy enferma –contestó el abuelo–. Pero estaba decidida a curarse. Sus padres estaban tan agradecidos que me regalaron el huevo del ángel junto a una carta de agradecimiento.

–El padre de la niña era un hombre importante –dijo Magnus–. Un hombre rico.

–Pero sabía algo que todos mis pacientes han descubierto, que todas las riquezas del mundo no valen nada sin salud.

–¿Y qué le pasó a esa niña? –Eva acarició el dedo del ángel, hecho de oro y abulón.

–Creció y se convirtió en una jovencita adorable, se casó con un príncipe y se trasladaron a un país muy lejano en el que podían vivir más seguros –contestó *Farfar*.

Eva giró en la habitación, acunando al ángel en su mano.

–¿Eso quiere decir que ahora es una princesa?

–Supongo que sí. Aunque vive en el exilio.

–¿Dónde está el exilio?

–El exilio no es un lugar. El exilio es no poder vivir en tu propio país porque es demasiado peligroso.

–Como papá y yo –reflexionó Eva, demostrando así que probablemente entendía más de la situación de lo que ellos pensaban.

–Magnus, ¿puedes encender el fuego? –preguntó su madre–. Está haciendo frío.

Magnus levantó la alfombra que había al lado del árbol de Navidad para revelar la carbonera que habían construido en el suelo. Era un ingenioso invento, obra de Magnus y de su padre. La carbonera se cargaba desde el exterior, pero podía recogerse desde dentro, evitando que tuvieran que salir fuera cuando hacía mal tiempo. Teniendo cuidado con el cubo del carbón, añadió carbón al fuego.

Justo en aquel momento llamaron bruscamente a la puerta.

–¡Gestapo! –gritó una voz enérgica–. ¡Abran!

El padre de Magnus se levantó de un salto y corrió hacia la puerta.

Al mismo tiempo, su madre agarró a Eva de la mano y se dirigió al piso de arriba, haciéndole un gesto a Magnus para que la siguiera. Magnus no obedeció. Algo le impulsó a esconder el huevo en la carbonera antes de cerrar la trampilla y volver a colocar la alfombra en su lugar.

El corazón le latía como si fuera un pájaro batiendo sus alas contra los barrotes de una jaula y apenas podía respirar. Se sentía enfermo de miedo, pero, al mismo tiempo, el calor de la sangre que corría por sus venas le hacía sentirse exultante. Cada célula de su cuerpo palpitaba. Se obligó a recobrar la compostura y se acercó a la puerta para estar al lado de su padre y su abuelo.

–Buenas noches –saludó su padre.

Tenía el rostro tan inexpresivo y serio como una máscara funeraria. El soldado alemán dio un paso adelante, lleno de autosuficiencia. Iba escoltado por otros dos hombres. Magnus se había fijado en que los alemanes nunca iban solos. Siempre se movían en grupo. Aquellos tres iban con los uniformes de invierno, bufandas de lana, gorras cubiertas de nieve y unas botas altas tan brillantes que reflejaban la luz de las velas. Los tres portaban armas, las llevaban con la misma naturalidad con la que podrían haber llevado un reloj de bolsillo.

—¿Quién de ustedes es el doctor Johansen? —preguntó el cabecilla del grupo.

—Soy yo —respondió *Farfar*—. ¿Qué quieren?

—Tendrá que acompañarnos —le ordenó el soldado.

—No, sin una explicación —*Farfar* hablaba con voz calmada, pero había un deje de desafío en su voz.

La mandíbula perfectamente afeitada del alemán se tensó de forma visible.

—No es una petición, es una orden. Necesitamos de sus servicios médicos.

—¿Con qué motivo?

—El mayor Fuchs, el Hauptsturmfüher, está enfermo. No pienso perder un tiempo precioso ni negociando con usted ni explicándole la situación. Póngase el abrigo y venga conmigo.

—Tengo otros pacientes y otras obligaciones que atender —contestó *Farfar*—. Si es usted tan amable de darme la dirección, iré en cuanto…

—Hará lo que se le ha dicho —insistió el alemán—. Ahora, sin demora. No se puede esperar menos de un médico.

Los otros soldados dieron un paso adelante. Magnus les vio escrutar la habitación con la mirada. Posaron los ojos en las copas de licor que había sobre el escritorio, en el fuego que danzaba en la chimenea y en la vitrina con la puerta abierta. No sabía qué estaban buscando, pero intentó verlo todo desde su perspectiva. La casa era como la de cualquier familia danesa normal. Pero se rumoreaba que los ocupantes se quedaban con las obras de arte y las joyas, o que las llevaban a la armería local para tenerlas a resguardo.

Los alemanes fingían que el objetivo de la ocupación era proteger a los daneses. Sin embargo, todo el mundo sabía que en Copenhague estaban perfectamente a salvo antes de aquella mañana de abril en la que se habían despertado con la noticia de que el país había sido ocupado.

Magnus estudió los rostros de los soldados. Se preguntó qué ocultarían tras aquellos ojos entrecerrados de mirada penetrante. ¿Les resultaría violento irrumpir en casas ajenas y llevarse las pertenencias de otros?

—Perdóneme —intervino el padre de Magnus—, pero si el oficial está tan gravemente enfermo, ¿no deberían llevarle al hospital?

—Doctor Johansen, venga con nosotros —insistió el oficial de la Gestapo.

Farfar se aclaró la garganta.

—Deje que vaya a buscar el maletín y el abrigo —le pidió—. Veré lo que puedo hacer.

Tiempo después, Magnus comprendió que debería haber reconocido las señales que indicaban que aquella sería la última vez que vería a *Farfar*. Después de que su abuelo se pusiera el abrigo de lana, su padre le ayudó a ponerse la bufanda; se la colocó alrededor del cuello, le estrechó contra él durante algunos segundos, le susurró algo al oído y le besó. Los ojos de *Farfar* estaban brillantes detrás de las gafas cuando se inclinó hacia Magnus y susurró:

—Sé todo lo valiente que se que puede llegar a ser.

Se puso después el sombrero con las orejeras y los guantes, agarró el maletín y se adentró tras los soldados en la noche.

Magnus jamás había renunciado a volver a ver a *Farfar*. Tiempo después, se había enterado de que el Hauptsturmführer se había recuperado y había declarado que le debía la vida a un médico danés. Sin embargo, a diferencia de otros pacientes agradecidos, no le había entregado nada al doctor Johansen en señal de gratitud, sino que le había obligado a ponerse al servicio de los oficiales de élite.

La familia Johansen no tuvo que preguntarse cómo habían localizado los alemanes a un médico tan habilidoso y capaz de satisfacer sus necesidades. Los nazis se entrometían en la vida de todo el mundo, desnudaban su intimidad y revelaban sus secretos.

Aquella noche, Magnus oyó a sus padres hablando entre susurros hasta altas horas de la madrugada.

Aunque no podían levantar sospechas que anunciaran su fuga, se decidió que Sweet trasladara a Eva a los huertos que poseía la familia en el norte de la ciudad, cerca de un pueblo llamado Helsingør, en la isla de Zealand, en Øresund Strait. Había allí una casa de campo en la que se alojaban los recolectores durante las cosechas.

Después de que hubieran escapado tío Sweet y Eva, llegó la Navidad, una fiesta muy triste, estando solo Magnus y sus padres. Por la tarde llegaron amigos e intercambiaron con ellos todo tipo de palabras amables, pero ya nada era igual. En Copenhague todo el mundo sabía que nada volvería a ser como antes.

Habitualmente, el árbol de Navidad lo dejaban hasta el día de Reyes. Pero el abeto comenzó a dejar caer las agujas el día de Navidad y se quedó tan seco como la yesca. La madre de Magnus anunció que aquel año lo quitarían antes de Reyes. El final de la Navidad siempre era una época proclive a la melancolía y mucho más aquel año, sin la presencia de *Farfar* para recordar a todo el mundo que había llegado el Año Nuevo, cargado de nuevas oportunidades para cada día.

El día de entrega de los regalos fue de lo más triste. Ni siquiera tuvieron luz suficiente como para poder apagar las lámparas. Cayó sobre la ciudad una lluvia helada, agujereando la nieve, y las calzadas y las aceras terminaron cubiertas de sucias marcas. El padre de Magnus fue al ayuntamiento para cursar una protesta por el hecho de que *Farfar* hubiera sido forzado ilegalmente a prestar servicio a los nazis. Un danés como era debido no era particularmente amable con aquellos a los que percibía como colaboradores.

Días después, el padre de Magnus llegó a casa con el ceño fruncido por la frustración y la furia, diciendo que no había conseguido nada. Aquella noche, durante la cena, Magnus y él apenas hablaron, aunque su madre dijo algo que Magnus siempre recordaría.

—Es como si hubieran aplastado hasta la última brizna de alegría de la ciudad.

—Si les permitimos que hagan eso habrán ganado —contestó el padre de Magnus.

Su madre apartó el plato de huevos y el pan de centeno.

—A lo mejor eso es lo que ha sucedido. Yo ya ni siquiera tengo ganas de seguir viviendo aquí. Me gustaría irme a otro lugar.

El padre de Magnus le palmeó la mano.

—¿Adónde vamos a ir, amor mío? Hemos nacido y crecido en esta ciudad. Yo me hice adulto en esta misma casa. ¿Adónde vamos a ir?

—A América —Magnus decidió expresar su opinión—. Allí es a donde va todo el mundo para empezar una nueva vida.

—Eso es lo que dicen algunos —su padre bebió un sorbo de sidra caliente con especias—. Sin embargo, otros dicen que es un refugio para delincuentes, forajidos y gentes con problemas que no pueden seguir viviendo en su propia casa.

—Con los nazis me entran ganas de ser un forajido —confesó Magnus—. De hecho, a lo mejor me convierto en uno.

Pensó en las hogueras que sus amigos y él habían encendido en el puerto alrededor de los barcos alemanes de suministro, a escondidas de los soldados.

—No debes hablar así. Algún día todo esto habrá terminado y podremos regresar a nuestras vidas —su madre suspiró y se levantó de la mesa.

El padre de Magnus se levantó también y le dio un beso en la mejilla.

—Todos echamos de menos el chocolate, cariño —se volvió hacia Magnus—. Esta noche vamos a encender un buen fuego en la chimenea, ¿de acuerdo? No vamos a conformarnos con la estufa de carbón.

—Sí —dijo su madre—, así alegraremos la casa mientras quitamos el árbol de Navidad.

Magnus se levantó de un salto.

—Yo traeré la madera.

—Abrígate, y no te olvides de cubrirte las orejas.

Magnus se vistió para enfrentarse al duro invierno, que se había tornado amargamente frío tras las frías lluvias de Navidad. En aquel momento, todo parecía pintado en plata, cubierto por una capa de hielo que le daba un aspecto sobrenatural, como si fuera un cuadro de un museo.

En el centro del jardín estaba el objeto favorito de su madre, un bebedero para pájaros con tres piletas escalonadas que en primavera prestaban cobijo a mosquitos y currucas. Desde que los alemanes habían llegado de forma inesperada antes de la Navidad, el bebedero servía a otro propósito. La madre de Magnus había escondido las joyas buenas en un hueco que había debajo de la pileta más alta. La gente en la ciudad estaba tomando precauciones. El mariscal alemán decía que sus hombres eran modelos de integridad, pero los daneses sabían que aquellos pronunciamientos no impedían que los soldados tuvieran las manos largas.

El hielo había transformado aquel humilde bebedero de piedra en una delicada vasija; los cuencos parecían como aquellos que uno podría encontrar en una iglesia.

Habían dejado corrida la cortina de la puerta de atrás para tener más luz para trabajar. A través del cristal, vio a su madre dándole a la manivela del gramófono. A continuación, oyó que empezaba a sonar su disco favorito. Su padre abrazó a su madre para bailar con ella y comenzaron a mecerse al ritmo de la música. En aquel momento, eran un refugio el uno para el otro. Aunque solo fuera durante poco tiempo, podían mantener el mundo a distancia. Magnus imaginó que se estaban permitiendo olvidar la preocupación por *Farfar*, por la escasez y por aquellos soldados que se habían convertido en una plaga en la ciudad.

Se volvió hacia la madera y levantó el hacha, encontrando refugio en la violenta labor de partir un tronco seco para convertirlo en madera para el fuego.

Pronto, el frío cedió paso al calor provocado por el ejercicio y agradeció sentir el fuego en el interior de sus músculos. Había algo inmensamente satisfactorio en partir un tronco, en abrirlo para exponer el olor del corazón de la madera.

Por el rabillo del ojo, vio algo en el interior de la casa que le llamó la atención. Se detuvo en su tarea y alzó la mirada y distinguió una clase de movimiento distinto a través del cristal de la puerta.

Soldados.

El sudor provocado por el ejercicio se tornó frío como el hielo que cubría el jardín. Magnus tensó la mano sobre el hacha con un gesto convulso. El miedo le encogió el estómago.

Vio a tres hombres uniformados dirigiéndose con gesto amenazador hacia sus padres mientras la música seguía sonando. Su primer impulso fue protector, quiso correr al interior de la casa con el hacha y abrir la cabeza de los alemanes como si fueran troncos de madera.

A pesar de la furia y el miedo, mantuvo el impulso a raya. No era oponente para tres fornidos soldados con pistolas y bayonetas.

Fue terrible presenciar aquello. Los soldados no se comportaron mejor que unos ladrones, revolvieron en el interior de cajones y armarios mientras forzaban a sus padres a permanecer apoyados contra la pared, indefensos y pálidos de terror.

Se sintió morir, se le revolvió el estómago, el corazón le palpitaba con fuerza y la respiración le arañaba el pecho. Temblaba como un anciano. No podía pensar. Y tenía que pensar. Si corría al interior de la casa con sus padres, también le atraparían a él.

Si iba en busca de ayuda… Pero no había nadie a quien acudir. La policía de la ciudad estaba indefensa, obligada a obedecer a los alemanes. Ladrones. La violencia de sus voces llegaba hasta él desde el interior de la casa. Magnus miró desesperado a su alrededor, preguntándose si debería intentar escabullirse a la casa de los Hansen.

No, aquello sería exponer a otra familia al peligro. No podía hacerse responsable de algo así.

En aquel momento estaban interrogando a sus padres, con voz dura. Magnus escuchó con orgullo el tono firme de su padre. No mostraba miedo alguno ni suplicaba. Magnus se mantuvo entre las sombras del jardín, escondido tras la leña apilada. Si salían los soldados, ¿verían sus huellas? ¿Encontrarían el escondite de las joyas en el bebedero para los pájaros?

Mientras el terror invadía su cerebro, se abrió la puerta de atrás. La luz cegadora de una linterna barrió toda la zona. En algún lugar muy dentro de sí, Magnus encontró un corazón de acero. Se limitó a dejar de respirar para que el vapor de su aliento no le delatara. Dejó de temblar por pura fuerza de voluntad y permaneció quieto como una estatua.

El haz de luz de la linterna fisgoneó como un vecino indiscreto, deteniéndose sobre un árbol cubierto de nieve, en los arbustos de acacia y en el banco de su madre. Magnus siguió conteniendo la respiración y obligándose a permanecer inmóvil. La única señal de que continuaba vivo, de que era un ser humano, un pobre niño asustado, fue una reacción que no pudo controlar, una reacción que le humillaría hasta el fin de sus días: se orinó encima. No pudo evitarlo. Ni siquiera supo lo que estaba ocurriendo hasta que ya era demasiado tarde. Para entonces, ya no pudo contenerse.

El soldado caminó con paso firme hasta el final del porche trasero. Sus pesadas botas golpeaban las planchas de madera. El haz de la linterna volvió a batir el terreno y pareció detenerse en el bebedero. Después iluminó el escondite de Magnus. Este se preguntó si el alemán se daría cuenta de que alguien había estado partiendo leña para el fuego.

El soldado tosió, arrancó una flema y escupió ruidosamente. Regresó después al interior de la casa. Magnus soltó la respiración que había estado conteniendo y se llenó los pulmones de aire limpio y gélido. Desde el interior de la casa llegó hasta él un sonido que no pudo identificar, un estrépito y algo que se arrastraba. Ya no se oía la voz de sus padres. Después, todo quedó en silencio, pero el olor a quemado se extendió en el aire.

Comenzó a temblar otra vez. Pensó que iba a vomitar, pero no se lo permitió. Contó hasta diez y concluyó entonces que los soldados se habrían marchado. Moviéndose con mucho sigilo, se acercó a la puerta y miró hacia el interior. No podía ver nada, salvo que el piso de abajo estaba lleno de humo.

Magnus logró superar el estado de terror, irrumpió en el interior y fue corriendo de habitación en habitación mientras llamaba a gritos a sus padres. No recibió respuesta y tampoco los encontró en ninguna parte. Se los habían llevado como a su abuelo.

El árbol de Navidad estaba en su lugar, pero convertido en una antorcha por culpa de las velas caídas. Los tesoros que lo adornaban habían quedado esparcidos por doquier. Magnus se quitó el abrigo para apagar las llamas, tosiendo por el humo con olor a pino. El fuego había hecho un enorme agujero en la alfombra e incluso la madera estaba achicharrada. Las paredes y el techo estaban embadurnados de negro y las fotografías de la familia que colgaban de las paredes oscurecidas por el hollín.

Una vez se aseguró de que el fuego estaba apagado, reinició una búsqueda más concienzuda por las habitaciones, llamando a su madre y a su padre, atragantado por sollozos de impotencia. Habían saqueado la casa; aquellos soldados ansiosos habían vaciado la despensa y el armario de las bebidas. Además del hedor a quemado, flotaba en el aire la sensación de un espacio violado. Aquel ya no era su hogar. No era un refugio seguro. Los invasores alemanes lo habían convertido en un lugar peligroso.

Se habían llevado algo más que licores y objetos de valor; se habían llevado todo aquello que convertía su casa en un hogar, el sentimiento de familia, el amor, la seguridad. Pero era probable que no fueran conscientes de lo que habían dejado tras ellos, a un niño asustado, y furioso.

Capítulo 12

Tess durmió pésimamente, intentando ignorar los sonidos secretos y sutiles de la noche en el campo. Entre horas y horas de insomnio, consiguió dar alguna cabezada, pero su descanso estuvo plagado de sueños con Magnus. Echaba de menos la ciudad. Para ella, el silencio y el aire limpio del campo estaban sobrevalorados. El canto de los pájaros y los grillos no le resultaba relajante en absoluto, sino repetitivo y latoso. Los ruidos de la ciudad, con el repiqueteo y los chirridos de los tranvías, las sirenas y las bocinas de los barcos, eran una banda sonora mucho más apropiada para su vida.

Magnus ya no era un desconocido para ella, había dejado de ser un nombre en un pedazo de papel o un problema a investigar, como aquellos objetos cuya procedencia tenía el encargo de descubrir. Magnus era una persona con una historia oculta, con una infancia desgarrada que apenas podía imaginar. Era evidente que había sufrido grandes pérdidas, pero había sobrevivido y había sido capaz de labrarse un futuro. Era un hombre cuya vida había sido importante para muchos.

Pensó por un momento en su propia vida y en si podía considerarse importante. Tenía un trabajo que la apasionaba. Y estaba a punto de ascender al siguiente escalón una vez concluyera el asunto que la retenía en Bella Vista. Aquel había sido el objetivo durante todo aquel tiempo, ¿no?

El pensar en ello le provocó un revoloteo de nervios en el estómago. La familia y los amigos eran las cosas que daban sentido a la vida. Estando allí, adentrándose cada vez más en el corazón de aquel lugar, había comprendido que, en su propia vida, el trabajo había tomado un lugar prioritario frente a todo lo demás, y en aquel momento se sentía... insegura. Sus amigos de la ciudad eran geniales, ¿pero eran amigos de corazón, de los que duraban toda una vida? El mero hecho de plantearse aquella pregunta la hizo sentirse incómoda, de modo que apartó aquella inquietante duda.

Todavía era de noche cuando renunció a dormir y se levantó para sentarse delante del ordenador. Había hecho una serie de ampliaciones en alta resolución de todas las fotografías y documentos antiguos. Utilizando un programa para visualizar fotografías, comenzó a trabajar. Su entusiasmo iba creciendo a medida que iba reparando en cada detalle.

Antes de lo que le hubiera gustado, los sonidos de la noche cedieron su lugar a los trinos y silbidos de los pájaros del amanecer. Abandonó cualquier intención de volver a dormir y se vistió con unos vaqueros y una camiseta a rayas, dispuesta a enfrentarse al día. Aquel era otro problema, estaba quedándose sin ropa que ponerse, puesto que la visita a Bella Vista estaba alargándose más de lo previsto.

Los olores que llegaban desde la cocina de Isabel le levantaron el ánimo. Había algo revitalizante en levantarse por la mañana para disfrutar de una taza de café perfecto y un pan recién salido del horno. La cocina era el centro de la casa en cualquier momento del día, pero las mañanas en particular giraban alrededor de aquel espacio abierto al soleado patio. El comienzo del día era como una pequeña celebración, con gente entrando en la cocina para tomar café y hablar un rato antes de iniciar la jornada. Hasta entonces, ninguno de los trabajadores tenía noticia de la situación económica de Bella Vista. Se reunían como siempre mientras sonaban las noticias mañaneras en la radio y Charlie trotaba de uno a otro, buscando algún bocado.

Era un fuerte contraste respecto a las mañanas a las que Tess estaba acostumbrada. En San Francisco, salía de su apartamento, compraba un café y un donut y se marchaba corriendo a la oficina.

Sí, echaba de menos la ciudad, pero tenía que admitir que el café y las tostadas con mantequilla de Isabel suavizaban el golpe. Vio a un grupo de gente al lado de uno de los cobertizos, reunidos alrededor de una prensa de sidra. Teléfono en mano, fue a reunirse con ellos. Todavía no había renunciado a la esperanza de encontrar cobertura decente. El marido de Ernestina y otros dos trabajadores, los tres con monos y gorras de John Deere, habían puesto la prensa en funcionamiento, llenando el aire de la fresca fragancia de la sidra recién exprimida.

En el centro del grupo estaba Isabel, tan etérea como una princesa de cuento de hadas. Aquel era su mundo y la gente que vivía y trabajaba allí era su familia. Aunque Tess apenas estaba empezando a conocer a su hermana, comprendía que verse obligada a abandonar Bella Vista la mataría. ¿Y qué decir de los Navarro, que llevaban años en aquel lugar y tenían a su cargo un hijo discapacitado?

La fotografía que habían encontrado en el archivo de su abuelo había supuesto un rayo de esperanza. Quizá hubiera una forma de salir de aquello. Magnus había dejado claro que procedía de una familia de dinero. A lo mejor los tesoros tenían valor suficiente como para saldar la deuda con el banco. Pero, con la ejecución de la hipoteca cerniéndose sobre ellos como el filo de una espada, tenía miedo de quedarse sin tiempo antes de llegar a descubrir el misterio de los tesoros de Magnus.

Bebió un sorbo de sidra, saboreando su dulzor y relegando sus preocupaciones, aunque solo fuera un momento.

—¿Por qué la gente bebe otras cosas cuando pueden disfrutar de esto? —le preguntó a Isabel.

—Procura que los productores de vino no te oigan decir eso.

Isabel abrió la puerta y la precedió al interior de la casa. Al oír una voz, Tess sintió que la paralizaba la tensión. Una parte de ella ya sabía lo que iba a ocurrir.

—¡Hola! —exclamó Isabel—. Ernestina, ¿estás aquí?

La tensión se redujo hasta convertirse en una sorda sensación a ambivalencia. Tess sintió entonces la mano de Dominic en la espalda.

Permaneció inmóvil mientras una mujer delgada, de pelo castaño, llegaba corriendo por el pasillo y se arrojaba a sus brazos.

—¡Cariño! —le dijo—. ¿Estás bien? He venido tan rápido como he podido.

—Hola, mamá —la saludó Tess, experimentando una combinación de rabia y alivio—. Supongo que has recibido mis mensajes.

Permaneció abrazada a su madre, reparando en el olor de su caro perfume, comprado en alguna de las tiendas libres de impuestos del aeropuerto, un perfume con el que siempre solía refrescarse después de un largo vuelo. No importaba lo mayor que fuera, ni el tiempo que pasaran separadas, Tess siempre buscaba seguridad en el abrazo de su madre. Aunque aquella seguridad fuera una ilusión, sobre todo a la luz de lo que había averiguado en Bella Vista.

Se apartó y se volvió hacia Dominic e Isabel.

—Os presento a Shannon Delaney, mi madre. Mamá, estos son Dominic Rossi e Isabel Johansen. Supongo que a Ernestina ya la has conocido.

—Sí, ha tenido la amabilidad de recibirme.

Ernestina se excusó y salió por la puerta de la cocina.

Shannon le estrechó la mano a Isabel y se apartó.

—Eres la hija de Francesca.

¡Vaya!, pensó Tess. ¿Cómo era posible que su madre lo supiera? ¿Habría visto alguna vez a Francesca? ¿Se habrían conocido?

—Sí —Isabel estudiaba a Shannon con los ojos bien abiertos.

—¡Dios mío, eres idéntica a ella! ¿Está aquí? —preguntó Shannon.

Isabel frunció el ceño.

—Mi madre murió hace mucho tiempo.

—¡Dios mío, no! ¿Qué pasó?

—Murió el día que nací, durante el parto.

«Murió el día que nacimos las dos», pensó Tess.

Shannon se llevó la mano a la boca.

—Lo siento, no lo sabía. Y siento también lo de Magnus. Tess me dijo que había sufrido un accidente muy grave.

—No te lo dije —replicó Tess sin poder contenerse—. Te envié un correo electrónico porque no contestabas ni a mis llamadas ni a mis mensajes. Tampoco contestaste los correos que te envié después.

Dominic se aclaró la garganta.

—Parece que tenéis muchas cosas sobre las que poneros al día y yo tengo que irme a casa. Ha sido un placer conocerte, Shannon. ¿Estás bien? —le preguntó a Tess.

—Sí, claro —respondió—, de verdad —¿tan evidente era que su madre la ponía histérica?

—¿Es tu novio? —preguntó Shannon mientras le observaba marcharse.

—No —contestaron Tess e Isabel al unísono.

Ambas parecían tener la necesidad de aclararlo.

—Es... un amigo de la familia —le explicó Isabel—. Por favor, vamos a la cocina. Te daré algo de comer.

—Como puedes imaginar —dijo Tess sin andarse por las ramas—, tenemos algunas preguntas que hacerte.

—Tess…

—Ni siquiera sé por dónde empezar. A lo mejor con esto: ¿puedes explicarnos cómo es posible que las dos naciéramos el mismo día?

—¿Qué?

—Las dos nacimos el mismo día, Isabel y yo. ¿No te parece muy extraño?

—No lo sabía. ¡Dios mío! —Shannon endureció el gesto de la boca y se tensó mientras seguía a Isabel a la cocina—. Desgraciadamente, las dos personas que podrían responder a esa pregunta ya no están entre nosotros.

A Isabel siempre le había gustado tener la casa llena de gente. «Da de comer a tus amigos y así tendrán la boca demasiado llena como para dedicarse a los chismorreos», solía decir Bubbie, «da de comer a tus enemigos y se convertirán en tus amigos». Durante su infancia, la casa de los Johansen siempre había estado llena de gente que se acercaba, se sentaba a disfrutar de una copa de vino o una porción de bizcocho y se quedaba hablando y riendo hasta tarde. Sus abuelos siempre habían intentado evitar que sintiera su orfandad.

Sin embargo, a pesar de sus esfuerzos, a veces se había sentido huérfana. La culpa no era de ellos, reflexionó mientras colocaba las porciones de quiche en los platos. Era algo que nacía dentro de ella, una necesidad, un anhelo, que la hacía añorar ser la hija de alguien, no nieta. Nunca había llegado a expresarlo en voz alta. Pero, de alguna manera, ellos lo habían percibido. De alguna manera, lo habían sabido.

Quizá aquella fuera la razón por la que, tras la fatídica enfermedad y la muerte de Bubbie, Isabel se había sentido tan unida a Bella Vista. En aquel momento no era capaz de imaginarse viviendo en ningún otro lugar. Su corazón, su alma, estaban allí. Continuaba adorando tener a gente alrededor, cocinar platos deliciosos y observar el paso de las estaciones. Incluso con todos los problemas que estaban surgiendo y los secretos que iban revelándose como las capas de una cebolla, el ritmo de la cocina le resultaba relajante.

Añadió nuez moscada a la quiche y llevó la bandeja a la larga mesa de pino. Allí estaba Tess, hablando en voz baja y tono intenso con su madre, pero enmudeció en cuanto ella apareció.

Isabel pensó entonces en los misterios de la relación madre-hija. Era una relación que tenía idealizada, pero era obvio que las cosas no siempre eran fáciles.

—No quiero interrumpir —comenzó a decir mientras dejaba la bandeja—. Como ha dicho Dominic, tenéis muchas cosas de las que hablar.

—Todas tenemos muchas cosas de las que hablar —replicó Tess—. Siéntate, por favor.

A Isabel le gustó aquel «tenemos». La ayudó a sentirse menos sola.

—Esta es la primera comida que hago desde que compré algo en un carrito de repostería en el aeropuerto de Burdeos —mordió la quiche y adoptó una expresión de arrobamiento—. Probablemente me cierren las fronteras de Francia por decir esto, pero jamás había comido una quiche lorraine mejor que esta.

La madre de Tess poseía una combinación del encanto y la originalidad irlandeses con la franqueza de los norteamericanos. Tess pensaba que aquellos rasgos le habían sido muy útiles en su profesión y, quizá, en su vida social. Como madre, quizá no tanto, a juzgar por lo que la propia Tess le había dicho a Isabel. Con aquel pelo castaño rojizo y el cutis rosado, Shannon no se parecía a la madre de nadie.

—Quiero que me resuelvas este problema —dijo Tess, enseñándole a Shannon la fotografía que habían encontrado en el estudio de su abuelo–. ¿Por qué tenía Magnus una fotografía mía?

Shannon palideció.

–Fue un impulso –dijo en voz baja–. Un ataque de sentimentalismo, no sé –bajó la mirada hacia la fotografía y se le llenaron los ojos de lágrimas–. Eras tan guapa y estaba tan orgullosa de ti que quise que los padres de Erik tuvieran algo tuyo, aunque no supieran quién eras. Es una fotografía preciosa, me alegro de que la conservaran.

–¿No incluiste una carta? ¿No les dijiste quién eras? ¿O quién era yo? –preguntó Tess con incredulidad.

–Me temo que no –contestó Shannon–. No sabía que Francesca había muerto y no quería que pensaran que buscaba algo de ellos.

–Bueno, pues, en algún momento, Magnus se enteró de quién era yo y cambió su testamento.

–Yo no he tenido nada que ver con eso –se justificó Shannon–. Te lo juro. Lo siento mucho, Tess, pero me alegro de estar por fin aquí –se sirvió otro pedazo de quiche.

–Isabel es una gran cocinera –la alabó Tess, aunque apenas había picado algo de ensalada.

–Gracias –contestó Isabel–. Siempre pensé que algún día me dedicaría profesionalmente a la cocina.

Mordió un pedazo de quiche precipitadamente, deseando no haber dicho nada. Sabía que aquel comentario daría lugar a nuevas preguntas.

–¿Has ido a alguna escuela de cocina? –preguntó Shannon.

–Asistí al Culinary Institute of America en Napa durante algún tiempo –contestó Isabel.

–Creo que tu madre era una cocinera de mucho talento. Fue ella la que preparó la mayor parte de la comida que sirvieron tras el entierro de Erik.

–¿Cómo conociste a mi madre? –preguntó Isabel, desesperada por recibir cualquier migaja de información.

—Ese es un asunto complicado —contestó Shannon con los ojos vidriosos por el *jet lag* y los recuerdos.

—¿Y por qué demonios me has mentido sobre mi padre durante todos estos años? —exigió saber Tess.

—Ese es un asunto más complicado todavía —respondió su madre.

Capítulo 13

Berkely, California
1984

En medio de una clase larguísima sobre la literatura rusa, impartida en ruso, Shannon Delaney salió corriendo al cuarto de baño. Desgraciadamente para ella, Wheeler Hall era un edificio gigante, de pasillos kilométricos, y no consiguió alcanzar su destino.

Vomitó en el suelo de aquel edificio de salones de mármol.

Hacía mucho tiempo que había dejado de repugnarle su propio vómito. Todos los días surgía algo que la hacía vomitar. Aunque los libros sobre el embarazo que había leído (y los había leído todos) decían que las náuseas matutinas generalmente desaparecían tras los tres o cuatro primeros meses de gestación, sus mañanas parecían durar todo el día. Las náuseas la estaban persiguiendo como la peste durante todo el embarazo.

Como si estar sola, embarazada y sin blanca no fuera suficientemente, aquel bebé, aquel diminuto desconocido, parecía decidido a hacerle la vida lo más difícil posible. Temblando y empapada en sudor, corrió al cuarto de baño para lavarse. Después, se dirigió al armario de la limpieza que había entre los cuartos de baño y se sirvió de la llave para abrir la puerta. Sí, tenía la llave. Porque no solo estaba sola, embarazada y no paraba de vomitar, sino que se ganaba un dinero extra trabajando como limpiadora en el campus. Era la única forma que se le había ocurrido de poder seguir en la universidad. Le quedaba solo medio curso para terminar el máster y se negaba a renunciar, aunque eso significara tener que fregar los cuartos de baño de la universidad más famosa de California.

Las ruedas del cubo de la fregona rechinaban mientras lo empujaba hacia su vomito. Dejando escapar un trémulo suspiro, comenzó a trabajar. El simple hecho de tener que inclinarse era una dura prueba estando tan grande como una casa. En aquella época de su vida, todo le parecía una dura prueba: llegar a fin de mes, estudiar por las noches sin quedarse dormida en la silla, explicar su problema a sus profesores y compañeros de universidad... Sin embargo, no había nada comparable con lo que se avecinaba.

Tenía que decírselo a su madre. Había estado retrasándolo, pero, uno de aquellos días, su madre iría a verla desde Dublín y entonces saltaría la liebre. Shannon confiaba en que su madre no la juzgara. El cielo sabía que, habiendo tenido su madre una hija sin estar casada, aquello parecía estar convirtiéndose en una tradición familiar. Pero sufriría una gran decepción, de eso estaba segura. Y se preocuparía. Y ella odiaba preocupar a su madre.

Recordó el momento en el que había conocido a Erik Johansen el año anterior. Se lo había presentado una asistente del profesor llamada Zia Camarada de quien se había hecho amiga. Erik había entrado en su vida como un torbellino, conduciendo un Karmann Ghia descapotable de color rojo, llenando su existencia de aventuras y sus noches de más amor y ternura de los que había recibido nunca de ningún hombre. Con aquel impresionante aspecto nórdico y su pasión por la vida, había sido como una fuerza de la naturaleza. Se había enamorado locamente, tan locamente que, cuando le había dicho que su mujer acababa de dejarle, se había limitado a creerle.

Ciega de amor, había dado por sentado que aquel sentimiento duraría eternamente. Erik era un chico de California con nada a su nombre, excepto un título de graduado en Artes Liberales, un apartamento heredado y un manzanar enorme en Sonoma gestionado con destreza por unos padres que le adoraban. Shannon y él habían pasado largas mañanas en la cama, en la diminuta buhardilla que ella tenía en el norte de la ciudad, fantaseando sobre su futuro. Debajo de un dosel hecho con telas indias estampadas que Shannon había colgado desde el techo para esconder las bombillas desnudas, habían hablado durante horas del futuro que les esperaba. Viajarían por el mundo y ella perseguiría su sueño de conseguir obras de arte maravillosas para museos y coleccionistas privados. Todo era de color dorado.

Hasta que un día había llegado Erik con su habitual aire insolente más apagado.

—Te quiero —le había dicho.

A Shannon nunca le habían dolido tanto aquellas palabras. Le habían dolido porque su parte más intuitiva había sabido lo que iba a decirle a continuación:

—Tenemos que dejarlo.

Era una historia tan vieja como el tiempo. La mujer a la que había dejado había vuelto y estaba embarazada. Erik se sentía en la obligación de recuperar su matrimonio y hacerse cargo de su mujer y de su hijo. Unas cuantas semanas después, la propia Shannon estaba hundida en la miseria, sola, con náuseas, estupefacta tras haber descubierto que también ella estaba embarazada, pero decidida a ocultarle a Erik que era tan tonta como su esposa.

Entonces a Shannon le había ocurrido algo estúpido, algo contra lo que prevenían todos los libros de autoayuda. Se había obsesionado con Francesca. Aunque aquello solo serviría para empeorar su dolor, necesitaba ver a aquella mujer cuya mera existencia había asesinado todos sus sueños. De modo que, un buen día, se había dejado llevar por la locura, le había pedido el coche prestado a un amigo y había conducido hasta el pequeño pueblo de Archangel.

No tenía ningún plan. Al borde de un manzanar de la finca Bella Vista había un edificio antiguo, una tienda de frutas. Estaba pintada de blanco, tenía un porche delantero y un tejado de estilo gótico rural y parecía tan acogedora como una comida con un amigo. Pero las apariencias, y ella lo había aprendido de la manera más dolorosa, a veces engañaban. Allí encontró a una mujer mayor con un marcado acento y a la bellísima Francesca. Tenía que ser Francesca. Y estaba embarazada.

—¿Puedo ayudarte en algo? —la voz de Francesca era como de seda líquida.

—Solo estaba mirando.

—¿Cuándo vas a dar a luz? —preguntó aquella mujer de pelo oscuro.

—En marzo.

—Yo también —Francesca sonrió y acarició la elegante curva de su barriga.

Las dos iban a dar a luz en marzo. Erik había ido de los brazos de la una a la otra. Entumecida por el impacto, Shannon se había marchado corriendo. Allí no podía encontrar nada más que sufrimiento.

Y allí había terminado todo. Estaba sola.

Mientras limpiaba el suelo de color verde mate del pasillo, un timbre anunció el final de las clases y los estudiantes comenzaron a salir de las aulas. Eran estudiantes de los primeros cursos. Todos ellos parecían jóvenes, delgados, y despreocupados y apenas le dirigieron una mirada mientras se dirigían hacia el soleado patio. Cuando salió el último de ellos, vio la silueta de un hombre en la entrada… y se quedó de piedra.

Era Erik. Reconoció sus hombros anchos y su actitud viril, a pesar de que no podía ver su rostro. El primer impulso fue el de correr hasta el armario de la limpieza para esconderse, pero por la repentina tensión de su postura comprendió que la había visto.

—Muy bien —se dijo, apoyándose en la fregona mientras Erik avanzaba hacia ella.

A pesar de sí misma, se le ocurrió algo absurdo: «Ha venido a buscarme. Ha entrado en razón, se ha dado cuenta de que no puede vivir sin mí y ha venido a buscarme».

Erik la miró fijamente. Shannon pudo reconocer el asombro en su mirada mientras recorría las desgarbadas curvas de su silueta. Ella no era una de aquellas mujeres embarazadas resplandecientes y elegantes. Estaba ridícula con aquella ropa suelta de segunda mano, con el rostro enrojecido y el pelo recogido en una coleta descuidada.

—¿Cómo me has encontrado? —le preguntó.

—He conseguido tu horario en la oficina de matriculación.

Había conseguido embaucarlos. Tenía un talento especial para ello.

—Quedamos en que no volveríamos a vernos —le recordó ella.

Erik la ignoró.

—¿Por qué no me lo dijiste? —le preguntó. Mantenía las manos firmemente presionadas a ambos lados de su cuerpo.

Shannon intentó borrar el recuerdo de aquellas manos, de la ternura con la que la habían acariciado, de cómo habían enmarcado su rostro, invitándola a inclinar la cabeza para besarla.

—Habíamos roto —le dijo—. ¿Cómo te has enterado?

—Me lo ha dicho tu amiga Zia. Pensó que tenía derecho a saberlo. Y tiene razón. Esto… lo cambia todo.

—¿Ah, sí?

Esperó a que le dijera que aquel embarazo era la prueba

de su amor. El destino les estaba diciendo que debían estar juntos.

Pero no dijo nada parecido. La frustración y la seriedad tensaron su rostro mientras decía:

—No puedo formar parte de tu vida tal y como te mereces, pero me ocuparé de ti. De verdad. De ti y del bebé. Nunca te faltará nada.

«Ya me falta algo», pensó ella con un inmediato escepticismo. Erik era completamente dependiente de su familia. Incluso en el caso de que tuviera medios para apoyarla, no pensó ni por un instante que su esposa pudiera aprobarlo. En algún lugar, en el interior de sí misma, Shannon encontró una reserva de acero.

—Vete —le pidió—. Zia debería haber mantenido la boca cerrada. Esto ha sido un auténtico desastre y no hay manera de arreglarlo. Tenemos que terminar con esto y continuar con nuestras vidas.

—Absolutamente no —replicó él—. No pienso abandonarte.

«Ya lo has hecho».

—Necesito tomar aire —dijo ella.

Salieron juntos hasta una zona que meses antes consideraban como «su rincón». Era una bonita pasarela de madera del campus, situada cerca de una cabaña de madera conocida como Senior Hall. Lo consideraban su rincón porque era allí donde habían compartido el primer beso después de disfrutar de un concierto de los Def Leppar en el teatro griego la noche que se habían conocido. Los dos habían fumado marihuana y bebido Southern Comfort y la química que había surgido entre ellos había sido irresistible.

Ella había sido demasiado estúpida como para preguntarle que si estaba casado. Él le había confesado tiempo después que había estado casado, pero que su mujer le había dejado. Sin embargo, todavía no se habían divorciado. Debería haberle preguntado por qué. Como alumna de uno de los programas de estudios más selectivos del planeta, debería de haber sido más inteligente.

Erik le tocó el hombro y ella retrocedió. Él se aferró a la barandilla del puente.

—Intentaré arreglar las cosas, de verdad. Lo haré lo mejor que pueda.

—Teniendo en cuenta que estás esperando un hijo con otra mujer —volvió a sentir náuseas—, ¿cómo piensas arreglar las cosas, Erik? ¿Cómo? Ya decidiste quedarte con tu esposa. No necesito nada de ti, no necesito ni una maldita cosa.

«Excepto tu corazón», pensó con una punzada de dolor, «y eso no me lo vas a dar».

—Te apoyaré económicamente —le aseguró, suplicándola con la mirada.

Shannon sabía que aquello no aliviaría su dolor, pero, desde luego, la ayudaría a pagar el préstamo para costearse los estudios, las facturas del médico, los canguros para el bebé...

—Tú no tienes dinero.

—Pero lo conseguiré. Confía en mí, Shannon. Tienes que confiar en mí.

—¿Qué piensas hacer? ¿Robar un banco?

—Ya se me ocurrirá algún plan.

—El plan es que tenemos que seguir caminos separados.

Erik la miró furioso e impotente.

—Yo también tengo derechos.

Shannon entrecerró los ojos, reaccionando a su amenaza.

—No te atreverás...

—No quiero causarte problemas. Solo necesito darte todo lo que esté en mi mano, quiero asegurarme de que estás atendida.

—No te necesito, Erik

—Necesitas dinero —respondió él—. Deja de pensar en tu orgullo y piensa en tu hijo. En nuestro hijo.

Shannon estaba a punto de vomitar otra vez.

–No aceptaré nada que suponga ningún tipo de atadura.

–De acuerdo. Si quieres, firmaré un documento. Haré cualquier cosa…

Estaría dispuesto a pagar cualquier precio, comprendió Shannon, para librarse de ella. Para dejarles a ella y a su hijo convenientemente al margen de su vida. «Muy bien», pensó, endureciendo su corazón roto, «dejaré que pague».

Capítulo 14

–¿Por qué nunca me has contado nada de todo esto? –le preguntó Tess a su madre–. ¿Cómo has podido ocultármelo?

Shannon suspiró, desvió la mirada de Tess a Isabel y la bajó después hacia su plato vacío. A la quiche le había seguido una tarta de manzana y tomillo acompañada por una taza de té.

–No tenía ningún sentido contártelo. Para cuando llegaste a una edad en la que ya podías comprenderlo, todo aquello pertenecía al pasado, a un pasado que nadie podía cambiar.

–Pero formaba parte de mi vida –arguyó Tess–. Parte de mi historia. ¿No crees que tenía derecho a conocerla?

Durante toda su vida, el hombre que la había engendrado había sido un misterio. Su madre le había hecho creer que no sabía nada de él, ni de su familia ni de su pasado.

–Me dijiste que ni siquiera sabías el apellido de mi padre, que lo vuestro había sido una aventura de una noche.

–Era la única manera que se me ocurrió de protegerte –contestó Shannon–. Era un hombre encantador, atractivo y negligente con los demás. Pero lo de la negligencia lo averigüe cuando ya era demasiado tarde. Y cuando murió, pensé que no había ninguna razón para continuar con aquel asunto.

Sí, su madre era buena, admitió Tess. Una maestra de la manipulación.

—De acuerdo —admitió—. Eso puedes decirlo de Erik. ¿Pero por qué no quisiste que supiera nada de mi abuelo? ¿O de mi hermano?

—En primer lugar, nosotras vivíamos en Dublín, a miles de kilómetros de aquí. No era fácil encontrar trabajo en aquella época, así que teníamos que vivir con mi madre. Y, en segundo lugar, mira a tu alrededor. Mira esta casa. Es el paraíso. El edén americano.

—¡Qué horror! —replicó Tess—. No me extraña que quisieras protegerme de un lugar como este.

—Te protegí de añorarlo. ¿No lo comprendes? Sabía que jamás podría darte una vida que pudiera competir con una casa como esta si te traía aquí. Te habría permitido vislumbrar el paraíso, mostrarte lo maravilloso que era Bella Vista. Pero, ¿sabes? Tú nunca podrías haber disfrutado de nada de esto. Siempre habrías sido una intrusa, la hija nacida de una sucia amante.

—¡Ahora lo entiendo! —exclamó Tess—. Esto nunca ha tenido nada que ver conmigo, sino contigo.

Isabel las miraba como si fuera una espectadora de un partido de tenis. Tess se volvió hacia ella.

—Lo siento. Mi madre y yo tendemos a sacarnos mutuamente de quicio. Aunque el hecho de que me haya ocultado hasta ahora el origen de la mitad de mi ADN está llevando mi enfado a nuevas dimensiones.

—Bubbie y yo también nos enfadábamos —admitió Isabel—. A mi abuela la llamaba Bubbie —le aclaró a Shannon—. Su auténtico nombre era Eva. ¿También la conociste a ella?

—No, como ya te he dicho, yo era una intrusa. Vine a Bella Vista pensando… Sinceramente, ya ni siquiera me acuerdo de en qué pensaba. Fue entonces cuando me di cuenta de que lo mejor sería guardar las distancias. Hacerte aparecer habría sido un desastre y habría causado mucho dolor. Lo siento mucho. Siento todo lo que has perdido y… –se volvió hacia Tess–. Lo siento todo –ahogó después un bostezo–. Es el *jet lag*. Nunca me resulta fácil.

Isabel se levantó.

–Voy a asegurarme de que tu habitación está preparada.

–No quiero molestar –dijo Shannon.

–Por favor –dijo Isabel–, me gustaría que te quedaras durante tanto tiempo como quisieras. Tenemos muchas habitaciones.

–Muchas gracias, entonces. Últimamente he estado trabajando mucho y sería agradable poder tomarme un descanso.

–Diplomática, maravillosa y cocina como un ángel –dijo Tess cuando Isabel subió al piso de arriba–. Pero es demasiado buena como para que no me caiga bien.

Shannon le dirigió una sonrisa cansada.

–Me alegro de que os hayáis encontrado.

–No ha sido gracias a ti. Mamá, ¿pero tú que pensabas?

–Que jamás tendríamos esta conversación. Lo cual ha sido completamente estúpido por mi parte, ahora lo veo.

Tess reprimió un suspiro y levantó una de las bolsas de su madre.

–Te enseñaré el piso de arriba.

Una vez en la acogedora habitación que Isabel había preparado, Shannon deslizó la mano por la colcha de flores que cubría la cama. Se volvió después hacia Tess y le dio un abrazo.

–Siento mucho… todo esto.

En el interior de Tess se agolpaban cientos de acusaciones, pero las reprimió hasta convertirlas en una pelotita compacta.

–Estaré bien –contestó–. Siempre estoy bien.

El alivio suavizó la sonrisa de Shannon.

–Así somos las mujeres Delaney, ¿verdad? Siempre encontramos la manera de estar bien.

Isabel abrió la colcha.

–¿Y das clases? Porque no me vendría mal aprender.

Shannon le palmeó el brazo.

–Te enseñaré todo lo que sé.

A la mañana siguiente, Tess encontró a Shannon en el patio de la cocina, disfrutando de las vistas. A un lado, las viñas de Dominic festoneaban las laderas de las colinas con las hojas de las vides de un color amarillo intenso. Al otro, había una explotación agrícola mucho mayor, eran las fincas de los Maldonado. Más cerca, estaban los campos de Bella Vista, desnudos después de la cosecha. Los árboles, cuidadosamente podados para pasar el invierno y la lavanda recortada, dejando solo los arbustos sin flores. El huerto de la cocina estaba todavía rebosante de hierbas y hortalizas otoñales, cada surco bien señalado con crisantemos dorados y carmesís y las últimas rosas del verano.

–Esto es maravilloso –dijo Shannon.

–Sí –contestó Tess, tragándose el nudo de la amargura–. Escucha, necesito tu ayuda.

Shannon se volvió hacia ella arqueando las cejas.

–Nunca me habías pedido ayuda. Siempre has sido muy independiente.

–Por necesidad –contestó Tess.

–Somos demasiado parecidas.

–Habla por ti. Yo siempre te necesité, mamá.

–En ese caso, deberías habérmelo dicho.

Tess soltó una risa.

–No quería molestarte. Pero mira, necesito algunas respuestas, y no solo sobre todo lo que has estado ocultándome.

–Tess…

–Lo sé, tenías tus razones –estaba cansada de aquella discusión–. Pero esto es algo más urgente.

Isabel salió y se reunió con ellas. Parecía preocupada. Tess se preguntó cuánto habría oído de su conversación. Tan sucintamente como pudieron, Tess e Isabel le contaron los problemas de Bella Vista y la inminente ejecución de la hipoteca. Después, Tess le enseñó a su madre las fotografías y los documentos que había encontrado Isabel.

—Y después tenemos esto. Es algo en lo que puedes servirnos de mucha ayuda. ¿Qué tal tienes el ruso?

—Tan bien como siempre, supongo —Shannon estudió las ampliaciones que había hecho Tess de la fotografía, de la carta y de un recibo antiguo—. Bueno, como poco, resultan intrigantes.

—Espero que eso sea una buena noticia —dijo Isabel con voz queda.

Se reunieron las tres alrededor de la mesa. Shannon leyó en voz alta. Al oír a su madre hablando con tanta fluidez en ruso, Tess pensó en la maestría y la experiencia de su progenitora. A pesar de todo, sentía un gran respeto por los conocimientos de su madre.

—¿Y bien? —preguntó.

—Es una carta de agradecimiento —le explicó Shannon— que se le entregaba junto a una obra de arte, El Ángel, a Christian Johansen, libre de todo tipo de gravámenes.

Tess estaba estupefacta. Hizo que su madre revisara la carta una y otra vez.

—No lo entiendo —dijo Isabel.

—Esta clase de documento, asumiendo que sea auténtico, es el sueño de cualquier investigador —le explicó Tess—. Una regalo directo es la ruta más rápida para demostrar la procedencia de un objeto —aquella antigua carta acababa de convencerla de que lo imposible podría ser cierto—. ¿Qué te parece? —le preguntó a su madre.

—Parece una locura pensarlo siquiera, pero creo que tienes razón. Es un Fabergé. Sí eres capaz de averiguar qué fue de él, todo podría cambiar.

Tess estaba sorprendida por el entusiasmo de su madre. Normalmente, se respetaban la una a la otra como colegas, pero tendían a transitar por caminos separados, cada una de ellas se centraba en sus propios proyectos. En aquel momento, estaban las tres uniendo sus esfuerzos, intentando decidir cuál iba a ser el siguiente movimiento.

–Hay que pedirle más tiempo al banco –planteó Shannon–. Es indiscutible que esto es algo que merece la pena investigar.

–Es verdad –contestó Isabel con voz queda–, pero no creo que Dominic pueda concedernos otra prórroga.

–Te debes a ti misma, y a Magnus, el intentarlo –repuso Shannon.

–Si ese tesoro existe y vale tanto como Tess piensa, ¿por qué no lo utilizó el abuelo hace años?

–Esa es una de las primeras cosas que pienso preguntarle cuando recupere la conciencia.

Capítulo 15

Cada día, al ir al trabajo, Dominic pasaba por delante del aparcamiento para aviones en el que la gente dejaba sus avionetas y sus aviones privados. A veces soñaba con volar, con la potencia y la velocidad del vuelo. El aeroplano que pilotaba en Archangel distaba mucho del reactor de última tecnología que solía pilotar en la armada, pero hasta los pequeños Cessnas y los Otters del aparcamiento le llamaban la atención. De vez en cuando, algunos clientes le permitían utilizar sus aviones a cambio solamente del precio del combustible. La mera sensación de elevarse de la tierra, aunque fuera solo durante un rato, le ayudaba a recordar quién había sido y los sueños que había albergado.

Aquella había sido una vida diferente, una vida vivida por otra persona. En una fracción de segundo, todo aquello había explotado. El castillo de naipes de su carrera militar se había estrellado, literal y figurativamente, arrastrando a su matrimonio en el proceso como víctima colateral.

No echaba de menos aquella vida y tampoco se arrepentía de haberla relegado al pasado, de haberla cerrado como una novela terminada de leer y abandonada en la sala de un aeropuerto. Había sido capaz de rehacer y organizar su vida para poder estar cerca de sus hijos. Cerca y alejado de cualquier peligro.

De modo que si sentía una punzada de angustia al dejar el coche en al aparcamiento del banco y cruzar las puertas de cristal de la sede, lo único que tenía que hacer era acordarse de que sus hijos necesitaban que fuera la persona en la que se había convertido, aquella roca estable y predecible.

Pero echaba de menos volar. Sí, le gustaba pilotar un avión.

Sacó el teléfono y frunció el ceño al ver el último mensaje que le había enviado su exesposa. El mensaje permanecía en la pantalla como un virus durmiente, esperando una respuesta.

—¿Puedes quedarte a cenar cuando vengas a buscar esta noche a los niños?

Aquella era su última jugada. Al parecer, Lourdes había dejado a su último novio y pretendía volver a intentar una reconciliación. Lo hacía de forma periódica. Por el bien de los niños, él manejaba la situación con toda la compasión de la que era capaz, consciente de que su exesposa no tardaría en olvidarse nuevamente de él. Pero le gustaría que dejara de sembrar en los niños falsas esperanzas, sobre todo en Trini. Ya habían sufrido bastante con el divorcio, y las manipulaciones de Lourdes solo servían para abrir viejas heridas.

Contestó con un simple: «No, gracias» y revisó en la pantalla la agenda del día. Los seguros y las tareas de supervisión del banco no eran una perspectiva muy emocionante, pero se recordó a sí mismo que los préstamos hipotecarios tenían su lado positivo. Un hombre podía hacer cosas mucho peores que ayudar a la gente a comprarse una casa. Algunos días, cuando conseguía aprobar la solicitud de préstamo de una pareja de trabajadores que quería comprar su primera vivienda, cuando veía la expresión de sus rostros, se sentía como un George Bailey del siglo XXI en *Qué bello es vivir*, haciendo realidad los sueños de personas que se lo merecían.

Otros días, pensó, cuando el todoterreno blanco de Bella

Vista aparcó junto a él, se sentía como el señor Potter de la misma película, pisoteando esperanzas como si fueran un insecto bajo el tacón de su bota.

Tess Delaney salió del vehículo con aquel despliegue de movimientos enérgicos que la caracterizaba, deslizando el pulgar por la pantalla del teléfono con una mano mientras guardaba con la otra un fajo de papeles en su enorme bolso. Dominic la veía como una mujer que jamás se estaba quieta. Lo cual, probablemente, era lo mejor para él, porque si Tess fuera capaz de detenerse durante dos segundos se daría cuenta de que no era capaz de apartar la mirada de ella.

Aquella atracción se hacía más profunda cada vez que la miraba. Aunque aquel pelo rojo y su pálido y expresivo rostro fueran más que suficientes para que cualquier hombre se detuviera al verla, había algo más en ella. Había cosas de Tess en las que Dominic no podía dejar de pensar. Muchas cosas.

«No sigas por ahí», se ordenó a sí mismo, «sería una locura». Después de su divorcio, había estado como un muerto viviente. Había intentado conectar con otras mujeres, y el cielo sabía que otras mujeres habían intentado conectar con él. Pero no había llegado a nada.

Quería enamorarse otra vez, pero poniendo él las condiciones, y no de una persona como Tess Delaney. En cualquier caso, no era una probable candidata, teniendo en cuenta que estaba a punto de iniciar la ejecución de la hipoteca de la casa de su abuelo y que Tess pretendía seguir con su estresante trabajo en la ciudad.

Pero, ¡maldita fuera! Aquella mujer le hacía revivir de maneras que no había anticipado. Que le excitara no era ninguna sorpresa, teniendo en cuenta su aspecto y su actitud. Lo que era una sorpresa era que consiguiera emocionarle y hacer que su corazón recordara lo que era estar enamorado.

Por supuesto, no iba a contárselo a ella. No creía que estuviera preparada para oírlo. Pero le intrigaba aquel despliegue de energía que escondía una faceta de Tess mucho más sentimental y sosegada, una faceta que solo había conseguido entrever en un par de ocasiones. Había sido testigo de aquel aspecto de su personalidad cuando habían ido a ver a Magnus. Por un instante, Tess parecía haberse trasladado a otra realidad. Pero no estaba así en aquel momento. En aquel momento parecía estar echando fuego por la boca.

—No hemos concertado una cita —le dijo sin mirarle apenas mientras se dirigía hacia la puerta—, así que tendrás que dedicarme unos minutos ahora mismo.

Quizá su atractivo residía en su personal encanto, pensó Dominic con ironía mientras le sostenía la puerta. Sí, tenía que ser eso.

—Buenos días a ti también —la saludó.

Tess se detuvo durante medio segundo.

—Creo que podrían serlo. Quizá.

—¿Te apetece un té? —le ofreció Dominic—. Tengo una selección de infusiones…

—Un café —replicó—. Solo y con azúcar. Con azúcar refinada, ¿o eso va contra la ley en este pueblo?

Su asistente, Azar, asintió con la cabeza y se dirigió hacia la habitación del personal. Dominic señaló su despacho.

—Siéntate.

Tess miró a su alrededor.

—¡Caramba! ¿Alguna vez has trabajado en este despacho?

Su espacio de trabajo estaba tan ordenado como desordenado el de Tess. A él le gustaba pensar que no era ningún maniático. Sencillamente, era lo más práctico. La vida era demasiado corta como para perder el tiempo intentando encontrar algo.

—Créeme, lo único que hago en este despacho es trabajar.

Había habido una época en la que el trabajo consumía toda su vida. No había límites entre el trabajo y la vida personal. Pero de un tiempo a aquella parte era muy estricto con su horario de trabajo. El resto de su tiempo lo dedicaba a sus hijos y al vino.

—De esta manera es más fácil encontrar cualquier cosa que busques. Además, cuando trabajas en un despacho con paredes de cristal en el que todo el mundo puede verte es mejor no parecer descuidado.

—¿Es mejor que parezca que tienes un trastorno obsesivo-compulsivo?

—Ja, ja.

—No hay ni un solo objeto personal en este espacio. ¡Eh! A lo mejor estás tan mal de la cabeza como yo.

—Mi vida personal no tiene nada que ver con el trabajo.

—En serio, ¿ni siquiera una fotografía de tus hijos?

—Sé perfectamente el aspecto que tienen mis hijos.

Había algo más. Tenía serías razones para no mostrar las fotografías de sus hijos, pero no quería contárselas a Tess. Pulsó una tecla del ordenador.

—Ahora, además de admitir una enfermedad mental que nadie me ha diagnosticado, ¿qué puedo hacer por ti?

A Tess se le iluminó la expresión y, por un instante, le robó a Dominic la respiración. Aquel apasionado fuego que ardía tan cerca de la superficie le arrebató por completo.

—He encontrado algo —anunció Tess—. Isabel y yo hemos encontrado algo que podría hacer cambiar toda la situación.

Dominic intentó disimular su escepticismo. Ya les había explicado que había estado intentando revertir la situación de Bella Vista durante años, literalmente.

—Soy todo oídos —le dijo.

Tess le estudió con atención. Había todo un mundo de sabiduría en la mirada que le dirigió. Dominic no se dejó engañar ni por un instante.

—Muy bien —continuó Tess. Se interrumpió y alzó la mirada hacia el techo—. Este banco está lleno de cámaras.

—Es un banco.

—¿Podemos salir? ¿Podemos hablar mientras damos un paseo?

Dominic miró el reloj. Normalmente, pasaba la primera hora en la oficina atendiendo correos, revisando informes y estudios de mercado. Tess Delaney era mucho más interesante que los correos y los informes.

—Vamos —dijo, y le sujetó la puerta.

El banco estaba situado al final de la calle principal del pueblo, que llevaba el exagerado nombre de The Grand Promenade. Lejos de ser un gran paseo, era un bulevar con un parque en el centro, con plátanos que le daban sombra y bancos en los que pasar el rato. Los intensos olores del otoño perfumaban el aire; el olor de las hojas secándose, el de las flores dejando caer las semillas y el del humo de alguna chimenea.

—¿Qué sabes del pasado de Magnus? —le preguntó Tess de pronto.

—¿Por qué lo preguntas?

—Sígueme la corriente. Podría servirnos de algo.

—Lo que oíste en la ceremonia que se celebró en Bella Vista lo resume todo. Magnus no es la clase de hombre que se recrea en el pasado. Parece más concentrado en dejar los problemas tras él que en enfrentarse a ellos. Lo que ocurrió con el seguro médico es un ejemplo perfecto. Se concentró en el tratamiento de su esposa y cuando ella murió, no tuvo ninguna intención de pelear por lo ocurrido.

—No lo comprendo —confesó Tess—. ¿Por qué no pelear cuando todo lo que tiene está en juego?

—Esa clase de batallas pueden terminar hundiendo a un hombre.

Dominic lo había aprendido en su propia piel, puesto que se había visto arrastrado en un duro proceso de divorcio. Lourdes era una abogada que conocía a todos las personas relacionadas con la justicia de la zona y había batallado hasta la última disputa legal. Había llegado un momento en el que lo único que él deseaba era que aquello acabara, más que conseguir un acuerdo justo. Seguir peleando por un acuerdo justo solo habría servido para mantenerle encadenado al pasado, a un matrimonio fracasado y a errores que no podía enmendar. Una situación así podía terminar reconcomiendo a un tipo por dentro si uno lo permitía. De modo que, al final, le había parecido preferible dejarlo pasar.

Llegaron a la plaza del pueblo, allí el centro del bulevar se ensanchaba para convertirse en un parque adornado con esculturas. Había algunas personas a aquella hora, pero la mayor parte del parque estaba desierto.

Tess señaló una mesa de cemento a la sombra de un árbol. En un impulso de caballerosidad, Dominic se colocó a su lado y posó la mano levemente en su cintura mientras ella se sentaba. Aquella simple caricia le provocó a Dominic un miedo mortal. La sutil curva de la cadera y el ligero perfume del pelo de Tess le recordaron el largo y tormentoso tiempo que había pasado desde la última vez que había estado cerca de una mujer.

—¿Estás bien? —le preguntó Tess.

—Sí, estoy bien, ¿por qué lo preguntas?

—Parece que te duele algo.

Dominic se aclaró la garganta.

—¿Qué es eso que no quieres que graben las cámaras del banco?

Tess se inclinó hacia él y la brisa removió su pelo.

—Tengo noticias. Hemos encontrado algo.

Sus ojos atrapaban la luz que se filtraba a través del follaje que los cubría. Dominic contempló el destello de la luz cambiante del sol sobre el dorado rojizo de sus rizos. No había nada más sexy que el pelo rojo en una mujer, pensó. Estaba fascinado por la energía, por la pasión que iluminaba aquel rostro mientras Tess abría una carpeta sobre la mesa con copias de una fotografía antigua, una carta amarillenta escrita en una lengua extranjera y un diagrama de lo que

parecía ser un árbol genealógico. La emoción la transformaba, la mujer impaciente y con prisas se había convertido en
otra que le resultaba mucho más cautivadora. Por no hablar
de cómo le quedaba el jersey. Era difícil no mirar fijamente
sus… atributos.

—¡Eh! —le advirtió Tess—. Necesito que me prestes atención.

—Y lo estoy haciendo —protestó él.

—Quiero que te fijes en lo que te estoy enseñando, no en
mi pecho.

—No estaba… —se interrumpió. Era un pésimo mentiroso. Sí, era culpable.

Tess le miró con los ojos entrecerrados y se estiró el jersey.

—Lo digo en serio.

—Lo siento. Te escucho —el aseguró.

Y en aquella ocasión no mentía. Si había alguna posible
solución a su problema, por supuesto que quería oírla.

—¿Por casualidad Magnus no tendrá una caja de seguridad en el banco?

—No, por lo menos en mi banco. ¿Estás buscando algo
en particular?

—Un tesoro —se limitó a decir, como si fuera la palabra
más normal del mundo. Y en su mundo a lo mejor lo era—.
Esto es lo que quiero que veas. Esta fotografía es de 1940 y
fue hecha en Copenhague. Es una fotografía de Magnus con
su abuelo, Christian Johansen. Isabel y yo la encontramos
en una caja de fotografías y recuerdos.

Dominic estudió al chico sonriente de la fotografía y
alzó la mirada hacia Tess.

—El parecido familiar es increíble. El Magnus de la fotografía podría ser tu hermano y el abuelo parece un gemelo
del Magnus estos últimos años.

—¿De verdad? —por un instante, un no disimulado placer
asomó a sus ojos y el rubor coloreó sus mejillas.

A Dominic le volvía loco aquella manera de sonrojarse. La hacía parecer un poco vulnerable. O más abierta, quizá.

–Me alegro por ti, Tess –le dijo–. Encontrar un tesoro para ti es algo habitual, pero no todos los días puedes encontrar a tu familia.

Al oírle, Tess pareció refrenarse. Entrecerró los ojos y cruzó los brazos como si quisiera protegerse.

«¡Ups!», pensó Dominic, «menuda manera de meter la pata».

–No es en eso en lo que necesito que te concentres –le dijo–. Es esto –Tess señaló un objeto que aparecía en la fotografía y, después, una ampliación digital que lo mostraba en un tamaño mayor–. Amplié la fotografía para poder estudiar los detalles.

–Parece un adorno, una figurita –si hubiera sido otra persona la que se lo estuviera mostrando, habría restado importancia a lo que le estaba diciendo. Pero Tess se dedicaba de manera profesional a la búsqueda de tesoros–. Pero, a juzgar por tu expresión, supongo que es algo más que eso –añadió.

Al pensar en Magnus, en Eva, en Isabel y en todo lo que habían sufrido, quería que lo fuera.

–Por favor, dime que es uno de esos cromos de béisbol imposibles de encontrar y que nos va a salvar.

–No trabajo con cromos de béisbol. A eso se dedica el departamento de Jude, mi colega –palmeó la fotografía ampliada–. Pero esto vale más que un taco de cromos de béisbol imposibles de encontrar. O que un millón de cromos.

–Creo que estoy empezando a comprenderte.

Tess sacó un documento del que parecía un bolso sin fondo.

–Es un huevo Fabergé –le aclaró–. Has oído hablar de ellos, ¿verdad?

–Claro. Sigue.

–La Casa Fabergé fue fundada en Rusia en el año 1800 por Gustav Fabergé. Gustav se casó con una mujer danesa.

El trabajo de su hijo Carl llamó la atención del zar, que le encargó un huevo de Pascua cada año como regalo para la emperatriz, además de otros para conmemorar diferentes acontecimientos, como bodas, coronaciones, nacimientos y ese tipo de cosas. El artista tenía una libertad de creación total. Lo único que se acordaba era que el huevo debía llevar una sorpresa dentro –sacó una figurita–. Hasta ahora, esto es todo lo que tenemos.

Dominic estudió aquel ángel diminuto.

–¿Esa era la sorpresa?

–Eso creo, sí. Los huevos estaban hechos de oro y piedras preciosas. Este es de alabastro. Lo encontramos entre las cosas de Magnus.

Le mostró algunas impresiones de fotografías más recientes de aquellos huevos tan intrincadamente elaborados. A Dominic le recordaron a la carroza de Cenicienta, o al propio palacio del Kremlin. Parecían la clase de adornos que encargaban algunas señoras a partir de los anuncios de la contraportada de *Parade Magazine*.

–Tengo que admitir que no soy muy aficionado a ese tipo de cosas.

–Los originales son raros y valen una fortuna –le explicó Tess–. Los más difíciles de encontrar son los huevos imperiales, creados para la familia imperial rusa, los Romanov. Solo se hicieron cincuenta y cuatro y de ellos han sobrevivido cuarenta y dos. Después de la Revolución de 1917, muchos de los tesoros fueron confiscados y almacenados en el Hermitage. Algunos se perdieron allí. Para un coleccionista, encontrar alguno de esos huevos imperiales que no han sido descubiertos es como encontrar el Santo Grial.

–¿Qué quieres decir con que no han sido descubiertos? ¿Los robaron, los ocultaron?

–Durante la Revolución Bolchevique, la mayor parte de los Huevos Imperiales fueron confiscados o trasladados a la armería del Kremlin para ser catalogados y almacenados.

Para cuando Stalin comenzó a venderlos en 1917, algunos habían desaparecido del inventario. Otros se vendieron a coleccionistas privados que, normalmente, insisten en conservar el anonimato. En total, se considera que en la actualidad están desaparecidos ocho huevos imperiales.

Clavó en Dominic su intensa mirada y esbozó una fugaz sonrisa.

—Lo siento, con estas cosas pierdo la cabeza.

—Continúa, estoy intrigado.

—Si esto es lo que creo que es, es lo que se conoce como El Ángel —señaló la figurita pequeña y exquisita que Dominic sostenía en la mano—. Fue diseñada para conmemorar el nacimiento de la hija de Nicolás y María Romanov. Como fue su única hija, nacida cuando la madre tenía ya cuarenta años, su nacimiento se consideró una suerte de milagro.

—No me extraña.

Cada nacimiento era un milagro, pensó Dominic. Todavía recordaba la increíble sensación de sostener a un recién nacido en sus brazos, estudiando sus miembros diminutos y sus facciones. Él había querido tener más hijos, pero Lourdes, quizá con una capacidad para presagiar lo que les esperaba que a él le había faltado, había decidido ligarse las trompas después del nacimiento de Trini.

—¿Y una joya así cómo terminó en manos de Magnus y de su abuelo?

Tess le tendió otra hoja de papel. Era una copia a color de lo que parecía ser un recibo o algo parecido.

—Esta carta, escrita en ruso, lo explica. El abuelo de Magnus era médico. Nicolás estaba viviendo en el exilio en Copenhague y su hija estaba enferma. Por lo que dice esta carta, el doctor Johansen le salvó la vida y Nicolás le regaló el huevo como muestra de gratitud porque carecía de dinero en efectivo para pagarle. Necesito que comprendas lo que esto significa. En un noventa y nueve por ciento de los casos, mi trabajo consiste en rastrear la procedencia de un objeto. En este caso, tengo la cadena de propietarios justo delante de mí. Esto no ocurre casi nunca. No hay ambigüedad alguna en este linaje. Ninguna. Los tasadores de cualquier museo matarían por una demostración de la filiación de un objeto como esta. Es perfecta. Casi nunca se encuentra una carta tan clara y un recibo, así que es evidente que Nicolás sabía lo que estaba haciendo. Le entregó al doctor Johansen la prueba de que el huevo no había sido robado ni transferido de forma ilegal. Un hallazgo como este podría ser, exactamente, lo que se necesita para salvar a Magnus y a Isabel.

Dominic reparó en que ella no se incluía en el plan.

—¿Entonces cuánto puede valer ese huevo? —le costaba imaginar que un mero adorno pudiera cubrir las deudas de Magnus.

—En este momento solo puedo decirte un valor estimado. Para que tengas una referencia, en el 2007, un huevo Fabergé que pertenecía a la familia Rothschild fue vendido por más de ocho millones novecientas mil libras. Hay otro huevo llamado Huevo de Invierno que se vendió por nueve millones seiscientos mil dólares. Y esos dos huevos no habían estado desaparecidos durante noventa años. Solo la publicidad del hallazgo de uno de esos huevos elevaría el precio final a un nivel impresionante, y no exagero. La cantidad récord pagada por un huevo, y ni siquiera era de la colección imperial, fueron diecisiete millones setecientos mil dólares. Los pagó un coleccionista ruso llamado Ivanov.

Dominic se la quedó mirando fijamente.

—Estás de broma. Tienes que estar bromeando.

—Mi trabajo consiste en estar informada de ese tipo de cosas.

—Pero eso es una locura.

—Para la mayoría de la gente, sí. Pero teniendo en cuenta la singularidad y la rareza de la pieza, el valor puede dispararse. Además, esta pieza en particular tiene algo añadido. Ha permanecido escondida durante generaciones. Un descubrimiento siempre incrementa las expectativas que se crean alrededor de un objeto. Había un Van Gogh perdido que reapareció en Ámsterdam el año pasado y se vendió por cien millones.

—Estás lanzando muchas cifras —señaló Dominic—. Sugiere alguna.

Tess le miró con algo parecido a la admiración.

—Veinte millones. Pero recuerda que esta no es una ciencia exacta.

Dominic no dijo nada, pero sintió que el corazón le daba un vuelco de esperanza. Pero no podía mostrarla. No, todavía no.

Su silencio comenzó a ponerla nerviosa. Tess posó la mano en su brazo.

—No te estoy mintiendo. No estoy diciendo todo esto para que detengas la ejecución de la hipoteca.

A Dominic le gustó sentir su mano apoyada en el brazo. Le gustaba ella, en realidad. Era una mujer impaciente y quisquillosa, todavía una desconocida, pero había algo en Tess que se le presentaba como un desafío perfecto y aquello le intrigaba.

Tess retiró la mano como si hubiera adivinado lo que estaba pensando.

—¿Por qué no me hablaría Magnus de esto? —preguntó Dominic.

Una sombra cruzó el semblante de Tess.

—A lo mejor ni siquiera era consciente de su valor.

Comprendiendo el significado más profundo de su comentario, Dominic deseó tener alguna forma de consolarla. Había cosas, se recordó a sí mismo, que dolían más que cualquier desastre financiero.

—¿Cuánto tiempo podrías tardar en conseguir el dinero? —le preguntó—. Porque puedes estar segura de que es lo primero que me van a preguntar.

—Sí, claro —entrelazó las manos alrededor de la rodilla y

subió esta hasta el pecho–. Podría llevarme algún tiempo. Esa es la razón por la que he venido a verte. Porque necesitamos tiempo.

Genial, pensó Dominic, recordando que ya había estado presionando durante años para proteger a Magnus e impedir que iniciara el proceso de ejecución de la hipoteca. Con el nuevo banco, retrasar el proceso ya no era una opción.

–¿Cuánto tiempo? –volvió a preguntar.

–No puedo decírtelo de manera exacta. Pero mira, merecerá la pena invertir tiempo en ello. Es algo real, es una fortuna, y puede cambiarlo todo.

–Excelente –contestó Dominic.

–Solo hay un problema –añadió Tess.

–¿Y es?

–Es un problema importante. Verás, la pieza, el huevo, está desaparecido. Nadie sabe dónde está.

Octava parte

No hay nada como un cuenco o un plato de sopa caliente, con las volutas de fragante vapor haciendo temblar las fosas nasales por la anticipación, para disipar los efectos deprimentes de un día agotador por culpa de la lluvia, la nieve en las calles o las malas noticias del periódico.
The Soup Book, Louis P. De Gouy (1949)

La sopa *mulligatawny* es una reconfortante sopa al curry de origen hindú; el nombre es una corrupción de las palabras tamil *milagu thanni*, que significan «pimienta aguada».

1 pechuga de pollo deshuesada cortada a trozos pequeños
Sal y pimienta
1 diente de ajo picado
¼ taza de harina
4 cucharaditas de mantequilla
1 cucharadita de curry en polvo
Verdura y frutas cortadas en dados, incluyendo una cebolla, una manzana, un tallo de apio, una zanahoria, un tomate y un pimiento morrón
4 tazas de caldo de pollo
1 cucharadita de *garam masala*
1 taza de nata o un yogurt
Cayena al gusto

Sazonar los pedazos de pollo con la sal y la pimienta. Calentar dos cucharaditas de mantequilla a fuego medio en una cazuela honda. Añadir el pollo y rehogar hasta que esté dorado. Remover el pollo y mantenerlo caliente. Añadir el resto de la mantequilla y bajar el fuego. Incorporar la verdura cortada a dados y el ajo y rehogar hasta que la mezcla comience a oscurecerse. Espolvorear con harina y curri.

Añadir el caldo de pollo, remover y dejar hervir a fuego lento hasta que se ablanden las verduras y la manzana. Licuar en tandas o metiendo la batidora; no es necesario que quede todo completamente triturado. Añadir la nata o el yogurt y el pollo y dejar al fuego. Sazonar con la cayena y sal. La sopa puede espesarse con arroz y espolvorearla con coco.

(Fuente: Adaptada de la *Enciclopedia de la cocina creativa*)

Capítulo 16

—¿Has trabajado alguna vez con dinamita, chaval? —le preguntó el Profesor a Magnus.

Misterioso y quizá peligroso, aquel hombre conocido como el Profesor lideraba una banda heterogénea de saboteadores. Tenía una barba canosa, gafas de montura gruesa, las manos marcadas por las cicatrices y trabajaba para la resistencia.

Dirigía una banda de colegiales a la que llamaban Los Niños Perdidos, un grupo de huérfanos sin disciplina alguna, como los que aparecían en aquella novela inglesa, *Peter Pan*. Pero ellos no estaban en una isla tropical del País de Nunca Jamás, sino en el corazón de la capital de Dinamarca. Y, en aquel momento, estar allí era más peligroso que una ciénaga infestada de caimanes.

Nadie en aquella organización sabía gran cosa sobre los demás, de esa manera, en el caso de que atraparan a alguno, no tendría demasiada información que confesar al enemigo.

Magnus se había incorporado a Los Niños Perdidos casi desde que los alemanes habían volado en pedazos su mundo una noche poco después de Navidad.

—No, señor —contestó—. Nunca he utilizado un cartucho de dinamita.

Aunque estaba deseando afrontar aquel desafío, sabía que era mejor no mentir al Profesor.

—Toma —el Profesor le lanzó uno.

Magnus lo agarró con cautela, como si temiera que pudiera explotarle en pleno rostro.

El Profesor se echó a reír.

—No te preocupes, si no está encendido no puede hacerte nada.

El cartucho tenía un aspecto bastante inocuo en realidad. Era más corto y más grueso que una vela y no era de color rojo, como los que aparecían en los tebeos o en los dibujos animados en tecnicolor que todavía se podían ver en el cine los sábados por la tarde. Magnus ya no tenía dinero para aquel tipo de cosas, pero, a veces, Kiki, otro de los niños que trabajaba para la resistencia, y él, se colaban en el cine a través de alguna ventana sin cerrar.

—Estoy dispuesto a aprender —le dijo al Profesor.

—Bien, porque no podemos cometer ningún error.

El profesor le hizo repetir el plan hasta que, prácticamente, podría haberlo recitado del revés.

En el juego del gato y el ratón, la clandestinidad jugaba en contra de los soldados alemanes. La debilidad de Magnus, el hecho de que fuera un niño esquelético y pálido, se convirtió en su mayor fuerza. Parecía exactamente lo que había sido hasta hacía muy poco, un niño con su abrigo de lana patinando sobre hielo en Byendam, una zona recreativa de invierno situada en el centro de la ciudad. La diferencia entre el niño que había sido y el huérfano en el que se había convertido era que bajo el abrigo ocultaba cartuchos de dinamita, carretes de detonador y una caja grande de cerillas de cocina.

Su objetivo era un arsenal situado a corta distancia del arroyo helado que alimentaba el lago. El edificio no había sido siempre un arsenal, por supuesto. Era una antigua estación de bombeo construida con sillares de piedra. Los alemanes la utilizaban para almacenar armas porque sus muros gruesos y la falta de ventanas protegían el arsenal del mal tiempo y de los intrusos. O, por lo menos, eso pensaban ellos.

Pero al Profesor le gustaba como objetivo. Esos mismos muros podrían contener la explosión que pretendían provocar y, de esa manera, minimizar los daños causados por la detonación.

El día señalado, Magnus se fue a Byendam, y se detuvo en la caseta del patinaje para ponerse los patines. Dejó la mochila junto a sus maltrechas botas de invierno debajo del banco y se deslizó por el hielo en medio de los otros patinadores con intención de dar una vuelta al lago. Mientras patinaba en círculos sin ningún objetivo aparente, iba meditando sus planes.

A pesar de que hacía un frío que helaba los huesos, tenía calor y estaba empapado en sudor por culpa de los nervios. Era una sensación extraña, el miedo se fundía con la rabia. Los soldados habían invadido Dinamarca con sus amenazas y su maquinaria de guerra y se dedicaban a hacer cuanto les apetecía. El Profesor les había aconsejado a Magnus y a los otros chicos que intentaran canalizar su rabia y la transformaran en determinación. Magnus se había prometido hacer cuanto fuera posible para reventar la misión de los nazis.

Al sentir el peso de la dinamita que llevaba escondida, se sentía temerario y salvaje. No le importaba lo que le pudiera pasar. Ya había perdido todo aquello que realmente le importaba. Si algo salía mal y saltaba por los aires en la explosión, nadie le echaría de menos. A lo mejor alguien se fijaba en su silla vacía en la escuela y retiraba discretamente sus cosas, pero, habiendo perdido a sus padres y a *Farfar*, nadie lloraría su ausencia.

Magnus conocía la expresión «vivir de su propio ingenio». Era posible que la hubiera leído en algún libro. Pero no había sabido lo que significaba hasta que había tenido que hacerlo. Tras la desaparición de su familia y la destrucción de su casa por parte de los soldados alemanes, estaba completamente solo. No sabía en quién confiar o cómo podía protegerse.

La noche que se habían llevado a sus padres, Magnus había muerto en todos los sentidos que de verdad importaban. Todavía respiraba, el corazón seguía latiéndole en el pecho, pero estaba muerto porque le habían arrebatado la vida. En medio de aquel invierno inclemente en el que le habían roto su mundo mientras él se ocultaba en el patio trasero de su casa, había descubierto dentro de él el fuego de la determinación. Iba a sobrevivir. Y, además, estaba dispuesto a luchar.

Aquella noche desde la que parecía haber pasado tanto tiempo, había reunido cuanto había podido salvar de la casa. Los soldados se habían llevado todos los objetos de valor que les cabían en las manos, pero habían pasado por alto algunas piezas importantes. Las joyas de su madre, por ejemplo, que estaban escondidas en el pedestal de piedra hueca del bebedero para pájaros del jardín. O la colección de monedas de su padre, escondida en el fondo falso de un cajón tallado por el propio Magnus.

Y también el huevo de su abuelo. Magnus siempre había considerado un adorno estúpido aquella esfera de oro con piedras preciosas y un ángel de oro y alabastro en su interior, pero sabía que era muy valiosa porque iba acompañado por la carta de un ruso muy rico.

Aterrorizado y con la tristeza oprimiéndole el pecho, había apartado el esqueleto del árbol de Navidad y había doblado la alfombra quemada. Había retirado el huevo junto con la carta de aquel ruso y dos fotografías familiares que eran importantes para él.

No, tres. También se había llevado el último retrato

de familia, en el que aparecían sus padres, su abuelo, tío Sweet, Eva y Magnus. Magnus no comprendía el odio de los alemanes contra los judíos. Al fin y al cabo, solo eran personas. Mientras pensaba en ello, concluyó que jamás había comprendido el odio... hasta aquella noche. Desde entonces, había aprendido a sentirlo. Era como una hoguera interior que ardía con tanta fuerza que jamás se extinguiría. No, mientras hubiera alemanes contra los que luchar.

El hielo de sus huesos le fortalecía mientras el Klokkespil marcaba las cuatro. Era la señal que habían convenido. En invierno anochecía pronto y enseguida se haría de noche. Era extraordinariamente consciente de cuanto le rodeaba, como si se hubieran aguzado sus sentidos. Podía oír el siseo de las cuchillas de los patines sobre la superficie del hielo y el sonido sutil, casi imperceptible, del agua que corría debajo. Oyó la risa burbujeante de los colegiales que patinaban en círculo por el estanque. Muchos eran niños de su edad, pero él se sentía más viejo que una roca, avejentado de forma artificial por el dolor, el enfado y el miedo.

Además de arrebatarle su casa y su familia, los soldados le habían robado los recuerdos de la infancia. Ya nunca volvería a ser un niño, no podría volver a reír, a girar en el hielo hasta marearse por el mero placer de hacerlo. El niño que una vez había sido se había convertido en un hombrecito furioso, cínico y peligroso, porque no tenía nada que perder. Al destrozar a un niño inocente, los alemanes habían creado de manera inconsciente a su peor enemigo.

Llegaron otros niños con palos de hockey y un disco y Magnus se sumó al grupo. Para cualquier observador, no era nada más que un niño jugando con sus amigos, aunque, en realidad, apenas conociera a aquellos niños.

Pasándose el disco entre ellos, los niños fueron estudiando la situación de la armería. No tenía mucha vigilancia porque se la consideraba no solo impenetrable sino también un escondite secreto. Los alemanes eran demasiado engreídos como para tener miedo de lo que pudieran hacerles los daneses. Las gruesas puertas reforzadas con hierro daban a la calle y los sillares de piedra constituían el resto de las paredes.

La única forma de entrar, aparte de la puerta, era una tubería de desagüe del tamaño del tronco de un árbol que salía de la base del edificio y llegaba hasta el río helado que alimentaba el estanque. Y allí era donde entraba en juego la escasa estatura de Magnus. Los niños se arremolinaron alrededor de la tubería de drenaje, disputándose el disco, gritando y riendo.

Un par desoldados se acercaron a uno de los bancos de nieve de la rivera del río.

—¡Largaos! —gritaron—. Salid de allí y volved al estanque.

Los niños enmudecieron, levantaron los palos de hockey y el disco y regresaron a la zona más ancha del estanque. Los soldados continuaron haciendo guardia delante del edificio. A los pocos minutos, se sintieron atraídos por el calor que emanaba del carrito de una vendedora situado en una calle cercana. Era un carrito montado por una emprendedora danesa que vendía nueces tostadas con miel. Aquel aroma irresistible solo lo superaba el sabor de las avellanas tostadas.

Nadie le había dicho a Magnus que aquella mujer trabajaba para la resistencia. Pero lo supo.

Cuando los soldados se acercaron para calentarse en el fuego y probar las avellanas, un par de niños animaron a Magnus a entrar a gatas en la tubería. Se metió casi a presión, pero consiguió moverse en el interior de aquella tubería de hierro. Avanzando centímetro a centímetro, el camino se prolongaba durante lo que le parecía una eternidad. Era aterrador aquel espacio tan estrecho y sin vida, pero perseveró, consciente de que solo tenía que gatear durante una corta distancia. En medio de aquella completa oscuridad, apenas podía ver nada, pero fue capaz de continuar hasta una rejilla de hierro.

Las manos le temblaban mientras presionaba el corroído metal, pero, al final, consiguió levantarla. Incluso a través de los guantes, notaba el mordisco del frío en las manos y tenía los dedos tensos como témpanos. Intentando mantenerse firme, empujó los manojos de dinamita a través de la puerta del edificio. Después, con el cordón detonante en la mano, retrocedió por la tubería. El espacio le parecía imposiblemente pequeño, la dura superficie le raspaba los pantalones y la chaqueta. Se movía tan rápido como podía, preguntándose cuánto tiempo podría entretener aquella mujer a los soldados en su carrito. Necesitaba que permanecieran lejos durante el tiempo suficiente como para encender el detonador y escapar sin que le vieran. Los otros niños les distraerían, tenía que creer en ello.

Al estar moviéndose hacia atrás y a oscuras, no tenía la menor idea de quién podría ver sus patines saliendo de la tubería, ni de lo que podía estar esperándole fuera. Pero aquello era problema de los alemanes: a Magnus no le importaba. Si le arrestaban, si le llevaban preso, o si le trasladaban a alguno de sus campos de exterminio, que así fuera.

El Profesor le había hablado sobre aquel sentimiento, le había dicho que tenía que encontrar un objetivo. Una razón para vivir. Todavía no lo había encontrado, pero por lo menos sabía por lo que estaba dispuesto a morir.

Después de lo que le pareció una eternidad, salió y se dejó caer en el hielo, sudando a pesar del frío. Miró a su alrededor. Las piernas le temblaban y los patines se deslizaron por la superficie resbaladiza del hielo. No había nadie a la vista y ya era prácticamente de noche. La mayor parte de los patinadores habían abandonado el estanque, habían marchado corriendo a sus casas antes de que sonara el toque de queda. Solo quedaban los otros niños, montando gresca intencionadamente en medio del lago para distraer a los soldados.

Aquel era el momento crítico. Utilizando los dientes

para quitarse una manopla, sacó la caja de cerillas de cabeza roja y frotó un fósforo con manos firmes.

La primera cerilla se encendió, pero la apagó una ráfaga de viento helado. Inclinó los hombros y volvió a intentarlo. El segundo y el tercer intento fallaron. Comenzó a ponerse nervioso. A lo mejor le pasaba como a *La cerillera* de Hans Christian Andersen, un cuento que siempre había despreciado. ¿Y si fallaban todas las cerillas?

Lo intentó una vez más, utilizando su cuerpo para proteger la llama del viento. La acercó al cordón detonador, pero aquella cerilla también se apagó. Más cerillas, más intentos. Al final, cuando ya estaba a punto de quedarse sin cerillas, el cordón prendió, chisporroteó y se inflamó la llama. Magnus protegió la luz con su cuerpo y rezó en silencio para que no la vieran los alemanes. Sintió un calor intenso rodeándole el cuello. La bufanda estaba ardiendo. Retrocedió de un salto, se arrancó la prenda abrasada y la tiró al suelo. El dolor era insoportable, pero no hizo sonido alguno más allá de un agudo siseo. El cordón continuó ardiendo de forma estable hasta que las chispas desaparecieron en el interior de la tubería de desagüe.

Magnus guardó las cerillas y volvió a ponerse la manopla. Después, se adentró en la oscuridad a toda velocidad. Enfrente de estanque, los otros chicos se dispersaron, fundiéndose en el anochecer. Magnus sabía que solo contaba con unos segundos para ponerse a salvo. Una rama baja de la otra ribera del río le golpeó en el hombro. Trepó por la pendiente nevada, se quitó los patines y corrió en calcetines hasta la caseta de patinaje. Una vez encontró refugio en la caseta, se detuvo y se sentó en un banco. En el gélido aire nocturno, su respiración jadeante se transformaba en nubes de vapor helado. Escrutando en la oscuridad, se concentró en la sombra distante del edificio situado frente al río.

No ocurrió nada. El corazón se le cayó a los pies. Al parecer, había fallado.

La ciudad se sumió en un siniestro silencio. Todo el mundo observaba el toque de queda. Magnus sintió el frío helado de la desilusión. Nada. Después de todo lo que habían planeado, del riesgo que había corrido, aquella operación había sido una pérdida de tiempo. Lentamente, se cargó la mochila al hombro y se agachó para ponerse las viejas botas de goma que llevaba puestas la noche del incendio.

Se volvió. El camino hasta su refugio sería largo y cansado.

Y entonces… oyó algo. El retumbar sordo y profundo de un trueno. En realidad, fue más una sensación en sus entrañas que un sonido auténtico. Se quedó petrificado, obligándose a permanecer absolutamente inmóvil, observando. El edificio permanecía en medio de la oscuridad. Después, retumbó otro trueno y vio un fogonazo bajo el tejado de teja.

El fogonazo se extendió como una nube naranja en medio de la oscuridad y el tejado del edificio salió volando. El ruido fue tan fuerte que le dolieron los oídos. Aquella luminosa explosión le robó todo el aire de los pulmones. Volaban escombros por todas partes. El sonido era parecido al de los truenos, mientras ladrillos, piedras y baldosas caían en forma de lluvia y se estrellaban contra el río helado.

Fue un bello espectáculo, más bonito que los fuegos artificiales que tiraban el día del cumpleaños del Príncipe, más mágico que cualquier celebración. Las sirenas aéreas comenzaron a aullar.

Aquel sonido ahogó el de las carcajadas de Magnus. El chico alzó los brazos y rio por primera vez desde que los soldados le habían arrancado la vida que hasta entonces conocía. Rio hasta que comenzaron a brotar las lágrimas de sus ojos.

—Sí —gritó, aunque no sabía a qué se lo estaba diciendo—. Sí, sí, sí.

Magnus había hecho lo que el Profesor le había aconsejado. Había encontrado un motivo para vivir.

Después de que Magnus voló aquel refugio, la organización clandestina fue asignándole cada vez más tareas. Su confianza iba creciendo a medida que iba sacando ventaja de su escasa estatura. Se colaba por espacios imposibles para cometer cualquier tropelía que se considerara dañina contra las fuerzas de ocupación. Descarrilaban trenes, hundían barcazas con suministro y prendían fuego a los almacenes.

Pero Magnus se preguntaba por qué el haber encontrado un objetivo no servía para mitigar la rabia y la tristeza. Al igual que las marcas cárdenas que había dejado el fuego en su cuello el día que había volado la armería, aquellos sentimientos formaban parte de él, jamás desfallecían. Aun así, la labor de sabotaje era algo que se debía hacer, pensaba.

El Profesor decía que no bastaba con encontrar un objetivo. Un hombre también necesitaba una razón para vivir. Pero no le había explicado a Magnus cómo encontrar la suya.

En general, a Magnus le mantenían en la ignorancia cuando preparaban un operativo. Se limitaban a asignarle una tarea como si se tratara de los deberes de la escuela y se esperaba que la llevara a cabo sin preguntar.

Un día de primavera, el Profesor le pidió que se encontraran en el lugar de costumbre, una sencilla casa de madera situada encima de uno de los diques de la zona este de la ciudad. Magnus pensaba que podía ser su casa, un lugar sin ningún atractivo, sin agua corriente y abarrotado de objetos propios de un campamento. Había mantas apiladas sobre una esquina hundida de la cama y botellas alineadas en las ventanas y en la encimera de la cocina. Se veían libros apilados por todas partes, y sobre una mesa tambaleante. Libros sobre todos los temas posibles en danés, alemán e inglés. Magnus imaginaba que en otra vida, en mejores circunstancias, el Profesor había sido un hombre de letras.

—Has demostrado lo bueno que eres destruyendo cosas —le dijo durante su cita—. Veamos si se te da igual de bien rescatarlas.

El aliento le apestaba a *akvavit* y hablaba arrastrando las palabras.

—Me gusta cómo suena eso —contestó Magnus.

—La organización ha sufrido una fuga de información —le explicó el Profesor.

—Lo que quieres decir es que nos tienen controlados.

—Sí, pero nosotros también les tenemos controlados a ellos. Hoy van a hacer una detención. El objetivo es una pareja que forma parte de la resistencia desde el principio. El señor y la señora Winther. Viven por la zona de Gyldne Prins Park.

Era una zona gentrificada de la ciudad, no estaba lejos de donde había vivido la familia de Magnus.

—El señor Winther trabaja en el hospital Bisperbjerg —continuó el Profesor—, y su mujer hace labores de voluntariado. El hospital lleva a cabo una gran labor benéfica.

Magnus ya sabía que «labor benéfica» era el código utilizado para hablar del trabajo clandestino. Se suponía que no debía estar enterado, pero sabía que hasta la ambulancia y la morgue del hospital estaban involucradas. Un paciente podía ser declarado muerto y enviado a la morgue para que se iniciara el procedimiento correspondiente. Una vez allí, el difunto se levantaba, se vestía con ropa de calle y desaparecía. En los informes destinados a los alemanes figuraba como fallecido por una enfermedad infecciosa como la tuberculosis, algo que asustara a la gente y evitara que se acercaran a ver el cadáver envuelto en una bolsa mortuoria. No hacía falta decir que muchos de aquellos fallecidos eran judíos y hombres en busca y captura. Otros escapaban en ambulancia hasta los pueblos de pescadores de Zealand para ser trasladados en ferri a Suecia.

—Tienen una hija, Annelise.

Aquellas palabras le helaron la sangre en las venas. Recordó que Eva, a la que no había visto desde hacía más de tres años, solía jugar con la hija de los Winther. Revivió como en un fogonazo la noche que se habían llevado a sus padres. Pero, a diferencia de Magnus, Annelise no podría escapar. Podría terminar en manos de los alemanes y solo Dios sabía a dónde la llevarían.

—Es muy pequeña, tendrá unos diez años —el Profesor bebió un sorbo de su taza de cerámica astillada—. ¡Maldita sea! Esto es agotador. A lo mejor…

El teléfono del Profesor sonó, sobresaltándolos a los dos. Era como un enorme escarabajo negro, agazapado en un escritorio cubierto de objetos y emitiendo una estridente alarma. El Profesor contestó rápidamente.

—¿Sí? —tosió—. ¿Hoy? Pero yo pensaba… No importa. Me encargaré de ello.

Colgó el teléfono con brusquedad.

—Es hoy. La detención tendrá lugar hoy mismo, a plena luz del día. ¡Malditos nazis! Vamos, chaval —musitó la dirección de la calle—. ¿Sabes dónde está?

Tenía la sensación de que había pasado una eternidad desde entonces, pero Magnus solía jugar en un parque que había cerca de allí. Quizá incluso había visto alguna vez a la familia Winther saliendo a pasear al sol o regresando precipitadamente a casa por algún compromiso.

—Tenemos que movernos rápido —el Profesor tomó unas viejas alforjas y las colocó en la parte trasera de la moto. Después, abrió la puerta de la calle.

Justo en ese momento, se oyó un sonido similar al de un estallido, como el de una piedra arrojada al fuego. En el instante en el que lo oyó, Magnus lo supo.

El profesor no se tambaleó dramáticamente, como los

tipos de las películas. Cayó hacia atrás como empujado por una mano gigante. Un punto rojo marcaba su frente. Tenía la parte posterior del cráneo destrozada. Los pedazos de carne sanguinolenta quedaron esparcidos por todas partes.

Magnus sintió el calor de la sangre en la cara. No pensó. No miró aquel desastre. Desde que había perdido a su familia se había convertido en un superviviente y, en un momento como aquel, actuó por instinto, como un animal salvaje asustado. Corrió a la puerta de atrás y, medio corriendo y medio tambaleándose, bajó la pendiente y corrió después a lo largo de un camino paralelo al arroyo. Se detuvo al borde del agua durante el tiempo suficiente como para frotarse la sangre de la cara con el agua salobre. Intentó apartar de su mente la imagen del Profesor, su cráneo estallado en mil pedazos. También tenía sangre en la ropa e hizo todo lo posible para quitársela mientras rezaba para que a nadie le llamara la atención.

Había recorrido cerca de un kilómetro cuando su mente se puso de nuevo en funcionamiento. Pensó en lo que había dicho el Profesor sobre el doctor y la señora Winther. El Profesor estaba muerto, pero habría querido que él les salvara.

No había tiempo para afligirse. Y, en cualquier caso, él no tenía la menor idea de quién era aquel Profesor. Solo un hombre que odiaba a los nazis y amaba los libros.

Comenzó a correr otra vez. Sabía dónde vivía la familia Winther. A lo mejor conseguía llegar a tiempo de advertirles.

El dolor le devoraba un costado mientras se obligaba a aumentar la velocidad. Tomó un atajo a través de Gyldne Prins Park. En la distancia, vio a los niños y a sus madres divirtiéndose en los columpios. Una mujer atractiva y una niña rubia se alejaban en aquel momento de la zona de recreo. Atravesaron las puertas de hierro forjado y cruzaron el bulevar agarradas de la mano. Se detuvieron para hablar con un hombre. Un peatón. A lo mejor formaba parte de la resistencia.

Un contingente de camisas pardas avanzó hacia el grupo y el hombre salió corriendo. Había camionetas con la parte posterior cubierta por lonas aparcadas en la calle. Un hombre uniformado se acercó a la mujer del vaporoso vestido rosa y, un segundo después, la rodearon los soldados. Incluso desde la distancia, Magnus percibió la tensión y el terror de su postura. Ser abordado en el propio vecindario aumentaba el impacto y la sensación de violación. Magnus lo sabía. La niña se aferró a su madre con una desesperación que Magnus sintió en las entrañas. Era la misma desesperación que se había apoderado de él la noche que se habían llevado a *Farfar* y, días después, a sus padres.

La urgencia de intervenir en aquel momento era tan fuerte como lo había sido aquella noche, pero, al igual que entonces, se resistió. Un instinto más fuerte le guiaba: el de supervivencia. No le serviría de nada a la señora Winther si se exponía sin ningún plan.

Estaba intentando decidir lo que iba a hacer cuando la niña hizo algo sorprendente. Se zafó del grupo de soldados y salió corriendo. Uno de ellos se lanzó hacia ella sin demasiado entusiasmo, pero la niña salió disparada a la velocidad de una persona familiarizada con el barrio.

Nació en Magnus un fuerte instinto de protección. Había algo en aquella niña, sola y corriendo para salvar su vida, que le fortaleció, que consolidó su furia y su determinación.

Avanzó, evitando ser visto, y bordeó el parque caminando a paso rápido, pero intentando ser discreto. Una de las cosas que había descubierto muy pronto era que corriendo se llamaba la atención.

La niña dobló una esquina y Magnus tuvo miedo de perderle el rastro. Vio una bicicleta apoyada contra una verja y la robó sin el menor sentimiento de culpabilidad. No perdió el paso en ningún momento, ni siquiera cuando se alzó sobre la bicicleta y comenzó a rodar. A partir de entonces, apenas tardó unos segundos en alcanzar a aquella niña aterrada.

Los sollozos que estremecían su cuerpo le desgarraron el corazón. A pesar del terror y la tristeza, la pequeña no dejaba de correr. El instinto de supervivencia era una fuerza muy poderosa, más fuerte que la combinación del odio y el amor. Con cada respiración, la niña proclamaba su miedo.

—¡Ayúdenme, por favor! ¡Ayúdeme!

Magnus le gritó que se detuviera, que estaba allí para ayudarla, pero, o bien no le oyó, o el miedo la hizo ignorarle. Con un rápido movimiento, Magnus abandonó la bicicleta y sujetó a la pequeña. Annelise se defendió como un gato salvaje, exudando una rabia y una fuerza desproporcionadas para su tamaño. Le arañó, le pateó y le mordió hasta que Magnus se vio obligado a detenerla con un fuerte abrazo mientras le decía al oído:

—Tranquila, tranquila —intentó utilizar un tono tranquilizador, como solía hacer *Farfar* cuando tenía un paciente nervioso.

Las ganas de luchar la abandonaron a la misma velocidad a la que se desinflaba un globo. Magnus la sintió extrañamente frágil en sus brazos, su fuerza se desvaneció en el instante en el que se rindió.

—Eres la hija de los Winther. Annelise, ¿verdad?

Annelise retrocedió y le miró con recelo. Magnus la vio examinar sus feas cicatrices y los restos de sangre seca que salpicaban su boca. Eran del color de la mejor porcelana china de su madre. «Lo siento», dijo en silencio, «siento que tengas que pasar por todo esto».

—Tendrás que confiar en mí —le dijo—. Sé que estás asustada, pero estoy aquí para ayudarte.

—Mi mamá… —le temblaba la barbilla.

—Ella quería que te pusieras a salvo —le dijo Magnus, era una suposición, pero sabía que aquella había sido la primera preocupación de sus padres.

Mientras hablaba, tomó la mano sudada de la niña y comenzó a caminar. No corrió. Parecían dos hermanos saliendo a dar un paseo. Dos niños completamente inocentes.

La niña estaba muy callada, así que añadió:

—Tu madre te dijo que te escaparas de los camisas pardas, ¿verdad?

La niña no dijo nada, pero Magnus interpretó su silencio como una afirmación.

—Mis padres también querían que yo escapara. Me decían que si se acercaban los soldados, tenía que salir corriendo a toda la velocidad que pudiera, y eso fue lo que hice.

Annelise le apretó la mano. Aquel mínimo gesto estuvo a punto de quebrarle. ¿En qué clase de mundo absurdo vivían, en el que los padres tenían que enseñar a sus hijos la manera de escapar, en vez de las tablas de multiplicar y los libros del Nuevo Testamento?

—¿Tienes amigos o parientes a los que puedas ir a ver? —le preguntó.

Algunas familias tenían preparados planes de fuga y habían dispuesto arreglos para cualquier contingencia.

—Mi abuela tiene una cabaña al lado del mar.

—¿En dónde?

—En un sitio que se llama Helsingør.

Magnus continuó caminando.

—Sé dónde está. Te llevaré hasta allí, no tengas miedo.

Annelise asintió.

—No tengo miedo.

—Hay gente que quiere a tu familia y está dispuesta a ayudarte. Yo soy uno de ellos. Annelise, ¿te gusta montar en barca?

—¡Sí! Cuando hace buen tiempo, a mi padre le gusta salir a montar en barca.

Aquella era la primera vez que Magnus ayudaba a preparar una fuga. Era posible que su plan no funcionara. A lo mejor, aquella ruta de escape en barca era un mito que circulaba entre la resistencia para alimentar la esperanza. No estaba seguro. Por el bien de la niña, tenía que intentar hacer aquella travesía.

Había oído hablar de una operación especial, altamente secreta, consistente en trasladar hasta Suecia en ferri a miembros de la resistencia que tenían que abandonar Dinamarca. Los sacaban a través del Estrecho de Øresund. Hasta entonces, los alemanes habían dejado en paz a los judíos de Dinamarca, pero corría el rumor de que podrían llegar a agruparlos y enviarlos a un campo de trabajo.

Quizá fuera un mito aquella ruta de escape; pronto lo averiguaría. El trabajo clandestino se llevaba a cabo desde Helsingør, una ciudad a la que Shakespeare, el dramaturgo inglés, había hecho famosa como Elsinor. Desde allí, en un día claro, era posible ver la costa sueca.

Una vez en el muelle, Magnus vio a un par de soldados merodeando por la zona. Por supuesto, le abordaron. Era evidente que no tenían nada mejor que hacer.

—¿Es que un niño no puede salir a dar una vuelta en barca con su hermana? —preguntó con controlado descaro—. ¿O acaso ahora está prohibido?

—Cuidado con esa lengua, muchacho —replicó uno de los soldados—. Sigue y procura no buscarte problemas.

«Espera y verás», pensó Magnus, agarrando a la hija de los Winther de la mano. Sin sentirse en absoluto culpable, agarró una embarcación con la madera bien pulimentada amarrada entre los otros botes. La eligió porque parecía fuerte y porque tenía unos salvavidas de lona en la proa y una vela cangrejera para aprovechar el viento.

—Ponte esto —le pidió a Annelise.

Rezó en silencio para que no se le ocurriera ponerse a llorar o reaccionar como si estuviera asustada. Necesitaba que los soldados creyeran que iba a dar una vuelta en barca y nada más.

Annelise obedeció en silencio y se abrochó el chaleco de

lona. Magnus no sabía si comprendía la situación o estaba en estado de shock. A cierto nivel, quizá fuera consciente de que ya nunca volvería a ver a sus padres.

La agarró entonces en brazos y la levantó sobre la borda diciendo:

—¡Nos vamos!

Los pies de la niña, enfundados en unos zapatos llenos de marcas y rozaduras, le parecieron diminutos contra el vasto cielo azul.

Desamarró la embarcación y la empujó para alejarla del muelle. Después, comenzó a remar lentamente. Todavía no había trazado un plan. Helsingør estaba demasiado lejos como para ir remando desde allí, por lo menos a cuarenta kilómetros al norte. Su objetivo inmediato era llegar a Saltholm, una isla de relieve plano habitada principalmente por gansos y cisnes salvajes.

Miró a la hija de los Winther y se sorprendió al ver su expresión. Bajo el terror y la tristeza había algo más, gratitud y alivio. Magnus recordó entonces las camionetas cubiertas y en las hordas de soldados que habían rodeado su casa y fue consciente de lo que había hecho: había salvado una vida.

Pensó en lo que le había dicho el Profesor sobre la necesidad de encontrar una razón para vivir. Sumándose a la resistencia y atacando la maquinaria bélica de los alemanes había encontrado un objetivo que justificaba su existencia. En aquel momento, al contemplar a la niña indefensa que llevaba en el bote, descubrió la otra cara de la moneda. Descubrió una razón por la que vivir.

Capítulo 17

—Isabel está en una fase de negación —le contó Tess a su madre aquella noche.

Estaban las dos en el patio, poniendo la mesa para la cena. A través de la puerta arqueada por la que se accedía a la cocina, podían ver a Isabel añadiendo caldo caliente y vino blanco a la cazuela de cobre en la que estaba preparando un risotto. Ernestina estaba cortando tomates en una bandeja, al lado de las rebanadas de pan recién hecho.

—No sabía que una fase de negación pudiera dar frutos tan deliciosos —musitó Shannon.

Tess sirvió agua de una enorme jarra de cerámica.

—He intentado explicarle que la reunión en el banco no ha ido muy bien, pero no ha querido oírlo.

—¿No has dicho que el banco había dejado la puerta abierta a la posibilidad de retrasar la ejecución de la hipoteca?

Tess apretó los dientes con un gesto de frustración. Se había emocionado ante la posibilidad de que aquel tesoro de un valor incalculable girara por completo la situación, pero no había sido aquel el caso.

—Claro, pero eso solo servirá para retrasar lo inevitable. Según Dominic, lleva años impidiendo que se lleve a cabo el procedimiento, pero ahora mismo es como querer tapar el sol con un dedo.

–¿Y tú le crees? –le preguntó Shannon.

Por la experiencia que Shannon tenía con ellos, no había que confiar en los hombres. Aquello siempre le había producido a Tess una cierta distancia. Era mucho más bella de lo que Tess podría serlo jamás y, quizá, aquella belleza había contribuido a los problemas de su madre con los miembros del otro sexo. Cuando Tess era pequeña, había habido algunos hombres en la vida de Shannon. Algunos de ellos eran hombres maravillosos y habían hecho todo lo posible para seguir formando parte de su vida. Le llevaban regalos a Tess, jugaban con ella a sus juegos favoritos o la llevaban de excursión. A veces, Tess se paraba un momento, envuelta en un extraño sentimiento. «Esto es lo que se siente cuando se tiene un padre», pensaba.

Pero, inevitablemente, el hombre en cuestión dejaba de pasar por su casa. Cuando Tess preguntaba por él, Shannon solía responder con vaguedades. «Buscábamos cosas diferentes» era su respuesta favorita. Tess la había oído tantas veces que a la larga había dejado de preguntar.

–Sí –le contestó su madre–, creo en Dominic.

–¿Y en qué crees exactamente? –preguntó Isabel, sacando una enorme ensalada adornada con flores comestibles.

–¿No es verdad que Dominic fue capaz de retener a los acreedores hasta que el banco quebró y fue absorbido por otro?

–No lo sé –admitió Isabel–. Mi abuelo no me habló nunca de ello. Pero no me sorprendería. Dominic siempre está ayudando a los demás. Es algo que he observado durante años. Siempre está echando una mano de una u otra forma. Es posible que ni siquiera sea consciente de que lo hace. En una ocasión, intentó rescatarme a mí, pero no funcionó.

–¿Y de qué tenía que rescatarte?

Isabel respondió con una media sonrisa.

—De mí misma.

—Si estás insinuando que necesito que me rescaten, te equivocas —respondió Tess—. Y si él cree que necesito que alguien me salve también él se equivoca.

—Bueno, desde luego, cuando se casó con Lourdes aquello fue una operación de rescate.

Lourdes. Hasta el nombre de su ex le resultaba exótico a Tess, un poco misterioso incluso. Su mente se movía a toda máquina mientras intentaba imaginar a aquella mujer que llevaba el nombre de una ciudad en la que se producían milagros a diario.

—¿Tenía algún tipo de problema?

Isabel agachó la cabeza.

—No debería haber dicho nada.

—Vamos, Isabel. No puedes sacar el tema de la exesposa de Dominic y después evitar contármelo. ¿Fue algo dramático?

—La verdad es que no. Ella… solo estaba estresada en la facultad de Derecho.

—¿Es abogada?

Isabel asintió.

—Se casaron cuando Dominic estaba en la armada. Fue una ceremonia militar seguida por una recepción en la propiedad de los Maldonado. Yo preparé una tarta de zanahoria con pasas y ron Tortuga.

Dejó la ensalada sobre la mesa y la removió como una profesional, con movimientos delicados y seguros. Malinterpretó la mirada atenta de Tess.

—¿No te gusta la ensalada?

Flores comestibles, reflexionó Tess.

—¿Cómo es posible que haya pasado de sobrevivir a base de Red Bull y burritos calentados en el microondas a comer flores comestibles en la ensalada?

Isabel hizo un gesto visible de consternación.

—¿Esa era tu dieta?

–Casi todos los días.

–La verdad es que nunca he probado el Red Bull. Ni los burritos congelados, por cierto.

–Creo que el truco consiste en que ni siquiera tienes que probarlos. Lo único que haces es engullirlos y continuar con tu jornada.

Shannon alzó las manos.

–A mí no me mires. Yo no le he enseñado eso.

No, pensó Tess, no se lo había enseñado. La vehemencia de su propio pensamiento la sorprendió y desconcertó al mismo tiempo.

–¿Y cómo puedes remover la ensalada con tanto cuidado? –le preguntó, suavizando con una risa la tensión del momento–. Cada vez que intento hacerlo yo, la mitad de la comida termina en el suelo.

–El secreto está en el tamaño de la fuente –apuntó Isabel–. Tiene que ser por lo menos el doble de grande que la propia ensalada. Si la remueves con movimientos delicados, los ingredientes no se dañan. Toma, inténtalo.

Tess se levantó con aire resuelto y tomó el cucharón y el tenedor de madera.

–Con delicadeza, pero con firmeza –le aconsejó Isabel.

–Ya lo tengo –dijo Tess, y descubrió que su hermana tenía razón–. El tamaño importa –añadió–. Pero ahora lo que me pregunto es cómo hemos pasado de hablar de una ruina económica a estar sirviendo flores ecológicas.

Isabel se encogió de hombros.

–Es un don.

Durante la cena, Tess les contó con detalle la reunión con Dominic.

–No esperaba que se creyera una historia tan loca –dijo–. Me ha parecido extraño que lo hiciera. La pena es que no he podido ofrecerle lo que realmente necesita para poder alargar los plazos.

–El huevo Fabergé –apuntó Shannon.

—Es muy poco probable que podamos encontrarlo a tiempo de impedir la ejecución.

Tess se sentía dividida entre la urgencia de quedarse en Bella Vista y la necesidad de volver a su propia vida. Cada vez que intentaba escapar, ocurría algo que la obligaba a quedarse. Se preguntó por qué no se limitaría a dar la espalda a aquella situación.

Aquella noche también cenaban en la finca los Navarro junto a una pareja de trabajadores. Ajenos a la frágil situación de la finca, hablaban, reían y se relajaban mientras disfrutaban de la deliciosa comida de Isabel. La energía que se respiraba era algo que Tess no había conocido hasta entonces. Todos se comportaban como si fueran una familia y encontraba en ello algo terriblemente seductor. Incluso sabiéndose una intrusa en aquel lugar, se sentía incluida de una forma que hasta entonces siempre la había eludido. Aquella era, pensó, la razón por la que no podía marcharse.

—¿Cómo sabes que son pocas las probabilidades? —preguntó Isabel mientras le pasaba una fuente de calabacín, flores de calabacín con quínoa y hierbas aromáticas—. A lo mejor le has proporcionado exactamente lo que necesitaba.

Tess pensó en Dominic y en lo que necesitaba y la potencia seductora del hechizo se intensificó.

Después de la cena, subió a su habitación, pero no parecía capaz de relajarse. Comenzó a caminar, sintiendo un desagradable hormigueo de ansiedad. Su trastorno. Odiaba tener un trastorno.

Se suponía que tenía que ir al médico y hacer grandes cambios en su vida, pero lo que había hecho había sido dejarse arrastrar por la situación de Bella Vista. Se acercó a la ventana, abierta al cielo otoñal, y observó el descenso del sol, que dejaba el cielo tras de sí gloriosamente embadurnado de color. «Respira» se recordó a sí misma. «Inspira, espira». El aire olía a manzanas maduras, a hierba seca y a flores, una combinación relajante.

Pero Tess no encontró en ella ninguna tranquilidad. Su mente se movía a toda velocidad mientras se debatía entre quedarse allí o volver a su vida. No soportaba la idea de marcharse sin saber lo que iba a pasar. Tanto en el trabajo como en su propia vida, para ella era fundamental desvelar los hechos. Estaba decidida a averiguar lo que estaba haciendo Dominic con la información que le había proporcionado y sabía que no iba a tranquilizarse hasta que no lo supiera.

En un impulso, agarró su teléfono, pero recordó entonces que no tenía cobertura. Siempre podía utilizar el teléfono fijo. Y también podía dejarse caer por su casa para verle en persona. ¿No era eso lo que hacía la gente de la zona? Intentó resistirse, pero la idea de volver a verle, lejos del banco, lejos de todo el mundo, le resultó demasiado tentadora. Diciéndose a sí misma que se había enamorado como una estúpida, se dirigió al piso de abajo.

—Voy a salir —anunció sin dar más explicaciones mientras cruzaba el cuarto de estar.

Isabel y su madre estaban juntas, revisando recuerdos de Magnus.

—Saluda a Dominic de mi parte —le pidió Isabel.

Para cuando encontró el camino a casa de Dominic, el sol ya se había puesto. Perduraban en el cielo un rosa reluciente y un resplandor anaranjado, proyectando largas sombras en la calzada mientras Tess aparcaba. Había luna, había salido muy pronto aquella noche. Era enorme y se elevaba sobre la delicada curva de las colinas incendiando el horizonte con su resplandor naranja.

Los perros anunciaron su llegada. El más grande ladraba como una hiena rabiosa mientras salía al patio. Si no le hubiera conocido, Tess se habría apartado de la puerta.

—Tranquilo, Dude —le dijo—. Buen chico.

Dominic salió. Parecía relajado. Llevaba unos vaqueros desgastados, Tess no pudo menos que notar que con el botón desabrochado, y una camiseta de la UC Davis.

—¡Hola! —le saludó Dominic.

—¿Llego en un mal momento?

—No, esta noche solo estamos los cachorros y yo. ¿Te apetece una copa de vino en el porche trasero?

—Perfecto.

Demasiado perfecto, quizá. Aquel hombre le gustaba cada vez más. Era como un hambre que no era capaz de saciar.

La casa estaba tan exageradamente ordenada como durante su última visita, aunque más silenciosa, al no estar los niños.

—Quería saber si habías recibido alguna respuesta del banco.

—Sí, pero no te va a gustar —respondió él mientras servía dos copas de vino.

A Tess se le cayó el corazón a los pies.

—No hemos conseguido impresionarles.

—La idea de un tesoro familiar de gran valor, sí les ha impresionado. Pero tienen que enfrentarse a una junta de supervisores y a la Comisión de Bolsas y Valores. No pueden declarar el valor de un objeto hasta que no haya sido previamente encontrado y tasado —la condujo hacia el porche de atrás y le tendió una copa de vino.

Tess bebió rápidamente.

—Está riquísimo. Gracias. ¿Les has dicho que tengo intención de localizarlo?

—Sí, e incluso que yo estoy dispuesto a ayudarte.

Aquello despertó su interés.

—¿De verdad?

—Eso tampoco les ha hecho cambiar de opinión —la estudió un instante. A Tess le gustó su manera de mirarla, apreciando lo que veía, pero con respeto—. Hay algo más.

Tess se activó al instante.

—Te escucho.

—He estado investigando y he encontrado una antigua norma que regula la actividad bancaria y está todavía en vigor. Puede dar lugar a una prórroga para personas que reclaman sus derechos sobre un activo que no han podido recuperar o que está en el extranjero. Era una norma relacionada con activos líquidos, pero la regulación no lo especifica, así que es posible solicitar que el huevo sea considerado como un activo pendiente de recuperar.

—Eso nos da algo a lo que agarrarnos.

—Me ha llevado todo el día encontrarlo. Ya conseguí una prórroga basándome en eso. Sin embargo, no sé si convencerá a los asesores. En cualquier caso, mantengo lo que dije. Si puedo hacer algo para ayudar, házmelo saber.

—Ahora sí que estoy impresionada —Tess le estudió con expresión pensativa, intentando escrutar las profundidades de aquellos ojos castaño claro que se escondían detrás de las gafas—. ¿Te esfuerzas tanto por todos tus clientes?

—Tengo un interés personal en ayudar a Magnus.

—¿Ah, sí? ¿Qué más dejó escrito en ese testamento?

—No voy a permitir que me deje nada, pero… —se interrumpió con sospechosa brusquedad.

—Sigue, ¿qué ibas a decir? —observó su boca, descubriéndose a sí misma muy interesada en sus labios.

Dominic se apoyó en el porche y le sostuvo la mirada.

—Hace mucho tiempo, le hice a Magnus una promesa. Le prometí que cuidaría de su familia como él había cuidado de la mía cuando yo era niño.

Recordaba tanto a Dudley de la montaña. Era demasiado bueno para ser verdad.

—Desgraciadamente —continuó—, no basta con las buenas intenciones. No sé si voy a poder detener el proceso.

–Estoy segura de que Magnus lo comprendería –le dijo.

Aunque no estaba segura en absoluto. Permanecieron en silencio durante varios minutos, bebiendo el vino y escuchando el susurro del viento a través de los viñedos. Tess se movió hacia él, atraída por el calor del vino, por la serenidad de la noche y por el brillo de sus ojos. La parte más importante de aquella conversación no tenía nada que ver con las palabras.

Compartieron una larga mirada. Después, Dominic posó las manos en sus hombros, la sostuvo con firmeza y se inclinó hacia ella, envolviéndola con su fragancia. Un deseo penetrante la sorprendió. Siempre había considerado que se le daban bien los besos, en un sentido técnico. Era algo que había estudiado de cerca desde que tenía quince años y había besado por primera vez a un chico en la trastienda de la tienda de antigüedades de su abuela. Desde entonces, se había besado con chicos y hombres de todas las formas y tamaños de todo el planeta.

Pero jamás la habían besado como Dominic. Desde el primer roce delicado de su boca contra la suya, comenzó a ocurrir algo nuevo e inesperado. Sintió una fuerza irresistible que la empujaba hacia él y en su pecho floreció una sensación intensa. Sintió sus labios firmes y fríos tornándose cálidos y deliciosamente húmedos a medida que la presión aumentaba. Cerró los ojos y se entregó a aquella sensación, dejando que la llevara hasta un lugar en el que pudo olvidarse de pensar y preocuparse.

Necesitó de toda su fuerza de voluntad para sofocar una protesta cuando Dominic apartó los labios de los suyos y bajó la mirada hacia ella.

Con la más ligera de las caricias, deslizó el pulgar por el labio inferior de Tess.

–Probablemente esté mal en todos los sentidos. Pero llevo deseando hacer esto desde la primera vez que te vi.

–En el desastre de mi despacho.

–Estabas cubierta de azúcar glas.

–Debiste de pensar que estaba loca. Y un par de horas después descubriste que tenías razón.

–¿Estás loca?

–Completamente –contestó.

Le agarró de la camisa y volvió a besarle.

Capítulo 18

Tess, Isabel y Shannon pasaron horas y horas revisando décadas de recuerdos de Bella Vista, juntando pedazos de una vida para recomponer el recorrido de la vida de un hombre que había estado demasiado ocupado viviendo como para mantener ordenados sus recuerdos. Lo que había pasado la noche anterior con Dominic era un secreto que Tess mantenía oculto en su pecho, sin saber qué hacer con él. Pero, al mismo tiempo, necesitaba decírselo a Isabel. Quizá lo hiciera, más adelante.

–Muy bien –dijo Isabel, con los hombros tensos por la frustración–, ¿de verdad tenía que guardar todos los ejemplares del Almanaque del Granjero desde el principio de los tiempos?

–Probablemente no los guardaba –señaló Shannon–. Simplemente, no se tomaba la molestia de tirarlos.

Isabel se enderezó y se acercó a la ventana del estudio. Una vez allí, se llevó las manos a la espalda y se masajeó con aire ausente. La vista que enmarcaba la ventana parecía una auténtica postal.

–No consigo entender que alguien sea tan desorganizado –su voz sonaba agotada, rota de cansancio.

Isabel todavía estaba preocupada por la posibilidad de perder a un hombre que lo había sido todo para ella. Tess jamás olvidaría la dolorosa agonía emocional que había supuesto la muerte de su abuela. Había sido como adentrarse en una realidad nueva y extraña, llena de terror y de un dolor que lo dominaba todo, oscureciendo el mundo entero con una fría y pesada sombra que parecía no fuera a levantarse nunca.

Desvió la mirada hacia su madre, que estaba ojeando una pila de informes. Shannon estaba de viaje cuando había muerto su abuela. Había regresado rauda a Dublín, tan inconsolable como la propia Tess. Se habían abrazado la una a la otra, experimentando una nueva intimidad, como si fueran las dos supervivientes de un naufragio aferrándose a una balsa. Pero con el tiempo, habían vuelto a distanciarse. Shannon había tenido que ponerse al día en el trabajo mientras ella acababa su último curso de instituto. Los Estados Unidos la atraían y había elegido una universidad en Berkeley.

—En realidad —dijo Tess, intentando hacer olvidar a Isabel sus preocupaciones—, no es tan desorganizado. A juzgar por todo lo que hay aquí, hay un orden en medio de toda esta locura.

Isabel se volvió hacia ella.

—No sé qué quieres decir.

—Mira, te pondré un ejemplo.

Se volvió hacia una estantería en la que se acumulaban calendarios con fotografías de tractores viejos. Ella sabía que Magnus no los había guardado porque le gustaran las fotografías.

—Probablemente, los conservó a propósito, porque en ellos hay anotadas algunas fechas. Estoy segura de que pretendía sentarse un día y copiar las notas que había tomado sobre la siembra, las nóminas, nacimientos y ese tipo de cosas.

Isabel la miró con el ceño fruncido.

—Eso es ridículo.

—O quizá tenga sentido —dijo Tess—. A lo mejor todo esto

está organizado de una manera que solo él puede entender. Yo lo hago así en el trabajo. A mi asistente la vuelvo loca, pero hay un cierto orden en mi desorganización. Lo único que necesitamos es averiguar el método que seguía tu abuelo.

En aquel momento, sentía una extraña afinidad con Magnus.

Isabel parecía agotada mientras revisaba cajas y papeles.

Tess volvió a sentir una nueva oleada de compasión. Era evidente que necesitaban un descanso.

—¿Qué tal si vamos a dar un paseo? —sugirió.

Isabel asintió.

—Me encantaría.

—Id vosotras dos —les propuso Shannon—. Voy a terminar de organizar los cajones de esta cómoda —sacudió la cabeza—. ¿Cuántas navajas puede llegar a necesitar una persona?

Tess fue la primera en salir. El tiempo era tan maravilloso como siempre, con la brisa otoñal soplando desde las colinas. Intentó concentrarse en el ritmo de su respiración, y, por primera vez, no le resultó una dura tarea. Sentía que iban cambiando y moviéndose cosas dentro de ella. El ritmo de vida de Bella Vista palpitaba en su interior y tener un proyecto la hacía sentirse parte de algo. Había descubierto que, aunque no contestara mensajes cada cinco minutos, el mundo no se detenía.

—Estoy empezando a acostumbrarme a este clima —le dijo a su hermana.

—¿No echas de menos la niebla y la humedad de Bay Area?

—No tanto como pensaba.

Isabel la miró con timidez.

—Me alegro de que estés aquí, Tess.

Tess todavía no sabía si se alegraba o no de estar allí. Se le hacía tan… tan raro estar a cargo de una situación que habían dejado caer en su regazo en contra de su propia voluntad. Y más raro todavía el descubrir que no era capaz de dejar de pensar en un hombre que no era en absoluto apropiado para ella. No podía dejar de regodearse en la sensación de sus brazos, en aquella noche cargada de promesas. Se preguntó si Dominic también pensaría en ello o si, sencillamente, lo habría relegado a la categoría de un momento de locura. Que era, con toda probabilidad, lo que había sido.

Caminaron en silencio durante un rato, siguiendo un camino de grava que serpenteaba entre las dos partes del manzanar y descendía hacia un extenso campo de lavanda. Aunque ya había pasado la temporada, algunas lavandas todavía estaban florecidas y seguían atrayendo a las indolentes abejas.

—Había pensado en comenzar a poner colmenas —le explicó Isabel—. Todavía me gustaría hacerlo, pero no tiene sentido planear nada si al final vamos a perder la finca.

Tess no estaba segura de cómo responder. «Te felicito por haber salido de la fase de negación» no le parecía apropiado. Le resultaba difícil imaginar a Isabel iniciando una nueva vida lejos de Bella Vista.

—¿Te ha picado alguna vez una abeja? —le preguntó en cambio, apartándose de una de ellas.

—Casi nunca —respondió Isabel—. Cuando era pequeña les tenía miedo, pero mi abuelo siempre me decía que ellas están a lo suyo, y tenía razón. Si las dejas en paz, no es muy probable que te piquen.

—Esa regla también se le puede aplicar a la gente —observó Tess.

—¡Uf! Eso suena un poco cínico.

—Supongo que sí. Lo siento, no pretendía serlo —después, incapaz de contenerse, confesó abiertamente—. He besado a Dominic.

Isabel se detuvo sobre sus pasos.

—¿A propósito?

—Claro que a propósito. No era esa mi intención, y tampoco la suya, pero ocurrió. Y fue… muy agradable –mucho más que agradable, recordó, desviando la mirada para disimular el rubor de sus mejillas.

–Podría haber sido peor –Isabel reanudó el paso, pero caminaba despacio, con expresión pensativa. Una sombra fugaz oscureció su rostro–. No te sientas mal por haberle besado.

–No estoy segura de cómo debo sentirme.

–A lo mejor necesitas volver a besarle. Y ver hasta dónde os lleva.

–O no –replicó Tess con excesiva rapidez.

–¿Por qué no?

–Porque no tiene sentido enredarme con un tipo como Dominic. Por agradable que haya sido besarle, sería una locura comenzar una relación con él.

–¿Qué tiene de malo empezar una relación?

–Nuestras vidas no encajarían nunca. ¡Dios mío! ¿Qué le ha pasado a mi cabeza para pasar de pensar en un simple beso a cuestionarme la manera en la que pueden encajar nuestras vidas?

–A lo mejor no le ha pasado nada a tu cabeza. A lo mejor le ha pasado algo a tu corazón.

–¿Lo dices en serio? ¿Cómo se te ocurre una cosa así?

–Solo quería decirte que mantuvieras la mente abierta. Dominic es un buen hombre. Le conozco desde siempre y… –vaciló un instante y desvió la mirada– es un buen nombre.

–¿Cuánto tiempo es «desde siempre»?

A pesar de sí misma, Tess quería saberlo todo sobre él. Qué aspecto tenía cuando era niño. Cuáles eran sus sueños. Qué tipo de vida llevaba cuando era piloto. Por qué quería tanto a Magnus.

–Desde que éramos niños –le dijo Isabel–. En el colegio. Su hermana estaba en mi clase y Dominic era unos años mayor. Al principio no hablaban una palabra de inglés. Pero Dominic hablaba el lenguaje universal del fútbol. Aquello le sirvió para ganarse el respeto de todo el colegio. Su hermana, Gina, también era muy buena. Era asombroso verlos a los dos.

Tess no tuvo ningún problema para imaginárselo. Dominic se movía con la elegancia de un atleta con talento, lo había visto cuando había estado jugando al fútbol con los niños.

—Dominic me contó que sus padres trabajaban para Magnus.

—Sí. Yo no lo recuerdo. Supongo que era demasiado pequeña. La familia tuvo algunos problemas. Su padre sufrió un accidente y su madre enfermó. El abuelo les ayudó. Dominic estaba loco por ir a la universidad. Por eso ingresó en el ejército.

Tess no quería que le gustara aquel hombre. No quería pensar en él como un niño adorable, un inmigrante poniéndose a prueba en el campo de fútbol. Ni como un adolescente de una familia humilde, deseando recibir una buena educación. Le resultaba más fácil pensar en él como un banquero codicioso decidido a echar a todo el mundo de Bella Vista. Sin embargo, cuantas más cosas sabía de Dominic, mayor era su intriga.

—¿Y su matrimonio? A mí me dijo que el estrés de la separación les había superado cuando estaba en el ejército.

—¿Esto te dijo?

—No me dijo abiertamente que su mujer le engañó, pero, de alguna manera, esa fue la idea que me quedó.

Isabel no dijo nada.

—Si he acertado, da una patada en el suelo. Si estoy equivocada, dos.

—Creo que no te hace falta que haga nada parecido.

Tess arqueó las cejas.

—¡Vaya!

—Gajes de vivir en un pueblo pequeño.

—Uno pensaría que el vivir en una pecera hace que la

gente sea mejor –replicó Tess.

A partir de su conducta, no era difícil imaginar a Dominic como un modelo de virtud. Un hombre que había estado sirviendo a su país y cuya mujer no había sido capaz de esperarle. Tess apenas podía imaginar lo que había podido sentir por aquella traición.

–Sus hijos son un encanto –comentó.

–Sí, son encantadores.

–La pequeña me dejó muy claro que sus padres van a volver.

–No me sorprende. Lourdes no tiene filtros, ni siquiera cuando están los niños delante. Es posible que Trini haya oído algo.

Tess quería saber más y, al mismo tiempo, no quería. Cuantas más cosas sabía de Dominic Rossi, más le gustaba. Y no quería que le gustara porque era incapaz de imaginar que pudiera surgir algo más que dolor de todo aquello. Tenía planes. Una vida en la ciudad. Un sueño que la apremiaba y del que Dominic no podía formar parte porque estaba atado a Archangel de manera irrevocable. Persistir en aquella atracción le parecía una imprudencia.

Isabel se agachó para arrancar dos flores de lavanda. Le entregó una a Tess y se colocó otra detrás de la oreja.

–¿Alguna vez te han roto el corazón? –preguntó Isabel.

¡Dios santo! ¿Aquella mujer sabía leerle el pensamiento?

–¿Un hombre? –le preguntó Tess–. No, al menos desde que estaba en el instituto. Declean O'Leary me pidió que fuera con él al baile. Estaba convencida de que iba a casarme con él, a tener hijos y a pasar el resto de mi vida a su lado. Pero como me negué a abrirme de piernas, hizo correr el rumor de que era una fresca. Pensé que se iba a acabar el mundo. Durante tres días. Y después, me recuperé rápidamente.

A pesar de que había pasado más de una década desde

entonces, todavía resonaba en ella el oscuro eco del sufrimiento y la traición, y todo por haber confiado en alguien que no se lo merecía.

Se aclaró la garganta y cambió de tema.

—Volviendo a Magnus, probablemente estoy cometiendo un suicidio profesional al pasar tanto tiempo alejada del trabajo, pero no voy a renunciar a averiguar lo que pasó con ese huevo. Este lugar es enorme, ¿dónde demonios pudo guardar algo para mantenerlo a salvo? —dejó de caminar y posó la mano en el brazo de Isabel—. Espera un momento, me parece imposible no habértelo preguntado todavía. ¿Hay una caja fuerte en la propiedad?

Isabel le agarró la mano y la condujo hacia un pequeño conjunto de edificios.

—La oficina del guardés.

Unos cuantos minutos después, estaban junto a Jake Camden, el capataz agrícola, el responsable de la producción. Tess le recordaba de la ceremonia para pedir por la salud de Magnus. Con el cuerpo de un aspirante a Míster Universo y tatuajes en partes del cuerpo a las que se suponía que no debería mirar tan fijamente, llenaba aquel pequeño y atiborrado despacho con su pura corpulencia.

—Nos gustaría echar un vistazo a la caja fuerte del abuelo —le informó Isabel.

—No sois las únicas —contestó Jake.

Tess alzó bruscamente la cabeza.

—¿Qué se supone que significa eso?

—Hay mucha gente a la que le gustaría poder acceder a esa caja fuerte —se limitó a decir.

—¿Como quién?

—Para empezar, a Magnus. Intentó abrirla tres días antes del accidente.

Jake las condujo hacia un espacio que era en parte establo y en parte oficina. La caja fuerte estaba cubierta con una manta para la silla de montar y tenía encima todo tipo de documentos, un Mac de aspecto maltrecho, una selección de bebidas deportivas y montones de cachivaches.

—¿Qué quieres decir con que intentó abrirla? —le preguntó Tess.

—No se acordaba de la combinación y nadie más la tenía.

—¿Y por qué no llamó a un cerrajero o a alguien que pudiera abrirla?

Fue Isabel la que contestó:

—Ojalá lo supiera. No sabía que guardaba algo dentro. Jamás la utilizó, excepto como mueble.

—Que nosotras sepamos —Tess tamborileó con el pie en el suelo—. Vamos a encontrar la manera de abrirla.

Capítulo 19

–Necesito un ladrón de cajas fuertes –dijo Tess desde el vano de la puerta del despacho de Dominic.

Sorprendido por su repentina aparición, Dominic alzó la mirada de la hoja de cálculo que tenía en la pantalla y que había estado fingiendo analizar durante la última media hora. Había tenido que fingir porque, desde que Tess Delaney había aparecido en su vida, su concentración para otro tipo de tareas se había esfumado.

Y de pronto la tenía allí otra vez. La fantasía encarnada. Y quería…

–¿Perdón? –preguntó, sacudiéndose aquellos pensamientos–. ¿Que necesitas qué?

–Un ladrón de cajas fuertes. Ya sabes, una persona capaz de abrir una caja fuerte antigua sin saber la combinación.

–Sé lo que es un ladrón de cajas fuertes.

–Necesito uno. Isabel me ha enseñado la caja fuerte que tiene Magnus en su oficina. Nadie sabe lo que guarda dentro y no podemos abrirla.

Le hacía sonreír. No podía evitarlo.

–¿Y yo sí?

–¿Puedes?

–La verdad es que sí.

–Entonces, vamos.

Una parte de Dominic se resistió, consciente de que lo más prudente era guardar las distancias. Pero cuando se trataba de una mujer como Tess, no era capaz de comportarse de forma racional.

Se descubrió a sí mismo alargando la mano hacia su gabardina.

—De todas formas, estamos a punto de cenar.

Siguió a Tess hacia Bella Vista, fijándose en que Tess conducía el coche de Isabel como hacía todo lo demás, demasiado rápido y con una desenvuelta confianza en sí misma.

—Siempre pareces tener prisa —le dijo al llegar apenas un minuto después que ella.

La encontró esperando en la puerta de la oficina con los brazos cruzados y el pie colocado de tal manera que parecía estar haciendo un esfuerzo por no tamborilear con él en el suelo.

—Eso es porque normalmente tengo prisa —replicó.

—Hay cosas que deben hacerse lentamente.

Tess inclinó la cabeza.

—¿Cómo cuáles?

—Como la cocina de tu hermana.

—Vale, tienes razón. No hay forma de meterle prisa cuando está salando una *focaccia* o una salsa romesco. Pero yo no cocino.

—O como besar —añadió entonces Dominic.

El color fluyó a las mejillas de Tess.

—¿Perdón?

—Otro ejemplo de algo que debe hacerse lentamente.

Dominic la miró con firmeza, fijando los ojos en sus labios. Desde que la había besado, no era capaz de sacarse el sabor de su boca de la cabeza. La cuestión era que, hasta que la había besado, creía haber enterrado para siempre aquel deseo enloquecido, capaz de acelerar el corazón de un hombre. Pero Tess había conseguido retrasar su reloj biológico hasta los quince años.

—Y el sexo —añadió, disfrutando de la expresión azorada de Tess—. Al igual que los besos, es preferible que sea lento.

Tess se cruzó de brazos.

—Esto no es una buena idea.

—¿Abrir la caja de seguridad?

—Coquetear el uno con el otro.

—No estoy tan seguro. Yo me estoy divirtiendo. ¿Qué tiene de malo coquetear un poco?

—Me distrae. Nos llevaría a volver a besarnos, y los besos pueden hacernos llegar al sexo...

—No veo nada de malo en eso.

—Entonces, es evidente que has fumado demasiadas de esas hierbas especiales que crecen en las colinas.

—¡Eh! ¿Cómo te has enterado?

Tess aspiró por la nariz.

—Ha sido una cuestión de suerte —se giró con gesto decidido y entró en la oficina de Magnus—. Aquí tienes la caja, hombre de acero. Intenta hacerle una buena raja, ¿entendido?

—Muy graciosa. Me muero de risa.

Se quitó el abrigo y los gemelos. Eran de acero inoxidable y llevaban el logo de Harley-Davidson. Los habían elegido los niños como regalo del Día del Padre. ¿Quién iba imaginarse que Harley-Davidson hacía gemelos?

Se remangó la camisa y se agachó delante de la caja fuerte. Tenía una combinación de cuatro números más una cerradura, estaba familiarizado con ambas.

—Supongo que no habrá una llave por aquí —dijo.

—No. Hemos buscado por todas partes.

—¿Isabel y tú?

—Y Jake Camden, el capataz. ¿Le conoces?

Le conocía desde que se había enterado de que se estaba acostando con su esposa, pensó Dominic.

—Sí, no me sorprende que no haya servido de ninguna ayuda.

Dominic abrió su maletín, sacó un juego de ganzúas e insertó una varilla fina en la cerradura.

–No me digas que aprendiste esto en la universidad –se burló Tess.

–No –probó con otra varilla.

–¿Entonces quién te enseñó a abrir una caja fuerte?

–Mi primo, Joey Pistone. Sí, se apellida Pistone y, sí, tenemos un apodo para él.

–¿Qué es? ¿Un gánster o un mafioso? –se interrumpió–. ¡Dios mío! Es un mafioso.

Dominic no dijo nada. No podía decir que Joey Pistone era la oveja negra de la familia porque era igual que muchos otros primos de la familia Rossi: simpáticos, relacionados con negocios turbios y bien conectados con una red de estafadores y delincuentes de poca monta. Pero Joey tenía su aquel. No había cerradura que se le resistiera, ni caja fuerte que no pudiera abrir. Muchos años atrás, le había enseñado a Dominic sus técnicas.

–Veamos si soy capaz de averiguar la combinación – dijo, desviando la atención hacia el dial.

Las cajas de combinación antiguas tenían algunos puntos débiles, a diferencia de las digitales, que eran mucho más seguras. Dominic se quedó muy quieto y fue guiándose por el sonido de la rueda. No era muy distinto que volar a ciegas.

Una imagen en la que no debería permitir que se adentrara su mente estando Tess inclinada sobre su hombro y suficientemente cerca como para que pudiera tocarla. El pelo le olía a flores y todavía recordaba el tacto de su piel y la dulce textura de su boca.

«Concéntrate», se dijo a sí mismo. Los números y las secuencias se le daban bien. Agarró un lápiz y un pedazo de papel, dibujó una cuadrícula y anotó las diferentes combinaciones posibles. Después, fue probándolas una a una. Podía ver la tensión en el rostro de Tess.

–Esto no me gusta –dijo–. Aunque consiga averiguar la combinación, está el problema de la llave. ¿Te importa que dañe la caja? –agarró un cincel.

–No. Y no creo que le importe a Isabel. Dice que ni siquiera sabía que la caja de seguridad estaba siendo utilizada para algo más que como un mueble.

–Genial. Deberías habérmelo dicho antes.

Con el cincel y el martillo que sacó de un cajón, Dominic fue separando la capa metálica que había entre la rueda para introducir la combinación y la cerradura. En cuestión de minutos, la cerradura cedió. Dominic se volvió sonriente hacia Tess.

–¿Y bien? –preguntó Tess con los ojos brillantes.

–Tenemos un ganador –abrió la caja.

–¡Lo has conseguido! –Tess echó la cabeza hacia atrás y dejó escapar una carcajada de corazón–. Eres un genio.

–Exacto, un genio.

Tess alumbró con un flexo el interior de aquellas gruesas paredes de acero esmaltado y el extraño surtido de objetos que contenía.

–¿Qué es eso?

Tomó una bolsa de plástico con cierre hermético y la sostuvo a distancia. En el interior había un sándwich azulado y mohoso.

Dominic se inclinó hacia delante, sacó todos los objetos de la caja y dejó aquella colección aleatoria en apariencia encima del escritorio.

Tess retrocedió un paso y estudió los contenidos de la caja fuerte.

–No veo nada que se parezca ni remotamente a un huevo Fabergé. Parecen documentos, fotografías y cosas de ese tipo. Será mejor que vayamos a decírselo a Isabel.

Dominic encontró una caja de cartón vacía, metió todo en ella y tiró el sándwich a la papelera. Una vez afuera, Charlie, el perro pastor, se acercó a olfatearles y después se alejó para perseguir a un pájaro por el prado. Comenzaba el atardecer. El calor del día todavía impregnaba el aire y las sombras comenzaban a alargarse en el suelo.

—Yo puedo encargarme de esto –propuso Tess–. Si tienes que volver con los niños…

—Están con su madre.

—En ese caso, seguro que Isabel insiste en que te quedes a cenar.

—No tendrá que retorcerme el brazo. Déjame pensármelo, ¿unos ravioli de lata calentados al microondas o un plato de comida casera de Isabel?

Sus pasos crujían sobre la grava del camino mientras se dirigían hacia la casa.

—¿Dónde esconde la gente sus tesoros? –le preguntó a Tess–. Tú eres la experta.

—Supongo que piensas que debería saberlo. Pero lo que he descubierto hasta ahora es que la imaginación del ser humano no tiene límites, y tampoco su ingenuidad. He encontrado tesoros en todos los lugares imaginables, desde el fondo de un pozo desecado de sesenta metros hasta el interior de un rodillo. A veces, lo más inteligente es esconderlos a plena vista. Tuve un cliente en Nueva York que guardaba su violín Stradivarius en un estante de plástico, junto con una guitarra vieja y un ukelele de Maui. Le robaron en dos ocasiones y ninguna de las dos veces se llevaron los ladrones el violín.

—Así que, a veces, los objetos más valiosos de una habitación no lo parecen.

—Exacto.

—¿Crees que una persona sin preparación podría reconocer un huevo Fabergé?

—Muchos de ellos parecen simples baratijas, como esos adornos que anuncian por la noche en televisión.

—¿Magnus era consciente de su valor?

—No lo sé. Pero el hecho de que conservara la prueba de su propiedad me dice que probablemente tenía alguna idea.

–¿Entonces por qué no lo ofreció como garantía cuando supo que Bella Vista tenía problemas? No lo entiendo. A lo mejor el huevo se ha perdido para siempre y lo único que queda es un pedazo de papel diciendo que aquel objeto le había sido entregado a su abuelo.

–Crees que me he puesto a buscar ese huevo de manera absurda solo para que detengas la ejecución de la hipoteca.

–No. Soy consciente de que sabes lo que estás haciendo. Y siendo una persona que utiliza un refrigerador como caja de seguridad a prueba de incendios, estoy segura de que comprendes muy bien a tu abuelo.

Tess dejó de caminar. Agarró a Dominic de la manga. Había un brillo en sus ojos que estuvo a punto de hacerle perder la cabeza.

–Tenemos que mirar en la nevera.

Tess entró a grandes zancadas en la cocina de Isabel sintiendo renacer la esperanza.

–Ha venido Dominic –anunció–. ¿Puede quedarse a cenar?

Isabel dejó a un lado el delicioso guiso que había estado preparando, un plato que llevaba albahaca fresca y pimientos asados.

–Claro.

–Gracias –dijo Dominic–. Vas a rescatarme de una pésima cena con Chef Boyardee.

–No critiques a Chef Boyardee –le dijo Tess en tono de advertencia–. Él y yo somos amigos íntimos.

–¿Habéis encontrado algo en la caja fuerte? –preguntó Isabel.

Tess señaló la caja que llevaba Dominic.

–Más papeles y ese tipo de cosas. Pero se me ha ocurrido una idea.

Fue directa hacia el enorme refrigerador de tamaño

industrial con doble puerta. Una ráfaga de frío la golpeó cuando comenzó a revisar los contenidos. Los estantes de la nevera estaban colocados con un orden escrupuloso. Había toda una colección de recipientes de cristal, alimentos frescos envueltos en papel y algún que otro producto empaquetado. A diferencia de lo que ocurría en el congelador de Tess, no había rastro de papeles de ningún tipo junto a productos congelados forrados en hielo.

—¿Puede ayudarte? —preguntó Isabel.

Tess comprendió que no le gustaba tener a nadie hurgando en su territorio.

—Se me ha ocurrido pensar que Magnus podía haber guardado algo aquí.

Isabel se colocó un mechón detrás de la oreja.

—¿Como qué?

—No sé. Algo que quisiera mantener a salvo.

—No vas a encontrar nada. Es una nevera que se utiliza a diario. Puedo recitarte de memoria todo lo que contiene.

—Por supuesto. Seguro que te pasas la noche despierta repasando el inventario.

Isabel soltó una carcajada.

—A veces —admitió sin el menor signo de arrepentimiento.

Tess sacó un paquete blanco. Era medio kilo de carne de Kobe, de vacas alimentadas solo con pasto.

—¿Estás segura de que nunca guardó nada en la nevera para mantenerlo a resguardo?

—Lo siento, pero no —Isabel miró a Dominic con el ceño fruncido.

—Ha tenido una corazonada. Ella guarda cosas en la nevera —le aclaró él.

—¿Cómo sabes que mi hija guarda cosas en la nevera? —preguntó Shannon, que entraba en aquel momento en la cocina.

—He estado en casa de Tess.

—Y has abierto su nevera.

—Guarda cosas en la nevera para mantenerlas seguras.

La madre de Tess se volvió hacia ella.

—Ha estado en tu casa. ¿Eso fue antes o después de que le besaras?

—¡Mamá! —se sonrojó—. Isabel, ¿por qué has tenido que contárselo a mi madre?

—No sabía que fuera un secreto.

—No lo es. Pero… ¡Ay, por el amor de Dios, mamá! Vino a San Francisco para contarme lo de Magnus, que es más de lo que hiciste tú.

Shannon palideció.

—Tenía mis razones.

Dominic se aclaró la garganta y se cruzó de brazos.

—Así que has estado hablando de mí.

—No te lo creas tanto —Tess agradeció que estuviera allí para poder cambiar de tema, aunque el tema fuera su atracción hacia él—. También hablo de mi bromelia y de mi bañera y eso no significa que sean importantes.

Dominic se llevó la mano al pecho.

—Me siento herido.

—No quiero decir… ¡Por el amor de Dios!

—¡Hay otro congelador! —exclamó Isabel de pronto.

—¿Qué quieres decir?

—En el almacén del sótano tenemos un congelador antiguo. Ya casi nunca lo utilizamos, pero, por lo que yo sé, todavía funciona.

El congelador estaba colocado en un sótano con luz exterior. Isabel se abrió camino entre un laberinto de estanterías en las que se secaban las manzanas y las hierbas. El enorme congelador tenía marcas de óxido y estaba decorado con todo un surtido de imanes de recuerdo: Big Sur, Malibú, Yosemite o el Gran Cañón. Tess imaginó a Isabel visitando todos aquellos lugares con sus abuelos y sintió una punzada de envidia. Y no porque ella no hubiera viajado de niña.

Al contrario, Shannon la había llevado por todo el mundo. Pero, por exótico que pudiera parecer, había faltado un elemento clave: el sentimiento de familia, la delicia de descubrir algo juntas. Los viajes con su madre incluían periodos interminables de espera mientras Shannon se encargaba de sus negociaciones y sus reuniones. Los recuerdos de Tess estaban llenos de un desazonador despliegue de aeropuertos, estaciones de tren y hoteles. Nunca había oportunidad de echar raíces y hacer amigos. Tess todavía recordaba el anhelo que a menudo sentía al ver a otros colegiales agarrándose del brazo y hablando entre ellos, ignorando a aquella niña solitaria que les observaba desde fuera.

Habría sido maravilloso saber que tenía una hermana.

El congelador no estaba tan ordenado como el que tenía Isabel en la cocina. Era un revoltijo de cosas, algunas etiquetadas, otras, no.

—El abuelo aceptaba muchos pagos en forma de trueque —explicó Isabel—. Mucha de la gente con la que trataba no tenía dinero, pero sí productos agrícolas y ganaderos. En una ocasión, aceptó una vaca a cambio de una camioneta vieja.

—Por favor, dime que no hay media vaca en el congelador —le pidió Tess.

—No, ya no —le aseguró Isabel—. Casi todo son frutas del bosque.

Se agacharon juntas y fueron sacando metódicamente los paquetes y colocándolos en una mesa cercana. Tess tenía los dedos entumecidos por el frío. Estaba a punto de declarar que su corazonada no había tenido ningún fundamento cuando se encontró con una caja envuelta en papel de cera y atada con un cordel. Y fue el cordel el que delató sus años; era un viejo cordel de bramante.

—Vamos a investigar —dijo.

Era preferible no mostrarse demasiado entusiasmada y prepararse para la decepción.

Cortó el cordel, desdobló el papel y abrió una caja de zapatos con olor a moho que en otro tiempo había guardado un par de zapatos de mujer, unas bailarinas Patsy del número treinta y ocho.

Abrió la tapa conteniendo la respiración y miró después a Isabel, que estaba al otro lado de la mesa.

—«Estos no son los androides que estáis buscando».

—Star Wars —dijo Isabel al reconocer la frase—. Mi película favorita.

—¿De verdad? También es la mía.

A Tess le gustaba encontrar cosas en común con Isabel. Sin embargo, en aquel momento, aquello no sirvió para aliviar el escozor de la desilusión.

—No hay huevo —se limitó a decir.

—¿Entonces qué es todo eso?

—Más fotografías de Erik.

Miró a Isabel a los ojos. Ninguna de ellas había tenido relación con su padre, pero las dos sentían una intensa curiosidad por el hombre que las había engendrado y había muerto antes de que ellas nacieran.

—¿Por qué guardarían las fotografías en el congelador?

—Y esto parece una colección de pasaportes caducados y tarjetas de identificación —comentó Dominic—. Es realmente extraño.

—Seguro que el abuelo los utilizó durante la guerra —Isabel los sacó.

Un montón de hombres de aspecto sombrío y con expresión tensa la miraron desde aquellos documentos de viaje amarilleados por el tiempo.

—Son documentos de viaje, sí —confirmó Shannon—. ¡Dios mío, cuántos hay!

—Seguro que ayudaron a mucha gente a llegar a los Estados Unidos durante la guerra —comentó Isabel—. Me pregunto por qué los habrán conservado.

—Y en un congelador —añadió Dominic.

—Tú mismo dijiste que Magnus no era capaz de acordarse de la combinación de la caja —le recordó Tess.

Mientras estudiaba aquellos pasaportes y documentos de identidad antiguos, algo la aguijoneaba. Tomó una tarjeta con una fotografía descolorida y con un matasellos oficial.

—¡Dios mío!

—¿Qué pasa? —preguntaron los otros tres al unísono.

—Annelise Winther. La mujer por la que te pregunté en otra ocasión. Magnus tenía en el hospital una postal que le había enviado ella.

Miró fijamente a la niña de la fotografía. Era una niña pequeña, rubia, de aspecto saludable y de notable belleza.

—¿De qué puede servirte esto? —Isabel estaba pasando las hojas de una carpeta—. Son informes médicos de Bubbie.

Tess la miró por encima del hombro.

—Esos documentos nos pueden llevar hasta… —miró los informes—, hasta los años sesenta.

Shannon tomó la carpeta y fue revisando los informes mientras Tess, Dominic e Isabel se ocupaban de otros objetos. Al cabo de unos minutos, Tess advirtió que su madre se había sumido en un extraño silencio.

—¿Qué ocurre? —le preguntó.

—A Eva le practicaron una histerectomía —Shannon había palidecido.

—No tenía ni idea —dijo Isabel.

—Mira la fecha. Fue antes de que tú nacieras.

—Supongo que por eso no lo sabía —contestó Isabel.

—Vuelve a mirarla —le pidió Shannon—. Se la hicieron antes de que Erik naciera.

Tardaron un largo y tenso minuto en digerir aquella información. Comprobaron una y otra vez la fecha. Las mejillas de Isabel también perdieron el color.

—Tiene que ser un error.

—En todos los informes y formularios de la carpeta aparece la misma fecha, 1960 –replicó Isabel–. No es un error. Y Erik nació en 1962.

–Si Eva no era su madre, ¿entonces quién era la madre de Erik? –preguntó Tess.

–No soy capaz de imaginarlo –contestó Isabel.

Se abrazaba a sí misma y parecía estar a punto de vomitar. Tess miró a Dominic, que se encogió de hombros desconcertado. Era evidente que él tampoco sabía nada de aquello.

–¿Quiénes son los padres de Erik? –preguntó Shannon–. ¿Era un niño adoptado?

–Es imposible –replicó Isabel–. Era igual que el abuelo, todos lo hemos visto en las fotografías.

–¿O solo estábamos viendo lo que queríamos ver? –preguntó Tess.

–No, son la viva imagen el uno del otro.

–Isabel, ¿tu abuelo…? ¿Es posible que tuviera otra mujer?

–No –respondió Isabel con vehemencia.

–A lo mejor fue un vientre subrogado –sugirió Tess–. ¿Se hacían cosas de ese tipo en aquella época?

–Es poco probable –respondió Shannon.

–Dios mío. Si todos esos informes son ciertos… ¿Cómo es posible que me ocultaran algo así? –Isabel se estremeció.

Tess le tocó el brazo con cierta torpeza.

–Lo siento.

«Es horrible descubrir un secreto de personas a las que quieres», le habría dicho si su madre no hubiera estado allí.

–Si el abuelo mejorara, podríamos llegar al fondo de este asunto y olvidarnos del resto de los problemas.

Tess cruzó una mirada con Dominic y tuvo la sensación de que compartían el mismo pensamiento. Isabel continuaba negándose a creer en la ejecución de la hipoteca.

–Tengo que marcharme –anunció Dominic–. En casa tengo unos perros hambrientos a los que alimentar.

–Te acompaño –Tess se mantuvo a distancia mientras salían a la noche estrellada–. ¿De verdad es tan ingenua?

–¿Isabel? Claro. Es la actitud que a ella le funciona.

–Necesita un plan, Dominic. Sus problemas no van a desaparecer como por arte de magia, ni siquiera en el caso de que Magnus mejore.

–Es cierto. ¿Y tú, Tess? ¿Tú tienes algún plan?

Le estaba ofreciendo una oportunidad de hablar… sobre ellos. Como si de verdad hubiera algo entre los dos. Pero para eso haría falta que ella reconociera que lo había.

Y no había nada, se dijo a sí misma. Solo… unos besos. Y el anhelo que sentía en su interior. Pero también estaban el miedo, y la inseguridad, y el escudo protector con el que se rodeaba. Estaba mejor sola; aquello era algo que siempre había creído. De esa forma, nadie podía herirla.

–Mi plan es ayudar a Isabel todo lo que pueda. Y después tengo que volver a mi vida, a San Francisco, a mi trabajo y a mis amigos.

Cuando Tess volvió al interior de la casa, encontró a Shannon y a Isabel revisando los documentos que habían encontrado.

–Mira esto –dijo Shannon–. Es una declaración de aduanas. Está fechada en 1946.

–¿Y aparece el huevo en la lista? –a Isabel se le iluminó el semblante.

Shannon le tendió el documento descolorido.

–Solo aparecen objetos comunes, y bastante pocos. Un juego de cuchillos de mantequilla, adornos de Navidad. Cuatro libros sin gran valor, ningún tesoro por lo que estoy viendo. Pero… –enmudeció de pronto.

Tess se inclinó por encima de su hombro y vio una carpeta con el nombre de Erik.

En el interior había toda una colección de recuerdos: fotografías del colegio, cromos de béisbol, un programa de béisbol con el autógrafo de Bob Knepper, algunas notas garabateadas y una copia de su expediente en la Universidad de California en Berkeley. Había unos documentos unidos con una goma que se deshizo al primer contacto junto a algunas fotografías instantáneas.

«¿Quién eres?», preguntó Tess en silencio. Estudió los ojos de su padre, su rostro, intentando reconocer en ellos ecos de su propio semblante. Mientras contemplaba aquella imagen, un nuevo sentimiento se abrió paso en medio de la tristeza. La familiaridad. Mirar a su padre era como verse a sí misma en un espejo distorsionado. Sí, era un desconocido, pero había elementos en él que le resultaban misteriosamente conocidos. Los dos tenían hoyuelos en las mejillas. La forma de los ojos y la nariz eran idénticas y ambos tenían el nacimiento del pelo de la misma forma.

¿Sabría que Eva no era su madre biológica? ¿O aquel era otro de los secretos que Magnus escondía?

Shannon tenía el rostro blanco como el papel y la mano le tembló cuando sacó un documento arrugado de la Western Union.

—Mamá, ¿estás bien? —le preguntó Tess.

Shannon la miró con los ojos muy abiertos y humedecidos por las lágrimas y los recuerdos.

—Lo tenía Erik —dijo.

—¿A qué te refieres? —preguntó Tess.

Se erizó de los pies a la cabeza.

—Erik tenía el huevo —sentenció Shannon.

Capítulo 20

Berkeley,
1984

–No cuelgues –le suplicó Erik Johansen a través del teléfono.

Shannon Delaney colgó bruscamente, con el corazón acelerado. ¿Cómo que no colgara? ¿Qué pensaba que iba a hacer? ¿Quedarse allí sentada, escuchándole? Ya le había destrozado la vida. Después de su último encuentro, en el que Erik había descubierto que estaba embarazada, Shannon había llegado a la conclusión de que aquel hombre jamás formaría parte de su mundo, ni tampoco del de su hijo. Imaginar que las cosas podían ser de otra manera era engañarse a sí misma.

Fulminó con la mirada el teléfono, ya enmudecido, y le entraron ganas de estamparlo contra la pared, pero se lo pensó dos veces. En primer lugar, a su casero no le haría mucha gracia que rompiera el teléfono y, en segundo lugar, podría necesitarlo durante las próximas semanas, puesto que se acercaba ya el momento del parto.

–Estamos los dos solos, criatura –le dijo al bebé mientras contemplaba su enorme y redondeado vientre.

Aquel día, el pequeño Delaney iba cubierto por un vestido premamá de segunda mano de un infame color mostaza. Pero la tela era suave y agradable para la piel irritada de Shannon. En aquel momento de su vida, lo único que le importaba era estar cómoda. Meses atrás, no tenía la menor idea de lo que era tener los tobillos hinchados, verse obligada a orinar cada veinte minutos o dar vueltas y vueltas en la cama hasta encontrar una postura para dormir... El médico de la clínica gratuita de planificación familiar le había dado folletos y libros para que los leyera, pero aquello solo había servido para deprimir a Shannon. En las imágenes de la literatura médica aparecían padres entregados frotando la espalda de las mujeres embarazadas y dándoles trocitos de hielo durante el proceso del parto. Ver lo que se consideraba una pareja normal la hacía sentirse sola.

—Erik dice que quiere hacerse cargo de nosotros —le dijo al bebé—. Por eso le cuelgo siempre el teléfono. Si dejo que forme parte de nuestras vidas, terminaremos creándonos ataduras. Créeme, lo sé. Al principio, cuando me dijo que se encargaría de todos mis gastos, tuve la tentación de aceptar. Sería maravilloso tener dinero para pagar el crédito de estudios y las facturas del hospital. Pero no puedo. Aceptar su dinero significaría tener que compartirte. Mi amiga Blackie, que está estudiando Derecho, me ha advertido que tenga cuidado con los derechos paternos.

El teléfono comenzó a sonar, pero lo ignoró. Sintió una punzada en la zona de las lumbares y se frotó la espalda. Después, se llevó las manos al vientre al sentir un picor en la piel. Durante las últimas dos semanas, el bebé se había hecho enorme, ya no daba patadas ni se movía. No tenía espacio. Se movía como si estuviera girando o retorciéndose en su interior, como si estuviera deseando estirarse.

—Derechos paternos —repitió Shannon—. Como si eyacular le diera a un hombre el derecho a ser padre. Aunque, desde luego, no le costaría nada demostrar que llevas su ADN.

Se había acostumbrado a hablar con aquel bebé desconocido como si pudiera oírla.

—No debería haberme hecho ilusiones con Erik. Me dijo que su esposa le había dejado. En ningún momento se me ocurrió pensar que podía tratarse de una situación temporal.

Para ser una estudiante universitaria a la que los profesores a menudo describían como brillante, Shannon se sentía como una estúpida. Era un clásico. La vuelta de la mujer legítima. Ella también estaba embarazada. Quizá ya hubiera dado a luz. De modo que, para Erik, no había otra opción que quedarse a su lado. Francesca. Era tan guapa como su nombre. ¿Tendría noción alguna de su existencia, o Erik tendría coartada para sus actividades extraescolares? ¿Serían Erik, Francesca y el bebé como una de aquellas familias que aparecían en los libros para mujeres embarazadas? Los tres unidos formando una sola unidad, como las diferentes cámaras del corazón.

—Nosotros también seremos un equipo, tú y yo solos —le prometió al bebé con la voz rota. Malditas hormonas. Últimamente se pasaba la vida llorando—. Tú y yo contra el mundo.

La vida que había imaginado para ella, viajando por todo el planeta, abriéndose un camino en el mundo del arte, había cambiado de manera irrevocable el día que había sabido que estaba esperando un hijo.

Se le había pasado por la cabeza la idea de desprenderse de él. Por supuesto que sí. Para una mujer en su situación, había medios legales para manejar una realidad como aquella. Pero había intervenido su conciencia, una voz susurrándole al oído espoleada por su educación católica irlandesa. Probablemente, también le había atraído la idea de tener un hijo. La gente entraba y salía de su vida, pero su hijo o su hija siempre estarían con ella. Sí, su vida había cambiado, pero continuaba teniendo sueños y objetivos. Lo único que tendría que hacer sería ir a por ellos con un pequeño desconocido a su lado.

Todavía no le había dado la noticia a su madre, que vivía en Dublín. Había decidido hacerlo personalmente después de la graduación. Su madre sufriría un gran impacto y, sin lugar a dudas, también una gran decepción. Pero el bebé lo cambiaría todo. Los niños siempre lo hacían.

El teléfono volvió a sonar varias veces más. Shannon continuó ignorándolo y se enfrascó en un trabajo que tenía que entregar al día siguiente. A fuerza de pura determinación, sacó a Erik de su mente mientras tecleaba furiosa en una IBM eléctrica de segunda mano, escribiendo sobre técnicas de preservación y conservación.

Unas cuantas horas después, Erik volvió a irrumpir en la forma de un endeble papel amarillo canario con gruesos márgenes. Un telegrama. Nunca había recibido un telegrama. La letra cuadrada de imprenta del telegrama expresaba su intención... más o menos. Había una fila de números en la parte superior junto a una fecha y una frase en negrita debajo: *Mañana a las cuatro. En Trianon Fine Art & Antiquities. Es importante.*

Shannon conocía aquella galería. El propietario, Michel Christiansen, había dado algunas conferencias a los estudiantes de su máster en Bellas Artes. Tenía un gusto impecable y estaba muy bien relacionado con el mundo del arte y las antigüedades. No era raro encontrar un Constable original en su galería, una fuente Wedgood de trescientos años o una joya patrimonial que había pertenecido a Consuelo Vanderbilt.

¿En qué demonios estaba pensando Erik?

Shannon se dijo a sí misma que no iba a ir. No iría, no le daría la oportunidad de volver a romperle en corazón. ¿Qué podía hacer o decir Erik que mejorara su situación?

Pero su corazón, aunque había sido golpeado en el pasado, resultó ser un traidor. Pasó una noche agitada, era incapaz de escapar a los recuerdos de la magia de su primer encuentro con Erik. Este parecía salido de un sueño; guapo, seguro, y suficientemente alto como para que se volvieran las cabezas cuando entraba en una habitación. Exudaba un encanto que no parecía artificial ni forzado. Y cuando la acariciaba, cuando la besaba...

Gimió de frustración y soledad. Erik era un mentiroso de la peor calaña, de aquellos que tomaban un corazón como rehén y lo despedazaban con total impunidad. Lo sabía, pero, a pesar de todo, no podía dejar de pensar en el momento en el que la había mirado a los ojos y le había confesado que se había enamorado de ella.

Nada de eso importaba. No podía permitir que importara. Y aun así... aun así. Su imaginación echó a volar. No pudo evitarlo. Se imaginó a sí misma entrando en la elegante galería Trianon y eligiendo el anillo perfecto, una antigüedad. Vio a Erik posando una rodilla en tierra y ofreciéndole una sortija de compromiso de estilo eduardiano o *art decó* que en otro tiempo había pertenecido a una rica heredera, declarando que no podía vivir sin ella, que había dejado a su esposa y quería vivir para siempre a su lado. Formarían una familia, la clase de familia con la que ella solía fantasear cuando era una niña en Irlanda. En vez de ser evitada por ser la bastarda del pueblo, su hija sería el núcleo de una bella familia recién formada.

Shannon no tenía coche. En una época en la que cuatro litros de gasolina costaban más de un dólar, ¿quién podía permitirse tener un coche? Así que agarró el tranvía e hizo a pie el resto del recorrido, la bajada hasta la tienda, que estaba cerca de Embarcadero. Hacía un día precioso, uno de aquellos días en los que uno tenía la certeza de que la primavera comenzaba a ser algo más que una promesa vacía. El sol irrumpió libre de las cadenas del invierno, bañando las aceras húmedas y los escaparates de las tiendas.

Sabía que hacía mal yendo a ver a Erik. El día anterior había estado endureciéndose contra su persistencia, había declarado que había terminado con él y estaba dispuesta a enfrentarse sola a su futuro. Pero algo, el telegrama, o la intriga, o su propia inestabilidad emocional, o, quizá, las hormonas, habían llenado su corazón de expectativas románticas y no había podido contenerse. A lo mejor solo quería volver a verle para decirle que habían terminado. O quizá fuera para escuchar lo que él tuviera que decirle. Tenía la certeza de que, ocurriera lo que ocurriera, siempre recordaría la fragancia del aire de aquel día, el olor del sol después de la lluvia en las aceras y la brisa fresca de la bahía.

Lo que no podía esperar era que Erik no apareciera. No, después de haber estado llamándola con tanta insistencia, ni de que al final hubiera decidido enviarle un maldito telegrama.

Estuvo recorriendo la manzana de arriba abajo. Los tobillos comenzaban a hinchársele, así que buscó un lugar en el que sentarse. Había una cafetería al aire libre enfrente de la galería. Se sentó a tomar un café preparado como en el Viejo Continente, haciendo que el sabor a café torrefacto perdurara incluso cuando el dulce brebaje negro se tornaba tibio. La gente entraba y salía de la galería, casi todos con las manos vacías. Salió una pareja abrazándose y acunando una bolsa de colores intensos y aquella imagen le provocó una punzada de dolor. Últimamente, la visión de una pareja feliz tenía aquel efecto en ella. Le recordaba que estaba completamente sola y la hacía desear que alguien la mirara con ternura y cariño, como si fuera el centro del mundo.

El encuentro romántico con el que había soñado durante toda la noche parecía cada vez menos probable. Se acercó un camarero, le retiró la taza y volvió a llenarle el vaso de agua vacío. Ella le dio las gracias con voz queda, pero sin apartar la mirada de la tienda. ¿Hasta dónde estaba dispuesta a alargar aquella humillación?

La ironía de aquella pregunta hizo asomar a sus labios una fugaz sonrisa de amargura. Allí estaba, casi en la ruina, soltera y embarazada, ¿y todavía le importaba sentirse humillada?

Esperó durante más tiempo del que debería haberlo hecho. Erik había dicho que estaría allí a las cuatro en punto. Las horas fueron pasando, el sol de la incipiente primavera se ocultó tras los árboles que bordeaban el puente.

Habría cambiado de opinión. O se habría asustado. O no habría podido conseguir el dinero que le había prometido. Shannon se dijo a sí misma que no importaba. Reunió mentalmente todos los pedazos de su corazón y los unió hasta formar con ellos una gélida bola de hielo.

«Hemos terminado, Erik»; le juró en silencio. «Hemos terminado».

Pagó el café, dejó una propina y se dirigió a la tienda. Una campanilla de cobre tintineó anunciando su entrada. El olor a objetos antiguos de la galería y a abrillantador de muebles la hizo recordar la tienda de su madre en Dublín. Shannon se permitió disfrutar de una pintura antigua enmarcada e iluminada con gran belleza y de un dibujo de Picasso. En la parte posterior de la tienda estaban las vitrinas de cristal con alarmas para proteger los tesoros que guardaban, camafeos, medallones y un surtido de anillos de compromiso y alianzas de matrimonio.

Se descubrió preguntándose por los propietarios de aquellos anillos. ¿Habrían muerto tiempo atrás y habrían entregado sus anillos al morir? Se preguntó si, poniéndose una de aquellas joyas, se sentiría llena del amor y las esperanzas de sus antiguos propietarios. Era un pensamiento fantasioso, lo sabía. Un anillo solo era un objeto. Todo aquello que simbolizaba, el amor, el compromiso, la entrega, era más transitorio que los metales y las piedras preciosas.

—¿Puedo ayudarla en algo? —preguntó el señor Christiansen.

Shannon sintió cómo la analizaba con la mirada. Se había vestido con esmero aquel día, aunque se había dicho a sí misma que no se estaba esforzando en arreglarse para Erik. Solo tenía un conjunto decente con el que cubrir su desgarbada figura. Era un vestido suelto de Liz Claiborne con una camiseta blanca de manga japonesa y un par de alpargatas planas. Los tobillos hinchados estropeaban el efecto, pero no estaba del todo horrible.

—Soy Shannon Delaney —se presentó—. Estoy estudiando el Máster de Bellas Artes de Berkeley y en un programa de Museología. El año pasado asistí a su conferencia sobre las vanguardias rusas.

Aquello pareció animarle un poco.

—Bienvenida, ¿estás buscando algo en particular? Espero que no sea trabajo. Ahora mismo tenemos más trabajadores de los que necesitamos.

—No, nada parecido —¿qué le iba a preguntar? «¿Ha visto al padre de mi hijo?».

—Se suponía que tenía que quedar con un amigo aquí, pero parece que llega tarde. Se llama Erik Johansen.

—¡Ah! Teníamos una cita.

¿Y? Estaba desesperada por saber algo más.

—He pensado que a lo mejor había llamado para decir que llegaría tarde.

—Lo siento, pero no —apretó los labios, como si pretendiera mostrar así su voluntad de discreción.

—Bueno, si por casualidad aparece, dígale que he estado aquí.

—Por supuesto, señora…

—Delaney —le recordó—. Shannon Delaney. Mi número de teléfono aparece en la guía telefónica y en el directorio de estudiantes.

El señor Christiansen no miraba hacia su muy abultado vientre, pero Shannon sabía que estaba pensando en él y, quizá, también atando cabos en su mente. Al mismo tiempo, el corazón de Shannon se estaba desgarrando y, quizá en aquella ocasión, el daño fuera imborrable.

–Por supuesto –le prometió el señor Christiansen.

Cuando se montó en el autobús para regresar a su casa, los pasajeros se separaron para dejarle espacio, como si tuviera una enfermedad contagiosa. Se sentó en un asiento que le ofreció un pasajero, agradeciéndoselo con una sonrisa. Agarrada al poste, miraba sin ver el escenario por el que pasaban, imágenes intermitentes de Telegraph Hill entre las tiendas pegadas las unas a las otras y los edificios de oficinas.

El movimiento del autobús le provocaba náuseas. La indecisión le provocaba náuseas. Todo le provocaba náuseas. Bajó bruscamente del autobús y permaneció en la zona oeste del campus, preguntándose dónde se habría metido el sol. Las nubes bajas le provocaron un escalofrío. Se moría de curiosidad por saber cuál había sido la intención de Erik al citarla. Si lo que pretendía era desquiciarla, lo había conseguido.

Puesto que ya se había humillado en la galería, imaginó que bien podía arriesgarse una vez más. No podía llamar a Erik a su casa, ¿qué ocurriría si contestaba su esposa? Podía imaginarla con nitidez, todo lo mimada y confiada que podría estar la madre de un hijo legítimo. El hijo favorito. Algo que debería haber hecho saltar las alarmas cuando habían empezado a salir con Erik era el hecho de que no le hubiera presentado a ningún amigo. Cada vez que le hacía algún comentario al respecto, la besaba y le decía: «te quiero solo para mí» con una sinceridad que Shannon se había tragado sin cuestionarla en ningún momento.

Sabía el nombre de su mejor amigo, Carlos Maldonado. Eran vecinos en Archangel, el pueblo en el que se había criado. Erik le había descrito sus travesuras de cuando eran niños, le había contado cómo se subían a los árboles de Bella Vista o robaban el mosto de las cubas de los Maldonado. Carlos siempre había aparentado más años de lo que tenía y no le había supuesto ningún problema colarse en el hipódromo para hacer apuestas. Era adicto a las apuestas de las carreras de caballos, le había contado Erik en una ocasión. Aquello había supuesto muchos problemas para su familia.

Y hasta ahí llegaba todo lo que Shannon sabía de los amigos de Erik. Era patética, se había quedado embarazada de un hombre al que apenas conocía.

En la biblioteca del campus había una colección de guías telefónicas de todo el estado. Shannon revisó las estanterías de la sección de consulta y localizó un grueso tomo correspondiente al condado de Sonoma, en el que aparecía todo un listado de poblaciones, Kenwood, Santa Rosa, Healdsburg… Archangel.

Con dedos torpes y helados, fue pasando las delgadas páginas de la guía. Y allí estaba: Maldonado, carretera de la Hacienda, Archangel.

Corrió a una cabina telefónica antes de perder el valor y marcó el número que había garabateado en el reverso de un sobre.

—¿Diga? —contestó una voz de mujer.

—Sí, hola. Me llamo Sha… Shannon Smith —genial, Shannon, pensó. ¿No se le había ocurrido otro nombre que sonara más falso?–. Me gustaría hablar con Carlos Maldonado.

—¿Con Carlos? Eh… Lourdes, para. Deja en paz a ese perro. Lo siento, mi hija se está poniendo muy pesada. ¿Qué era lo que quería?

—Me preguntaba si podría hablar con Carlos.

—Mire, si llama de la agencia de empleo, puedo decirle que nosotros…

—No —Shannon tenía la sensación de estar adentrándose en un terreno pantanoso—. No era nada de eso. He… encontrado algo que podría ser suyo −menuda forma de mentir, pensó.

−Lo siento, ¿qué? ¡Lourdes! ¿Qué te ha dicho mamá?

−Parece que llamo en un mal momento −se disculpó Shannon, arrepintiéndose de haber cedido al impulso de llamar.

−Cuando tienes dos hijos pequeños, nunca hay un buen momento para atender una llamada de teléfono. Pero, de todas formas, Carlos todavía no ha vuelto. Ha ido a la ciudad.

−¿Con Erik Johansen?

−¿Quién es usted? −preguntó la mujer con dureza.

Shannon colgó rápidamente y salió de la cabina.

¿Había ido Carlos con Erik a San Francisco? ¿Qué podía significar aquello? ¿Y dónde demonios estaban?

Aquella noche, Shannon decidió darse el capricho de comprar comida china para llevar a casa. El doctor del centro de planificación le había recomendado que evitara la comida salada y cualquier alimento que tuviera glutamato sódico. Normalmente, Shannon lo hacía, pero aquel día le apetecía saltarse las reglas. Le bastó pensar en un plato de *moo goo gai pan* para empezar a salivar. Min Cho's, su restaurante favorito, tenía una televisión en la barra, sintonizaba siempre con las noticias locales. Mientras esperaba a que le entregaran el recipiente de cartón con la comida, miraba la pantalla sin prestarle demasiada atención, impasible ante los reportajes sobre asesinatos y tumultos.

El presentador del informativo empezó entonces a hablar de un terrible accidente que había ocurrido aquella mañana en la carretera de Redwood. Había cosas peores que haber sido plantada por un hombre, se recordó Shannon. Se llevó la cena a casa y se sentó a la mesa de la cocina a saborear el pollo salteado con verduras mientras leía el último número de *Smithsonian Magazine*. En la radio cantaba Sonic Youth

(She's in a) Bad Mood, su desagradable melodía no desentonaba con aquella letra.

Había comido ya la mitad de la cena cuando llamaron a su puerta dos policías de tráfico. Shannon permaneció frente a ellos, mirándoles fijamente, perpleja, mientras las palabras que iban diciendo partían su mundo en dos. El señor Christiansen de la galería Trianon les había dicho que ella podría darles alguna información. Estaban investigando un accidente ocurrido en la carretera de Redwood. Alguna de las pruebas encontradas en el lugar del accidente les había llevado hasta la galería y el propietario les había dado su nombre.

—¿Qué le ha pasado a Erik? —preguntó, apoyándose contra el marco de la puerta.

El policía de más edad bajó la mirada hacia su vientre.

—Lo sentimos mucho, señora —le dijo.

El policía se parecía un poco a Steve McQueen, pensó Shannon un segundo antes de vomitar el *moo goo gai pan* en el suelo.

Capítulo 21

Tess imaginó a su madre, tan joven, tan sola, y embarazada, recibiendo la noticia de la policía de tráfico.

–Lo siento –dijo con voz queda, un nudo en la garganta y los ojos ardiendo.

Desvió la mirada hacia Isabel. Para su sorpresa, su hermana tenía los ojos completamente secos. Debía de haber sido duro para ella escuchar una historia en la que su padre aparecía escapándose a escondidas de su madre para encontrarse con su amante.

–¿Así que ese era el plan? ¿Pretendía vender el huevo a la galería y darte el dinero? –preguntó Tess–. Si es así, o bien era increíblemente ingenuo o no era consciente del valor del huevo.

–Yo creo que sí. Creo que pretendía ayudarme. Pero solo son especulaciones.

–¿Y su amigo? –preguntó Tess–. Me refiero a Carlos Maldonado, al hombre al que llamaste por teléfono.

–Él también murió. Se ahogó.

Isabel buscó rápidamente en Internet *Archangel Trumpet*, el periódico semanal del pueblo. Habían escaneado los artículos antiguos y los presentaban como imágenes, mostrando unos ejemplares amarilleados y desgastados por el tiempo. En la página aparecían dos fotografías de idéntico tamaño, una de Erik Johansen y otra de Carlos Maldonado. El titular proclamaba: *Una doble tragedia golpea a dos familias de la localidad.*

–¡Dios mío! –susurró Isabel–. Mira la fecha. Carlos Maldonado murió justo después que nuestro padre y cuatro días antes de que tú y yo naciéramos.

La proximidad entre la fecha de su nacimiento y la terrible tragedia le provocó escalofríos. Fijó la mirada en el hombre que la había engendrado y se sintió sobrecogida por el sentimiento de pérdida. «Me gustaría haberte conocido», pensó, «me gustaría que me hubieras conocido». A lo mejor su padre había tomado unas decisiones pésimas, a lo mejor le había destrozado la vida a Shannon, pero, a juzgar por lo que sabía de él, había hecho felices a sus padres. Y la gente que vivía en Bella Vista le había querido mucho.

Y después estaba Carlos Maldonado, sobre el que no sabía prácticamente nada.

–De modo que su amigo también murió –dijo Tess–. ¿Fue una trágica coincidencia o los dos sucesos estuvieron relacionados?

Isabel leyó la explicación que daba el periódico sobre la relación entre los dos acontecimientos.

–«El día posterior al fatal accidente de Erik Johansen, volvió a golpearnos la tragedia, en esta ocasión, en casa de la familia Maldonado. Carlos, el mejor amigo de Erik desde que eran niños, se ahogó en una balsa de riego situada en la propiedad de la familia. La oficina forense del condado ha dictaminado que se trató de un accidente. Carlos deja tras él a sus padres, Ramón y Juana Maldonado, a su abuela, Flora Maldonado, a su esposa, Beatrice Maldonado y a una hija de tres años, Lourdes».

Tess clavó la mirada en la lista de nombres.

–¿Lourdes? ¿Como la exesposa de Dominic?

Isabel asintió.

–La misma.

–Muy bien, yo ya no entiendo nada.

–Aquí está el obituario de mi madre –le mostró Isabel, mientras buscaba en la pantalla un periódico de cuatro días después.

Francesca Johansen, la madre de Isabel. La esposa de Erik. Podría haber sido la propia Isabel la que aparecía sonriendo en la página. Tenían los mismos ojos hundidos, de mirada intensa, el pelo fuerte y ondulado, labios generosos y nariz patricia. Las tres permanecieron mirando la fotografía durante largo tiempo, cada una de ellas perdida en sus propios pensamientos.

–Yo estaba en Berkeley –dijo Shannon suavemente–. Acababa de volver del entierro de Erik.

–¡Hala! ¿Fuiste al funeral?

–Yo… en aquel momento no era capaz de pensar con claridad. Estaba en estado de shock y… necesitaba hacer algo. No conocía a nadie, así que me presenté como una amiga de Erik. Expresé mis condolencias y me marché. Es posible que Magnus supiera algo más de lo que yo pensaba. A lo mejor Erik le había contado algo.

Isabel cerró el portátil.

–Menudo lío organizó.

Shannon posó la mano en el brazo de Isabel.

–No era una mala persona. Ninguno de nosotros lo era. Erik era muy joven, más joven de lo que sois vosotras ahora. Cometió un error estúpido, conmigo y con Francesca. Pero dejó un legado maravilloso. Miraos a las dos. Vosotras sois su legado. Estáis en el mundo gracias a lo que hizo Erik, así que no puede haber arrepentimientos.

A la mañana siguiente, Tess encontró a Shannon en la escalera de la entrada con la maleta. Una maleta desgastada y con algunos golpes. Era la misma que utilizaba desde hacía años.

–Siempre te estás yendo –le reprochó Tess, intentando reprimir un sentimiento de desazón ya familiar.

–Tengo un trabajo, tengo responsabilidades que atender.

–También tienes una hija.

–Una hija increíble –Shannon hundió las manos en los bolsillos de su chaqueta–. Y, en cuanto a Dominic, sé que no soy la persona más indicada para dar consejos en ese terreno, pero solo quería decirte que, si de verdad te gusta ese hombre, permítete ese sentimiento. Tess, yo no he sido el mejor modelo para conseguir que una relación funcione, pero seguro que tú puedes hacerlo mejor.

Tess sintió que el calor fluía a sus mejillas.

–Me estás dando un consejo sentimental –musitó–. Eso sí que es una novedad.

–Lo digo en serio, Tess. Os he visto mientras estabais juntos. Yo nunca… nunca me permití ser vulnerable. Tú tienes una oportunidad. Me gustaría… –sacudió la cabeza–. Tengo que marcharme.

Tess tomó aire. Por una vez en su vida, iba a decirle a su madre lo que pensaba.

–Lo comprendo. Pero antes de que te vayas… Mamá, nunca te he dicho esto, pero, a veces, te necesito. A ti, mamá. No tu experiencia laboral ni tus excusas. A ti. Cuando era pequeña, pensaba que tenía algún defecto y que por eso no querías estar nunca conmigo.

Shannon sonrió con tristeza.

–Ahora ya sabes que no era así. Tú no tenías ningún defecto. El problema era yo. Sé que no te servirá de mucho, pero lo siento. Siento haberte ocultado todas estas cosas y siento que hayas tenido que enterarte de esta manera. Sé que no es una excusa, pero de verdad creía que era mejor para ti que no lo supieras.

–No entiendo que pudieras pensar algo así.

–A veces es peor saber la verdad. Mi padre nunca quiso casarse con mi madre.

—Sí, ya me lo has contado. Pero por lo menos tú sabías quién era.

—Me alegro de que lo creas así. Pero creciendo en un pueblo católico de Irlanda, era imposible no oír las habladurías —esbozó un gesto de dolor, como si aquel sufrimiento todavía estuviera vivo—. Nunca te lo he contado, pero mi padre tenía una mujer y varios hijos.

Tess frunció el ceño, intentando asimilar aquella nueva información.

—Espera un segundo, ¿qué has dicho?

—Estaba casado cuando mi madre comenzó a salir con él. Estoy convencida de que mi madre fue consciente de lo tonta que había sido. Él le hizo todas las promesas que los hombres hacen a sus amantes. Se suponía que iba a dejar a su esposa y que ella solo tenía que tener paciencia y esperar mientras negociaba una separación. Divorciarse en Irlanda en aquella época era un asunto complicado. Y, como en el peor de los tópicos, ella le creyó.

Tess la miró desconcertada, intentando recomponer lo que hasta entonces había pensado de su abuela.

—¿Nana? Pero si ella siempre fue una persona muy sensata.

—No en lo relativo a mi padre. Pasé los primeros años de mi vida en Ballymun, a las afueras de Dublín, y en aquella época, la vergüenza que pasé fue horrible. Tenía que ir al mismo colegio y a la misma iglesia que la familia legítima de mi padre. Fue una tortura.

A Tess no le costó imaginar a su madre en un lugar tan cerrado como Ballymun, convertida en víctima del rechazo y las burlas. Hasta entonces, lo único que Shannon le había contado de los primeros años de su vida había sido que a los trece años se había mudado con su madre a Dublín y Nana había montado Things Forgotten. Jamás se le había ocurrido pensar que habían salido huyendo de una terrible vergüenza.

—Siento que sufrieras tanto —le contestó a su madre con voz queda—, pero eso no significa que yo hubiera sufrido.

–Quizá sí o quizá no. Pero no quería correr ese riesgo. No quería que te sintieras nunca como me había sentido yo en Ballymun, por eso viajábamos tanto, por eso siempre me estaba yendo. Tess, ¿puedes perdonar lo que hice?

–Estabas intentando protegerme –pero se sentía frustrada.

Su trabajo consistía en desenterrar el pasado, pero, de pronto, estaba descubriendo muchas más lagunas en su propia historia de las que habría sospechado jamás.

Justo en aquel momento, salió Isabel al vestíbulo.

–Oscar me ha dicho que te vas.

Shannon asintió.

–Va a llevarme él al aeropuerto de Santa Rosa.

–Ya entiendo. Bueno, ha sido un placer conocerte. Prométeme que volverás.

–Por supuesto. Espero haberos servido de ayuda –Shannon le dio un abrazo a Isabel. Se volvió después hacia Tess y también la abrazó a ella–. He criado a una hija muy inteligente. De una u otra forma, habrías terminado averiguándolo todo.

Tess observó las ojeras que ensombrecían los ojos de Isabel. En aquellas oscuras medias lunas había quedado grabada toda una noche de insomnio.

–¿Estás bien? –le preguntó Tess.

Isabel asintió mientras se arrebujaba en el chal. A pesar del sol de la mañana, comenzaban a acortar los días, que eran cada vez más fríos.

–Sí –contestó–, ¿y tú?

–Estoy muy acostumbrada a despedirme de mi madre. Pero quería asegurarme de que no estás, no sé, de que no estás muy afectada por todo lo que nos contó ayer.

–Lo que pasó pasó. Y, como dijo tu madre, estamos en el mundo gracias a eso.

Tess sospechaba que las dos estaban cansadas y emocionalmente exhaustas por el drama y la tragedia de lo que había ocurrido en el pasado, no solo en el caso de su padre, sino también con sus respectivas madres.

Tess le había tomado cariño muy rápidamente a Isabel. Habían pasado de ser dos hermanas que ni siquiera se conocían a sentirse íntimamente unidas por su preocupación por Magnus y la finca. La necesidad de Isabel de permanecer en Bella Vista era una fuerza tangible. Se veía claro incluso cuando Isabel se ocupaba de las tareas más sencillas, como barrer las escaleras de la entrada o bajaba al almacén.

Isabel se volvió hacia la casa.

—Siento la necesidad de hornear algo. ¿Y tú?

Tess soltó una risa fugaz.

—Jamás he sentido esa tentación, gracias.

—Probablemente creas que es una tontería dedicarle tanto tiempo a la cocina.

—En absoluto —contestó rápidamente—. De hecho, te envidio. Me maravilla tu manera de cuidar de los demás. Me encanta ver cómo te encargas de atender sus necesidades más básicas de una forma tan bella. Eso es un don, Isabel.

—Gracias —su sonrisa fue muy leve, casi tímida.

Tess pensó en su madre, en lo aislada que vivía de los demás, y sintió un escalofrío. «Por favor, no dejes que yo sea así», pensó.

—Necesito pensar un poco y hacer algunas llamadas —le dijo a Isabel—. Quiero comprobar si la galería Trianon todavía funciona. Y deberíamos hablar con los Maldonado. ¿Crees que estarán dispuestos?

—Es posible. Puedo hacerles una visita, o invitarles a venir.

—Y también me gustaría ir a ver a Magnus —añadió Tess—. Es extraño, pero estar allí sentada con él me ayuda a pensar.

A aquellas alturas, el personal de la zona de recepción ya conocía a Tess. La saludaron con amables movimientos de cabeza mientras se dirigía hacia el ascensor. Ironías del destino, la maternidad del hospital estaba justo debajo de la UCI. Cuando el ascensor se detenía allí, Tess podía ver a través de la cristalera del nido a aquellos bultitos diminutos, envueltos como si fueran regalos muy especiales, cada uno en su moisés. Aquel día, un hombre latino que parecía estar agotado subió al ascensor con ella. Sostenía a una niña de menos de dos años con una mano y en la otra llevaba un cochecito de bebé. Aunque no dijo nada, Tess pudo sentir su orgullo y su emoción ante la perspectiva de llevar a casa a otro hijo. La pequeña que iba con él empezó a dar saltos y le dijo algo a su padre en español.

Qué momento tan mágico en la vida de una familia, pensó Tess, y sintió una inesperada punzada de algo que podía ser envidia. O anhelo. Con Dominic estaba empezando a experimentar algunos sentimientos por primera vez y le resultaba arriesgado y excitante a la vez. Se sentía dividida en dos, entre la vida que pensaba que quería y la que había visto allí. Una vida que le resultaba casi imposible, pero, al mismo tiempo, muy seductora.

El ascensor se detuvo y Tess sonrió al hombre y a su hija mientras salían. Después, las puertas se cerraron con un susurro y se trasladó a un mundo diferente, un mundo en el que la preocupación y la desesperación flotaban en el aire junto al olor a desinfectante. Desnudos de toda intimidad, la mayoría de los pacientes, casi todos ancianos, yacían en sus camas mecanizadas, rodeados de monitores, bolsas y bombonas de oxígeno.

«No dejes que esto termine aquí», rezó en silencio.

Entró entonces en la habitación de Magnus. Sus constantes vitales estaban apuntadas en un tablero blanco, la luz era tenue y habían bajado las persianas de la única ventana de la habitación para evitar que entrara abiertamente la luz del día. Tess se sentó en un taburete con ruedas que había al lado de la cama.

—Hola, Magnus —saludó a su abuelo. Se había acostumbrado a hablar con él como si pudiera oírla—. La verdad es que me vendría bien que me ayudaras. Tengo la sensación de que Isabel y yo hemos localizado unas cuantas piezas de un rompecabezas, pero ahora estamos teniendo problemas para encajarlas.

El suspiro y el siseo de la respiración fueron la única respuesta que obtuvo. Desde que le habían quitado el ventilador, parecía más humano, pero también más frágil y vulnerable, como si pudiera marcharse para siempre en cualquier momento. Tess estudió su rostro, la piel pálida y arrugada, el pelo revuelto. Intentó reconocer en aquel rostro al niño de las fotografías antiguas, al orgulloso marido, al padre afligido y al abuelo indulgente. Al hombre que había tenido un hijo fuera del matrimonio.

Se preguntó cómo sería su voz y si alguna vez llegaría a oír el sonido de su risa. Últimamente, cuando Tess iba a verle, el impulso de revisar todos los mensajes telefónicos ya no era tan fuerte. El hospital era uno de los pocos lugares en los que tenía una buena cobertura, pero, a veces, le bastaba con estar allí sentada, escuchando el ritmo de los aparatos y los monitores y pensando en todo… o en nada.

—Estoy perdiendo mis habilidades, aquí en el campo —confesó—. Debería volver a la ciudad y reanudar mi vida —posó la mano en la de Magnus. Este llevaba un brazalete con el código de barras del hospital. Tenía la piel cálida y seca como un pergamino—. Pero hay algo que me retiene aquí. En realidad, son muchas cosas —le apretó la mano—. Y tú eres una de ellas.

Buscó en Internet la galería Trianon y descubrió que todavía estaba en funcionamiento, y que el señor Christiansen seguía a su cargo. Cuando llamó, le dijeron que iba a pasar el día fuera.

—Será mejor que me vaya —le dijo a Magnus—. Aquí, contigo, me estoy poniendo demasiado sentimental. Pero tú, por favor, mejora, Magnus. Me gustaría que me dieras algunas respuestas, pero lo más importante es saber que estás aquí.

En el momento en el que pronunció aquellas palabras, sintió una oleada de emoción que la dejó sin respiración. Aquel hombre era un desconocido y, sin embargo, era una persona muy importante para ella.

Cuando regresó a Bella Vista, descubrió a Isabel embarcada en uno de sus ataques de cocina. La cocina rebosaba olor a mantequilla, canela y vainilla. Había preparado un bizcocho danés, *rugelach*, que era un dulce tradicional de la cocina judía, y montones de delicias crujientes que prometían terminar pegadas a sus caderas.

—¿Cómo está el abuelo? —le preguntó Isabel, sacudiéndose la harina de las manos.

—Igual que siempre.

—¿Tiene buen color?

—Supongo que sí.

—¿Qué quieres decir con que supones? ¿Estaba muy pálido o…?

—Tiene el color de un hombre en coma, ¿de acuerdo? Lo que quiero decir es que no está bien, pero… —le espetó Tess, repentinamente irritada—. Mira, si quieres saber cómo está, ve a verle.

—Tienes razón. Tengo que ir a verle. Iré más adelante. Y llevaré unas galletas de melaza y jengibre para el personal del hospital.

Tess sintió una mezcla de exasperación y admiración.

—Un ser humano no solo vive de galletas, Isabel. Yo no soy como tú. No soy capaz de convencerme de que un alimento bien cocinado va a librarme de todos mis problemas.

—No me hables con condescendencia —musitó Isabel—. Por favor. Yo nunca tuve oportunidad de disfrutar de la vida de la ciudad…

—¿Qué nunca tuviste oportunidad de…? —a Tess le entraron ganas de tirarse de los pelos—. No, claro, tuviste que quedarte sufriendo en Bella Vista, en el seno de una familia que te adoraba.

Isabel pareció encogerse.

—Come una galleta, Tess.

—No, gracias.

—Son buenas para lo que te pasa —Isabel sacó con la espátula una galleta en su punto justo de elaboración—. Es una oferta de paz.

—No necesito ofertas de paz —replicó Tess—. ¿Y qué te hace pensar que me pasa algo?

La mirada de Isabel se tornó sombría.

—No dejas que nadie se te acerque, Tess. Ni tu madre, ni yo, ni siquiera Dominic, y él está loco por ti.

—Tonterías —pero el corazón le dio un vuelco ante aquella posibilidad.

—Has viajado por todo el mundo huyendo de qué, ¿de ti misma?

Tess tenía las mejillas ardiendo de furia cuando abandonó la casa. Tenía que salir. Tenía que ir a alguna parte. Lejos. Lejos de Isabel, de su tristeza y su desesperación. Y lejos del hecho de que, cuando miraba a su hermana a los ojos, se sentía como si estuviera mirándose en un espejo. Era algo a lo que nunca había tenido que enfrentarse y no estaba segura de que le gustara aquello de sentirse inextricablemente atada a una persona que no se parecía en nada a ella, pero, al mismo tiempo, era idéntica.

Al igual que Isabel, también Tess estaba asustada. Tenía miedo de terminar viviendo una existencia solitaria. Ambas hermanas tenían miedo de aquello que no podían controlar; lo desconocido las ponía nerviosas. Pero, a diferencia de Isabel, Tess no iba a renunciar a sí misma, no iba a esconderse de la realidad. Tampoco quería ser como la mujer en la que su madre se había convertido, una mujer que transitaba en solitario por la vida sin establecer vínculos profundos con nadie. A lo mejor era aquello lo que alimentaba sus locas fantasías con Dominic. Sabía que algo le estaba pasando, algo real, potente, como una especie de locura, o como un sueño.

El caminar, decidió Tess mientras caminaba hasta el límite más alejado de la propiedad, no estaba suficientemente valorado. Había algo en el ritmo y el movimiento de una zancada decidida que aliviaba el nudo de ansiedad que tenía en el estómago. En una ciudad, uno tenía que caminar desde un punto concreto hasta otro. Allí, en Bella Vista, no tenía ningún destino en mente. Solo necesitaba moverse. Abrigada con un jersey enorme, cruzó los campos a pie.

El tiempo era inusualmente desagradable, el cielo estaba cubierto de nubes amenazantes con los vientres abultados por la lluvia. Barría el valle un viento que recordaba al siroco italiano. Los calefactores que se empleaban en el huerto, propulsados por lentos ventiladores, exhalaban su cálido aliento en el aire frío de los últimos días del otoño. Tess caminaba sintiendo el crujido de la hierba seca y las hojas caídas bajo los pies.

Las cuestas de San Francisco siempre habían supuesto un desafío para su capacidad pulmonar, pero, últimamente, allí, con aquel aire tan limpio, se sentía como si pudiera caminar durante una eternidad.

Por desgracia, al tiempo no le importaba cuál era su intención o lo lejos que pretendía llegar. Mientras avanzaba por el huerto, las nubes cargadas de lluvia cubrieron por completo el cielo, ocultando la luz. En cuestión de minutos, las que en un principio fueron unas gotas sueltas se transformaron en un firme aguacero. Dos rayos rasgaron el horizonte y fueron seguidos por el retumbar de un trueno.

Genial, pensó ella, sintiendo la lluvia gélida deslizándose por su cuello. Aquel jersey tan grueso no tardó en transformarse en un peso mortal y las botas de tacón resbalaban en el barro. Un golpe de viento sacudió los árboles, añadiendo un toque tenebroso a aquel chubasco.

Tess se dirigió hacia el refugio más cercano, la antigua tienda para la venta de fruta que había en la carretera. Aquella construcción de madera con un porche alrededor era un refugio más que bienvenido para protegerse de la tormenta.

El edificio no estaba cerrado, así que se metió a través de la chirriante puerta trasera, retrocediendo para evitar una gruesa barrera de telarañas.

–Genial –musitó–. Sencillamente, genial.

La lluvia sonaba como una ametralladora contra el techo de zinc. Temblando de frío, Tess se asomó entre las sombras. El espacio era enorme, mucho más grande de lo que parecía desde el exterior, con unas mesas inclinadas para exponer las frutas y estanterías de madera en las paredes. Tess vio una estufa de leña, varios quinqués y un mostrador grande con una máquina registradora de bronce. A pesar del polvo, los arreglos de hierro forjado y los letreros pintados a mano destilaban un sencillo encanto. Bajo las telarañas y aquel aire de abandono, la tienda parecía suspendida en el tiempo, como si estuviera bajo un hechizo. Unas enormes ventanas, una de ellas con una grieta en diagonal, encuadraban la vista del porche inclinado y la carretera. A lo mejor podía intentar parar un coche. Aunque en aquella tarde tan deprimente, parecía no haber salido nadie. Y estaba oscureciendo rápido.

Decidió esperar en aquel edificio abandonado. Si Isabel se preocupaba, no podía hacer nada para evitarlo. Con los dientes castañeteándole, se quitó el jersey, que apestaba a lana mojada. A lo mejor había luz, si conseguía encontrar un interruptor. Sacó el teléfono móvil para utilizarlo como linterna. Enviar un mensaje a Bella Vista era imposible, pero el teléfono ofrecía una aplicación que funcionaba como un haz de luz azulada, luz que bastó para iluminar a un ratón de campo escabulléndose por el suelo.

Con un grito de sorpresa, Tess se subió a un taburete. ¡Puf! Roedores.

Entonces advirtió algo en la pantalla del teléfono. Una barra anunciando un mínimo de cobertura. A lo mejor conseguía hacer una llamada y que alguien se acercara a rescatarla.

Posó el dedo sobre el número de la casa principal, pero vaciló. Acababa de discutir con Isabel y no le apetecía tener que pedirle ayuda. Marcó entonces el número de Dominic. Por supuesto que sí. No iba a fingir que no quería verle.

Un haz de luz osciló a través de la tormenta. Ya era casi de noche y Tess tenía los dedos entumecidos. Cuando Dominic entró en la tienda envuelto en un torbellino de viento húmedo, tuvo la sensación de estar viendo al Heathcliff de *Cumbres Borrascosas* y empezó a temblar otra vez.

—Bonito día —la saludó, mirando a su alrededor.

—Eso me ha parecido —respondió ella—. Gracias por venir, el ratón y yo estábamos esperando a que amainara la lluvia, pero parece que no piensa hacerlo. Sí, hay un ratón, y esa es la razón por la que no me he movido de este taburete.

Dominic encontró una caja de cerillas vieja y encendió uno de los quinqués. Salió una columna de humo oleoso y la luz bañó la tienda de una luz dorada.

—Estás empapada —señaló Dominic.

—Y helada. Y triste.

Pero se alegraba tanto de verle que no podía dejar de sonreír.

Dominic encendió un par de lámparas más.

—Tienes los labios azules.

—Ya te he dicho que estoy helada.

—Por Dios, Tess —se quitó la chaqueta y se la echó por los hombros.

Tess agradeció el verse rodeada del calor de su cuerpo.

—Te lo agradezco. ¿Estabas haciendo algo importante?

—Estaba en el banco y es la hora de salir. No te preocupes —respondió.

Tess se desinfló un poco. Había estado fantaseando durante unos instantes, diciéndose que era una persona importante. Lo suficiente al menos como para que un hombre dejara todo lo que estaba haciendo y saliera corriendo a buscarla. No estaba segura de que hubiera sido nunca tan importante para nadie. Era terrible desear llegar a serlo, pero no podía evitarlo.

—Así que te ha atrapado la lluvia —dijo él.

—Necesitaba alejarme de la casa —confesó.

—¿Qué ha pasado? —Dominic le agarró la mano y le acarició los dedos helados—. Además de lo obvio, quiero decir.

—Es difícil tener una hermana.

—Eso se lo digo a mi hermana muchas veces.

Tener una hermana era maravilloso, pero duro. No era lo mismo que tener una amiga. Las amigas podían entrar y salir de su vida, pero cuando una descubría que tenía una hermana, una persona con la que compartía un padre, parte de su ADN y toda una historia oculta, era imposible dejar de tenerla.

—¿Isabel está bien? —Dominic la estudió con atención.

—Todo el mundo pregunta lo mismo de Isabel. A lo mejor, si dejáramos de movernos de puntillas a su alrededor, dejaría de tener miedo hasta de su propia sombra.

—¿Qué ha pasado?

—He ido a ver a Magnus y cuando he vuelto, le ha hablado muy bruscamente y ahora me siento fatal.

—Parece algo bastante normal entre hermanas.

—¿De verdad? No lo sé. A mí me gustaría que nos lleváramos bien.

—Todo el mundo se lleva bien con Isabel.

—Es solo que… Estoy empezando a preocuparme demasiado por ella.

—¿Y qué tiene de malo preocuparse por alguien?

—No estoy diciendo que tenga nada de malo, pero no es fácil. No me gusta verla sufrir, o asustada, y no poder hacer nada para ayudarla a cambiar.

—Voy a darte un consejo —dijo Dominic—. Nadie puede cambiar a nadie, pero todo el mundo lo intenta.

—¡Uf! Asumo que eso significa que has intentado cambiar a alguien.

—Estás empezando a conocerme bastante bien.

—¿Ah, sí?

—No te sientas tan orgullosa. No es complicado. Soy un hombre, ¿recuerdas?

—Como si pudiera olvidarlo.

Dominic sonrió de oreja a oreja.

—Agarra tus cosas y nos vamos.

—De acuerdo.

—A no ser que prefieras quedarte aquí.

Tess se sorprendió. ¿Le estaba ofreciendo una salida?

—Si quieres saber la verdad, ahora mismo tengo curiosidad por este lugar. No me importaría explorarlo. ¿Qué sabes sobre él?

—Hacía años que no venía por aquí —contestó—. Me gustaba hacerlo cuando era niño. Siempre había algo que comer, algo interesante que ver, como juegos de clavos entrelazados, alguna de las cajas de Magnus o figuritas hechas con la cera de las colmenas de la zona.

—Isabel me contó que era su abuela la que estaba a cargo de la tienda —enterró agradecida la nariz en el lino rugoso de la chaqueta.

«Estoy perdida», pensó, embriagada por el aroma de Dominic.

—Durante la cosecha, la tienda era un lugar de mucho ajetreo. Eva vendía la producción de los huertos, miel de la zona, productos horneados, sidra recién exprimida... Dios mío, jamás olvidaré el sabor de la sidra y de los donuts caseros. Si no recuerdo mal, a ti te gustan mucho los donuts.

—Ja, ja. Isabel debe de haber heredado el talento de su abuela para la cocina. ¿Por qué la tienda no siguió abierta?

—Era como el hijo de Eva. Organizó una cooperativa entre productores y artistas locales. Cuando enfermó, no hubo nadie que se hiciera cargo de ella.

—Es una pena – contestó Tess, mirando las estanterías y los expositores vacíos.

Se estremeció y se cerró la chaqueta.

—Voy a encender la estufa —se ofreció Dominic agarrando unos troncos de una lata que había al lado de la estufa.

—No hace falta que te tomes tantas molestias —contestó ella, sintiéndose ridícula por querer quedarse allí mientras la lluvia aporreaba el tejado.

—¿Qué te pasa? ¿No quieres que encienda un fuego?

—Por supuesto que quiero que enciendas un fuego —respondió bruscamente.

—Entonces, siéntate tranquila y déjame encenderlo. Me gusta hacer fuego.

Silbaba mientras introducía el papel y las astillas para encender el fuego y abría el tiro. En cuestión de minutos, la tienda estaba iluminada. La temperatura también subió rápidamente.

—Mi abuela tenía una tienda —dijo Tess, mirando a su alrededor llena de nostalgia.

—Y conserva su escritorio. Solías jugar en la tienda cuando eras niña.

—Me impresiona que recuerdes lo que te conté.

—Recuerdo todo lo que me has contado. Te sorprendería lo mucho que pienso en ti, Tess.

—¿De verdad?

Se preguntó si pensaría la mitad de tiempo que pensaba ella en él. El viento soplaba con fuerza, golpeando el viejo cartel de la tienda contra las alas del tejado.

—Me resulta extraño pensar que Eva también tenía una tienda. Uno de mis primeros recuerdos es el de ver el cartel de la tienda meciéndose en el viento contra un cielo de tormenta, como hoy.

Podía revivirlo con nitidez. *Things Forgotten* estaba escrito en dorado sobre negro. Debajo, en letras más pequeñas, rezaba: *B.Delaney. Propietaria*. Los recuerdos eran muy potentes, estaban grabados en el corazón de Tess, que sintió una oleada de emoción al pensar en la niña que había sido, entrando corriendo en la tienda en busca de una taza de té caliente y escapando del mal tiempo.

—Dos abuelas propietarias de sendas tiendas —reflexionó Dominic—. Lo llevas en la sangre.

Tess miró alrededor de aquel lugar abandonado e imaginó la tienda volviendo a la vida. En aquel momento, era como una enorme caja vacía esperando a ser llenada desde el suelo de madera hasta el tejado de zinc contra el que martilleaba en aquel momento la lluvia. Permaneció en silencio, contemplando el fuego y escuchando la lluvia, imaginando cómo habría sido aquel lugar.

—Nana tenía un gusto exquisito —le contó a Dominic—. Tenía clientes de todas partes.

—¿Y tu abuelo?

—Mi abuela nunca se casó —dijo Tess, pensando en lo que le había confesado su madre sobre el dolor y la vergüenza de crecer como hija de una madre soltera—. Tuvo mala suerte con los hombres.

—¿Y tú? —le preguntó—. ¿Tú has tenido mejo suerte?

Su respuesta habitual era que estaba perfectamente sin nadie, pero contestó:

—Eso depende.

Capítulo 22

Dominic se la llevó a su casa, que era exactamente lo que Tess quería, aunque sabía que aquello lo complicaría todo. Quizá, pensó, fuera capaz de manejar alguna complicación más. Dominic le entregó una bata de la WWF para que entrara en calor mientras se le secaba la ropa en la secadora. El jersey lo habían dejado colgado en el porche para que perdiera agua.

Tess se pasó la mano por el pelo y señaló la bata.

—¿WWF? Me parece de… muy mal gusto por tu parte.

Dominic soltó una carcajada.

—Desde luego. Toma, prueba esto —se acercó al mostrador y sirvió una copa de vino.

Tess saboreó la profunda complejidad de matices de aquel vino.

—Maravilloso. Estoy segura de que hay toda clase de términos para describirlo: toques florales, un punto de pimienta y algunas notas de lápiz rojo y Totsie Roll.

—Muy graciosa. Me quedaré con lo de maravilloso —le sonrió—. Bébelo. Si quieres, tengo otros que me gustaría hacerte probar. Los niños están con su madre.

—Los niños están con su madre —repitió—. Eso tiene que ser una especie de código secreto.

Dominic asintió.

—Es una abierta invitación.

Tess podía verlo en sus ojos, detrás de aquellas gafas con montura de carey tan ridículamente sexys.

—Me encantaría probar otros vinos.

Dominic alineó unas cuantas copas.

—Este es un vuelo por mis últimas cuatro viñas, de las uvas más antiguas a las más jóvenes. Puedo ponerme pesado y darte todo tipo de información o puedo dejar que los pruebes.

—No me importa que te pongas un poco pesado. Me gusta oír a la gente hablando de las cosas que le apasionan.

—De acuerdo, así que este es… Me estás mirando como si te pareciera gracioso.

—No me esto riendo de ti —terminó el vino—. Eres como dos personas diferentes. El señor Rossi, el banquero, y un hombre distinto cuando hablas de tu vino.

—Es un poco más interesante que las tablas de amortización y las cláusulas de conversión.

—Y tú eres mucho más interesante cuando estás haciendo algo que te encanta.

—Hay muchas cosas que me encantan.

La expresión de sus ojos era inconfundible. Tess contuvo la respiración.

—¿Sí?

—Sí.

Tess sintió un revoloteo de mariposas en el estómago. Mariposas. Jamás en su vida había tenido aquella sensación con un hombre. Todo en Dominic era diferente, inesperado. Imposible de resistir. Como si fueran imanes, se inclinaron el uno hacia el otro hasta que Tess pudo sentir el delicado calor de su aliento, hasta que estuvo a punto de besarle.

La secadora sonó y se separaron sobresaltados.

Dominic le dirigió una leve sonrisa.

—Continuará —prometió, y fue a buscar la ropa.

Tess se cambió en el cuarto de baño, sonrojada y, para su sorpresa, un poco cohibida. Normalmente, no era tan tímida con los hombres.

Dominic subió al piso de arriba y cuando volvió a bajar, parecía mucho más relajado, vestido con unos vaqueros desgastados, una camiseta vieja y unas playeras.

—Ponte esto —le dijo, y le tendió una chaqueta de lana.

De pronto, le tomó la mano. Iggy y Dude trotaron hacia la puerta, como si hubieran adivinado su intención.

En la estela de la tormenta, el anochecer había dejado su impronta ámbar y rosada sobre las sinuosas colinas. Los manzanos proyectaban sus sombras alargadas sobre la ladera. En la otra ladera se veían los viñedos de Dominic. Las vides estaban cargadas de fruta, los densos racimos de uva parecían casi negros en aquella creciente oscuridad.

Tess y Dominic caminaban con las manos unidas como dos adolescentes. Y ella se sentía ridículamente bien de la mano de aquel hombre. Su contacto era reconfortante y sexy a la vez. La llevó a caminar entre los viñedos, señalando las distintas variedades de uvas y explicándole las fechas de siempre y las técnicas para hacer injertos.

—Prueba esta —le dijo, arrancando una uva de color oscuro—. Es una variedad que he creado yo. La llamo Regina, que quiere decir reina.

Le sostuvo la uva con delicadeza contra la boca. La tierna pulpa de la uva llevaba consigo el frío del atardecer. Tess la mordió y dejó que el jugo le inundara la boca. Tenía un sabor curioso, no era la clase de uva que uno encontraba en medio de una fuente de queso, sino algo más exótico y sensual. Tenía un sabor terroso y en absoluto dulce.

—Bueno —dijo Tess, preguntándose si Dominic podría distinguir el rubor de sus mejillas—, sé muy poco sobre uvas, pero creo que esta podría transformarse en un vino delicioso.

Sonriendo, Dominic lanzó una uva al aire y la atrapó con la boca.

—Ni te lo imaginas.

Se fundía sin fisuras en aquel entorno, como si no hubiera hecho otra cosa en su vida que cultivar viñas.

Tess retrocedió y alzó la mirada hacia él. Dominic alargó la mano y atrapó con el pulgar una gota de jugo que le había quedado en el labio. Ella tuvo que hacer el esfuerzo de su vida para no gemir en voz alta. Retrocedió, intentando controlarse.

—¿Por qué no lo haces? ¿Por qué no te dedicas a hacer vino, a algo que de verdad amas?

—Como profesión, es tan estable como apostar a las carreras de caballos.

—Necesitas algo estable por el bien de tus hijos.

—Exacto —abarcó las vides haciendo un gesto con el brazo—. Me dedico a esto de la misma forma que otros se dedican a alguna actividad artística o a hacer deporte. El mero hecho de intentar hacerlo bien me hace… Es difícil de explicar. Me convierte en una mejor persona, quizá. Mejor de lo que sería si no me dedicara a ello.

Le estaba mostrando sus sueños, al igual que Tess le había mostrado los suyos en aquella tienda abandonada. Los sueños podían transformar a una persona, pero también entrañaban un cierto peligro, porque tener un sueño poderoso podía hacerla vulnerable al fracaso

—Deberías oírte —le dijo con voz queda—. Te pones muy romántico.

Dominic deslizó la mano por su cintura y la estrechó contra él.

—Me resulta muy fácil cuando te tengo cerca.

—¿Ah, sí? —se le aceleró el corazón—. Seguro que eso se lo dices a todas.

—Te equivocas. Eres la única mujer a la que se lo he dicho —sonreía mientras iba acercándose poco a poco a su boca.

Tess supo al instante que el beso anterior no había sido una casualidad. Había sido un beso particularmente bueno y aquel tuvo el mismo efecto en ella: el mundo desapareció. Su evocadora caricia la hizo sentirse tan suave y madura como una de aquellas uvas creadas por él. Sus manos se movían indagadoras sobre Dominic, treparon por sus brazos y a lo largo de sus hombros para terminar enredando los dedos en su pelo. Se presionó contra él, necesitando con fiereza su cercanía, y escapó un sonido de su garganta, una expresión de deseo no verbal. Quería estar besándole toda la eternidad, pero, al mismo tiempo ansiaba mucho más que un beso.

Al cabo de un largo rato, Dominic retrocedió.

—Bueno… —dijo.

Tess detectó todo un mundo de significados en aquella única palabra.

—Es exactamente lo que pienso.

Ya era casi de noche. Las llamas de los calefactores de otros huertos lejanos desprendían un resplandor inquietante sobre las hileras de árboles de Bella Vista.

—Volvamos a la casa —comenzó a caminar sin soltarle la mano—. Quiero que pruebes un Regina del 2006.

—Reconoce que eso lo has dicho a propósito.

—Sí, me gusta cómo suena —bajó la mirada hacia ella durante lo que a Tess le pareció mucho tiempo. Se sentía cohibida bajo su mirada—. Quiero que te quedes esta noche —añadió.

En la mente de Tess se agolparon cientos de preguntas que brotaron de pronto como las malas hierbas. Aquella petición podía significar todo tipo de cosas. ¿Quería empezar una relación o solo quería acostarse con ella? ¿Veía alguna clase de futuro para ellos? ¿Había alguna manera de considerar aquello como una buena idea?

Conocía los riesgos. Comprendía los peligros que implicaba para su corazón.

Pero lo único que dijo fue:

—Sí.

Volvieron al instante a la casa. Tess encontró increíblemente sexy su impaciencia. Sentir que la deseaba tanto fue como un afrodisíaco. En el instante en el que cerró la puerta de atrás, Dominic la presionó contra ella y empezó a besarla hasta hacerla olvidarse del mundo. Le subió la falda, se bajó los pantalones y ella le rodeó la cintura con las piernas cuando la alzó contra él. Tess se perdió al instante en aquel momento, olvidándolo todo, salvo aquella necesidad sobrecogedora de estar cerca de él. Todo fue tan vertiginoso que terminó sin aliento mientras apoyaba la frente contra la de Dominic. Los dos terminaron aturdidos y casi hiperventilando.

En medio de aquella niebla, Tess se deslizó por el cuerpo de Dominic como si este fuera un árbol.

Dominic dejó escapar un trémulo suspiro y se subió los vaqueros, dejándose el botón desabrochado.

—Llevo esperando esto desde la primera vez que te vi.

«Y yo», pensó Tess, pero no lo dijo. Admitirlo le habría hecho sentirse demasiado vulnerable.

—Misión cumplida —respondió con voz queda y se alisó la falda.

Los perros se dirigieron a la cocina, les miraron con gesto reservado y continuaron avanzando.

—En absoluto —respondió Dominic, inclinándose para trazar un camino de besos por su cuello—. Apenas acabamos de empezar.

Después de abrocharse los pantalones, tomó dos copas de vino con una mano y condujo a Tess al cuarto de estar.

—Espero que no tengas otros planes para esta noche.

—Eh, no, ¿Por qué?

—Quiero tomarme mi tiempo contigo.

Un escalofrío de anticipación recorrió el cuerpo de Tess.

—Eso suena… ¡Dios mío, Dominic! ¿Qué vamos a hacer?

Dominic le dirigió una enigmática sonrisa.

—De todo.

Después, se alejó y encendió un pequeño fuego en la chimenea, solo lo suficientemente grande como para mantener a raya el frío del anochecer. Se sentaron juntos en el sofá. Tess estaba hipnotizada por el delicado resplandor de las llamas, el color del vino y la expectación que fluía desbocada por su cuerpo.

—Por tus sueños —brindó, acercando el borde de su copa a la de Dominic.

El vino estaba tan rico como él le había prometido. Tenía un sabor intenso, levemente misterioso, y se subía directamente a la cabeza.

Dominic se la quedó mirando durante largo rato. Aunque estaban sentados los dos en el sofá, no se tocaban… todavía. Tess estaba vibrando después del encuentro en la cocina.

Al cabo de unos minutos, Dominic volvió a llenar las copas y a brindar.

—Por algo nuevo.

El corazón de Tess trastabilló.

—Es posible que esto no sea muy buena idea.

Dominic la besó. El vino sazonaba el sabor de su boca.

—¿Estás de broma? Es la mejor idea que he tenido en mucho tiempo. Quizá nunca.

—Creo que nunca he sido la mejor idea de nadie —admitió Tess.

—Eso es porque no te has relacionado con la gente que debías.

Tess recordó por un instante a sus amigos de la ciudad, dispuesta a salir en su defensa. Sus amigos se preocupaban por ella. Hacían todo tipo de cosas juntos, salían, quedaban en sus casas, iban de compras, cotilleaban, celebraban sus éxitos y mostraban compasión cuando alguno se deprimía. Sin embargo, ninguno de ellos la había considerado una prioridad. No habían estado a su lado en los momentos más importantes.

—Y tú has elegido siempre a la gente adecuada —replicó, pero no pudo evitar sonreír.

Dominic contestó dejando las copas a un lado y besándola de nuevo con más profundidad y con intención de prolongar el beso mientras iba cartografiando con las manos los contornos de su cuerpo. Se movía lentamente, como si estuviera saboreándola. Tess no recordaba que ningún hombre la hubiera saboreado de aquella manera.

Despertó entonces la voz de su conciencia, advirtiéndole que no empezara una relación con Dominic. Tess apartó a un lado sus dudas. Estaba ardiendo de deseo y cualquier posible vacilación terminó abrasada en el calor de su anhelo. Si lo que había ocurrido en la cocina era indicativo de algo, al menos en un aspecto, los dos eran compatibles en extremo.

—De acuerdo —dijo—. Estoy dispuesta a participar.

Dominic rio suavemente.

—No te estoy pidiendo que pongas dinero para empezar una partida de cartas. Esto no es un juego en absoluto. Yo no juego con estas cosas.

Hubo algo en su tono de voz que la hizo quedarse muy quieta y contener la respiración.

—Yo tampoco.

Dominic la condujo al dormitorio, donde se quitó el jersey por encima de la cabeza y lo dejó caer al suelo. Tess contuvo la respiración al ver sus músculos desnudos y aquellos abdominales envidiables.

—¿Qué son estas cicatrices? —preguntó mientras se inclinaba para besar una cicatriz con forma de media luna que tenía en la base del cuello—. ¿Te las hiciste en el accidente que tuviste cuando estabas en la armada?

Dominic asintió y ella sintió un pálpito de tristeza. Odiaba imaginárselo herido, sufriendo.

–Dios mío, Dominic…

–Solo son cicatrices –respondió él–. Ya no me duelen.

Después la desnudó lentamente, tomándose su tiempo para besar y explorar cada parte de ella. En contraste con el explosivo encuentro de la cocina, aquello fue una tortura lenta y exquisita. La excitación iba creciendo por segundos.

Su último pensamiento coherente antes de dejarse arrastrar por completo por aquella sensación fue que aquel iba a ser el mejor momento de su vida… o su mayor error.

Capítulo 23

Dominic se despertó temprano al día siguiente, abrazado a una mujer cálida y pelirroja.

Sintió una intensa necesidad de permanecer donde estaba, de besarla, provocarla y volver a hacer el amor con ella mientras estaba todavía medio dormida y complaciente. Pensar en ello estuvo a punto de hacerle ignorar su sentido común. «Céntrate», se ordenó a sí mismo. Tenía millones de cosas que hacer, empezando por apagar las bombas impulsoras del vino. Jamás se le había olvidado. Pero la noche anterior no había pensado en nada que no fuera Tess. Había olvidado todo lo demás.

La noche anterior había perdido la cabeza. Los dos, tan nuevos el uno para el otro, deberían haberse sentido torpes e inseguros. Y, sin embargo, con una especie de tácita familiaridad, habían conseguido crear un mismo ritmo, como si estuvieran bailando una música silenciosa. Aquella era la clase de noche con la que, con toda probabilidad, fantasearía durante mucho tiempo, una noche a la que su mente volvería una y otra vez. La noche que se convertiría en la medida de todas las demás. No podía analizar por qué. A lo mejor no quería analizar por qué. Tess era atrevida y tierna en la cama, se sometía a él y, al mismo tiempo, le incitaba a entregarse más de lo que jamás se recordaba haberlo hecho.

No le molestaba sentirse vulnerable con ella, y tampoco sabía por qué. Tess no era la típica mujer amante del hogar, enamorada de la vida de un pueblo tranquilo y pequeño como Archangel. Tenía intención de regresar a la ciudad en cuanto hubiera resuelto el problema de Magnus. Debería estar preparándose para ello. En cambio, se descubrió pensando en si...

Tess se movió un poco en medio del sueño, dándole así oportunidad de levantarse de la cama sin despertarla. Pero entonces se abrazó a él y no pudo evitar desearla otra vez. Sin decir una sola palabra, antes de que hubiera abierto los ojos siquiera, se colocó sobre ella para hundirse en su interior. Y volvió a ser un encuentro fugaz e intenso como una tormenta eléctrica, que le dejó estremecido y con la mente en blanco. Ver la sonrisa somnolienta de Tess después de hacer el amor fue como ver salir el sol.

—Duérmete —le susurró, lleno de una felicidad salvaje mientras le besaba la sien.

Sí, felicidad, algo que no había vuelto a sentir en cada célula de su cuerpo desde antes de su divorcio. Ni siquiera sabía que podía volver a sentirse así otra vez.

—Necesito ir a cerrar las bombas —le explicó—. No pretendía dejarlas encendidas toda la noche.

La respuesta de Tess fue un mudo suspiro de satisfacción. Se estiró, arrastrando las sábanas sobre su hombro desnudo, y continuó durmiendo con una sonrisa en los labios. Después, rio para sí.

—Me encanta cuando me dices palabras sucias.

Dominic esbozó una mueca de arrepentimiento y salió de la cama. Se moría de ganas de quedarse con ella, pero tenía que comenzar la jornada. Nunca tenía tiempo suficiente para todo: los niños, el trabajo, el vino. Le encantaba ser padre. Incluso le gustaba ser padre soltero, pero tenía un horario que era una locura. Lourdes le devolvería los niños a la hora de la cena y se quedarían con él durante toda la semana. Estaba loco por verlos, pero tenía muchas cosas que hacer aquel día.

Y lo único que le apetecía era pasar el día en la cama con Tess, haciendo el amor con ella una y otra vez, deteniéndose solo para hacer algo ridículo, como, por ejemplo, darse un baño con ella, o pelar uvas y dárselas de comer. Sin embargo, sentía la llamada del deber.

Se vistió rápidamente y volvió a mirarla por última vez, provocándole una nueva oleada de deseo. Pero un sonido del teléfono señalando la llegada de un correo del trabajo le devolvió de golpe a la realidad. Sin mirarlo siquiera, supo de qué se trataba. Tenía a los supervisores del banco, que parecían no dormir nunca, respirándole en el cuello, intentando rechazar la prórroga que había solicitado basándose en la existencia de un activo que no había sido descubierto. Se preguntó si no estaría siendo un estúpido al poner su trabajo, y el sustento de sus hijos, en juego por el bien de un amigo.

Sin mirar el correo, decidió salir. Los perros iban trotando a su alrededor. Ellos sí que eran fáciles. No le juzgaban nunca. Todo les parecía bien.

La relación con una mujer no era tan fácil. Y menos con una mujer como Tess Delaney. La solución más sencilla sería declarar la noche anterior como un lapso de locura y olvidarse de lo ocurrido.

—¿Pero a quién estoy engañando? —les dijo a los perros mientras se dirigía hacia el cobertizo—. Estoy metido en esto hasta el cuello.

Iggy y Dude corrían felices a su alrededor.

—Es cierto —les aseguró a los perros—. Hasta el cuello —abrió las puertas del cobertizo y aspiró la fragancia almizcleña de las uvas—. Mi vida está a punto de complicarse mucho.

Tess se estiró en la cama con placer, disfrutando de aquel sueño raro y sensual. Estaba en un manzanar, observando cómo los capullos se transformaban en brotes y después en manzanas, como en una fotografía secuencial y, durante todo el tiempo, Dominic la abrazaba y le besaba el cuello, saboreando su piel con su cálida lengua.

Gimió suavemente, cambió de postura y alargó la mano para acercarle a ella, pero se encontró con las sábanas arrugadas, las almohadas y... y allí estaba también Iggy, lamiéndole el cuello y el hombro.

—¡Eh, vamos! —exclamó, apartándole—. No puede ser. No puede ser.

Aunque no tenía nada en contra de los perros, era a Dominic a quien quería. La noche anterior había sido pura magia. Dominic tenía unas manos que sabían cómo, cuándo y dónde acariciarla, como si fuera capaz de oír el ritmo que latía dentro de ella. El contacto con su piel la había dejado con una sensación de calidez que fluía en todo su cuerpo y la hacía anhelar mucho más. Se sentó en la cama y miró a su alrededor, esperando la habitual inquietud provocada por la ansiedad, pero, por una vez, aquel desagradable sentimiento había permaneció al margen.

—Increíble —le susurró al perro—. Si hubiera sabido que una noche con Dominic lo curaría todo, me hubiera acostado con él mucho tiempo atrás.

Iggy alzó las orejas y se marchó corriendo, arañando con las uñas el suelo del pasillo y el de las escaleras.

Tess se levantó de la cama y alargó la mano hacia su falda. Después, al ver la tela vaquera de una camisa, alargó la mano y también se la puso. La tela, suavizada y descolorida por el uso, escondía el olor de Dominic entre las fibras, envolviéndola como un abrazo fantasma. Se dirigió al cuarto de baño, que estaba tan limpio y ordenado como el resto de la casa y utilizó el cepillo de dientes de Dominic. Después de la noche anterior, habían caído las barreras entre ellos, estaba segura de que no le importaría.

Bajó a buscar algo de comer. La cocina de Isabel la había

echado a perder a la hora de conformarse con un desayuno normal, pero imaginó que encontraría al menos un yogurt y quizá algo de pan. Como todo lo demás en la casa, la cocina estaba impecable, incluso después de la orgía de sexo y vino que había tenido lugar solo unas horas antes. ¿Aquel tipo tendría hadas que le limpiaban la casa cuando nadie miraba?

La despensa contenía todo un surtido de comida preparada pulcramente ordenada, pero con una notable falta de imaginación. En la despensa había latas de espaguetis y sopa de fideos japoneses. ¿Cómo era posible que un hombre que tenía un gusto exquisito para el vino no tuviera ningún interés por la comida?

Dominic era un misterio. A lo mejor por eso le resultaba tan intrigante.

Descubrió una caja de galletas rellenas, una sustancia similar a la comida. Abrió el envoltorio con los dientes y le dio un mordisco a la galleta. A pesar de la textura acartonada, el sabor del relleno gomoso podía recordar al de la fruta. No estaba mal. Masticando pensativa, fue recorriendo la cocina, observando el mundo de un hombre que en muy poco tiempo se había convertido en alguien demasiado importante para ella.

La vida de Dominic parecía dominada por sus hijos y por el trabajo. Había una hoja de calendario en la nevera con los días de la semana en los que tenía a Trini y a Antonio marcados. Con su cuidada letra de banquero había escrito debajo los días que tenían partidos de fútbol, tutoría o trabajos de grupo.

Y una nota al final del mes capturó su atención: *Asunto de Bella Vista.*

La galleta pareció solidificarse en su estómago. Era una idiota al enamorarse de un tipo que, de forma voluntaria o no, estaba a punto de arruinar a su hermana. De pronto, sintió la necesidad de proteger a Isabel y se avergonzó de su pelea del día anterior. Pero, al mismo tiempo, algo había pasado entre Dominic y ella, algo intenso e inesperado.

Siempre había considerado que se le daban bien los hombres. Sabía manejarlos. Era capaz de servirse de sus propios encantos sin miedo a arriesgar el corazón. Pero aquello, lo que quiera que tuviera con Dominic, le parecía arriesgado y, en lo relativo a los sentimientos, siempre había huido del riesgo.

Pero, en aquel momento, lo único que le parecía más arriesgado que estar con Dominic era alejarse de él. Su intuición le decía que no acabara con aquella relación.

Su cabeza y su corazón estaban en guerra.

«Cabeza: Toda su vida está en este pueblo diminuto.

Corazón: Perdona, pero es un piloto de primera, puede ir a donde le apetezca.

Cabeza: Tiene que estar con los niños en semanas alternas, eso es indiscutible.

Corazón: Los niños son encantadores. Podéis formar una familia.

Cabeza: Pero si ni siquiera te gustan los niños.

Corazón: Eso es en general. Estos niños sí me gustan.

Cabeza: Es tu enemigo. Va a ejecutar la hipoteca de Bella Vista.

Corazón: No quiere hacerlo. Es lo último que le gustaría hacer. Tenemos suerte de que sea él el que está a cargo de todo, porque nos está dando todo el tiempo que puede.

Cabeza: Esto no puede funcionar. Vas a terminar sufriendo.

Corazón: Si lo de esta noche ha significado algo, sufrir por él es la gloria».

Oyó pasos en la puerta de atrás y el corazón ganó la batalla. Llevar solo encima la camisa de Dominic la hacía sentirse vulnerable y sexy a la vez.

—Quería que me despertaras y te divirtieras conmigo otra vez. ¡Ven aquí y podemos seguir divirtiéndonos ahora!

—Lo siento —se oyó una irritada voz femenina—, pero yo no voy de ese rollo.

La mitad de la galleta se cayó al suelo y se desmigajó a los pies de Tess. Permaneció petrificada por la vergüenza mientras una mujer entraba en la cocina. Iba vestida como si acabara de salir de un catálogo de *Sundance*, con una falda vaporosa, un jersey tejido a mano, unas bailarinas planas, un bolso de cáñamo en una mano y una mochila con un personaje de dibujos animados en la otra.

—Es evidente que no me esperabas.

Tess deseó derretirse en el suelo como la Bruja Mala del Oeste después de que le echaran un cubo de agua. Pero se envolvió en una capa de dignidad, rezando para que la capa no fuera tan corta como la camisa.

—Soy Tess —se presentó—. Y no, no te esperaba.

La mujer le dirigió una mirada glacial que parecía fuera de lugar en un rostro tan bonito.

—Lourdes Maldonado.

La exesposa de Dominic no tenía nada que ver con la víbora de ojos achinados que Tess había imaginado. Parecía… agradable, guapa. Como una buena madre que llevaba a sus hijos al fútbol y no una mujer infiel que había engañado a su marido cuando este estaba sirviendo a su país. «Las cosas malas a veces vienen en envoltorios bonitos», se recordó a sí misma.

—Solo he pasado a saludar —le informó Lourdes—. Pretendo reconciliarme con Dominic, ¿te lo ha dicho?

Tess consiguió evitar quedarse boquiabierta.

—La verdad es que no me ha hablado de ti.

Lourdes permaneció impertérrita.

—Los dos sabemos que es lo mejor para los niños.

—Creo que eso es algo que deberías hablar con él.

—Solo para que lo sepas, Dominic y yo no hemos terminado. Lo nuestro no terminará nunca. En absoluto. Tú solo eres una distracción.

Tess percibió una extraña vehemencia detrás de sus palabras.

—No pienso hablar de esto contigo.

—Hay niños involucrados en esto. Niños frágiles a los que es fácil hacerles daño. Lo que te estoy diciendo es que te apartes de nosotros.

¡Vaya! Aquella mujer era una buena pieza.

—No tienes ningún derecho a darme órdenes —respondió Tess con voz queda, sintiendo cómo se le erizaba el vello de la nuca.

—Esa no es la cuestión, ¿verdad? Lo que de verdad debería decirte es que es absurdo que tengas una relación con Dominic. Vas a estar aquí muy poco tiempo, así que no tiene ningún sentido. Eso solo serviría para confundir todavía más a los niños.

Tess acababa de tener una conversación similar consigo misma, no podía negarlo.

—¿Y tú cómo sabes cuáles son mis planes o qué intenciones tengo?

—Así es la vida en un pueblo pequeño, vete acostumbrándote. ¿Dónde está Dominic?

—Justo detrás de ti —respondió él—. ¿Están bien los niños?

Lourdes cambió por completo de actitud cuando se volvió hacia él. Suavizó su expresión de manera visible y se humedeció los labios.

—Es Trini, se olvidó su camisa de la suerte para el examen de deletreo.

El semblante de Dominic era tan inescrutable como el de una estatua de mármol.

—Deberías haber…

—Llamado, lo sé —terminó por él—, pero no llevaba el teléfono encima y quería pillarte antes de que te fueras al trabajo. Creo que deberíamos hablar sobre el último informe de notas. ¿Tienes tiempo para hablar de las notas de nuestra hija?

—Perdonadme —se disculpó Tess—, tengo que irme.

Pasó por delante de la gloriosa Lourdes y se dirigió hacia las escaleras. El cálido manto de sensualidad que la envolvía unos minutos antes se había transformado en una capa de hielo. Se vistió precipitadamente, manteniendo la mirada lejos de las sábanas arrugadas y los pensamientos apartados de lo que había hecho la noche anterior. Cuando volvió a bajar, Dominic estaba solo.

—Eh —le dijo él—, lo siento.

—No te disculpes. Tienes una exmujer e hijos. No tienes por qué pedir perdón.

—Ella, Lourdes, tiene problemas a la hora de entender los vínculos.

¡Dios santo! ¿Por qué tenía que gustarle tanto? Incluso en aquel momento le entraban ganas de caer rendida en sus brazos.

—No es como me la imaginaba —reconoció Tess.

—¿Cómo te la imaginabas?

—No estoy segura. Una persona más… dura. Pero parece amable, y organizada, supongo. Excepto por lo del teléfono. Me ha dicho y, de verdad, lo comprendo, que quiere tener una oportunidad de reconciliarse contigo.

—Mira, si hubiera alguna posibilidad de que nos reconciliáramos, ¿no crees que ya lo habríamos hecho?

—Sinceramente, no lo sé. Pero, Dominic, no pretendo competir con la madre de tus hijos.

—No estás…

—Yo no me parezco nada a ella.

—A lo mejor por eso me gustas.

—Estuviste enamorado de ella en otro momento de tu vida.

—Sí, la quise mucho, y lo mejor que supe. Pero aquello terminó y yo he seguido adelante. ¿Qué sentido tiene buscar una persona igual que ella?

—Porque es así como funcionan estas cosas. Tú…

–No me digas cómo funcionan las cosas. Estoy interesado en ti, Tess. Te quiero a ti.

Su tono de voz le provocó escalofríos. Hablaba con absoluta convicción y Tess se dio cuenta de que su seguridad la ponía nerviosa.

–Tengo que irme.

–Todavía no –Dominic la agarró con delicadeza de la muñeca–. Tess…

–De verdad, tengo que irme.

Retiró la mano, a pesar de que deseaba continuar allí con cada célula de su cuerpo. Quería quedarse a su lado.

Dominic le enmarcó el rostro entre las manos y le dio un beso largo y lento que le recordó lo bien que habían estado juntos la noche anterior.

Pero, aunque ansiaba fundirse en aquel abrazo, advirtió una potente resistencia interior. Era demasiado fácil enamorarse de él. En general, enamorarse era fácil. Y era en aquel terreno en donde había que vigilar.

Capítulo 24

–Así que ahora te dedicas a acostarte con desconocidas –le reprochó Lourdes a Dominic.

Había vuelto después del trabajo con los niños, para dejarles con él. Como siempre, cuando estaban Antonio y Trini allí, la casa rebosaba calidez. Pero la presencia de Lourdes era una gélida sombra. Su exmujer permanecía en el camino de la entrada, hablando con él a través de la cerca.

Dominic presionó la lengua contra los dientes con fuerza, para no morder el anzuelo. Lourdes también había tenido su buena dosis de aventuras. La diferencia era que ella no había esperado a estar divorciada.

Se volvió para asegurarse de que los niños no podían oírles. Estaban en el patio de atrás, jugando a tirar la pelota a los perros.

–Hay algo que quería preguntarte –le dijo.

Lourdes le dirigió una mirada esperanzada que le hizo sentirse miserable. Le preguntó rápidamente:

–¿Qué recuerdas de tu padre?

La mirada de Lourdes se transformó en una mirada de confusión y enfado.

—¿Mi padre? Lleva años muerto, ya lo sabes. Yo era muy pequeña cuando murió. ¿Por qué me preguntas ahora por él?

–Solo estoy intentando ayudar a Magnus y a Isabel.

–¿Intentando sacarme información sobre un hombre del que casi no me acuerdo? –le miró con los ojos entrecerrados con recelo–. Siempre has tenido debilidad por Isabel –le dijo en tono acusador–. Y ahora también por su hermana. Aunque supongo que, en lo que se refiere a ella, no te muestras particularmente débil.

–Eh, siento haber preguntado.

Se lo merecía. Debería haberse imaginado que estaría de un humor pésimo cuando fuera a dejar a los niños.

Lourdes se frotó el cuello con la mano.

–Recuerdo que tenía una risa muy sonora, y que le gustaba conducir rápido. A veces llegaba a casa cargado de regalos para mí –frunció el ceño y cerró los ojos un instante–. Mis padres se peleaban, se gritaban mucho. Pero siempre disfrutábamos de unas navidades muy felices. Supongo que por eso es mi época favorita.

La familia Maldonado había convertido en toda una tradición la decoración del árbol con adornos que habían pertenecido a Carlos; cada uno de ellos encerraba un significado. Cuando Dominic y Lourdes estaban casados, era todo un acontecimiento para los niños. Después del divorcio, Lourdes se había llevado todos los recuerdos con ella y él lo había aceptado encantado.

Echaba de menos el sentimiento de familia que habían compartido en momentos como aquel, el calor, la cercanía, la magia chispeando en los ojos de sus hijos. Pero, a diferencia de Lourdes, sabía que después de tanto daño no se podía reconstruir la relación.

–En cualquier caso –le dijo Lourdes–, la Navidad está ya cerca. ¿Qué te parece si vienes a decorar el árbol con nosotros?

–Gracias, ya te diré algo –sabía que sería una situación dolorosa y violenta. Él tendría que hacer un gran esfuerzo, ella bebería demasiado y los niños ya eran suficientemente mayores como para darse cuenta–. ¿Tienes tiempo para hablar de Trini? –mantuvo la puerta abierta.

Lourdes vaciló un instante y Dominic pudo verla calcular mentalmente el tiempo que le llevaría. Aquel era el problema de haber estado casado con alguien. Sabías lo que estaba pensando. Lourdes estaba deseando disfrutar de su botella nocturna de vino, algo que había llegado a ser más importante que cualquier otra cosa para ella. Más importante incluso que reconstruir su matrimonio.

–Muy bien –le dijo, siguiéndole al porche. Se sentaron los dos allí–. Su profesora dice que le cuesta estar en clase, que tiene problemas para concentrarse.

–Eso no es nada nuevo –le recordó Dominic–. La llevé a que la vieran, el psicopedagogo del colegio le hizo un test y he estado ayudándola con los deberes. ¿Te ha dicho la profesora si ha visto alguna mejora?

–Sigue olvidándose cosas y no presta atención en clase. Dominic, la niña tiene problemas porque no estamos juntos.

Aquella era el arma que había elegido su exesposa. Utilizaba a los niños para manipularle.

–Trini tiene problemas porque no nos estamos esforzando lo suficiente en que sea capaz de comprender nuestra separación.

–¿Cómo va a comprenderla si lo que ella quiere es que seamos una familia? Solo Dios sabe lo mucho que odiaba yo no tener padre. Me siento como un monstruo haciéndoles pasar por lo mismo a mis hijos.

–Lo intentamos, Lourdes –respondió Dominic–. Hice todo lo que pude por el bien de los niños.

–Entonces, volvamos a intentarlo. ¿No crees que por los niños merece la pena?

–Los niños se lo merecen todo. En eso siempre hemos estado de acuerdo. Se merecen la mejor vida que podamos darles. Pero no puedo volver contigo. No puedo volver a tu lado e intentar arreglar algo que no funcionó.

—Dominic...

—No hace falta que estemos juntos para que los niños sean felices y se sientan queridos. Solo tenemos que trabajar en ello. Te diré lo que vamos a hacer. Volveremos a esa psicóloga que nos ayudó durante el divorcio. Fue muy buena con los niños. Podrá explicarnos nuevas estrategias.

—¿Quieres ir al psicólogo? —iluminó sus ojos una esperanza que Dominic habría preferido no ver en ellos.

—Estoy dispuesto, sí, por los niños.

Se sentía frustrado. Había una parte de él, y no pequeña, que quería volver a amar a aquella mujer. Era la madre de sus hijos. Poder seguir juntos como una familia tenía un atractivo que alcanzaba los rincones más profundos de su alma. Pero no podía inventar un sentimiento que no estaba allí. Lo que en otro tiempo habían compartido había desaparecido, estaba tan vacío como las botellas de vino que Lourdes solía intentar esconderle. Durante la primera época de su matrimonio, crear el vino perfecto había sido una pasión compartida, pero cuando Lourdes se había convertido en una alcohólica, todo había cambiado. En aquel momento, su pasión era un veneno para su exesposa.

—No podemos seguir hablando de eso —concluyó—. Nunca volveremos a ser la familia que fuimos.

Trini apareció entonces por la esquina del jardín trasero, con el rostro pálido y la barbilla temblorosa mientras los fulminaba a los dos con la mirada.

—¡Me lo prometisteis! —se lanzó hacia ellos—. Me dijisteis que lo solucionarías todo y que volveríamos a ser una familia.

—Cariño, nosotros no te prometimos nada —le dijo Dominic.

Era difícil que los niños lo comprendieran. No tenía forma de explicarles lo que había pasado, que Lourdes no había sido capaz de enfrentarse a la soledad cuando él estaba fuera, que había comenzado a salir con otros hombres y a beber. No era justo hacer sufrir a sus hijos con aquello.

—Somos una familia, pero mamá y yo no podemos vivir juntos.

—¿Por qué no? Eso es lo que hacen las mamás y los papás. Mamá me lo dijo.

Dominic miró a su hija con el corazón partido en dos. Era muy pequeña cuando se habían divorciado. Ella no recordaba los fríos y tensos silencios, la densa niebla de insatisfacción que flotaba sobre todos ellos.

—Yo lo he intentado, cariño —se defendió Lourdes, levantándose y dándole a Trini un abrazo. Lourdes estaba nerviosa; Dominic casi podía palpar su ansiedad—. Pero ahora tengo que irme, ¿de acuerdo?

Trini permaneció muy tensa, mirando a Lourdes mientras esta se metía en el coche y se marchaba. Después se volvió hacia Dominic con expresión acusadora.

—Yo solo quiero que volvamos a ser una familia de verdad.

—Ya somos una familia de verdad.

—Pero no me gusta cómo somos.

—¡Vaya!

—Vale, sí me gusta —dio una patada al césped—. ¿Qué vamos a cenar?

—No lo sé. ¿Qué te apetece? ¿Quieres que haga algo?

—No, gracias.

—De acuerdo, ¿y si me preparas tú algo?

Por un instante, un fogonazo de interés iluminó los ojos de la niña, pero rápidamente se apagó.

—Yo solo sé hacer tostadas.

—Genial, pues vamos a cenar tostadas.

A Trini comenzó a temblarle la barbilla. Su mirada le desgarró a Dominic el corazón.

—Trini —le dijo—, todo va a ir bien. Te lo juro por Dios. A lo mejor no hoy ni mañana, pero todo saldrá bien.

La abrazó, sintiendo una oleada de emoción. Cuando era bebé, solía sostenerla en brazos y contemplar su bonito rostro. Le parecía tan frágil y vulnerable que lo único que quería era protegerla. En aquel momento la sentía frágil de una forma distinta y no sabía qué podía hacer para ayudarla.

Charlie se había acostumbrado a dormir en el dormitorio de Tess. Esta no entendía por qué. Nunca había tenido perro y jamás se había considerado una persona aficionada a las mascotas, pero aquello no parecía importarle a aquel desgarbado pastor alemán. Y ella no ponía objeción alguna a su compañía. Algunas mañanas eran difíciles. Se despertaba con el corazón acelerado, en medio de un ataque de pánico generalizado, y la vista de aquel enorme animal acurrucado en la alfombra trenzada, al lado de la cama, tenía un efecto relajante en ella. Normalmente, a Charles le encantaba dormir, pero aquella mañana la despertó con un tentativo ladrido y trotó hacia la puerta.

—¿Qué pasa? —farfulló ella, y miró pestañeando el reloj—. Son las seis y media.

El perro volvió a ladrar, así que Tess se levantó, se puso una sudadera y las playeras y le siguió escaleras abajo. El perro se dirigió directamente a la cocina, arañando las baldosas con las uñas, y la dirigió hacia el par de intrusos.

—¡Eh! —exclamó Tess—. ¿Qué estáis haciendo aquí?

Trini y Antonio permanecían junto a la puerta de atrás de la cocina.

—No estaba cerrada —le explicó Antonio.

—Isabel nunca cierra la puerta —añadió Trini.

—Eso no contesta a mi pregunta. ¿Vuestro padre sabe que estáis aquí?

—A él no le importa —replicó Trini.

—Tenemos hambre.

—¿Y no tenéis comida en casa?

Tess se sirvió un vaso de agua y les miró con expresión escéptica. Eran encantadores. Y, además, la mera visión de aquellos niños, el sonido de sus voces, incluso cuando estaba comenzando a amanecer, le levantaba el ánimo. Dejó que el perro saliera a la fría niebla de los primeros días del invierno. El paisaje parecía enmudecido por la niebla y la ausencia de viento. El esqueleto de los árboles desnudos se recortaba contra la hierba parduzca.

–La comida de aquí está más rica –se justificó Antonio.

–La comida de aquí está más rica que la de cualquier parte –señaló Tess.

–Qué comentario tan bonito –Isabel entró en la cocina despejada y preparada para enfrentarse al día–. Hola a los dos. Habéis madrugado.

–Tenemos hambre –le dijo Trini.

–Esos son mis niños favoritos –respondió Isabel–. Los que tienen hambre.

–¿Qué queréis desayunar? –les preguntó Tess.

–Todo –contestó Trini–, menos los cereales de trigo de papá –arrugó la nariz.

–Podemos hacer algo mejor que cereales de trigo –con fluida eficiencia, Isabel puso agua a calentar y después les puso un delantal a cada niño. Le arrojó otro a Tess–. ¿Te importa hacer de pinche?

En cuestión de minutos, estaban preparando unos bizcochos.

–Esto es lo primero que me enseñó a hacer mi abuela –les contó Isabel–, porque es lo más fácil. Pero no os dejéis engañar. Son muchas las cosas que pueden salir mal al hacer bizcochos y pueden terminar quedar más duros que un disco de hockey.

–Sí, y es horrible –dijo Tess.

–Seguro que nunca habéis hecho galletas empezando desde cero.

Isabel les mostró la técnica, les introdujo en los secretos

de la cocina. Les enseñó a tamizar la harina desde, al menos, unos treinta centímetros de altura y a rallar la mantequilla fría en un cuenco. En cuestión de minutos, los niños estaban cubiertos de harina y riéndose y Tess había olvidado la supuesta dureza de las mañanas. Su corazón se estaba abriendo, casi por decisión propia. Bella Vista le había lanzado un hechizo y ya ni siquiera estaba intentando resistirse.

—¿Puedes enseñarme? —le preguntó a Isabel, siguiendo un loco impulso.

—¿A qué? ¿A hacer bizcochos?

—No solo a hacer bizcochos. Sino a ser capaz de preparar una comida —«de acuerdo», se dijo a sí misma. «Dilo en voz alta»—. Quiero cocinar como una adulta, no como si todavía estuviera en la universidad.

—No digas más —Isabel le tendió un paño que tenía colgado en la puerta de la despensa.

Tess se sumó a la clase y la sorprendió lo mucho que disfrutaba aplastando la masa con el rodillo y colocando los bizcochos en una fuente desgastada por el uso.

Metió la bandeja al horno, retrocedió y observó a Isabel mientras esta enseñaba a los niños a cortar manzanas, uvas, apio y a picar las nueces para preparar una ensalada de fruta. Ella misma preparó un aliño a base de miel y cardamomo. Era muy agradable contemplar la sutilidad con la que les iba guiando su hermana.

—Se te dan bien los niños —le dijo.

Una rama de olivo para estrechar la brecha que se había abierto entre ellas desde su pelea.

Una sonrisa iluminó el rostro de Isabel.

—Se me da bien la cocina.

—Es algo más que eso. Eres una buena profesora.

—¿Sí? Gracias.

Y no hizo falta nada más para poner fin a su pelea, comprendió Tess. Una mirada, una palabra amable. Estaba comenzando a gustarle tener una hermana.

–Cocinar es divertido –dijo Trini–. Y también hornear. En Navidad cocinamos con mi madre.

La atención de Tess vibró como un diapasón. Se imaginó a la bella Lourdes presidiendo con dulzura todas aquellas celebraciones familiares.

–Apuesto a que es divertido –dijo Isabel.

–No tanto como los regalos –repuso Antonio.

–Y decorar el árbol. Todos los años ponemos el árbol para recordar a nuestro abuelo, que se murió –le explicó Trini, suavizando su expresión.

–¿Te refieres a tu abuelo Carlos? –le preguntó Isabel.

–Se murió hace mucho tiempo. Para nuestra mamá es muy triste. Tiene una caja con adornos que eran de su padre. Ella dice que son recuerdos –utilizó el dedo para dibujar una erre en la harina que había en la encimera–. Papá no tiene ningún recuerdo.

Tess se emocionó por aquella pequeña. Por los dos hermanos, en realidad.

–Parece una bonita tradición.

–Este año hemos hecho copos de nieve de tres dimensiones –dijo Antonio–. Me gustaría que nevara. Mi adorno favorito es un ratón que va en un trineo.

–El mío es uno de oro que se abre –les contó Trini–. A veces, mi madre mete golosinas dentro y se supone que tenemos que creernos que lo hace Santa Claus.

Tess sonrió. Se sentía muy cómoda con los hijos de Dominic.

–Cuando yo tenía vuestra edad, celebraba la Navidad en la casa de mi abuela, en Dublín. Mi adorno favorito era una campanilla de porcelana Bellek. Tenía tréboles en relieve.

–Mi adorno es de oro con espirales.

Tess sintió un ligero aguijoneo, pero lo sofocó.

–Espirales, ¿y son de colores?

–Sí, es muy bonito.

El teléfono sonó en aquel momento, tintineando en medio de la mañana. Isabel fue a contestar. Trini bajó la cabeza, pero no antes de que Tess tuviera tiempo de reconocer la culpabilidad en sus ojos.

—Es vuestro padre, ¿verdad? —le preguntó a la niña.

Trini asintió y removió la ensalada.

—No le habéis dicho que veníais aquí, ¿verdad?

Trini negó con la cabeza sin alzar la mirada.

—Estará aquí dentro de unos minutos —anunció Isabel, colgando de nuevo el teléfono.

—¿Vamos a tener problemas? —le preguntó Antonio.

—Eso dependerá de vuestro padre —contestó Tess—. Me imagino que no está del todo bien salir al amanecer sin su permiso. Pero a lo mejor me equivoco.

Subió corriendo al piso de arriba y se vistió, se peinó rápidamente y se lavó los dientes con determinación. Dominic llegó con el pelo revuelto y vestido con una sudadera con cuello de pico, vaqueros y las gafas ligeramente torcidas, algo que Tess encontró de lo más atractivo.

Le dirigió una mirada ardiente y fugaz, pero se volvió rápidamente hacia los niños.

—No está bien —les regañó a los dos—. No está nada bien. ¿En qué de…? ¿En qué estabais pensando?

—Ha sido idea de Trini —protestó Antonio.

Sonó el temporizador del horno y Trini corrió hacia la cocina.

—¡Los bizcochos ya están listos!

—Vamos a sentarnos a desayunar y a hablar sobre lo que ha pasado —propuso Tess.

—Tenemos una norma —contestó Trini—. No se puede discutir durante el desayuno.

—No estaba sugiriendo una discusión.

Tess ayudó a Isabel a poner la mesa a la que llevaron los bizcochos recién hechos, mantequilla, mermelada, un cuenco con la ensalada de frutas y la tetera. Había algo en el ritmo de aquella mañana que la hacía sentirse bien, a pesar de que era terroríficamente temprano y Dominic estaba muy enfadado con sus hijos. Se sentía como si tuviera una familia. Y aquello era parte de lo que la hacía sentirse bien.

Los niños atacaron al instante.

–Es el mejor desayuno de mi vida –alabó Antonio–. Pero la idea fue de Trini.

–Si no os gustaba lo que teníamos para desayunar en casa, deberíais haberlo dicho –le reprochó Dominic. Untó con abundante mantequilla uno de los bizcochos y le dio un mordisco–. Tienes razón. Es el mejor desayuno del mundo.

–Los bizcochos los han hecho los niños –dijo Tess–. Han hecho un gran trabajo.

–Sí –dijo Trini–. Y ahora voy a decir lo que pienso. Aquí siempre está más rico el desayuno. Y la comida y la cena.

–No podéis desayunar, comer y cenar siempre aquí.

–No te enfades papá, pero aquí la comida es mucho más rica.

–Nunca aprendí a cocinar –les confesó Dominic a Isabel y a Tess–. Después de salir de casa, fui directamente al ejército.

–Mamá tampoco sabe cocinar –musitó Trini.

Tess advirtió que Dominic se tensaba.

–Eres un hombre muy inteligente –le dijo rápidamente–. Haces el mejor vino que he probado nunca. Cocinar tiene que ser mucho más fácil. ¿Qué te parecería que Isabel te enseñara, como ha hecho con los niños esta mañana? ¿Podrías hacerlo, Isabel?

–Desde luego –Isabel les sirvió más ensalada a los niños.

–Estoy comiendo apio, papá, ¿has visto? –le hizo notar Antonio.

–Yo pensaba que el apio no te gustaba.

–Yo también lo pensaba.

–El secreto está en hacer las cosas bien –dijo Tess.

La clase de cocina de aquella mañana le había resultado encantadora hasta un punto casi ridículo. Le había hecho sentirse más cerca de los hijos de Dominic y había llenado su corazón con un calor que no había sentido jamás. Estaba descubriendo que la cocina de Isabel era, a su manera, un lugar mágico.

—Sí, ya me lo imaginaba —contestó Dominic.

—Esta noche podemos dar otra clase —Isabel se apartó de la mesa—. Puedes venir cuando salgas del trabajo.

—Sí, papá —Trini se levantó de un salto y comenzó a quitar la mesa—. Será divertido.

Dominic miró entonces a Tess.

—Supongo que tengo que darte a ti las gracias.

—De nada.

—Pero tú no te vas a librar de ayudarnos.

—Yo ya he estado cocinando con Isabel —se defendió Tess.

—¡Ah! Pero cocinar es como el resto de las bellas artes —le recordó su hermana—. Siempre hay algo nuevo que aprender.

Novena parte

La gente se toma demasiadas molestias a la hora de picar el tomate muy fino. Tampoco es necesario echar aceite en la sartén cuando los tomates son frescos.

3 kilos de tomates reliquia o *beefsteak*
4 vainas de anís estrellado
1 vaina de vainilla
Sal de mar y pimienta negra para sazonar
Un pellizco de azúcar si se considera necesario
2 ramitas de tomillo fresco
1 o 2 hojas de laurel
Infusión de ajo fresco con un puñado de albahaca en aceite de oliva virgen

Colocar una sartén de fondo grueso a calentar en el fuego. Lavar los tomates y cortarlos por la mitad o en cuartos. Meterlos en la sartén con sal, pimienta y un pellizco de azúcar. Añadir el anís y la vainilla. Cuando comience a ablandarse el tomate, presionar con delicadeza con la mano de mortero para que vaya perdiendo el agua. Reducir el fuego y dejar hervir a fuego lento hasta que se transforme en un puré espeso. El proceso deberá prolongarse durante una o dos horas. Cuanto más lenta sea la evaporación del agua más intenso será el sabor y menor la acidez.

Mientras tanto, preparar la infusión. Calentar ligeramente el aceite en una sartén. Aplastar el ajo con la hoja del cuchillo y añadirlo al aceite junto a la albahaca. Mezclar con los tomates calientes y añadir una buena cantidad de aceite. Servir con pasta o con pan y gratinar con queso.

Capítulo 25

Tess pasó el día explorando las muchas habitaciones de Bella Vista. En su profesión, la búsqueda de un objeto a menudo implicaba cosechar información que no sabía que necesitaba, un resguardo, una carta, un recibo de una casa de empeños... En cualquier caso, aquella era su esperanza. Los dos pisos superiores eran un laberinto de dormitorios y armarios de ropa de cama. Ninguno de ellos parecía haber sido utilizado desde hacía siglos. Se descubrió a sí misma preguntándose por las familias que habían vivido en aquella casa, que había habitado aquellas habitaciones. ¿Qué habría sido de ellos? ¿Qué otros secretos guardarían?

—Intento quitar el polvo una vez cada pocas semanas —dijo Ernestina, abriendo las cortinas de uno de los dormitorios y revelando las partículas diminutas que flotaban en los rayos del sol—. Pero siempre se me escapa algo.

La mayoría de las habitaciones estaban muy ordenadas, repletas de muebles antiguos y estanterías llenas de libros y objetos antiguos. Tess reparó en una rara mesa Limbert con los bordes en curvas, una estantería Gustaf Stickley y una impresionante colección de jarrones de cerámica Rookwood que debían de valer miles de dólares. La liquidación, una vez se ejecutara la hipoteca, iba a ser digna de mención, pensó con el corazón en el suelo.

–¿Cuál era la habitación de Erik? –le preguntó a Ernestina.

El ama de llaves comenzó a avanzar por el pasillo.

–La que está al final. Te la enseñaré. Pero no hay mucho que ver –le advirtió.

Tess no estaba segura de lo que sintió al ver la habitación en la que su padre había crecido. Era una habitación con dos camas gemelas con sendas colchas de lana de cuadros escoceses, un escritorio y una cómoda. Todo estaba muy ordenado, como si fuera la habitación de un adolescente detenida en el tiempo. Había un banderín de los Berkeley Bears y un póster de Pink Floyd en la pared, además de varias fotografías enmarcadas de Erik cuando era niño. Pero no vio nada significativo, nada que pudiera aclarar las incógnitas sobre el huevo desaparecido. Y, desde luego, nada que pudiera aclarar las incógnitas que Tess había llevado dentro de sí desde siempre. No sentía ninguna conexión en absoluto con aquella persona desaparecida tanto tiempo atrás.

Había una colección de postales en un tablero en la pared. Las tomó y estudió las imágenes. Las Vegas en todo su esplendor *kitsch* de los ochenta. Big Sur, el muelle de Santa Mónica, las carreras de caballos en Santa Ana.

–Esas son de Carlos Maldonado –le aclaró Ernestina–. Erik y él eran amigos íntimos.

–¿Estará mal que las lea?

–Claro que no. Era tu padre. Y siempre se ha dicho que la muerte no guarda secretos.

–Desde luego, no es esa mi experiencia –musitó Tess–. ¿Cómo era mi padre?

A Ernestina se le llenaron los ojos de lágrimas.

–Era alegre y simpático. Hacía reír a todo el mundo. No era perfecto, ¿pero quién lo es? Era joven, imprudente y cometía errores. Pero todo el mundo le adoraba.

Incluyendo su mujer y su amante, pensó Tess.

En el escritorio, en medio de muchos papeles viejos y

rotuladores secos, encontró una frase bordada y enmarcada: *Vive cada día.* Tomó aire rápidamente.

–¿Tú recuerdas el nacimiento de Erik?

Ernestina alisó la colcha con la mano.

–Eva tenía problemas. Magnus y ella fueron a la ciudad a ver a un especialista y pasaron muchos meses allí. Cuando le trajeron, era pequeñísimo, pero pronto creció. En poco tiempo, todo el mundo se olvidó de cómo había llegado hasta Bella Vista.

Aquella noche, mientras se preparaba para otra clase de cocina, Isabel parecía haber florecido. Era una mujer en su elemento. Tess se preguntó si su hermana permanecería despierta por las noches, pensando preocupada en que pronto tendría que abandonar aquel lugar y encontrarse a la deriva en un mundo que encontraba profundamente amenazador.

–¿Puedo preguntarte algo? –no sabía si abordar aquel tema con Isabel.

–Claro.

–Eh… supón que al final se ejecuta la hipoteca y tienes que abandonar Bella Vista.

Isabel, con semblante impasible, agarró un delantal limpio.

–No soy capaz de pensar en eso.

–Escucha, siento ser yo la que saque el tema, pero tenemos que elaborar un plan B para ti.

–Sé que la intención es buena, Tess, pero no… –se le quebró la voz.

–¿No qué?

–No es el momento. Todavía no.

–Nos estamos quedando sin tiempo. Por mucho que nos disguste la idea, es muy probable que llegue el día en el que tengamos que desocupar la finca.

—Pero no va a ser hoy —Isabel se ató el cinturón con un firme tirón.

—No, de acuerdo, no va a ser hoy —negar la realidad, pensó Tess, tenía sus ventajas.

—En ese caso, no hay ningún problema —Isabel se acercó a la nevera y sacó una bolsa de tomates.

—Muy bien. Pase lo que pase —le dijo Tess a su hermana—, termine como termine esto, te irá bien. Cualquier persona capaz de cocinar como tú tiene un futuro brillante.

Isabel contestó con una sonrisa lánguida.

—Me cuesta hacerme a la idea de que voy a tener que salir de aquí. Sin embargo, tú me has servido de inspiración por tu manera de adaptarte a este lugar. No sé qué habría hecho sin ti.

—No me ha adaptado —admitió Tess—. No ha pasado un solo día en el que no me haya preguntado cuándo voy a poder volver a la ciudad, con mis amigos y a mi trabajo. Lo siento, Isabel, pero, por muy agradable que sea esto, yo no pertenezco a este lugar.

—Esa no es la impresión que me da cuando te veo con Dominic.

Se miraron y Tess sintió una oleada de emoción. Qué rápido había encontrado una afinidad con Isabel, una mujer tan distinta a ella que parecían pertenecer a especies diferentes. Muy poco tiempo atrás, eran unas desconocidas. Pero en aquel momento, Tess no era capaz de imaginarse sin conocer a Isabel, su frágil e inocente hermana. Compartían el día de nacimiento, compartían el ADN de su padre, pero, después de aquellos días de convivencia, el vínculo que las unía era más profundo que todo aquello, corría a tanta profundidad como la sangre y los secretos.

—Seguro que nos irá bien —le dijo a Isabel—. De una u otra forma, nos irá bien.

Nunca había sido una buena idea intentar luchar contra la negación. O contra el pensamiento mágico.

La cocina parecía anclar a Isabel, que traspiraba satisfacción mientras se ocupaba de ella con una facilidad y una eficacia que Tess jamás había experimentado en una cocina. Ella intentaba comportarse como si aquella fuera una noche como cualquier otra, pero la perspectiva de recibir a Dominic y a los niños la llenaba de una expectante anticipación que no había sentido nunca con tanta intensidad. Se había maquillado y se había vestido con especial esmero, con unos vaqueros, un jersey gris de cuello alto y unos pendientes de perlas cultivadas que había encontrado en uno de los vestidores del piso de arriba. El pelo se lo había recogido en una cola de caballo. Estudió su imagen en un pequeño espejo de pared. Las líneas de tensión de su entrecejo se habían suavizado. El mero hecho de dar rienda suelta a lo que sentía por Dominic había hecho que se abriera algo en su interior.

—Estás muy guapa —la alabó Isabel, revisando su aspecto.

—¿Tan trasparente soy?

—En absoluto. Pero a él le vas a gustar vayas como vayas vestida.

—Me has leído el pensamiento —admitió Tess.

—Eso es lo que hacen las hermanas, ¿no?

—Conocí a su esposa —dijo Tess bruscamente—. A su ex, quiero decir.

Isabel estaba ocupada colocando hierbas y tomates sobre una enorme tabla de cortar de madera de olivo.

—¿Y?

—Se metió en la casa mientras yo estaba allí, como si la casa fuera suya.

—Muy típico de Lourdes —dijo Isabel.

—Dominic dijo que tenía un problema con los vínculos. No es como me la esperaba. En realidad, no sé muy bien qué me esperaba. Supongo que esperaba que, fuera guapa y lo es. Una mujer con los pies en la tierra, y también lo es. Agradable, incluso. Aunque no conmigo, por supuesto.

—Lo siento.

—Es comprensible. Es abogada, ¿verdad?

—Y muy buena. Es socia de un bufete de la zona.

—Me dijo sin tapujos que quiere volver con Dominic.

Isabel, que estaba colocando la tabla de cortar, se detuvo.

—Eso nunca ha sido ningún secreto.

—¿Pero a qué viene eso?

—No lo sé. A lo mejor lo de estar soltera no está siendo como se imaginaba. Ha tenido algunos novios, pero con ninguno de ellos ha funcionado la relación. A lo mejor no se dio cuenta de lo que tenía con Dominic hasta que lo perdió. ¿Te preocupa?

—Pues sí, me preocupa. Apenas sé nada de él. Por lo que yo sé, todavía podría estar sintiendo algo por ella…

—Eso es imposible, Tess. Si Dominic dice que ya lo ha superado, es que ya lo ha superado.

—Pero tienen una familia, un pasado, una historia…

—Todos lo tenemos, pero eso no significa que puedas dar marcha atrás en la vida.

—¿Desde cuándo eres tan inteligente?

Isabel sonrió.

—Aprendo de mi hermana mayor —se estaba refiriendo al lapso de horas que habían pasado desde que Tess había nacido hasta que ella había hecho su aparición en el mundo—. El abuelo dice…

—¡Ya estamos aquí! —canturreó Trini mientras entraba por la puerta trasera de la cocina.

Charlie entró trotando en la cocina y ladró a modo de saludo. Antonio comenzó a pelear con él en el suelo. Dominic fue el último en entrar; estaba recién salido del trabajo, con el traje, la camisa abotonada hasta el cuello y remangada y una sonrisa iluminando su rostro. Siempre parecía feliz cuando estaba con los niños. No era extraño que Lourdes quisiera volver con él, pensó Tess. Bastaba con ver lo que se había perdido.

–En primer lugar, a lavarse las manos –ordenó Isabel–. Si está contaminada, no sirve de nada que una comida esté deliciosa.

Fueron pasando por turnos por el fregadero e Isabel repartió delantales.

–Permíteme –le dijo Dominic a Tess mientras se colocaba tras ella.

Le ató el delantal con una particular intimidad que Tess esperó pasaran por alto los niños. Todavía era demasiado pronto como para hacerles partícipes de aquella relación.

Isabel comenzó con una simple salsa de tomate para la pasta hecha con los últimos tomates reliquia del huerto de otoño.

–La clave está en el sabor –les explicó–. Hay que probar los tomates para decidir cuánta azúcar añadir.

Le pasó a todo el mundo un trozo de tomate que ellos comieron obedientes.

–Está bueno –dijo Antonio.

–¿Te sabe dulce? ¿Ácido?

–Sabe a tomate.

–Dulce –aportó Dominic–. Definitivamente dulce.

–Y, ahora, es en esto en lo que la gente se equivoca. Calientan aceite de oliva en una sartén grande y lo echan todo a la vez. Pero vosotros no vais a hacer eso. Los tomates son suficientemente jugosos como para cocinarlos sin necesidad de aceite. Eso se hace después. Tampoco hay que cortar en pedazos los tomates. Solo hay que partirlos por la mitad, echarlos en una sartén no muy profunda y cocinarlos a fuego lento. No se puede cocinar bien con prisa.

Antonio estaba fascinado por los cuchillos japoneses de Isabel, afilados como cuchillas. Hizo algunos sonidos propios de un experto en kárate mientras cortaba los tomates y los dejaba en la sartén. Isabel incluyó algunos ingredientes inesperados, condimentos que a Tess jamás se le habría ocurrido echar en una salsa de tomate, como una vaina de anís y una rama de vainilla partida por la mitad, una pizca de azúcar, una ramita de tomillo y laurel del huerto.

–El objetivo es que los tomates terminen deshechos, *concassé* –Isabel utilizó la palabra francesa–. Hay gente que piensa que hace falta pelarlos y triturarlos, pero es completamente innecesario. Terminarán formando un puré si los dejamos cocinándose a fuego lento en su propio jugo –utilizó una cuchara de madera para enseñarles cómo presionar el tomate contra el lateral de la sartén–. Intentadlo.

–Sí, papá, inténtalo –Antonio parecía divertirse viendo cocinar a su padre.

Dominic utilizó la cuchara tal y como Isabel acababa de enseñarle.

–¿Ya está *concassé*?

–Todavía no. Tómate tu tiempo. La lenta evaporación del agua producirá un color intenso y le quitará la acidez.

El sonido de la voz de Isabel y el ritmo lento de la cocina tuvieron un efecto sedante en Tess. A lo mejor tenía que ver con lo que había dicho su hermana sobre que el arte de la cocina era bueno para el alma. A pesar de todo lo que estaba ocurriendo, Tess reconocía que estaba aprendiendo a tomarse las cosas con calma. Últimamente, no se levantaba a revisar los mensajes de teléfono o correo electrónico en cuanto se levantaba, ni empezaba a hacer planes de forma inmediata. Estaba comenzando a darse cuenta de que no tenía nada de malo permitir que, en algunas ocasiones, el día fuera desplegándose a su propio ritmo.

–Ahora vamos a preparar una infusión –dijo Isabel.

–¿Sabes lo que es una infusión? –le preguntó Tess a Trini.

–Es exactamente lo que parece –explicó Isabel–. Hay que calentar el aceite para que se perfume con los sabores que introducimos en él, que son el del ajo, las hierbas y las especias. Después de que los tomates estén cocinándose durante una hora aproximadamente, añadiremos la infusión.

—Es como el laboratorio de ciencias —dijo Antonio, mirando por encima del hombro de su padre mientras Dominic removía el tomate.

—Pero más sabroso —Dominic le dio a probar la salsa.

Antonio asintió y alzó los pulgares.

—Ahora te toca a ti —dijo Dominic, ofreciéndole a Tess una cucharita.

—*Délicieaux* —dijo Tess, besándose la punta de los dedos.

—¿Qué significa eso? —Antonio.

—Delicioso, zopenco —se burló Trini—. Es casi la misma palabra.

—¿Por qué te has besado los dedos? —preguntó Antonio, ignorando a su hermana.

—Es para expresar que se ha conseguido un éxito —le explicó Tess—. Es como decir «¡tachán!». Lo he visto en las películas. Y en los dibujos animados.

—Era el gesto característico de Hugo Bernard —les ilustró Isabel—. Fue uno de los primeros críticos de cocina en Francia. Para los chefs de París, su aprobación lo significaba todo.

—Aquí estoy viendo muchas cosas que aprobar.

Tess cruzó la mirada con Dominic y compartieron una sonrisa. Le encantaba verle así, relajado y disfrutando con sus hijos. Cuanto más le observaba, más relajada estaba también ella, más libre de tensiones, dejando espacio en su corazón para algo diferente, para algo más. A lo mejor aquello era lo que su madre había estado intentando decirle el día que se había marchado. Era como un quedo despertar, algo invisible, incluso, pero podía sentir el cambio que se estaba operando en ella como algo tan inevitable como el avance de las estaciones. En momentos como aquel, se sentía como si estuviera emergiendo de un dormir largo y profundo plagado de sueños que no podía recordar y al despertar descubriera que, en realidad, no hacía falta soñar.

«No quiero que esto termine». La intensidad de aquel pensamiento la sorprendió. Los cambios en su vida estaban sucediéndose de forma rápida e indefectible y algo le indicaba que no debía cuestionarlos. Pero el choque inevitable con la realidad le decía que su tiempo en Archangel pronto acabaría, tanto si ella quería como si no. El tecnicismo que Dominic había encontrado solo serviría para detener temporalmente los procedimientos. El banco ejecutaría la hipoteca. Isabel se vería obligada a abandonar Bella Vista. Y Dominic...

A lo mejor debería alejarse de allí y analizarlo todo con calma.

Sonó el teléfono y miró el identificador de llamadas: Trianon Galleries. El corazón se le aceleró, pero consiguió mantener el rostro imperturbable mientras decía:

—Tengo que contestar —y descolgó el teléfono—. Tess Delaney.

—Soy Michel Christiansen. Tengo una llamada suya, señorita Delaney.

—Gracias por devolverme la llamada.

—Hemos hecho negocios muy satisfactorios con Sheffield, aunque creo que no nos conocemos. ¿En qué puedo ayudarla?

Estremecida, se dirigió al cuarto de estar, dejando tras ella el feliz alboroto de la cocina.

—En realidad es un asunto complicado —le explicó—. Hay que remontarse hasta 1984. Por lo que tengo entendido, entonces ya era propietario de la galería.

—Sí, claro. Es un negocio familiar.

—En ese caso, puedo preguntarle... Mire, en marzo de aquel año tuvo lugar un incidente. ¿Recuerda algo de un hombre llamado Erik Johansen?

—¿De hace treinta años? Lo dudo.

—Tenía una cita con usted —le dijo, sin querer darle demasiada información.

–En ese caso, la cita quedaría registrada en una de las agendas de la galería. En aquella época lo anotábamos todo a mano.

–¿Conserva esas agendas?

–Las organizábamos año a año –contestó–, pero las trituramos hace mucho tiempo.

A Tess se le cayó el corazón a los pies.

–Entonces no tiene ningún registro…

–Claro que tengo registros, está todo escaneado y digitalizado. Espere un momento.

Tess no podía respirar. Sentía el corazón como si lo tuviera en la garganta.

Al cabo de unos minutos, su interlocutor dijo con voz queda:

–Sí, he encontrado la cita. Marzo del 1984.

–Tengo entendido que Erik Johansen nunca llegó a su establecimiento.

–Correcto –contestó al cabo de un momento–. No llegamos a vernos cara a cara. Fue una desgracia. El señor Johansen sufrió un terrible accidente ese día.

–Sí, esa parte la conozco. Era mi padre.

–Señorita Delaney, lo siento en el alma.

–Gracias. En realidad, no llegué a conocerle. Nací después del accidente. ¿Y le dio alguna información sobre el objeto que pretendía llevarle?

–Sí. Me dijo que era una pieza de la Casa Fabergé, un recuerdo familiar.

Tess estaba a punto de hiperventilar.

–¿Y eso fue lo único que le dijo?

–Sí. Recuerdo que pensé que merecería la pena echarle un vistazo.

«Y no sabe hasta qué punto», pensó Tess.

–Gracias. Esperaba… bueno, me pregunto si no tendrá ningún otro recuerdo de aquel día.

–Pues la verdad es que sí. Hice una anotación… Espere

un momento, por favor. El diario de la galería está en otro archivo.

Mientras oía el repiqueteo del teclado y sostenía el teléfono contra su oído escuchando el vacío, sintió el inicio de un ataque de pánico.

—Lo tengo todo ordenado por fechas —le explicó el señor Christiansen—. Aquí están las notas que tomé el 23 de marzo de 1984 —se interrumpió y añadió—: Más tarde, ese mismo día recibí una llamada de un caballero llamado Carlos Maldonado.

Tess se aferró con fuerza al teléfono.

—Era un amigo de Erik.

Se produjo una pausa.

—Es posible.

Tess dejó de respirar. Cualquier otra persona habría pasado por alto aquel breve silencio, pero Tess estaba preparada para detectar cualquier matiz cuando estaba inmersa en uno de sus proyectos de investigación. Cuando había algo importante que aportar, la gente tendía a hacer una pausa antes de contestar. Una de las cosas que había aprendido con su trabajo era que muy pocas amistades eran capaces de resistirse a la tentación de sacar un beneficio económico.

—¿Y Carlos Maldonado dijo lo que quería?

—Pretendía cerrar la transacción del señor Johansen.

Tess sintió una bola de hielo formándose en su estómago.

—Por supuesto, le dije que nunca comerciábamos con objetos cuya procedencia no estaba del todo clara —continuó diciéndole el señor Christiansen—. No volví a tener noticias de él.

Eso quería decir que su padre había intentado apoyar a su madre. A lo mejor no era lo mismo que tener un padre, pero, por primera vez, Tess tenía la certeza de que en algún momento se había preocupado por ella.

¿Habría sido aquella preocupación la que había terminado matándole?

Capítulo 26

La sombra de la fecha límite que les había dado el banco se cernía sobre ellas como una tormenta en formación. La tensión estaba crispando a Isabel. Tess la oía caminar por su habitación por las noches. Pero, aun así, no habían renunciado a la búsqueda. Hasta entonces, todos los caminos les habían conducido hasta un callejón sin salida, pero Tess continuaba creyendo que aquel rompecabezas podía ser resuelto. Su trabajo en San Francisco pendía de un hilo, pero aquello era demasiado importante como para abandonar.

El Día de Acción de Gracias amaneció en Bella Vista húmedo y gris, un principio de las fiestas nada halagüeño. Tess entró en la cocina cuando todavía no había amanecido y se dirigió tambaleante hacia la jarra de café y leche espumada que Isabel tenía siempre preparada.

—Llevas horas levantada —le dijo a Isabel.

Isabel estaba preparando el pavo, concentrada en su tarea, deslizando mantequilla y hojas de salvia bajo el pavo y controlando un caldo con un olor delicioso que tenía al fuego.

—Desde las cinco —admitió.

—¿Qué puedo hacer?

—Tomarte el café. Después, si quieres, puedes poner la mesa. He hecho un plano con la disposición de todos los comensales.

–Estás de broma.

–Este año vamos a ser un buen número de gente. Viene el padre Tom. Y los Navarro, por supuesto. Ernestina ha preparado sus famosos tamales. También Dominic, los niños y su hermana Gina. Gina te va a encantar.

Tess revisó el gráfico hecho a lápiz.

–¿Mi madre también?

–Sí, la invité.

–¿Y aceptó? De acuerdo, estoy dispuesta a admitirlo. Tu comida tiene poderes mágicos.

No podía recordar la última vez que había pasado el Día de Acción de Gracias con su madre. Aquella era una de aquellas fiestas de carácter familiar que resultaba deprimente para aquellos que no tenían familia. En el pasado, solía escaparse a Las Vegas o a Vancouver, lugares en los que aquel era un día como cualquier otro. En una ocasión, se había sumado al grupo de voluntarios de la empresa que iba a servir la cena en un centro benéfico de Tenderloin. Pero nunca había pasado una fiesta como aquella, con amigos y familiares.

Se tomó el café y se dirigió al comedor. El fuego crepitaba alegre en la chimenea, las llamas iluminaban la niebla helada que cubría las ventanas. Una enorme mesa de madera de pino rústica y hierro repujado dominaba la habitación. Ernestina le dijo que era la mesa original de la casa, que tenía más de cien años. Tess intentó imaginar cuántas reuniones familiares habría visto aquella mesa. ¿Dónde se habría sentado Erik? ¿Cuál sería su comida favorita? ¿Habría incorporado Francesca, su esposa, tradiciones de su propia familia? ¿Habría pensado Erik en Shannon durante el último Día de Acción de Gracias de su vida, mientras celebraba la fiesta con su familia?

Y, años después, Shannon, la única superviviente de aquella generación, iba a ocupar un lugar en la mesa de Bella Vista. Tess no podía imaginar qué le había dicho Isabel para convencerla de que volviera a Archangel.

Según lo que Isabel había dispuesto, Tess estaría sentada entre Dominic y Shannon. Al padre Tom le había sentado en la cabecera de la mesa y ella se sentaría a su derecha. Interesante. Había reservado un lugar para Magnus, advirtió, en el otro extremo. Isabel colocó aquel servició con cuidado, como si Magnus pudiera aparecer andando por allí en cualquier momento.

—Ya termino yo —se ofreció Ernestina, irrumpiendo en el comedor con un centro de mesa con azucenas y algodoncillos secos y tres velas en medio—. Tú vete a ayudar a la cocina.

—Eso es como pedirme que ayude a Rembrandt a pintar un cuadro —protestó Tess.

—Tiene mucho talento, ¿verdad? —Ernestina se esmeró en colocar el centro.

—Me pregunto por qué nunca ha intentado dedicarse a ello profesionalmente.

—A lo mejor lo hace en algún momento —Ernestina se interrumpió—. A lo mejor se vea obligada a hacerlo —a Tess debió de traicionarla su expresión porque Ernestina añadió—: Sé lo de la hipoteca. Sé que es posible que haya que vender Bella Vista.

Tess asintió sintiendo una dolorosa opresión en el pecho.

—Sabemos que se podrán pagar los salarios hasta final de año, pero después…

—Después hará falta un milagro.

—Exacto.

—Ve a ayudar a tu hermana.

Tess volvió a la cocina. Se detuvo en el vano de la puerta para observar a Isabel mientras esta colocaba el pavo en la bandeja del asado. Trabajaba con una elegancia de la que no era consciente y, fuera lo que fuera lo que estuviera pensando, parecía iluminarla, suavizaba su miraba y curvaba sus labios en una leve sonrisa. O a lo mejor no estaba pensando en nada. Cuando Isabel cocinaba, lo hacía siempre con amor.

–Ernestina ha hecho un centro de mesa precioso.

–Se le da muy bien. También hace velas de cera de abeja.

–Deberíamos llevarle una cena de Acción de Gracias a Magnus al hospital –sugirió Tess–. Ya sé que no podrá comerla, pero… a lo mejor es una tontería…

–Es una idea preciosa. Y propongo que lo hagamos –Isabel señaló hacia la encimera–. Vas a preparar tú la guarnición.

–¡Oh, no! De ningún modo. No vas a endosarme a mí la guarnición. La guarnición provoca posiciones extremas. No pienso ser la responsable de una guarnición que todo el mundo recordará como la peor en la historia del Día de Acción de Gracias.

–Estará riquísima. Tómate otra taza de café y te enseñaré a hacerla.

Trabajaron codo a codo y Tess encontró que le resultaba inesperadamente relajante estar cortando y mezclando los ingredientes mientras charlaba con su hermana. Al cabo de unos minutos, la conversación derivó hacia especulaciones sobre su padre. ¿Qué había pasado? ¿Qué papel habría jugado Carlos Maldonado en aquella tragedia? Continuaba siendo un enigma cuya respuesta estaba lejos de su alcance.

Fue abriéndose paso la luz del día, aunque continuaba siendo una mañana húmeda y sombría, con el cielo de un dramático color gris acero. El vapor de los guisos empañaba las ventanas de la cocina y Tess estaba embriagada por los olores que flotaban en la cocina.

A media mañana, Charlie comenzó a ladrar en la puerta de atrás, que se abrió con un sonido silbante. Dominic entró junto a una ráfaga de viento helado seguido por los niños. Llevaba una caja de vino y los niños iban cargados con montones de crisantemos ambarinos.

El vertiginoso latir de su corazón era ya una sensación familiar para Tess. Había dejado de molestarse en fingir que no estaba loca por Dominic.

–¡Hola! –la saludó él.

Se acercó a Tess y le dio un beso en el cuello.

–¡Habéis llegado indecentemente temprano! –le acusó, a punto de derretirse contra él–. Todavía estamos con las batas de casa –notó que los niños les estaban observando–. ¡Hola, chicos!

–No te preocupes, sabemos que le gustas a papá –dijo Antonio.

–¿Ah, sí? ¿Le gusto?

–Sí, le gustas –contestó el niño.

Tess sonrió de oreja a oreja.

–Me alegro de saberlo.

–¿Podemos ver el desfile de Acción de Gracias? –preguntó Trini.

–Claro –contestó Isabel mientras se lavaba las manos–. Voy a encender la televisión en el cuarto de estar.

Los niños salieron con ella de la cocina. Tess apoyó entonces la mejilla en el hombro de Dominic, inhalando su esencia. Después, se volvió en sus brazos, le enmarcó el rostro con las manos y se puso de puntillas para darle un beso.

–Parece que hoy es mi día de suerte –se felicitó Dominic–. ¿Y esto a qué se debe?

Tess soltó una carcajada.

–A que me gustas.

Dominic le acarició la mandíbula con los nudillos.

–El sentimiento es mutuo.

Tess se puso de puntillas y susurró:

–Te quiero, Dominic Rossi, y no quiero dejarte nunca.

–Lo siento, ¿qué has dicho? Ese es mi oído malo.

–Yo…

Tess estaba estupefacta. ¿De verdad había dicho eso? Estaba tan inmersa en aquel tumulto de emociones que ya no confiaba en sí misma. Tenía miedo de volver a decirlo, de que a Dominic no le gustara aquella confesión, de ponerse en ridículo. Le dio otro beso.

–¿Sabes lo que voy a hacer? Voy a llevar a los niños un chocolate caliente y voy a ir a ver el desfile con ellos.

–Te he oído –le advirtió Isabel, que regresaba en aquel momento a la cocina–. Tienes que terminar la guarnición.

–Y lo haré, te lo prometo –le aseguró Tess–. Después del chocolate, ¿de acuerdo?

Unos minutos después, estaba sentada junto a Trini y Antonio, haciendo un recuento de las carrozas.

–¿Cuál ha sido la mejor hasta ahora? –preguntó.

–La de Godzilla –contestó Antonio.

–Mi favorita es la de Tintín –dijo Trini–. Tengo todos los libros.

–A mí me ha gustado la del queso gigante. ¿Qué tal está el chocolate? –les preguntó Tess.

–Muy bueno –Antonio lo removió con la cucharilla–. ¿Puedo comer otra nubecita?

–Están en la cocina.

–¿De verdad te gusta mi padre? –preguntó Trini cuando Antonio se fue.

–Sí –contestó de manera inequívoca. Se sentía ridículamente bien al decirlo. Pero… ¿amor? ¿Podía hablar de amor?

–Yo sé que le gustas. Lo sé por la forma en la que a veces le miras la boca.

–Eres muy observadora.

–¿Estás enamorada de él?

Sí.

–Podría ser.

–Eso es una tontería. O estás enamorado de alguien o no lo estás.

–No siempre es tan sencillo. Primero, alguien tiene que gustarte y, a veces, ese sentimiento crece y se convierte en amor.

–¿Y eso cómo pasa?

–Es… un misterio. Alguien te gusta cada vez más y más

y, al final, te das cuenta de que estás enamorada de esa persona.

—De mi padre, quieres decir.

Tess permaneció en silencio durante varios segundos. Dios santo, ¿de verdad acababa de decirle a la hija de Dominic que se estaba enamorando de su padre?

—¿Cuánto tiempo se tarda? —preguntó Trini.

—Eso es diferente en cada caso. El amor lleva su tiempo.

—Yo quise a Iggy en cuanto papá lo trajo a casa. No le conocía, pero en cuanto cruzó la puerta, ¡zas!, supe que le quería.

—A veces también funciona de ese modo —dijo Tess—. Apuesto a que cuando naciste, tu padre te miró y también sintió ese ¡zas!

—Yo no entiendo por qué se acaba el amor.

—Esa es una cuestión complicada. A veces, es un misterio. Pero no siempre se termina.

—Tess tiene razón —la apoyó Dominic con voz queda desde la puerta.

—No está bien escuchar a escondidas —le reprochó Tess con las mejillas ardiendo—. Esta era una conversación de chicas.

—Yo sé hablar el idioma de las chicas.

—Sí, claro —musitó Trini.

—¡Eh!

Dominic le quitó la taza de la mano, la dejó a un lado y sentó a su hija en su regazo.

Al verles, Tess puso por fin un nombre a la montaña rusa de sentimientos en la que parecía haberse montado. Se había enamorado.

De Dominic Rossi.

Pero, además, se había enamorado también de sus hijos y de la vida que llevaba en Archangel. Había aprendido a saborear el ritmo lento de la vida del pueblo, de los cultivos, de los viñedos, el amable encanto de los puestos de las granjas y los productos caseros, de las comidas compartidas y de la vida en el campo.

La vida que siempre había creído desear se había ido alejando con sigilo mientras su corazón se abría a algo nuevo. Todo lo que hasta entonces consideraba importante había cambiado. Estaba enamorada por primera vez en su vida. La sensación era tan emocionante y arriesgada como saltar desde un edificio o descubrir de pronto que podía volar.

—Estás distinta —dijo su madre mientras añadía vodka a la coctelera en la que estaba preparando un cóctel de arándanos con especias.

Shannon no cocinaba muy bien, pero sabía preparar copas y aquella iba a ser su contribución a la fiesta.

—No sé a qué te refieres —contestó Tess—. Supongo que habré engordado con la comida tan increíble de aquí —repentinamente consciente de sí misma, se pasó la mano por la parte delantera del jersey.

—Prueba —su madre le sirvió una copa—. Dime si le falta algo.

—Está riquísimo —le aseguró Tess después de probarlo.

Se oyó un grito procedente de la habitación de al lado en la que todo el mundo se había puesto a ver un partido de fútbol.

—¡Vamos vamos, vamos! ¡Marca!

Al parecer el padre Tom, los Navarro y Dominic habían hecho algunas apuestas y la tensión estaba al límite. El sacerdote, que en otro tiempo había sido quarterback del equipo universitario de Gonzaga estaba loco por ganar.

—No es que hayas engordado —reflexionó Shannon—. Es otra cosa...

—Necesitaba descansar del trabajo. Aunque Jude dice que lo que estoy haciendo es un suicidio profesional.

—¿Y es cierto? —preguntó su madre con brusquedad.

Aunque pareciera increíble, Tess fue capaz de reírse ante aquella reacción.

—Soy buena en mi trabajo. Si me echan de Sheffield, encontraré otra cosa. Algo mejor.

La mera idea de perder un trabajo que adoraba solía causarle pánico. Pero había adquirido una nueva confianza en sí misma. Seguramente estúpida.

Shannon le dio los toques finales al cóctel de arándanos y le tendió uno a su hija,

—No quiero parecer presuntuosa, pero este cóctel le hace justicia a los aperitivos de Isabel. Salud.

—Salud, mamá —Tess dio un sorbo a su bebida—. Me alegro de que hayas vuelto —añadió.

—Y te alegrarás más cuando te enteres de lo que he averiguado sobre Carlos Maldonado.

—¿Qué?

—No creerías que me había limitado a marcharme sin más en un momento en el que me necesitabas, ¿verdad? —Shannon la miró un instante y suspiró—. Sí, claro que lo creías. Tess, me fui porque quería ayudaros, pero no quise prometer nada porque no estaba segura de que pudiera encontrar alguna información que tú no tuvieras. Uno de mis investigadores trabajó en el archivo judicial de la policía del estado y él me proporcionó algunos detalles sobre el accidente de Erik. ¡Ah! Y estuve visitando a Beatrice, la viuda de Maldonado.

Tess estaba estupefacta.

—¿Y qué averiguaste?

—Que todavía hay alguna esperanza de encontrar ese huevo. Carlos Maldonado no fue un héroe como lo había sido su padre. Según su viuda, tenía problemas serios con el juego. Necesitaba dinero y lo necesitaba rápido.

—El huevo —musitó Tess, aferrándose a la copa—. Debió de averiguar su valor. Pero eso no impidió que se ahogara después de que Erik muriera.

–El amigo que tengo en el departamento de tráfico no cree que el ahogamiento fuera un accidente. Está clasificado como un crimen sin resolver. Pero Beatrice me dio una pista interesante. Ella se marchó de la propiedad de los Maldonado sin nada, salvo su hija y una caja llena de cachivaches –Shannon vació su copa y se sirvió otra–. Ahora tienes un problema. Vas a tener que hacerle una visita a la ex de Dominic.

Capítulo 27

—Tengo una duda —le dijo Tess a Lourdes—. Me pregunto si estarías dispuesta a hablar conmigo.

Sin decir una sola palabra, Lourdes mantuvo abierta la puerta de su casa. Era una casa pequeña situada en el pueblo, con un jardín rodeado por una cerca y lleno de juguetes para los niños. En el interior se percibía un ligero olor a humedad apenas enmascarado por la fragancia de una vela de arrayán y el olor de un abeto recién cortado. La entrada estaba llena de zapatos, abrigos y sobres sin abrir. Un par de cestos de ropa de la colada ocupaban el pasillo.

Lourdes parecía agotada, aunque apenas estaba comenzando la tarde.

—Has tenido el valor de venir a mi casa. Ya te lo dije, estoy intentando volver con Dominic…

—Como te dije la vez anterior, eso es cosa tuya y de Dominic.

—Pero mientras andes tú por aquí, no puede haber nada entre nosotros.

—Mira, esto no tiene nada que ver con mi situación personal. He venido a verte porque estoy intentando ayudar a mi hermana.

—Eso no tiene ningún sentido.

Tess tomó aire para intentar recuperar la compostura. No

había hablado ni con Isabel ni con Dominic de la teoría que se les había ocurrido a su madre y a ella el Día de Acción de Gracias. Quería comprobarla de primera mano. Shannon había localizado a la viuda de Carlos Maldonado en Placerville. Y se parecía muy poco a la joven madre destrozada que Tess había imaginado. Beatrice Maldonado, Beatrice Perkins cuando la había encontrado su madre, no guardaba buenos recuerdos de su primer marido. Era un jugador, un bebedor y andaba con malas compañías. Después de su muerte, Beatrice había dejado Archangel y había comenzado una nueva vida. Carlos había muerto endeudado y sin haber hecho testamento. Beatrice se había encontrado con un desastre económico y una colección de recuerdos y objetos personales que con el tiempo había entregado a su hija, Lourdes.

—Estoy intentando ayudarla a encontrar un objeto que se perdió hace años. Es una reliquia de la familia Johansen, algo que tiene mucha importancia tanto para ella como para su abuelo.

—No sé de qué estás hablando, y tampoco entiendo por qué vienes a contármelo a mí.

—Si tienes tiempo, me encantaría explicártelo.

Lourdes soltó un suspiro dramático.

—Adelante, pasa. No tengo nada contra Isabel. Sé que para ella debe de ser terrible lo que le ha pasado a su abuelo.

Tess avanzó al interior del cuarto de estar. Aquella era la casa que Lourdes y Dominic habían compartido. La primera se había quedado con ella tras el divorcio. No era extraño que Dominic fuera un obseso del orden y que su casa estuviera apenas decorada. Allí la decoración era agobiante, con muebles pintados, lámparas de bronce, espejos y decenas de fotografías enmarcadas de los niños.

—¡Qué árbol tan bonito! —dijo Tess.

Era un abeto azul de por lo menos tres metros de altura del que colgaban luces y adornos de todo tipo.

–Lo decoramos los niños y yo. Siempre terminamos poniendo demasiados adornos al árbol.

Por un instante, Tess experimentó una oleada de nostalgia que la arrastró hasta las navidades de su infancia en Dublín, con Nana. Muchas veces estaban las dos solas porque Shannon estaba trabajando, pero la convertían en una fiesta acogedora y hogareña con los bizcochos de nata de la panadería del barrio, el té con especias y los villancicos sonando en el estéreo.

Ya de adulta, Tess había evitado la Navidad de forma tenaz. Había asistido a algunas fiestas, pero, cuando se acercaba aquella fecha, le gustaba viajar a lugares como Tailandia o Mumbai, en los que la Navidad era un día como otro cualquiera. A menudo coincidía con su madre en algún lugar y las dos intercambiaban regalos, salían a cenar y eso era todo. Siempre se había dicho que la Navidad estaba sobrevalorada. Las familias se reunían, surgían peleas y se producían situaciones incómodas. Invariablemente, alguien bebía más de la cuenta o terminaba hiriendo los sentimientos de otro y se entregaba un regalo que no le servía o no le gustaba a su destinatario. Había una sobreabundancia de comida, sobre todo de dulces, y una sensación incómoda de exceso. Las fiestas familiares nunca gozaban de la calidez y la alegría que se les suponía.

En lo más profundo de su ser, no creía ninguna de aquellas cosas, pero se había visto obligada a decírselas para dejar de esperar algo que no podía ser.

A lo mejor aquel año todo cambiaba. Tenía a Isabel. Ella misma le había dicho que no se podía perder la fiesta que se celebraba en Bella Vista. Todas las personas que trabajaban y vivían en la propiedad se reunían la víspera de Navidad. El padre Tom pasaría por allí a las doce de la noche para celebrar una misa y darles su bendición. Tess sabía que aquel año las tradiciones tendrían un sentido más profundo, pues los corazones de todos los allí reunidos estarían rezando por la recuperación de Magnus.

–Te pondré una copa de vino –Lourdes se dirigió a la cocina–. Yo también tomaré una.

–Yo no… –Tess cambió de opinión–. Sí, me encantaría.

Mientras oía el tintineo de las copas, parpadeó y contempló el árbol de Navidad. Los árboles de Navidad de los demás siempre le habían producido una peculiar fascinación. Nana y ella solían decorarlo de manera sencilla, colgaban unos cuantos adornos de porcelana blanca, algunas bolas brillantes y unos cuantos tesoros de Things Forgotten. El árbol de Lourdes era mucho más espectacular, estaba cubierto de adornos dorados, la mayor parte de ellos bombillas de colores llamativos. De las ramas más bajas y robustas, colgaban los adornos de más peso, de cerámica, madera tallada o resina. Había algunas creaciones que parecían hechas de plastilina, probablemente, manualidades que habían ido haciendo los niños a lo largo de los años.

Una luz destelló sobre la superficie pulida de una bola de Navidad dorada. Frunciendo el ceño, Tess se agachó para inspeccionar aquella luz que le había llamado la atención. El adorno era una bola grande y brillante. Dejó de respirar, no movió ni un solo músculo. Alargó la mano hacia las ramas del árbol y descolgó la bola dorada.

Lo supo al instante, aquella era una bola de cristal pintada en color dorado desde el interior. Era bonita, pero no era el tesoro que estaba buscando. Sintiéndose ridícula, buscó un lugar para colgarla. Lo encontró en las ramas más bajas, en medio de adornos caseros y manualidades escolares. Se detuvo para contemplar una fotografía Polaroid en la que aparecía una niña de ojos negros, enormes, y boca sonriente. Estaba sentada en las rodillas de un hombre con bigote muy atractivo. Tess reconoció al Carlos que había visto en las fotografías durante su investigación. Cuando alargó la mano hacia el tronco del árbol, las agujas del abeto le rozaron el brazo. Con el dorso de la mano tocó un objeto pesado que colgaba en medio de aquellos humildes adornos. Estaba en la rama más baja, al lado de la impresión en arcilla de la mano de un niño y de una escena navideña envuelta en musgo.

Era un objeto pesado de color amarillo mate. Cuando lo inclinó hacia ella, contuvo de nuevo la respiración. Con mucho cuidado, descolgó el objeto y lo sacó de la rama. En aquella ocasión no había posible error.

El huevo era algo más grande de lo que había imaginado. E infinitamente más elaborado. Envuelta en una red de la más delicada filigrana de oro, su superficie aparecía deslucida por el tiempo y la falta de cuidados.

¡Santo Dios! Estaba sosteniendo el tesoro. La superficie dorada parecía viva y cargada de historias. Le bastó acunarla en las palmas de las manos para sentirse transportada. Liberó el delicado cierre, abrió el huevo y descubrió el interior lleno de dulces navideños.

—No te he preguntado si lo querías tinto o blanco —dijo Lourdes, que entraba en aquel momento en la habitación con dos copas de vino en una bandeja—. He pensado que lo tomarías blanco.

Tess recobró la compostura, se enderezó y se sacudió el polvo de las manos. Mantuvo el rostro completamente impasible.

—Sí, un vino blanco, gracias.

Sabía lo que tenía que hacer. En aquello consistía su trabajo, en separar a la gente de sus tesoros. Era algo habitual el encontrar objetos en lugares a los que no pertenecían. Su tarea consistía en devolver las cosas a sus legítimos propietarios. Pero jamás había habido tanto en juego.

Cerró el huevo, colocó el cierre y sostuvo la esfera agarrándola del delgado alambre al que estaba atada, haciéndola girar lentamente. La sensación que le produjo la hizo estremecerse.

—¿Sabes de dónde ha salido esto?

Lourdes bebió un sorbo de vino.

–Lleva años aquí. Cuando mi padre murió, mi madre lo encontró en una caja con otras cosas de mi padre, premios de la tómbola, billetes de lotería, adornos de Navidad y juguetes que pretendía regalarme, pero que nunca llegó a entregarme. Es probable que ese huevo estuviera entre ellos –le tendió una copa a Tess.

–Salud –seguro que Tess había hecho cosas más extrañas que brindar con la ex de su novio, pero no podía recordar cuándo–. En realidad, he venido aquí para preguntarte por este objeto. Isabel lo está buscando. Creo, y esa certeza procede de una exhaustiva búsqueda, que era propiedad de Erik Johansen.

Lourdes soltó una carcajada y bebió un sorbo de vino.

–¡Dios mío, eres increíble! ¿No te basta con salir con mi marido? –su exmarido, pensó Tess–. ¿Ahora también quieres quitarme una baratija que me dejó mi padre?

–Estoy intentando ayudar a mi hermana y a Magnus, eso es todo.

Tess se había llevado dos fotografías con ella, ambas tomadas en Bella Vista cuando Erik estaba vivo. En las dos aparecía el huevo en presencia de Magnus y Erik.

–Me dedico a localizar reliquias familiares. Sé que, en origen, este huevo le pertenecía a Magnus. Lo trajo desde el Viejo Continente después de la guerra. Se perdió, así que encontrarlo es casi un milagro. Recuperarlo significaría mucho para Isabel.

Lourdes terminó su vino y volvió a llenarse la copa.

–A lo mejor también significa mucho para mí. Apenas recuerdo a mi padre. Es bonito tener algo que le perteneció a él.

–Isabel y yo tampoco conocimos al nuestro –Tess mantenía el rostro imperturbable. Independientemente de lo que pensara de ella, Lourdes era abogada. Probablemente fuera una mujer inteligente y combativa. Si llegaba a intuir el valor del huevo, jamás cedería.

–Mira, seré sincera contigo –dijo Tess–. Isabel está pasando una época muy mala y recuperar un recuerdo familiar la ayudaría. Este objeto continúa siendo propiedad de Magnus Johansen. Sería un gesto muy bondadoso devolverle a Isabel un pedazo de la historia de su familia.

–¿Y si me niego?

Tess quería evitar cualquier tipo de enfrentamiento. Podía demostrar el origen de aquel objeto y hacer parecer al padre de Lourdes como un ladrón, pero no quería utilizar aquello como medida de presión.

–Si te niegas, no serás la persona que tus hijos creen que eres. Ellos te adoran y te admiran.

Algo cambió en la mirada de Lourdes, que se precipitó a beber un sorbo de vino. Tess volvió a colocar el huevo en su lugar y evitó después volver a mirarlo.

Lourdes se sirvió una tercera copa y se sentó en el sofá.

–Parece –dijo lentamente– que las dos queremos algo que la otra quiere –cruzó una pierna sobre la otra y comenzó a girar el pie.

–No sé si te entiendo. Yo no quiero nada tuyo. Solo estoy sugiriendo que sería un gesto de amabilidad por tu parte devolverle ese adorno.

–No me gusta andarme con rodeos. Sabes tan bien como yo que tú eres lo único que se interpone ahora en el camino de mi reconciliación con Dominic.

Tess se sintió mal por ella, y peor aún por Dominic y sus hijos. Recordando la soledad y el aislamiento de crecer sin familia, se preguntó si sería capaz de interferir en una posible reconciliación de aquella familia.

–Yo no me interpongo –dijo con voz queda.

–Es el padre de mis hijos. Somos una familia. No tienes ningún derecho a entrometerte. Podemos llegar a un acuerdo. Yo le devuelvo ese adorno a Isabel y tú vuelves a donde quiera que estuvieras.

Aquella propuesta tenía muchos puntos débiles, pero

Tess no iba a señalarlos. Lourdes le estaba ofreciendo una posible negociación. No importaba que fuera absurda.

—¿Y si me niego? —repitió deliberadamente las palabras de Lourdes.

—En ese caso, no serás la hermana, durante tanto tiempo perdida, que Isabel cree que eres. Y, por cierto —continuó diciendo—, ¿Dominic te ha contado que vamos a ir a una psicóloga?

Tess se sintió como si acabaran de darle un puñetazo en el estómago. Su reacción debió de reflejarse en su cara, porque Lourdes esbozó una leve sonrisa.

—Ya veo que no. Pero es cierto. Pregúntaselo tú misma.

Aquella mujer estaba delirando. Pero también estaba dispuesta a llegar a un acuerdo.

Tess sabía exactamente lo que tenía que hacer.

Al salir de allí, se dirigió al hospital. Le había parecido lo más indicado el llevar el tesoro a Magnus, que creía haberlo perdido al mismo tiempo que a su hijo. Cuando entró en la habitación, encontró al médico y a dos enfermeras reunidos alrededor de la cama.

El corazón se le detuvo en el pecho. ¿Estaba muriéndose?

—¿Qué ha pasado? —preguntó nada más entrar. Magnus tenía el mismo aspecto de siempre—. ¿Ha ocurrido algo?

El doctor Hattori retrocedió un paso y se colocó las gafas.

—Estamos reevaluando su situación. Está habiendo más reacción a los estímulos.

—¿Eso significa que se está despertando?

—He visto un aumento de la actividad cerebral. Hay movimiento ocular y, posiblemente, también seguimiento de objetos.

—¿Ha llamado a Isabel?

—Le he dejado un mensaje.

El médico le hizo un informe completo. El proceso podía llevar días, semanas incluso, y el diagnóstico estaba lejos de ser infalible. No había manera de predecir si iba a recuperarse. Podía continuar en estado vegetativo, recuperar completamente la funcionalidad o estancarse en cualquier otro punto situado entre los dos extremos.

—En cualquier caso, tenemos motivos para esperar un buen resultado —dijo el médico.

—¿Qué puedo hacer para ayudar?

—Lo que ha estado haciendo durante todo este tiempo. Hablar con él, acariciarle, permanecer a su lado. Tiene suerte de tener una nieta como usted.

Tess sintió un nudo en la garganta.

—En realidad, ni siquiera lo sabe. Lo digo en serio, no tiene ni idea.

Una vez se quedó a solas con Magnus, acercó la silla a la cama.

—Lo he encontrado —le explicó—. Te dije que lo encontraría. Así que tienes que despertarte rápido. Necesito saber cuánta información tienes. ¿Sabías que Erik tenía el huevo? ¿O se lo quedó sin decirte nada? ¿Eras consciente de que se lo había quedado Carlos?

Sacó el huevo del bolso. Era surrealista llevar un objeto que valía millones de dólares en el bolso como si fuera una polvera.

—En cuanto os lo enseñe a Isabel y a ti, iré directamente al banco.

Le colocó el huevo bajo la palma de la mano. Imaginó esa misma mano años atrás, sosteniendo aquel huevo y enorgulleciéndose de que lo hubiera recibido su abuelo como recompensa por haber salvado la vida de una niña.

—He tenido que hacer un trato para conseguirlo —le contó a Magnus—. La exmujer de Dominic me lo ha dado con la condición de que desaparezca de escena. Es una ingenua si cree que va a volver con él, pero, por supuesto, no se lo he dicho. En cualquier caso, tengo que marcharme. No porque haya hecho un trato con ella, sino porque yo… no pertenezco a este lugar.

Tomó aire y se dio cuenta de que le dolía el pecho. El ritmo de los aparatos y los monitores palpitaba en el silencio de la habitación.

—No me imaginaba que algo pudiera resultar tan duro. Le quiero, Magnus. Jamás en mi vida había sentido nada parecido. Adoro a sus hijos y me encanta su vida. Pero, aun así, tengo que marcharme. Y eso me está destrozando. No sabía nada, no tenía la menor idea de lo que era el verdadero amor, del efecto que podía tener en mí. Y ahora no sé qué hacer sin ese sentimiento.

Levantó un diminuto cierre de filigrana dorada y abrió el huevo. Del interior salió un bastoncito de caramelo medio derretido.

—Lourdes no tiene la menor idea de lo que ha estado colgando en el árbol de Navidad año tras año. Lo ha tenido delante de ella durante todo este tiempo —volvió a guardar el huevo en el bolso y permaneció en silencio durante un rato.

Tras los delgados párpados de su abuelo, creyó detectar un ligero movimiento. Los médicos le habían estado advirtiendo durante todo aquel tiempo de que su abuelo no iba a levantarse un buen día de la cama y retomar su vida tal y como la había dejado. Pero eso no le impedía soñar con que algún día podrían llegar a verse cara a cara.

—Ahora tengo que irme —le dijo—. Tengo que enseñarle esto a Isabel y después tener una conversación menos agradable con Dominic.

Le tomó la mano y se la estrechó.

—¡Me has apretado la mano! —susurró—. Te lo juro, lo he sentido. ¡Hazlo otra vez!

Nada. Pero se negaba a negar la sensación de que, de alguna manera, su abuelo estaba más cerca. Los músculos de su rostro parecían menos flácidos, la posición de su cuerpo menos rígida, como la de alguien que era consciente de su cuerpo.

Se inclinó hacia él y susurró:

—Hasta pronto.

Condujo después de vuelta a Bella Vista.

Tess encontró a Isabel subida a una escalera que había colocado en un lateral de la antigua tienda. Estaba quitando el letrero que había encima de la puerta. Aquel pintoresco letrero pintado a mano en el que se leía: *Productos agrícolas de Buena Vista*, había permanecido allí colgado durante más de cincuenta años, según Isabel. Estaba encantadora con un peto desteñido de al menos dos tallas más que la suya, con un jersey de cuero y unos mitones de punto. Su aliento formaba nubes de vapor frente a ella.

Tess aparcó en la carretera, al lado del buzón.

—¡Hola! —la saludó.

—¡Hola! —Isabel se volvió en la escalera para saludarla.

—Ten cuidado —le advirtió Tess—. Últimamente nuestra familia ha tenido mala suerte con las escaleras —oír las palabras «nuestra familia» saliendo de su boca fue toda una sorpresa—. ¿Qué estás haciendo?

—No quería dejar esto aquí —dio Isabel, señalando el letrero esmaltado.

—Isabel...

—Sé que piensas que me estoy negando a reconocer que se va a terminar ejecutando la hipoteca, pero no es cierto. Sé lo que pasa y sé lo que tenemos que hacer. Así que he decidido empezar por alguna parte —dejó caer el letrero al suelo y bajó de la escalera tras él.

—O no —replicó Tess.

Cruzó la carretera para acercarse a Isabel y entró en la tienda abandonada. Recordaba el día que se había reunido allí con Dominic, empujada por un chaparrón. ¿Se habría enamorado de él aquel día, pero no había querido reconocerlo?

Isabel la siguió al interior.

—Yo pasaba horas y horas aquí con mi Bubbie —le contó—. Esta tienda era su proyecto preferido. Me pregunto si será una coincidencia que tanto tu abuela como la mía tuvieran una tienda.

—Dominic dice que lo llevo en la sangre.

—Y a lo mejor es cierto. Cuando Bubbie enfermó, Ernestina se hizo cargo de la tienda durante algún tiempo, pero ya no era lo mismo.

Tess dejó su enorme bolso en el mostrador.

—Vengo del hospital. Magnus está mejorando.

—¿De verdad? —a Isabel se le iluminó la cara—. Cuéntamelo todo.

—Me asusté un poco al llegar, porque estaba todo el equipo médico a su alrededor. Pero las noticias son buenas. Están viendo un incremento de la actividad cerebral —le contó lo que le había explicado el médico.

—Sería un milagro que mejorara. El milagro de Navidad que todos estamos pidiendo.

Magnus estaba muy lejos de mejorar de verdad, pero no había ningún motivo para perder la esperanza. Y menos un día como aquel.

—Pero hay algo más —continuó Tess—. He ido al hospital porque quería que él fuera el primero en ver esto. Tú eres la segunda —se acercó a un mostrador y sacó el huevo del bolso.

Isabel contuvo la respiración.

—No puede ser —temblaba como si la estuviera atravesando una ola de frío—. ¿Eso? ¿Es eso?

Tess soltó una carcajada al ver la expresión de su hermana.

—Felicidades.

Isabel examinó hasta el último detalle del huevo con la mirada suavizada por la admiración. Lo sostuvo, lo acarició y lo miro desde todos los ángulos.

—Eres increíble, Tess. Una hermana increíble. Cuéntamelo todo.

—A mamá y a mí se nos ocurrió una idea —le dijo.

—Es la primera vez que te oigo llamarla «mamá».

Tess no quería que Isabel supiera el pacto al que había llegado. Todavía no, por lo menos.

—Ábrelo —le pidió a Isabel—. Necesita una buena limpieza, pero es precioso.

Isabel estudió la reluciente superficie del interior.

—Así que el ángel iba aquí.

—Sí.

—Estoy histérica. ¿Tú no estás histérica? —Isabel rio a carcajadas—. ¿Y ahora qué? ¿Qué vamos a hacer ahora?

—Tendrás que decidirlo tú.

—¡No señor! Esta es una cuestión familiar y tú eres mi familia. Tenemos que decidirlo las dos.

—Tú tienes el poder del abogado.

Tess contempló el rostro de su hermana, ablandado en aquel momento por los sentimientos y los recuerdos. Pensó en la conversación que había mantenido con la señora Winther. Parecía haber pasado mucho tiempo desde entonces.

«Si no tienes recuerdos que valgan más que el dinero es que quizá no tienes recuerdos que merezcan la pena».

Isabel dejó el huevo en el nido de papel de seda. Sus movimientos eran enérgicos y eficientes.

—No hay nada que discutir. Tanto tú como yo sabemos lo que significa este huevo para el abuelo.

Capítulo 28

Dominic anhelaba siempre la llegada de sus días libres porque así tenía tiempo de hacer lo que de verdad le gustaba, dedicarse a la elaboración del vino. En aquel momento los esperaba por un motivo completamente diferente. Pero, aun así, tenía tareas que hacer. Los niños estaban durmiendo y había salido con Iggy a la gélida mañana. Dude se había quedado en el porche, como siempre, no quería dejar a los niños solos cuando estaban durmiendo. Iggy corría en medio de la espesa niebla, serpenteando entre los surcos en busca de alguna presa imaginaria.

El invierno en los viñedos era una época serena y silenciosa en la que el crecimiento de las vides tenía lugar a escondidas, bajo la superficie. Las vides se detenían, pero el emparrado y el suelo necesitaban atención. Para ello se requería paciencia y práctica. Había algo zen en el trabajo del cultivo y la poda y la mente de Dominic vagaba hacia su nuevo lugar favorito mientras trabajaba: Tess.

Tess no tenía la menor idea de lo que significaba para él. Después del drama con Lourdes, pensaba que había renunciado para siempre al amor. Creía que no podría volver a enamorarse, que no podría volver a arriesgar su corazón poniéndolo al cuidado de otra persona.

Tess era la prueba de que podía hacerlo. Sentía una ternura

sobrecogedora por aquella mujer batalladora, difícil y vulnerable. La había llevado hasta Archangel pataleando y gritando, convencido de que causaría problemas. Y, sí, los había causado. Volvía a estar enamorado.

Aquel pensamiento le hizo sonreír como un tonto. A pesar de lo que había ocurrido en el pasado, no se sentía receloso, ni preocupado, ni inseguro. Y a pesar de aquel tiempo frío y deprimente, estaba de un humor magnífico. Aquel día Isabel iba a enseñarle a hacer algo llamado *pots de crème*, que, por lo visto, consistía en un noventa y nueve por ciento de chocolate y mantequilla. Pensaba servírselo a Tess con un moscatel de uva negra hecho por su amigo Xavier en Misty Ridge. Y después tenía algo importante que preguntarle.

Charlie, el pastor alemán de los Johansen, apareció en lo alto de la colina. Un segundo después, bajaba hacia Dominic, encantado de reunirse con Iggy y de correr a placer por los viñedos. Dominic se quitó los guantes de trabajo y miró a su alrededor. Si Charlie estaba por la zona, eso significaba que Tess no andaba lejos. Últimamente, el perro se comportaba como si fuera más suyo que de Isabel.

La vio caminando hacia el pequeño puente que cruzaba el arroyo. Llevaba una chaqueta bordada, una bufanda de aspecto esponjoso alrededor del cuello y las manos en los bolsillos. A Dominic le bastó verla para alegrarse.

—¡Hola! —la saludó, encontrándose con ella a medio camino del puente. La acercó a él y le enmarcó el rostro con las manos—. Estaba pensando en ti.

El primer contacto de sus labios fue frío, pero entraron en calor en cuanto sus bocas se fundieron. Era condenadamente bueno besar a una mujer de la que estaba enamorado.

Tess se apartó y le miró a los ojos.

—Me he imaginado que estarías trabajando.

—¿Qué te pasa? Tienes esa expresión de «tenemos que hablar».

—Tienes buen ojo —titubeó un instante, y, en aquella décima de segundo, Dominic sintió que se le retorcían las entrañas. Aquello no tenía buena pinta—. He encontrado el huevo.

Dominic se quedó boquiabierto. Después, rio con todas
sus fuerzas.

—Espera, ¿qué? ¿Lo dices en serio? ¿Y dónde demonios
lo has encontrado?

—Ahora lo tiene Isabel. Y parece que es, exactamente, el
que pensaba que era. El mismo, Dominic. Es perfecto. Isabel tiene que llevarlo a una caja de seguridad porque vale lo
que pensábamos que valía.

Dominic la levantó en brazos y comenzó a dar vueltas,
riendo mientras iba liberando la tensión. Se había preparado
para una mala notica.

—Eres un genio, Tess. Te lo juro, un auténtico genio.
¿Dónde demonios lo has encontrado?

—Estaba… mezclado con algunos adornos navideños.

—Increíble. Eres increíble.

—Bueno, acerca de eso —clavó la mirada en el suelo—.
Quería que supieras que me voy.

A Dominic se le helaron las entrañas. No por lo que dijo
Tess, sino por la intención que había detrás de sus palabras.

—No te vas a ir.

—Claro que me voy a ir. En ningún momento he dicho
que pensara quedarme. Los dos sabíamos desde el primer
momento…

—¡Al principio no sabíamos nada! —protestó Dominic—.
Y lo importante es lo que sabemos ahora. Todo es diferente.

—No, en realidad, no. Tu vida está aquí, con el vino, los
niños, tu trabajo y tu casa. Y yo tengo una carrera profesional, otros planes. Trabajo en San Francisco y viajo continuamente. Mi próximo viaje será a Nueva York o a Londres.
Es a eso a lo que me dedico y… no puedo quedarme aquí,
Dominic. No puedo.

Cada palabra de Tess le golpeaba como un martillazo.

Él no estaba buscando nada cuando la había conocido. De hecho, estaba intentando simplificar su vida, no quería complicársela con una mujer cabezota. Pero algo había pasado. Tess había renovado su corazón y él ya no volvería a ser el mismo.

—Te estoy pidiendo que te quedes.

—Me estás pidiendo que renuncie a la vida que he construido por ti. ¿Harías tú lo mismo por mí? ¿Serías capaz de marcharte de aquí para seguirme?

¡Huy!

—El acuerdo de custodia me prohíbe alejar a mis hijos de su madre.

Tess le miró a los ojos.

—No me habías dicho que Lourdes y tú ibais a ir a una psicóloga.

—¿Qué...? ¿Quién te lo ha contado?

—¿Es verdad?

—Sí, pero...

—Los niños necesitan estar con sus padres —le interrumpió Tess con una mirada glacial—. Dominic, hemos cometido un error. No deberíamos haber empezado nada...

—No me hagas esto —le suplicó Dominic.

—Tengo que hacerlo. Es mejor ahora que dentro de un tiempo, cuando descubramos que es imposible que funcione.

—¿Mejor ahora? ¿Mejor que qué? —preguntó Dominic en tono demandante.

Tess estaba llorando. Era la primera vez que Dominic la veía llorar.

—El tiempo que he pasado aquí contigo ha sido maravilloso —reconoció—. Increíble, Dominic, como un sueño.

—Exacto. Entonces, ¿por qué demonios tenemos que ponerle fin?

—Lo siento, Dominic pero tengo que irme —fue su única respuesta.

Capítulo 29

—Para que lo sepas —le susurró Tess a Jude mientras permanecían sentados en uno de los bancos destinados a los amigos de la novia en uno de los laterales del pasillo—, aparecer sola en una boda es una de mis diversiones favoritas.

—Me ofendes —Jude sorbió ruidosamente por la nariz—. ¿Por qué no puedo ser yo tu acompañante? ¿Acaso no te he rescatado de terminar aparcada en la mesa sobrante con los niños y los primos lejanos?

—Yo no necesito que nadie me rescate.

Ya le estaban haciendo daño los zapatos de tacón y la ceremonia ni siquiera había empezado.

—Perfecto. En ese caso, te dejaré a merced de sus amigos y de las tías solteronas. Y de todos los intentos bienintencionados de buscarte pareja.

—Déjalo ya. Esta es la boda de Lydia. Voy a estar contenta y a parecerlo durante todo el día.

Miró alrededor del local en el que se celebraba la boda, su bar favorito, el Top of the Mark, engalanado en aquel momento para la ceremonia de recepción.

—Pues te deseo buena suerte. Aquí hay un buen número de mujeres a las que les encantaría ir de mi brazo.

—Y algunas incluso tienen un cociente intelectual de dos cifras.

—Muy graciosa. Para tu información, la última mujer con la que salí tenía un doctorado en Estudios Medievales.

—Probablemente por eso no ha vuelto a salir contigo.

—¡Eh! Que hayas vuelto de ese lugar remoto con el corazón destrozado no significa que tengas que pagarlo conmigo.

Tess ni siquiera se molestó en contestar. Desde que había regresado a San Francisco, tenía la sensación de que no encajaba en su propia vida. Tendría que haberle resultado reconfortante regresar a su mundo, a su trabajo, a sus amigos y a su ciudad, a su apartamento y a la vida que conocía. En cambio, arrastraba con ella el dolor de la pérdida y no tenía ningún indicio de mejorar. «Esta es la razón», pensó, «por la que enamorarme ha sido una pésima idea». Era dolorosa la sensación de que nada en la vida volvería a brillar. Después de aquello, comprendía por qué amar a un hombre era peligroso. Cuando se caía con la dureza con la que ella había caído, el aterrizaje era muy doloroso.

—Lo siento —se disculpó con Jude—. Tienes razón, hoy es el día de Lydia.

La boda fue un encuentro bello y feliz. Nathan, el novio, marcó el tono del acontecimiento cuando se quedó boquiabierto al ver a la novia caminando por el pasillo envuelta en una nube de gasa y encaje de color marfil. Tess sintió una oleada de ternura hacia su amiga al recordar el tiempo que habían compartido como compañeras de habitación y confidentes y cómo analizaban sus citas de los sábados, al recordar la promesa que se habían hecho de permanecer siempre solteras porque era mucho más divertido. En aquel entonces, Tess no conocía su propio corazón. Hasta muy recientemente, no había sabido que lo que anhelaba, lo que deseaba por encima de todo lo demás, no lo encontraría en una fiesta lujosa o en una cafetería de moda, ni dedicándose al trabajo de sus sueños. Lo que ella quería era una profunda sensación de conexión, quería vivir sin miedo y saber que lo que tenía duraría para siempre. Y consideraba una bendición y una maldición al mismo tiempo el haber encontrado todo aquello junto a Dominic Rossi.

Quizá, algún día, descubriera que debía estar agradecida por lo que había aprendido a su lado, en vez de lamentándose por todo lo que había perdido. Pero aquel no era un día para lamentaciones, pensó. Aquel día, lo único que debía hacer era disfrutar de la alegría de Lydia. Ella apenas podía imaginar lo que sería presentarse ante sus amigos y familiares con un vestido bonito, mirando a un hombre que a su vez la mirara a ella con todo el amor reflejado en sus ojos.

«Bien por ti, Lydia!», pensó.

Fue un día despejado, el sol seguía brillando después de la recepción. Tess había renunciado hacía horas a los tacones y los había sustituido por unas chancletas que había llevado en el bolso.

—¿Ya te vas? —le preguntó Neelie, con los ojos chispeantes después de unas cuantas copas de champán.

—Voy a ir andando a casa. Quiero disfrutar del sol mientras dure.

—Llévate un poco de tarta —Neelie la condujo hasta la mesa en la que un camarero estaba preparando cajitas con generosas porciones de tarta—. Nadie la está comiendo y está buenísima. Es de limón ecológico.

Unos minutos después, Tess se descubrió a sí misma en el ascensor recubierto de espejos con el corazón acelerado al recordar aquella noche, de la que había pasado tanto tiempo, en la que se había sentido como si estuviera fuera del mundo. Desde entonces, se había convertido en una persona distinta. Sabía lo que era sentirse conectada… y sabía exactamente a lo que había renunciado.

No había sido el pacto que había hecho con Lourdes Maldonado lo que la había impulsado a marcharse. Con el tiempo, había sido capaz de admitirlo. Lourdes le había proporcionado la ocasión para hacer una salida estratégica. En lo más profundo de ella, sabía que lo que la había hecho salir corriendo en busca de refugio había sido su falta de valor. No se creía capaz de soñar y atreverse a arriesgarlo todo y tenía la seguridad de que no podría permitirse el convertirse en un obstáculo para una familia que estaba intentando reconciliarse.

La Navidad se había marchado tal y como había llegado; había pasado aquel día con su madre en Nueva York, donde las dos tenían asuntos que atender. Desde que se había reincorporado al trabajo, y para disgusto de Jude, se pasaba el día sopesando ofertas entre Londres y Nueva York. El trabajo de búsqueda y autentificación de tesoros perdidos continuaba pareciéndole interesante, pero necesitaba algo más.

Decidió dar un largo paseo por las bonitas calles de Nob Hill. No tenía ninguna prisa por volver a casa.

En Huntington Park, había un hombre con un cartel que rezaba: *Tengo hambre. Ayúdenme, por favor,* y un perro atado a una correa. Se detuvo ante él y, sin mediar palabra, le tendió la tarta. Él se lo agradeció con un asentimiento de cabeza.

Tess abandonó el parque y comenzó a descender colina abajo y aminoró el paso al llegar a un local comercial vacío. Retrocedió para admirar la fachada de la tienda. Encajaba perfectamente con el resto del edificio, adornado con farolas y cestos colgantes con hiedra. No se encontraba cada día un local como aquel en Nob Hill. Aquel comercio encarnaba el mejor período arquitectónico de la ciudad con sus enormes ventanales, los techos altos y el clásico adorno de hierro en la fachada, un bajorrelieve de guirnaldas de hojas y adornos pintados en un negro satinado.

Un letrero advertía que el local estaba disponible para alquilar. Con aquel aire del pasado, tenía potencial para convertirse en una tienda tan hermosa como Things Forgotten.

Ella pondría su corazón y su alma en una tienda como aquella y la haría prosperar. El impulso era tentador. Se imaginó, por un instante, cambiando el rumbo de su vida. Pero le hacía falta lo único que lo haría posible: dinero.

Contempló su imagen reflejada en las ventanas. Apenas reconoció a aquella mujer con una gabardina de color verde lima y el pelo peinado en ondas para la boda. Era uno de aquellos raros días fríos, pero de sol radiante. Ella tenía un aspecto más saludable, eso estaba claro, después de haber superado un estrés que ni siquiera sabía que padecía. Ya no era una fumadora que pasaba las noches en vela y siendo presa del pánico. Todavía se sentía a la deriva, pero como una forma de rendición, más que de resistencia. Antes de su estancia en aquel pueblo remoto de Sonoma, en medio del rico esplendor del manzanar, había pasado años sin respirar hondo por puro placer. Estar allí le había enseñado a respirar otra vez.

Y volver a la ciudad le había enseñado que la felicidad completa no existía. Lo que sabía después de aquella experiencia era que la vida iba tejiéndose por momentos, algunos de ellos llenos de alegría, otros de enfado y otros de tristeza. La esperanza residía en que, al final del día, hubiera un equilibrio entre la luz y la oscuridad, entre la alegría la tristeza.

Tess había llegado a reconciliarse con el hecho de que se había alejado de lo único que podía salvarla. De modo que tendría que encontrar la manera de salvarse por sí misma. Su tarea consistía en sobrevivir a lo ocurrido y continuar y confiar, aunque no tuviera ninguna razón para ello, en que el tiempo sanaría el dolor de su corazón. Solía pensar que su vida consistía en encontrar un antiguo tesoro perdido, relatar su historia y devolverlo al mundo. Pero, durante todo aquel tiempo, había estado buscando algo distinto. Su obsesión por aquellas historias secretas estaba relacionada con todas las preguntas sin respuesta de su familia. El auténtico tesoro lo había encontrado en Bella Vista. Allí había encontrado una familia y amigos, y su corazón se había abierto a una clase de amor del que ni siquiera se sabía capaz. Tenía una hermana que siempre formaría parte de su vida. Y, si alguien escuchaba sus ruegos, tendría a Magnus también.

Sonó un leve tintineo en el teléfono, anunciando la llegada de un mensaje. Miró la pantalla y frunció el ceño al ver que el mensaje estaba marcado como urgente.

—¿Qué de…? —musitó—. ¿Qué puede querer esa mujer?

—Tengo que hablar contigo.

Annelise Winther abrió la puerta de su apartamento. El lugar no había cambiado desde que Tess le había llevado a aquella anciana el medallón el invierno anterior. Estaba ordenado, pero un tanto ajado, impregnado del olor de un dulce en el horno, tal como Tess lo recordaba.

—Tengo algo que darte —la señora Winther regresó a la cocina y le tendió una caja de cartón—. Primero, los bizcochos de lavanda. Recuerdo que te gustaron la otra vez.

Tess aspiró una vaharada de olor a mantequilla, azúcar y lavanda.

—Estaban riquísimos —no quiso admitir que había entregado aquella primera hornada de bizcochos a una mujer sin hogar. Estaba intrigada por el hecho de que la señora Winther la hubiera llamado para volver a ofrecérselos—, muchas gracias.

—Y esto —añadió la señora Winther.

Le entregó entonces una caja que le resultó familiar. En el interior estaba el medallón que Tess le había devuelto. Las caras brillantes de la piedra rosada y los diamantes de talla baguette todavía le robaban el aliento. Tenía la sensación de que había pasado una eternidad desde el día que le había llevado aquellos diamantes a la señora Winther.

Sintió entonces que le debía una disculpa a la anciana por haberla presionado para que subastara su joya. Al final, ella misma había comprendido lo que significaba y por qué no tenía precio.

—No lo comprendo, ¿hay algún problema con el medallón?

—No, al contrario. Por fin he encontrado una solución a mi problema. ¿Sabes lo estresante que es guardar una joya que vale una fortuna en un apartamento o una cartera?

Tess sonrió.

—Para eso están las cajas de seguridad.

—¿Qué sentido tiene tener un objeto tan bello si tienes que concertar una cita para poder verlo?

—Pero yo pensaba que quería conservarlo.

—Un privilegio de los ancianos es poder cambiar de opinión. Voy a regalarte este medallón. Yo ya no lo necesito, y tampoco necesito dinero después de lo que gané con el servicio de té de Tiffany.

—No puede darme una cosa así.

—Claro que puedo. Yo… no tengo familia —su voz reflejó una ligera vacilación—. Me gustaría entregárselo a alguien que comprendiera su valor, alguien que pueda hacer algo maravilloso con él. Espero que vendas esta joya y construyas algo muy especial con las ganancias —le tendió un sobre—. El asesor legal de tu compañía redactó un acuerdo de transferencia. Todo está adecuadamente expresado ante notario para que nadie pueda cuestionar nunca su procedencia. Hasta he grabado un vídeo digital. Es tuyo y serías boba si no lo aceptaras.

—No pienso aceptarlo. Debería entregárselo a un museo, o donar las ganancias a una buena causa. No necesito la caridad de nadie.

—No, pero a todo el mundo le viene bien que le echen una mano. No tienes por qué hacerlo todo sola, Theresa. No tienes por qué vivir sola.

Aquellas palabras tocaron la fibra sensible de Tess.

—Apenas me conoce.

La señora Winther guardó la caja en el bolso de Tess.

—Mi madre siempre me decía que abrazara mis sueños, si puedo darte la oportunidad de hacerlo, entonces esto también será un regalo para mí.

Tess la miró confundida.

—Señora Winther…

La anciana dama se acercó a la puerta y la abrió, invitándola a marcharse. La ligereza de su paso parecía querer desmentir su edad.

—¡Señora Winther! —exclamó Tess de pronto.

La señora Winther se detuvo y se volvió hacia ella.

—No vas a conseguir que cambie de opinión.

—¿Cómo sabía que mi verdadero nombre es Theresa? —le preguntó Tess.

La señora Winther palideció.

A Tess se le cerró el estómago. Pensó en el bordado enmarcado de la habitación de Erik y en la postal que tenía Magnus en el hospital.

—Usted es la madre de Erik Johansen, ¿verdad?

La señora Winther cerró la mano en un puño y se la llevó al pecho.

—¿Erik… qué? Eso es absurdo. Estoy segura de que no sabes de lo que estás hablando.

—Encontré los informes —en realidad, Tess se estaba marcando un farol, pero también se estaba dejando llevar por una fuerte premonición. Toda su intuición le decía que podía estar a solo unos metros de su abuela—. No pasa nada —continuó con voz queda—. Puede contármelo. Quiero saberlo.

Annelise cerró la puerta lentamente. Volvió al salón y se sentó en un sofá tapizado con una tela de flores. Con un ligero mareo acompañado por una sensación de irrealidad, Tess se sentó a su lado.

La anciana alzó la mano y rozó la mejilla de Tess con la más ligera de las caricias. Aquel gesto trasladó a Tess al día que se conocieron. Y comprendió todo el sentimiento que se escondía tras él.

—¡Ay, Theresa! —suspiró Annelise—. Las cosas eran tan distintas en aquella época…

Capítulo 30

Una vez había descubierto la verdad sobre Annelise Winther, Tess no tenía otra opción que llevarla a ver a Magnus. La idea de regresar a Archangel le aceleraba el corazón, pero era por la emoción, no por el pánico. Durante el largo trayecto en coche desde San Francisco, Annelise no paró de hablar en ningún momento.

—La gente, cuando está bajo asedio, tiene que madurar rápido o morir.

—Te refieres a Copenhague durante la ocupación —contestó Tess, que ya había empezado a tutearla.

—Sí, aunque en Dinamarca no se libraron batallas de forma oficial, todo el mundo, hasta los más jóvenes, sentíamos que estábamos sitiados. Había una presión constante que nos obligaba a guardar secretos y a evitarnos problemas. Yo no era una excepción, a pesar de lo pequeña que era cuando todo empezó. Aunque no hubiera una guerra activa, había víctimas. Recuerdo haber visto a hombres que habían perdido algún miembro por culpa de una bomba o un mortero en algún escenario distante en el que se estaba librando una batalla. Y, de alguna manera, me sentía como ellos, como alguien que había perdido una parte vital de sí misma, como alguien cuyo futuro había cambiado en un instante. La familia que había perdido era como un miembro amputado.

Sabía dónde se suponía que tenía que estar. Podía sentirlo, pero había desaparecido.

—Escucha, si te resulta difícil hablar sobre esto…

—Es difícil, pero tengo que hacerlo. El accidente de Magnus me ha hecho recordar de la forma más terrible lo frágiles que somos, que somos mortales.

—¿Desde cuándo conoces a Magnus?

—Conocí a Magnus el día que se llevaron a mis padres. Era solo un niño algo mayor que yo, pero creo que trabajaba para la Holger Danke, la resistencia danesa. Me llevó en barca hasta Helsingør, el lugar que los admiradores de Shakespeare conocen como Elsinor, en el que vivía mi abuela.

—¿Y se quedó contigo?

—No, no volví a verle hasta varios años después —sacó un pañuelo del bolso y se dio unos toquecitos con él en los ojos. Después, lo dobló con extremo cuidado—. Yo fui expulsada de la infancia por el envío de un telegrama. Después de que arrestaran a mis padres, me fui a vivir con mi abuela, y fue estando con ella cuando recibí el mensaje.

—El telegrama —dijo Tess con los ojos fijos en la carretera, aunque estaba deseando mirar a Annelise.

—Era un telegrama producido de forma mecánica en un papel de una delgadez extrema, como si el asesinato de mis padres no valiera siquiera un buen papel. Por supuesto, no decían que fuera un asesinato. La causa oficial de la muerte fue el tifus. El momento en el que leí el telegrama marcó una clara división entre mi infancia y otro estado. No me convertí en una adulta, pero sí en una persona diferente, endurecida y temerosa. Jamás había sentido un dolor como aquel. El horror de una familia desgarrada… es la peor pesadilla. Fue entonces cuando terminó mi infancia, total y absolutamente, y jamás volví a recuperarla. En circunstancias normales, ese tipo de cambio para una niña coincide con la aparición de las primeras curvas. Pero aquella no era una época normal.

—Lo siento mucho –la compadeció Tess–. No sé qué otra cosa puedo decir.

—Cuando mi abuela murió medio año después, me enviaron a un orfanato de la Iglesia. Odiaba estar allí y me escapé en cuanto pude. El problema era que no tenía ningún lugar al que ir… excepto Magnus. Fue entonces cuando me uní a la resistencia, porque, aunque lo había perdido todo, decidí dedicarme a ayudar a otros a evitar los horrores de la ocupación alemana.

—¿Entonces Magnus y tú trabajasteis juntos?

—Sí. Éramos un grupo numeroso, todo lo jóvenes, rebeldes y apasionados que solo los jóvenes pueden llegar a ser. Ramón Maldonado también era miembro del grupo. Había sido marino mercante y, al principio, se unió a la resistencia en búsqueda de aventuras. Y después continuó con una clara meta.

—Estaba muy lejos de Archangel –comentó Tess–. ¿Qué le llevó a Dinamarca?

—Una mujer. Cuando eres joven y estás enamorado, no dejas que algo tan pequeño como el mundo te detenga. Sin embargo, la relación no duró. En aquella época, muy pocas lo hacían. No estoy segura de lo que pasó. En octubre de 1943, cuando los alemanes instauraron la ley marcial, la resistencia estaba muy ocupada. Los nazis ordenaron una redada de judíos daneses y nosotros participamos en la operación de rescate más importante de la guerra. Casi ocho mil judíos de toda Dinamarca fueron evacuados a Suecia a través de un estrecho entre Helsingør y Suecia. Los barcos de pesca navegaron durante dos semanas durante día y noche.

—Es increíble. Debió de ser muy gratificante para vosotros.

—Lo fue. Éramos conocidos como el Helsingør Syklub, una organización secreta creada por un hombre conocido solamente como Erling. Todos los judíos, excepto quinientos, fueron puestos a salvo.

—¿Y los otros quinientos fueron enviados a Auschwitz? —preguntó Tess, sintiendo un escalofrío.

—Sí.

—Entonces, Eva fue uno de ellos.

—Sí —volvió a decir—. De los quinientos daneses que fueron conducidos al campo, cincuenta y uno murieron. Los demás fueron rescatados. Para cuando Dinamarca fue liberada en 1945, Magnus y Ramón eran más que cómplices y compañeros de armas. Eran amigos íntimos. Ramón nos ofreció a todos una nueva vida. En 1948, consiguió que todos viniéramos a California —se interrumpió para mirar por la ventana—. Yo no tenía adónde ir. Lo único que sabía de América era lo que había visto en el cine. Aquello era como un sueño para mí. Eva y yo nos hicimos amigas —se interrumpió de nuevo, con la mirada fija en el paisaje de granjas que pasaba por la ventanilla—. En América la vida era perfecta, excepto por una cosa.

Tess apenas respiraba mientras esperaba a que continuara.

—Esa única cosa era Magnus —confesó Annelise con cruda sinceridad—. Las dos estábamos enamoradas de él. Éramos muy jóvenes. Eva y yo todavía éramos adolescentes. Pero yo nunca le dije a Magnus lo que sentía.

—¿Por qué no?

—En aquella época, las apariencias lo eran todo —le explicó, mirando hacia la ventana—. Es extraño que hubiéramos sobrevivido a tantas cosas y termináramos descubriendo que no éramos capaces de superar nuestra complicada relación —desdobló el pañuelo y volvió a doblarlo—. Magnus eligió basándose en quién le necesitaba más, y era Eva. Siempre había sido muy frágil. Y yo me mantuve a distancia, aunque fue terriblemente duro.

Tess no dijo nada. Formando parte de una genealogía de mujeres independientes, no estaba en posición de juzgar a nadie.

–A medida que fue pasando el tiempo, la situación fue complicándose para Magnus y para Eva. Deseaban un hijo con todas sus fuerzas. Y yo... yo deseaba a Magnus con todas las mías. Nos dejamos arrastrar por la situación. Fue algo muy breve. Yo quería que durara para siempre, pero sabía que tenía que terminar. Después, descubrí que estaba embarazada.

Tess intentó imaginarse aquella situación años atrás. Annelise sola, embarazada, convertida en motivo de escándalo. Y Magnus y Eva añorando un hijo.

–Cuando salí de la inicial confusión, comprendí que tenía la respuesta delante de mí –continuó Annelise–. Había estado a punto de destrozar su matrimonio. No tenía manera de deshacer el daño. Pero podía salvar al hijo que habíamos concebido dándole una familia y una vida hermosa. Me habría gustado que Erik hubiera vivido muchos años más, pero, a veces, no basta con desear.

Se produjo un largo silencio. Los viñedos, maravillosos incluso en invierno, pasaban a través de la ventanilla del coche.

–Gracias por contármelo –dijo Tess–. Significa mucho para mí.

Era asombroso cómo una simple pregunta había abierto la compuerta de los recuerdos. Las vidas de Annelise, Eva y Magnus habían estado entrelazadas durante los años de la guerra. Habían sufrido unas pérdidas inenarrables, habían luchado, se habían enfrentado al peligro y habían terminado escapando a una nueva vida.

Pero los Estados Unidos, a pesar de ser una tierra de oportunidades, no habían sido ninguna panacea. Habían continuado la lucha, la tragedia, los actos cometidos al calor de la pasión y las reconciliaciones pactadas con una fría precisión. Annelise casi parecía aliviada al poder hablar de ello.

–Tengo otra pregunta que hacerte –dijo Tess mientras giraba hacia la sinuosa carretera que conducía hacia Archangel–. Tras la muerte de Eva, ¿Magnus y tú os volvisteis a ver?

–No –contestó Annelise–. Hemos hablado por teléfono alguna vez. Es extraño, a nuestra edad, actuamos como si tuviéramos todo el tiempo del mundo. Pero cuando te vi en aquel programa del History Channel, comencé a plantearme que había llegado el momento de intentar hacer las cosas bien.

Cuando llegaron al centro médico, Annelise se detuvo en la puerta de la entrada y posó la mano en el brazo de Tess.

–Perdí al amor de mi vida porque fui demasiado cobarde como para declararme. Comete todos los errores que tengas que cometer en tu vida, pero intenta evitar ese, Theresa.

Apartó entonces la mano y se movió con un ímpetu que no parecía propio de su edad. Ni siquiera titubeó cuando llegó a la puerta de la habitación de Magnus, sino que avanzó a grandes zancadas hasta llegar a su lado. Tess sabía que siempre recordaría la expresión de Annelise, una mezcla de temor, arrepentimiento, ternura y amor. La anciana se sentó en la silla, tomó la mano de Magnus como si fuera el más precioso objeto, se la llevó a la mejilla y susurró algo en danés. Aunque no comprendió lo que decía, Tess sintió un escalofrío.

El amor que traslucía aquella anciana era tan inconfundible como el sol abriéndose paso entre las nubes. El amor, comprendió Tess entonces, no siempre tomaba un rumbo predecible. El tiempo y las circunstancias podían azotarlo como las olas del mar las rocas de la orilla, pero, para algunas personas, nunca moría.

Y Tess sabía, con todo su corazón, que ella era una de aquellas personas. No podía mitigar sus sentimientos hacia Dominic por mucho que se alejara de él. A lo mejor la lección que había aprendido era que el precio de permitir que algo entrara en su corazón era el dolor de dejarlo salir.

O quizá fuera incluso más difícil retenerlo, por grande que fuera el riesgo.

Annelise se volvió hacia Tess y cambió de nuevo al inglés.

—Me gustaría quedarme aquí un rato, si te parece bien.

La ansiedad que Tess había sentido al llegar por primera vez a Archangel era la de una persona diferente, una mujer sola e insegura, temerosa de la vida. En aquel momento, mientras conducía por la carretera que llevaba hasta el desvío, experimentaba una sensación de nostalgia agridulce, como si estuviera volviendo a casa.

Isabel todavía no había hecho nada con el huevo. En otro momento de su vida, Tess habría juzgado aquella decisión como absurda, pero ya no estaba tan segura. A lo mejor había llegado el momento de que Bella Vista pasara a manos de otros.

La antigua tienda situada junto a la carretera continuaba suspendida en el tiempo. El porche que rodeaba el edificio parecía estar esperando la llegada de la primavera. Tess se preguntó si los futuros propietarios de Buena Vista, quienesquiera que fueran, harían algo con aquella tienda.

Cuando llegó a la casa, Isabel salió corriendo para recibirla. El abrazo de las dos hermanas fue natural y reconfortante.

—Te he echado de menos —reconoció Tess.

—Lo mismo digo. Pasa. Tenemos muchas cosas de las que hablar. ¿Dónde está...? Ni siquiera sé cómo llamarla. ¿Señora Winther? ¿Annelise?

—Está con Magnus, y está deseando conocerte.

—Hasta entonces —dijo Isabel, mientras servía el té y los bizcochos de limón como si se hubiera puesto el piloto automático—, necesitamos hablar sobre el huevo.

Tess sonrió.

–Qué bien me conoces.

–Sabía que no ibas a sentarte a hablar de lugares comunes –se acercó a la nevera y sacó una de las cajas de madera tallada de Magnus–. Al final no lo llevé a una caja de seguridad. Seguí tu consejo y la guardé con el pisto de nueces.

Dejó la caja en la mesa y la abrió. El huevo resplandecía sobre una almohadilla de blanco satén.

–No quiero que te sientas presionada, Isabel –le dijo Tess–. Yo antes intentaba separar a la gente de sus tesoros, pero ahora comprendo que no tiene por qué ser así. Ese huevo le pertenece a Magnus y forma parte de ti. La decisión de retenerlo o venderlo está en tus manos.

A Tess le gustó poder expresarlo en voz alta. No tacharía a su hermana de sentimental y poco pragmática si decidía que conservar aquel huevo la mantendría más cerca de Magnus.

–Es una de las cosas más bonitas que he visto en mi vida –reconoció Isabel–. Me impresiona imaginar al abuelo conservándolo durante toda la guerra. Y también después. Le ha acompañado durante toda su vida. He pensado mucho en ello. A la vida de un hombre no se le puede poner un precio, ¿verdad?

–No estoy segura de estar entendiéndote, Isabel.

Isabel cerró los ojos y empujó la caja a través de la mesa.

–Me gustaría venderlo al mejor postor.

Tess estuvo a punto de atragantarse con un bizcocho de limón.

–Espera… ¿Qué has dicho? ¿Vas a venderlo?

–¿No calculaste que podía alcanzar los veinte millones de dólares?

–Sí. Jude dice que incluso más.

–Entonces, claro que deberíamos venderlo.

–Isabel…

–El huevo no es el verdadero tesoro. El auténtico tesoro es… todo esto –abrió los brazos para abarcar la habitación–.

Nosotras, Tess, y lo que hemos descubierto juntas. Por lo menos, eso es lo que yo creo. He pensado mucho en todo esto y creo que lo que tenemos que hacer es vender el huevo. De esa forma podremos saldar la deuda del abuelo y pagar las nóminas y tú tendrás lo que quiera que necesites para llevar la vida que deseas.

«La vida que deseo no puede comprarse con dinero», pensó Tess.

—¿Y tú, Isabel? ¿Tú qué quieres para ti?

A Isabel se le iluminó el semblante mientras cruzaba los brazos en la mesa.

—A ver qué tal te suena esto: Escuela de Cocina Bella Vista.

—¿Quieres montar una escuela de cocina?

—Es una locura, ¿verdad? Pues tú has sido mi inspiración. Será una escuela de cocina y de trabajo agrícola. Al final, podré tener las colmenas. Puedo convertir los dormitorios en habitaciones para los huéspedes y hacer de Bella Vista un destino para personas que necesiten descansar y aprender algo diferente.

—Eso valdría para describirme cuando llegué aquí por primera vez —admitió Tess.

Imaginó la casa llena de gente dispuesta a aprender algo más sobre las terrenales delicias de la comida y el placer de saber cocinarla.

—Es una locura —admitió—. Y tú vas a ser una profesora fabulosa.

Salieron juntas para disfrutar de la refrescante brisa que comenzaba a oler a primavera. En un movimiento casi reflejo, Tess miró el teléfono antes de acordarse de que allí casi nunca había cobertura.

—A lo mejor, si sale bien la subasta, pongo una antena para móviles —dijo Isabel.

—Ni se te ocurra.

—Estaba bromeando.

Tess miró a su alrededor, imaginando el aspecto que tendrían los árboles cuando florecieran. Caminaron un rato en silencio. La subasta iba a ser el acontecimiento del año más importante para su compañía. Tess se preguntó por qué no estaba más emocionada. A lo mejor, la emoción aparecía más tarde.

—No me has preguntado por él —señaló Isabel.

A Tess se le cayó el corazón a los pies.

—No pretendía hacerlo.

—Pues deberías —insistió Isabel.

—No es asunto mío…

—Se ha marchado —anunció Isabel—. Lourdes se ha ido a vivir a Petaluma. Jake Camden también, aunque no sé si están juntos. Han cambiado muchas cosas. Y…eh… le han despedido del banco.

Tess sintió que se hundía.

—¿Qué?

—Incumplió alguna norma o hizo algo mal. Lo hizo por todos nosotros, Tess. Por el abuelo y por Bella Vista. Incurrió en alguna clase de fallo técnico para retrasar la ejecución de la hipoteca y le despidieron.

—¡Ay, Dios mío! Fue por el huevo —comprendió Tess con repentina claridad—. Lo clasificó como un activo que no se había recuperado o algo así.

—Ve a verle, Tess. Si no vas, te pasarás el resto de tu vida preguntándote por lo que podría haber pasado.

Tess la miró aterrada. Ir a verle y decirle… ¿qué?

—Estoy asustada —reconoció.

—La gente no se muere de miedo —le recordó Isabel—. Me lo dijo mi hermana mayor en una ocasión.

Era media tarde de un día de entre semana, pero Isabel le había dicho que Dominic estaría en casa, probablemente trabajando en los viñedos o en la bodega. Tess condujo a una velocidad excesiva por la carretera de grava que conducía hasta su casa, decidida a llegar antes de perder el valor. Continuaba oyendo la voz de Annelise en su cabeza, recordándole que había que aprender a vivir cada día y amar como si no hubiera un mañana.

Al salir del coche, vio a Dominic caminando hacia ella y el corazón pareció ensanchársele en el pecho. No había superado aquel amor. Jamás lo superaría.

Dominic estaba… distinto. Habían desaparecido el traje y los zapatos de cordón, y también el ceño de preocupación de su entrecejo. Pero Tess notó también algo más. Una herida profunda, una herida que reconoció. La había causado ella misma.

—Hola —le saludó.

—Hola —respondió él imperturbable.

—¿Tienes tiempo para hablar?

—Si hay algo que me sobra es tiempo. Estoy en paro.

—Isabel me ha contado lo del banco y lo siento mucho. Sé que arriesgaste tu trabajo por nosotras. Si hubiera sabido que te iban a despedir, no te hubiera permitido hacerlo.

Dominic se encogió de hombros.

—Fue el empujón que necesitaba. Un empujón que me metió de lleno en la irresponsabilidad y el desempleo. Y me llevó a hacer lo que debería haber estado haciendo durante todo este tiempo.

—Me gustaría que me hubieras llamado, Dominic. Que me hubieras contado lo que te estaba pasando.

—¿Por qué iba a llamarte, Tess? Saliste huyendo.

—Tenía que marcharme. Tienes una familia con Lourdes, Dominic.

—Y siempre la tendré.

—Ella me dijo que ibais a ir a una psicóloga.

—Por Trini. ¿No te dijo que era para ayudar a Trini en el colegio?

—Di por sentado que era para reconciliar a la familia.

—Intenté explicártelo aquel día, pero no me escuchaste. Te quería, Tess. Y creía que tú también me querías.

—¿Creías? —no sabía si reír o llorar—. ¿Solo lo creías? ¿No era lo bastante obvio?

—Te marchaste —le recordó de nuevo.

Tess sopesó todo lo que estaba dispuesta a confesar y se decidió por la cruda y dolorosa verdad.

—Estaba asustada. Y tú habías derribado todas mis barreras, Dominic. Todo lo que ves aquí es lo que yo soy. Es todo lo que tengo, estoy muy lejos de ser perfecta, pero es todo tuyo si así lo quieres. Te he echado de menos cada minuto que he pasado fuera. Amo tu vida, a tus hijos, a tus perros, y a ti. Te quiero —le miró y el corazón comenzó a latirle a toda velocidad—. Sigo teniendo miedo, pero ya no voy a esconderme. Se acabó el huir. Se acabaron los secretos —tomó aire—. Yo… te robé una camisa.

—¿Qué?

—Me llevé una de tus camisas, una camisa vieja de tela vaquera que huele a ti. He dormido con ella cada noche y me daba miedo lavarla porque no quiero perderte.

Por un instante, Dominic pareció enfadado o, quizá, perplejo, pero después rio suavemente.

—Tess, ¿por qué robarme una camisa cuando puedes tenerme entero?

Décima parte

Es esencial utilizar el chocolate de la mejor calidad que se pueda encontrar. No utilizar un chocolate que no pueda comerse en crudo y evitar mantenerlo en el horno durante un tiempo excesivo. Lo que se busca es formar una delicada corteza sobre el cálido y sedoso interior.

9 onzas de chocolate semidulce molido
4 huevos
¼ taza de azúcar
6 cucharaditas de mantequilla
Nata o helado de vainilla al gusto.

Precalentar el horno a 180 grados. Colocar seis tazas resistentes al calor o seis cuencos para natillas en una fuente de hornear.

Derretir el chocolate y la mantequilla en un cazo hervidor doble colocado sobre el agua caliente. Remover hasta que quede una mezcla suave y apartar.

Mezclar los huevos y el azúcar en un cuenco, después, colocar el cuenco en el hervidor doble y remover constantemente hasta notarlo tibio al contacto. Apartar del fuego.

Batir la mezcla con una batidora eléctrica hasta dejarla suave y esponjosa. Juntar la mezcla del huevo con la del chocolate y repartirla en las tazas.

Añadir agua suficiente a la fuente de hornear como para que quede a media altura de las tazas. Hornear el chocolate hasta que la parte superior pierda el brillo, durante unos 15 minutos aproximadamente.

Servir caliente o a temperatura ambiente con una cucharada de helado o de nata ligeramente endulzada y aderezada con un poco de Cointreau.

(Fuente: adaptado de una receta de Heidi Friedlander, antigua repostera del restaurante Moxie de Cleveland)

Epílogo

El grupo de mariachi llegó para la inauguración de la tienda. Los muebles restaurados estaban tan flamantes como una novia decorados con cestas llenas de azucenas florecidas en mayo y hojas de parra. Habían esparcido capullos de rosa por la pradera y los caminos que llegaban hasta la tienda, sus tonos brillantes se reflejaban en las ventanas.

Cuando comenzó la celebración, Tess estaba casi mareada por la emoción. La tienda que en otra época había sido el espacio en el que Eva vendía los productos de los huertos se había convertido en el dominio de Tess. Se había volcado en cuerpo y alma en transformar la tienda en algo suyo. Cuando había encargado el letrero que formaba un arco sobre la puerta principal, había hecho un cambio en el último momento, en vez de llamarla Things Forgotten, objetos olvidados, como la tienda de su abuela en Dublín, había decidido rebautizarla como Things Remembered, objetos recordados.

Todo el mundo fue a ver el nuevo establecimiento de Archangel y a desearle suerte. Incluso sus amigos de San Francisco. Neelie, Lydia y Nathan, los recién casados, y Jude, que se esforzaba por mantener su cinismo en medio de la música, la cocina y el vino. Fuera de la tienda habían instalado unos toldos para las bandas de música y la comida y la amplia zona del aparcamiento se había despejado para que se utilizara como zona de baile.

Tess se sobresaltó al ver llegar una limusina negra que levantó una nube de polvo mientras aparcaba en la zona del aparcamiento.

—Perdón —se disculpó con el estómago tenso por la anticipación mientras se dirigía hacia el coche.

—¡Cariño, espero no haberme perdido la fiesta! —dijo Shannon saliendo del coche envuelta en un remolino de pañuelos de colores y con un bolso enorme en el brazo.

—Llegas justo a tiempo, mamá.

—Es maravilloso —dijo Shannon—. Me alegro mucho por ti, Tess.

—Ya somos dos. Vamos, hay una persona a la que quiero que conozcas —Tess tomó a su madre de la mano y la condujo hasta la fachada del edificio.

La estrella del día era Magnus Johansen. Iba en silla de ruedas y aguantaba muy poco tiempo levantado, pero estaba más fuerte cada día. Tal y como habían pronosticado los médicos, había ido saliendo poco a poco del coma. A Tess le gustaba pensar que el punto de inflexión lo había marcado el día que Annelise había ido a verle, le había tomado la mano y había estado hablando en danés con él durante horas.

—Magnus —dijo Tess, posando la mano en su hombro—, te presento a mi madre, Shannon Delaney.

Magnus alzó la mirada, muy elegante con su pelo blanco y la camisa que Isabel le había regalado. Tenía el regazo cubierto por una manta de lana a cuadros.

—Me alegro de conocerte —le dijo, tendiéndole la mano.

Shannon y Tess estuvieron sentadas con él durante unos minutos.

—Erik me habló de ti —le dijo Magnus a Shannon.

—No lo sabía.

—Ojalá le hubiera hecho más caso. Lo siento.

—No tiene por qué disculparse —dijo Shannon.

—Él no se me robó el huevo —dijo Magnus.

—¿Qué? —preguntaron Tess y su madre al unísono.

—Erik —les aclaró Magnus—. No se llevó el huevo a escondidas. Mi hijo distaba mucho de ser perfecto, como nos pasa a todos. Pero no era un ladrón. Fui yo el que le envié a venderlo. Aquella fue la última vez que le vi… y que vi el tesoro.

Tess se inclinó hacia delante y le dio un beso en la mejilla.

—Gracias por decírnoslo.

—Ahora ya está todo arreglado —dijo Magnus. Cuando Tess se levantó para retomar sus deberes de anfitriona, Magnus le tomó la mano una vez más—. Soñé muchas veces contigo —le contó—. Cuando estaba en el hospital, soñaba con el día que llegarías a Bella Vista. Pero esto… —señaló aquella colorida reunión y la tienda tan bellamente restaurada y con el letrero recién pintado—, esto es mejor que todo lo que he podido soñar.

Tess sentía el corazón rebosante mientras posaba para que la fotografiaran en la tienda. Había muchas cosas de Tess allí, objetos que representaban sus gustos y valores, pero no estaba solo ella. Se ofrecían también mermeladas, salsas y productos horneados y Isabel le había prometido tarros de miel de la cosecha del año siguiente. También se venderían los maravillosos vinos de Angel Creek Winery, por supuesto. Había algunas antigüedades de colección, pero estaban mezcladas con objetos menos valiosos de otras épocas, como utensilios de cocina de hierro esmaltado y desgastado por el tiempo, cristalerías antiguas, jabones y velas hechas a mano, productos de artesanos locales, cualquier cosa que fuera del gusto de Tess. Things Remembered ya era como un hogar para ella. Había sido un espacio de memoria y cargado de significado para los Johansen y, después de aquel proceso, también para Tess. Creía que su abuela y Eva lo habrían aprobado. Y tenía la certeza de que a Annelise le gustaba. Iba a Archangel a menudo y pasaba la mayor parte del tiempo entregada a Magnus con total devoción. Siempre conseguía levantarle el ánimo y algunos de sus mejores hallazgos en los mercadillos estaban en aquel momento en la tienda.

Los delicados acordes de la vihuela acompañaban la canción estrella de los mariachis, *Cielito lindo*, y casi todo el mundo bailaba. En aquel momento de su vida, Tess lo veía todo tras un velo de felicidad. Era obra de Dominic. Había cambiado su vida por él y su intuición le gritaba con todas sus fuerzas que por fin había encontrado su camino.

Cuando Dominic llegó con los niños, sintió un torrente de sentimientos que reforzaban lo que le decía la intuición.

–Escucha –le dijo Dominic–, necesito hablar contigo. Sé que hoy has estado muy ocupada, pero ya no puedo esperar más sin volverme loco.

Le tomó la mano y la condujo al interior de la tienda, que estaba cerrada al público hasta que se cortara la cinta inaugural. Todo en el interior había sido restaurado y ordenado; las antigüedades y el resto de artículos de colección estaban colocados con gusto en las estanterías y los productos locales, entre ellos las conservas de Isabel y los vinos de Dominic, exhibidos en abundancia. En el centro de la tienda, como si fuera el órgano de una iglesia, descansaba el escritorio en el que se sentaba su abuela, el escritorio desde el que había presidido Things Forgotten en Dublín. Tess acarició con la mano aquel mueble enorme, asaltada de pronto por los recuerdos. En realidad, su abuela nunca la había abandonado.

–La primera vez que puse un pie en tu apartamento –dijo Dominic– supe que me iba a enamorar de ti.

–¿De verdad? –el corazón le dio un vuelco–. Yo estaba muerta de vergüenza. La casa estaba hecha un desastre. Y yo también.

–Es cierto, pero eso no me detuvo. A lo mejor fue el hecho de que guardaras las carpetas en la nevera, o las bragas que estaban secándose en la lámpara –soltó una carcajada al ver su expresión, pero después se puso serio–. En realidad, fuiste solo tú, Tess. Me gustó todo de ti. Pude ver tu corazón en los objetos de los que te rodeabas.

–Los tesoros de otros –respondió Tess con voz queda.

–Eso me encantó, y también el hecho de que conservaras el escritorio de tu abuela.

–Hoy habría sido muy feliz.

Dominic la hizo acercarse a la antigua estufa de hierro que había sido restaurada hasta hacerla brillar y estaba cubierta de flores.

–Fue aquí cuando comprendí que estaba enamorado de ti. Justo aquí, el día de la tormenta.

–Encendiste un fuego. A mí también me encantó ese día. Y también supe que estaba enamorada de ti. Ojalá te lo hubiera dicho.

–Puedes decírmelo ahora –sacó una sortija del bolsillo de la camisa y se la deslizó en el dedo. El frío y reluciente platino no tardó en entrar en calor y el diamante destelló reflejando el sol que se filtraba por las ventanas–. Tu abuelo me dio el diamante –le explicó Dominic–. Era de un alfiler de corbata que su esposa le regaló con motivo de un aniversario. Cásate conmigo, Tess –le tomó la mano y se la llevó a los labios–. Dime que te casarás conmigo.

Tess no era capaz de hablar, pero sabía que tenía el corazón en la mirada cuando alzó los ojos hacia Dominic. Él se inclinó y le rozó la sien con los labios.

–Muy bien. Da una patada en el suelo para decir que sí y dos para…

–Sí –contestó Tess con una oleada de júbilo–. ¿Cómo voy a decir otra cosa?

Compartieron un largo beso y Tess sintió que el mundo giraba de manera invisible, inexorable.

Salieron juntos de la tienda, agarrados del brazo.

–¡Ah, Tess! Va a ser todo tan maravilloso.

–Ya lo es. ¿Pero qué me dices de…?

Trini y Antonio corrieron hacia ellos con las caritas iluminadas por la curiosidad.

–Algo me dice que ya lo saben –comentó Dominic.

–¿Lo has hecho, papá? ¿Le has hecho la pregunta?

–En realidad, yo…

–¡Lo sabía! –exclamó Trini, tirándose al cuello de Tess–. ¡Lo sabía, lo sabía!

Tess miró a Antonio por encima de la cabeza de su hermana.

–Queríamos que fuerais los primeros en saberlo. ¿Os parece bien todo esto?

–¿Eso significa que vas a venir a vivir con nosotros?

–Sí, cuando nos casemos.

–¿Dónde está el anillo? –Trini se agarró las manos–. ¡Dios mío, es precioso! ¿Puedo contárselo a todo el mundo, papá? ¿Puedo?

–Claro que puedes –Dominic le revolvió el pelo a Antonio–. ¿Tú también quieres ir a dar la noticia?

Antonio se marchó corriendo y, en cuestión de segundos, literalmente, Tess y Dominic se vieron inundados por una avalancha de felicitaciones y buenos deseos. Tess miró a Dominic a los ojos y mientras lo veía recibir palmadas en la espalda y chocar las manos, le susurró moviendo los labios «me va a encantar vivir aquí».

No sabía si Dominic la había entendido o no, pero se sintió ridículamente feliz mientras le veía descorchar una botella gigante de su mejor vino.

Mientras se servía el vino, Tess descubrió a Isabel entre la multitud. Cuando sus miradas se cruzaron, se acercaron la una a la otra, abriéndose paso entre amigos y vecinos. Tess pensó que estaba preciosa, con el rostro radiante de alegría. La sintió como si fuera… su familia.

–¿Cuándo? –le preguntó Isabel, envolviendo a Tess en un abrazo.

Tess retrocedió.

–Ha sido ahora. Te lo prometo, no me lo esperaba. Lo deseaba, por supuesto, soñaba con ello, pero me ha pillado por sorpresa. Creo que todavía estoy en estado de shock. Y muy feliz, Isabel. Jamás pensé que se podría ser tan feliz.

–Y eso es solo el principio –le aseguró Isabel–. A partir de ahora, todo será mejor.

Tess le tendió la mano a Isabel y se dirigieron unidas hacia el numeroso grupo que bailaba y resplandecía bajo la luz dorada del atardecer, rodeado de los sonidos luminosos de la risa y la música.

Agradecimientos

He tenido la suerte de contar con un fantástico equipo editorial. Mi editora, Margaret O'Neill Marbury y su ayudante Giselle Regus, y también con Meg Ruley y Annelise Robey, de Jane Rotrosen Agency. Gracias por vuestra experiencia, vuestra amabilidad y vuestro buen humor y por convertir el trabajo en un placer una y otra vez.

También tengo que dar las gracias a mis colegas escritoras Elsa Watson, Sheila Roberts, Lois Faye Dyer, Kate Breslin y Anjali Banerjee. Señoras, no hay palabras. Y ahí lo dejo.

Y tengo un agradecimiento especial para Bob y Fay Krokower y el desbordante Charlie por vuestra generosidad con P.A.W.S y vuestra entrega hacia las mascotas necesitadas.